の手による変更であるかどうか確証がない場合は、初出誌に戻ることを原則とした。一方、作者の校閲作業が確認できる作品については、変更が加えられた初版本を優先した。そのため、現在の日本語表記から見れば違和感のある送りがなもそのまま生かし、難しい文字については振りがなを付けて対処している。また、登場人物の関係や年齢、会話の流れなど、矛盾のある箇所もあえて原文のままとした。作品の改竄《かいざん》に通じる訂正はするべきではないというのが本選集の立場である。もしかすると、以前からの読者には、そのあたりの「発見」を楽しんでいただけるかもしれない。

もうひとつの特徴は、各巻の収録作品を発表順に並べた点である。六十二の作品を五巻に振り分けるのは悩ましい作業であったが、作品の持つ味わい、登場人物の姿とどこかでつながる、「待つ」「惑う」「想う」「結ぶ」「発つ」という五つのサブタイトルで各巻を括り、全巻の流れも考慮に入れつつ選別、配列に工夫を凝らした。どの巻をご覧になっても、その象徴的なことばを抱えながら、山本周五郎の世界が年月とともに変化していくさまを感じていただけると思う。

また、中短篇選集をうたう以上、すべての作品を一篇一篇独立したものととらえることにした。例えば、「おたふく」シリーズや「日本婦道記」の連作は、それぞれが単独の題を持つ完結した作品であることが忘れられがちである。発表の順に戻すと、かえってそれぞれの魅力が増すように思われたので、作品の個性を生かすべく発表順に掲載している。むろんどの作品から読んでいただいてもかまわないし、時代を遡《さかのぼ》る方法も楽しいかもしれない。それは、作品の発表後はすべてを読者に委ねた周五郎の意に添うことでもあろう。

作品は江戸期を舞台にしたものに限った。その方が山本周五郎の世界に触れやすいと考えたからである。短篇を中心に据えたのは、まず作品を身近に感じてもらうのが本選集の意図するところであり、長篇や現代ものについては、読者の好みに従って今後挑戦してもらえればよいと思っている。「さぶ」は長さゆえに諦めざるを得なかったし、「赤ひげ診療譚」は短篇が複雑に絡み合っているので採用できなかった。一方で、文庫では読めない「おもかげ」を第三巻に収録した。本選集の「おもかげ」は「日本婦道記」の連作のひとつとして書かれたもので、文庫収録の「おもかげ」にくらべ、テーマがより深く掘り下げられた佳作である。

収録作品はほとんどが周五郎円熟の四十代、五十代に書かれたものである。もはや余分な説明など不要な作品群であるが、それぞれの変遷のさまや底本の選定などについては、各巻末に「解題」として記した。また、改変の詳細については、最終巻の解説をお待ちいただければと思う。作品の選定については、日常を生きる私たちと等身大の主人公が登場するものを心がけるようにした。したがって、侍が登場しても、お店者《たなもの》が登場しても、テーマがより日常の感覚に傾いたきらいはある。ただ、これまで周五郎の作品集について、女性が選にあたったことはなく、その意味でも本選集は新しい試みだと思う。なお、月報にはその巻の作品案内を載せた。読書の「予習」のような形で参照していただいてもよいし、興味のあるテーマを探すために利用していただいてもよい。いずれにせよ、山本周五郎の世界をじっくり味わっていただきたい。それが本選集の最大の願いである。

竹添敦子（三重短期大学教授）

山本周五郎中短篇秀作選集 1　目次

山本周五郎中短篇秀作選集 *1* 待つ

装画　宇野信哉
装幀　grass design

内蔵《くら》允《のすけ》留《る》守《す》

一

岡田虎之助《とらのすけ》は道が二岐《ふたまた》になっているところまで来て立ちどまり、じっとりと汗の滲《にじ》み出ている白い額を、手の甲で押し拭いながら、笠をあげて当惑そうに左右を眺めやった。……その平地はなだらかな二つの丘陵のあいだにひらけていた。八月すえだというのに灼《や》けつくような午後で、人の背丈ほども伸びた雑草や、遠く近く点々と繋っている森や疎林のうえに、ぎらぎらと照りつける陽ざしは眼に痛いほどだった。ところどころ開墾しはじめた土地が見えるけれど、大多分はまだ叢林《そうりん》の蔓《はびこ》るにまかせた荒地で、ことに平地の中央を流れる目黒《めぐろ》川は年々ひどく氾濫《はんらん》するため、両岸には赭《あか》い砂礫《されき》の層が広く露出していた。

「……さて、どう捜したものか」途方にくれてそう呟《つぶや》いたとき、虎之助はふと眼をほそめて向うを見た。白く乾いた埃立《ほこりだ》った道を、こちらへ来る人影が眼についたのだ、筍笠《たけのこがさ》を冠《かぶ》り、竹籠《たけかご》を背負っている、附近の農夫でもあろうかと思っていると、近寄って来たのは十七八になる娘だった、虎之助は側へ来るのを待って、

「少々ものを訊《たず》ねる」と、声をかけた。

「……はい」娘は笠をぬいだ。

「このあたりに別所内蔵允《べっしょくらのすけ》先生のお住居《すまい》があると聞いてまいったが、もし知っていたら教えて呉《く》れまいか」

「はい、存じて居ります」娘は歯切れのいい声で、「……先生のお住居でしたら、あれあの森の向うでございます、彼処《あそこ》にいま掘り返してある土が見えましょう、あの手前を右へはいった森の蔭《かげ》でございます」

「忝《かたじ》けない、足を止めて済まなかった」虎之助は会釈をして娘と別れた。

彼は近江国蒲生郡《おうみのくにがもうごおり》の郷士の子で、幼少の頃から刀法に長じ、近藤斎《いつき》という畿内では指折りの兵法家の教《おしえ》を受けていたが、この夏のはじめに皆伝を許され、これ以上は江戸の別所内蔵允どのに就《つい》て秘奥《ひおう》を学ぶようにと、添書《てんしょ》を貰って出て来たのであった。……別所内蔵允は天真正伝流《てんしんしょうでん》の名人で、曾《かつ》て将軍家光から師範に懇望されたこともあるが、既に柳生《やぎゅう》、小野の二家がある以上は無用のことだと云って受けず、その気骨と特異の刀法を以て当代の一勢力を成していた。虎之助はむ

ろんその盛名を聞いていたから、勇んで江戸へ来たのであるが、そのときすでに内蔵允は道場を去り、目黒の里に隠棲《いんせい》した後であった。それで旅装を改める暇もなく、直《す》ぐに此処《ここ》へ尋ねて来たのだが、予想したより辺鄙《へんぴ》な片田舎で、何処《どこ》をどう捜してよいか見当もつかなかったのである。

教えられたとおり四五町あまり行くと、右手に土を掘返したかなり広い開墾地があって、半裸になった一人の老農夫が、せっせと鍬《くわ》を振《ふる》っていた。虎之助は念のために、その老人に声をかけて道を慥《たしか》めた。

「そうでございます」老人は鍬をとめて振返った、「……それは此処をはいって、あの森沿いの窪地《くぼち》へ下りたところでございますが、先生はいまお留守のようでござりますぞ」

「お留守、……と云うと」

「此処へ移ってみえたのが二月、それから五十日ほどすると、ふらっと何処かへお出掛けになったきり、いまだにお帰りがないようすでござります」

「然《しか》し門人なり留守の方がおられよう」

「門人衆という訳ではありませんが、先生のお留守に来た御修業者が五人、お帰りを待って滞在して居られますようで、ひと頃は十四五人も居られましたがな、いまは五人だけお泊りのようでござります」

「老人はこの御近所にお住いか」

「はい、あの栗林《くりばやし》の向うに見えるのが、わたくしの家でござります」

虎之助は老人に礼を云って、小径《こみち》へ入った。……ようやく尋ね当てたのに、此処でもまた其人《そのひと》は留守だという、然し同じように尋ねて来た修業者たちが、内蔵允の帰宅を待って滞在しているというのなら、自分も待たせて貰えるであろう。そう思いながら、草の実のはぜる細い小径をたどって行った。杉の森について百歩ほど入ると、左手に閑雅に古びた木戸があり、「別所内蔵允」と書いた小さな名札が打ちつけてある。それを入って、竹藪《たけやぶ》に囲まれた道をなだらかに窪地へ下りると、一棟《ひとむね》の貧しげな農家が建っている。そしていましも、その前庭になっている広場で四五人の壮夫が、矢声《や》烈《ごえはげ》しく木剣《ぼくけん》の試合をしていたが、虎之助が笠をとりながら静かに近寄るのを見ると、一斉に手を控えて振返った。

二

「……なにか御用か」

色の浅黒い、巌《いわお》のような肩つきをした大きな男が、虎之助の方へやって来た。左の眉尻に指頭《しとう》大の黒子《ほくろ》がある、彼は虎之助が鄭重《ていちょう》に来意を述べるのを、みなまで聞かず、手を左右に振りながら、

「ああ駄目だ駄目だ」と、さも面倒くさそうに云った、「……せっかくだが先生はお留守だ、また改めて来るがいい」

「御不在のことは承知です」無作法な挨拶に虎之助はむっとしたが、それでもなお静かに続けた、「然し貴殿方もお帰りを待っておられるとのことゆえ、できるなら拙者もお住居の端なり、置いて頂こうと存じてまいったのです」

「いかにも、我々もお帰りを待っているには相違ない、然し此処はお救い小屋ではないからな、そうむやみに誰でも彼でも転げ込むという訳にはゆかんぞ」

まるで喧嘩腰《けんかごし》の応待だった。

「ではなにか条件でもございますか」

「されば、別所先生はそこらに有触《ありふ》れた町道場の師範などとは違う、先生の鞭《むち》を受けようとするには、少くとも一流にぬきんでた腕がなくてはならん、だから、もし達《たっ》てお帰りを待ちたいと申すなら、我々と此処で一本勝負をするのだ、そのうえで資格ありと認めたら、我々の門中へ加えて進ぜよう」

「それは先生のお定《き》めになった事ですか」

「いいえ違いますぞ」ふいにそう云う声がして、向うから一人の老人がやって来た、恐らく此家《このや》の老僕であろう、六十あまりの小柄な体つきで、鬢髪《びんぱつ》はもう雪のように白かった、「先生はお留守にみえた方は、どなたに限らずお泊め申して置けと仰《おっ》しゃってござりました」

「うるさい、おまえは黙っておれ」黒子の男は暴々《あらあら》しく遮った、「……例え先生がどう仰しゃってあろうと、こうして神谷小十郎《かみやこじゅうろう》が留守をお預り申すからは、詰《つま》らぬ者をひき入れる訳にはまいらんのだ、我々と此処で立合うか、さもなくば出直して来るか、孰《いず》れとも貴公の心任せにされい」

「その生白《なまじろ》い面《つら》ではよう勝負はせまいて」そう罵《のの》る者があった。

「おおかた草鞋銭《わらじせん》でも欲しいのじゃろ、そんなら二三文呉れて追い払うがいい」

向うにいる連中が悪口《あっこう》を叩いた。虎之助は呆《あき》れた、そして怒るよりも寧《むし》ろ笑いたくなった、こんな相手と押し問答をしてもしようがない、「では、また改めてまいるとしましょう」そう云って彼はしずかに踵《きびす》を返した。

遠慮もなく罵り嗤《わら》う声を聞流して、森蔭の径を戻って来ると、先刻《さっき》の老農夫はまだせっせと鍬を振っていた。虎之助は礼を述べて行過ぎようとしたが、その老人は鍬の手を休めながら、

「どうなされました」と不審そうに訊《き》いた、「……先生のお帰りをお待ちなさるのではなかったのですか」

「その積《つも》りでいったのだが」

「暴れ者になにか云われましたか」老人は案の定という笑い方をした、「……あのやまだち共は手に負えぬ奴等《やつら》じゃで、まあ喧嘩もせずに戻って来られたのがなによりでござりましょう」

「御老人も知っておられるか」

「留守番の弥助《やすけ》どのからよく聞きまするし、此辺《このへん》をのし歩くので顔もよく存じております、あのようなあぶれ者が殖《ふ》えるばかりで困りものでござります」

虎之助は去ろうとしたがふと、

「御老人」と思いついて云った、「……実は、先生のお帰りまで待ちたいので、ぜひこの附近に宿を借りたいと思うのだが、むろん雑用《ぞうよう》は払うしどんな家の片隅でもよい、置いて呉れるところは有るまいか」

「御覧のとおり此辺はまるで人家もなし、さようでございますな」老人は眼を細めて四辺《あたり》を見やったが、「……もし貴方《あなた》さまさえ御辛抱なさるお積りなら、汚《きたの》うございますが私の家にお泊りなさいませぬか、孫と二人暮しでお世話もなにも出来ませぬが、それで宜《よろ》しかったらお宿を致しましょう」

「忝けない、そう願えれば此上《このうえ》もない仕合せだ、決して迷惑は掛けぬから頼む」

こうして思懸《おもいが》けぬところで宿は定まった。

老人の家はさっき教えられた通り、其処《そこ》から荒地つづきに、二反ほど北へ入った栗林の中にあった。内蔵

允の屋敷に近いから、帰宅すれば直ぐに分るだろうし、また老人と留守番の下僕とが往来しているようすなので、旅からの消息も聞くことができるであろう。これなら留守宅に待つのと同じことだ。虎之助はほっとしながら老人の家へ向ったが、栗林のあいだの道を、農家の前庭へ出たとたんに、右手の洗場から立って来た一人の娘と顔を見合せ、両方でおやと眼を瞠《みは》った。さっき道で内蔵允の家を教えて呉れた娘である、虎之助は直ぐに老人が孫と云ったのはこの娘だということに気づいた、それで、静かに笑いながら会釈した。

「思わぬ御縁で、今日からこちらへ御世話になることになりました、岡田虎之助という者です」

娘は僅《わずか》に頬を染めながら、けれども歯切れのいい口調で答えた。

「ようおいでなされました。わたくし奈美《なみ》と申します」

三

「お客さま、御膳《ごぜん》のお支度ができました」

虎之助はそう呼ばれてようやく眼を覚ました。……だいぶ寝過したらしく、強い陽ざしの反射が部屋の中でも眩《まぶ》しく感じられる。骨が伸びると云いたいほどの熟睡の後で、体じゅうに快い力感が甦《よみが》えっているのを感じながら、虎之助は元気よく起きて洗面に出た。

「あんまりよくお睡《ねむ》りになっていましたので、お起し申すのがお気の毒でございました」

「よく寝ました、ずっと旅を続けて来たのでいっぺんに疲《つかれ》が出たのでしょう、ああ、栗がよく実っていますね」

「わせ栗ですから、もう間もなくはぜますでしょう」

娘は手水盥《ちょうずだらい》に、川から引いた清冽《せいれつ》な水を汲《く》み、甲斐《かい》がいしく虎之助の洗面の世話をしながら、この附近が栗の名産地であることを語った。……年はまだ十七八であろう、肉附《にくづき》のきりっと緊《しま》った、どちらかというと小柄な軀《からだ》で、熟れた葡萄《ぶどう》のように艶々《つやつや》しい表情の多い眸子《ひとみ》と、笑うと笑窪《えくぼ》の出る豊かな双頬《そうきょう》がたいそう眼を惹《ひ》いた。昨夜聞いたところに依ると、老人の名は閑《かん》右衛門《えもん》、豊島《としま》郡の方に古くから百姓を営んでいたが、去年隠居をして孫娘と二人此処へ移って来た。隠居はしたが労働が身に附いているので、安閑と遊んでいることができず、果樹を育てたり、少しずつ耕地の開墾をしているのだということだった。――死ぬまでには一町歩《ちょうぶ》も拓《ひら》けましょうかな。老人はそう云って笑った。

「お祖父《じい》さんと二人きりでは淋しくはありませんか」

「ええ淋しゅうございますわ」奈美は素直に頷《うなず》いた、「……ですから、岡田さまがいつまでも泊っていて下さるといいと思いますの」

「別所先生がお帰りになるまでは、三月《みつき》でも半年でも御厄介になっていますよ」

「嬉しゅうございますわ」娘は大きく眼を瞠《みは》りながら、「……先生のお留守宅に厭《いや》な浪人たちが来ていますでしょう、お祖父さまと二人きりですから心配でしようがなかったのですけれど、岡田さまがいて下されば安心ですわ」

「それでは番人という役ですね」

「いいえ、いいえ、そんな積りで申したのではございませんわ、ただ心丈夫だと思ったものですから」

「やっぱり同じことですよ」笑いながら二人は家に入った。

夏菜《なつな》の汁と粟飯《あわめし》との朝食が済むと、娘は支度を改めて荒地へ出ていった。……独り残った虎之助は、さてなにをするという事もなく、縁先へ出てぼんやり野の方を見ていたが、やがて立上ると、家の周囲を見に出掛けた。

焚物《たきもの》の積んである小屋や、穀物の納屋、雑具小屋、その後《うしろ》は蔬菜畠《そさいばたけ》で、裏手はよく手入れの行届いた梨や柿や葡萄や、梅、桃、杏子《あんず》などの果樹がすくすくと枝をひろげている。地内は何処を見ても入念に除草がしてあって、迚《とて》も老人と娘の二人きりの仕事とは思えない。殊に果樹の林と母屋と納屋と畠の配置には、口に云えない美しい落着きが感じられた。……有るべき物が、有るべき場所に有るべきようにある。果樹の枝の揃《そろ》え方も、畠の畝《うね》のつけようも、ゆったりと落着いていながら少しも無駄のない、統一された主人の意志をよく表現していた。――百姓というものは凄《すさま》じいものだな。虎之助は本当に「凄じい」という感じを与えられたのであった。

それから暫《しばら》くなにか考えているようだったが、やがてそこを離れると、雑具小屋の中から一挺《ちょう》の鍬《くわ》と古びた筒笠を取出して来た、そして裾を端折《はしお》り、襷《たすき》を掛けてから、笠を冠って荒地の方へ出て行った。……閑右衛門老人は昨日の場所で荒地を耕していた。娘の奈美は老人が掘返す側から、雑草を引抜いて捨てている、強くなった残暑の陽ざしに、二人ともびっしょり汗に浸っていた。

「やあ、その恰好はどうなさいました」

老人は虎之助の異様な姿を見て呆れた。

「お手伝いをしたいと思いましてね」

「それは御殊勝なことですが」老人は微笑した、「……然し、眼で御覧になるほど百姓仕事は楽なものではございません、慰み半分になさるお積りならお止《よ》しなさいまし」

「いや慰みの積りではない、遊んでいては体がなまくらになるので、力仕事をして汗を出したいのです、邪魔にならぬようにするからどうか手伝わせて下さい」

「それならまあやって御覧なさいまし、だが三日も続きますかな」

「まあお祖父さま」

娘は咎《とが》めるように眼で制した。……虎之助はその間に、もう力を籠《こ》めて、雑草の蔓《はびこ》った荒地へ鍬を打下ろしていた。

四

三日も続くかと老人が云った。

その三日めに、虎之助の全身の骨が身動きもならぬほど痛みだした。幼少から武芸で鍛えた体である。たかが土を掘起すくらいどれほどのことがあろうと思っていた。然し、いざやってみると、老人の言葉の正しいのに驚かされたのである。なにしろ鍬がてんで云うことをきかなかった、勁《つよ》い雑草の根の張った地面は、虎之助の渾身《こんしん》の力を平然とはね返してしまう、老体の閑右衛門にはごく楽々と出来ることが、彼の壮年の力量をまるで受付けないのだ。

「お体が痛むでしょう、いやお隠しになっても分ります」三日めの朝老人が笑いながら云った、「……こんなことは貴方さまには無理でございますよ、まあ意地を張らずに是《これ》でお止めなさいまし」

「まあもう少し頑張ってみましょう」虎之助は歯を食

いしばって出掛けた。

　苦しい一日だった、老人の言葉を押して来たことを何度も後悔した、けれど頑張った、もう意地ではない、彼は土に戦《たたかい》を挑んだのである、自分が負けるか土を征服するか、倒れるまでは鍬を手から放すまい、そう決心したのである。……午《ひる》が過ぎてからだった。

「岡田さま、ごらんなさいまし」と老人が鍬を休めて云った、「……やまだち共が水浴びをして居りますぞ」

「なるほど……」それどころではなかったが、虎之助は眼をあげて見た。

　二町ほど離れた目黒川の河原で、別所家の留守宅にいた浪人たちが、逞《たくま》しい裸を曝《さら》して水浴びをしたり、磧《かわら》へ寝転がったりまた相撲を取ったりしているのが見え、遠慮もなく喚《わめ》きちらす声が聞えた。

「勿体《もったい》ないものでございますな」老人が独り言のように呟いた、「……あんな立派な体をした男たちが、詰らぬ木剣弄《いじ》りをしたり、水浴びをしたり、大飯を食ってごろごろ寝ているとは、一体あの男たちは世の中をどう考えているのでしょう」

「武術の修業は詰らぬものか、御老人」

「そう仰しゃられますと、まことにお答えに困ります、私は百姓でございますから自然と考え方も頑《かたく》なになるかも知れませんが」老人は再び仕事を始めながらそう云った、「もう徳川さまの天下は磐石《ばんじゃく》でございます、主持《しゅも》ちのお武家がたは格別、浪人衆は刀を捨てるときでございましょう、今は剣術のうまい百人の武士より、一人の百姓が大切な世の中になっております」

「ではもう兵法などは無用だと云われるのか」

「私の申上げた言《こと》がそのように聞えましたか」

　虎之助は老人を見た、老人はゆっくりした動作で、然もひと鍬ひと鍬を娯《たの》しむもののように土を掘起している、その姿はいかにも確《しっか》りと大地に据わって見えた。虎之助などの若い観念では、窺知《きち》することさえできない大きな真実が、老人の五体から光を放つように感じられた。

「あれ」除草していた奈美がそのときふいに声をあげた、「あの人たちがこちらへ来ますわ」振返ってみると、水浴びをしていた浪人たちが、声高になにか笑い罵《ののし》りながら此方《こちら》へ来るのが見えた、「お祖父さま、またいつかのように乱暴をするのではないでしょうか」

「相手にならなければいい、構わなければ蝮《まむし》も嚙《か》まぬという、知らん顔をしておいで」

「よう……」果して、近寄って来た彼等は、大きな声で無遠慮に呼びかけた、「よく精を出して稼ぐのう百姓」

「待て待て、見慣れぬ奴がいるぞ、その男はなんだ爺《じじい》、貴様の伜《せがれ》か」

「それとも娘の婿か」

「おいそっちの男」と先日応待に出た神谷小十郎と名乗る男が、角張った顎《あご》をしゃくりながら呶鳴《どな》った、「貴様は眼が見えんのか、武士の前へ出たら冠物《かぶりもの》をとるくらいの作法は知っておるだろう、笠をとって挨拶しろ」

「そうだ、笠も脱がぬとは無礼な奴だ、やい土百姓、笠をとらぬか」

娘は気遣わしそうに虎之助を見た、虎之助は鍬を休めて静かに笠を脱いだ。小十郎は意外な相手なのであっと云った。

「なんだ、貴様はこの間の」

「さよう、その節は失礼仕《つかまつ》った」虎之助は微笑しながら、「……お留守宅を断わられたので、致方《いたしかた》なくこの老人の家に厄介になっております、諸公は水浴びがお上手でございますな」

浪人たちは息をのんだ。……そして一人がなにか云おうとした時、虎之助は再び笠を冠り、鍬を執《と》って静かに土を起しはじめた。

五

陽ざしにも風にも次第に秋の色が濃くなった。別所家の留守宅からはときおり老僕の弥助が話しに来た、内蔵允の消息はまるで無い、北国筋《ほっこく》を廻っているのだろうというのも、弥助老人の想像でしかなかった。然し虎之助は、自分の気持がいつか少しずつ変ってきたことに気づいた、内蔵允に秘奥を問おうとする目的は動かないが、それよりも先に、そしてもっと深く、閑右衛門老人から学ばなければならぬものがあるように思う……、それが何であるかという事は口では云えない、然し老人の静かな挙措や、なんの奇もない平板な話題のなかに、虎之助が求めている「道」と深く相繫《あいつな》がるなにかが感じられるのだ。故郷にいたとき師の近藤斎が、よくこういうことを云った。およそ此の道を学ぶ者にとっては、天地の間《かん》、有《あら》ゆるものが師である、一木一草と雖《いえど》も無用に存在するものではない、先人は水面に映る月影を見て道を悟ったとも云う、この謙虚な、撓《たゆ》まざる追求の心が無くては、百年の修業も終《おわり》を完《まっと》うすることはできない。虎之助は毎《いつ》もその言葉を忘れなかった、そしていま老農夫閑右衛門の中に、師の言葉の真実を彼は認めたのである。内蔵允の鞭《むち》を受けるまえに、この老農夫と出会ったことは仕合せであったという気がするのだ。

十三夜の宵であった。川原の月が美しかろうというので、虎之助ははじめて奈美と一緒に、老人の許しを得て家を出た。すっかり穂になった芒《すすき》の原には、もう夜露が光の珠《たま》を綴《つづ》っていた、径の左右は溢《あふ》れるような虫の音《ね》であった。

「岡田さまのお国はお遠くでございますか」

「近江です、近江の蒲生というところです」

そう云いながら、虎之助はふと、もう二十余日も一つ家に暮していて、まだ故郷の話もしていなかったことに気づいて驚いた。何処へいっても先《ま》ず訊かれ、またこちらからも語るべきことを、閑右衛門の家ではまるでその折がなかった。老人の人柄だ。虎之助はそう思った、老人は気づかぬところに、そうしたふところの広さを持っているのだ、彼はまた一つ、閑右衛門の心を覗《のぞ》き見たように思った。

「お母上さまはお達者でございますか」

父親は、兄弟はと、もつれた糸が遽《にわ》かにほぐれだしたように、娘は次々と質問を始めた、今日まで訊きたいと思っていたことが、一時に口へのぼったのである。

二人は川原へ出ていた。虎之助は奈美と並んで、川原の冷たい礫《こいし》の上に腰を下ろしながら、亡き父の事、達者ではいるがひどく子煩悩な母の事、孝心の篤《あつ》い弟思いの兄の事などを、問われるままに語った。……夜の流《ながれ》の誘《いざな》いか月の光の悪戯《いたずら》か、或《あるい》はまた、娘と二人きりで話すという初めての経験のためか、そうして話していることが、次第に虎之助の心の底に温かい感動を呼び起してきた。彼は若かった、しかし二十五歳になる今日まで、武道一筋に修業してきたため、曾て女性というものに意識を奪われたことがない、それがいま沸然《ふつぜん》と、心の底に鮮かな血の動きを感じたのである、尤《もっと》もそれは極めて短い刹那《せつな》のことだった、生れてはじめて呼覚まされたその新しい感動に気づくが否や、虎之助の脳裡《のうり》にはまざまざと閑右衛門老人の眼が映った。虎快く二人づれで外出することを許した老人は、なにを考えていたろうか。いけない。虎之助は水を浴びたように、拳《こぶし》を握りながら立上った。

彼が水を浴びたように感じたのは、然しもっと別の感覚からきたものだったかも知れない、それは虎之助が立上ったのと殆《ほと》んど同時に、とつぜん四五人の人影が二人の前へ殺到して来たからである。慥《たし》かめるまでもなく、それは神谷小十郎はじめ例の五人の浪人たちだった、虎之助は娘をうしろに庇《かば》った。

五人は二人の前に半円を作って立った。

「ふん……」神谷小十郎が白い歯を見せながら、「こんなところで野出合《のであ》いか、我等と勝負する力はなくとも、百姓娘を誑《たぶ》らかすことは得手だとみえる、当節は武士も下がったものだ」

「いや武士ではあるまい、この生白い面を見ろ、此奴《こやつ》はおおかた世間の娘を騙《だま》して歩くかどわかしであろう」

「いかにもそのくらいのあぶれ者だ」一人がぺっと唾《つば》を吐いた。

「やい、なんとか咆《ほ》えろ、返答あるか」

虎之助は黙っていた、黙ってはいたが、衝《つ》き上げてくる忿怒《ふんぬ》の血はどうしようもなかった。彼等の現われる直前に起った烈しい自責の念は、そのはけ口を求めていたようなものである。彼は右側に近くいる一人が、手頃な太さの柳の枝を持っているのを見ながら、

「返答は是だ」そう叫ぶや否や、彼を覘《ねら》っていた男の手から柳の枝を奪い、その面上を発止《はっし》と一撃した。打たれた男は勿論《もちろん》、五人はあっと叫びながら半円の影を拡げた。「止《よ》せ、慌てることはないぞ」五人が一斉に抜こうとするのを、虎之助は微笑しながら制止した。

「こんな場所ではお互いに充分な立合いはできぬ、また気弱な娘をおどろかすこともあるまい、娘を送り届けてから場所を選んで充分にやろう」

「その手に乗るか、逃げる気だろう」

そう叫ぶ男の面上で、烈しく柳の枝が二度めの音をあげた。今度のは前のよりも痛烈だったとみえて、打

たれた男は絞り出すような叫び声をあげながら、脇の方へよろめき倒れた。それと見て、四人は颯《さつ》と左右へひらきながら抜刀した。虎之助は柳の枝を青眼《せいがん》につけながら、

「奈美どの、家へお帰りなさい」と叫んだ、「貴女《あなた》がいては働きにくい、拙者のことは心配無用です、先に家へ帰っていて下さい」

「岡田さま……」

娘はなにか云いたげだった、然し虎之助の言葉を了解したのであろう、身軽な動作ですばやく草原《くさはら》の方へ走り去った。

六

彼等は動けなかった。……娘が走りだすのを見て娘のいるうちにかかるべきだったと気づいた、それで一人が跡を追おうとした。然し虎之助の青眼につけた柳の枝は五人の気と体を圧してびくとも動かさなかった。

虎之助は微笑しながら、

「貴公、神谷小十郎と云ったな」と静かに眼をやった、「別所先生の鞭を受ける資格が孰《いず》れにあるか試してやる、此方《こっち》は柳の枝だ。打っても命に別條はないから安心して斬って来い」小十郎の足下で川原の礫が鳴った。けれども五本の白刃は月光を映したまま動かない。

「小十郎、臆《おく》したか」虎之助が叫んだ、わっという吶声が神谷小十郎の口から発した、礫を蹴返《けかえ》す音と、矢声とが、夜のしじまを破った、白々と冴えた川原に影が走り、刃が空へ電光を飛ばした。

勝負は直ぐについた、強く面《おもて》を打たれて、眼が眩《くら》んだ三人が倒れると、神谷小十郎と残った一人は、踵で背を蹴るような勢《いきおい》で逃げだしてしまった。虎之助はそれを見送っていたが、やがて倒れて呻《うめ》いている一人の側へ近寄り、柳の枝をその軀の上へ投出しながら、

「さあ返すぞ」と笑いながら云った、「……貴公がよい物を貸して呉れたので、誰にも怪我がなくて仕合せだった、帰ったら小十郎に云え、彼とはまだ勝負がついておらぬ、改めて立合いにまいるからと、忘れずに云うんだぞ」

相手は息を殺して動かなかった。虎之助はそのまま何事もなかったように川原をあがった、すると直ぐそ

この叢林の中から、「岡田さま」と云って奈美が走り出て来た。虎之助は立止ってじっと娘の眼を瞶《みつ》めた。奈美の眸子《ひとみ》は、なにか訴えたげな烈しい光を帯びていた。

「お祖父さまには内証ですよ」

「……はい」

「では帰りましょう、冷えてきました」

奈美は頷いてそっと虎之助の方へ身を寄せて来た、娘の黒髪に、小さな露の珠が光っているのを虎之助は認めた。

その明《あく》る早朝であった。声高な人の話声に眼を覚まされた虎之助は、声の主が別所家の留守宅の弥助老人だと分ったので、急いで着替えをして出た。もしかすると内蔵允の消息があったのかも知れない、そう思ったのである。手早く洗面を済ませて戻ると閑右衛門が独り縁側で茶を啜《すす》っていた。

「お早うございます、いま弥助どのが見えていたのではありませんか」

「いま帰ってゆきました」老人は可笑《おか》しそうに喉で笑った、「……面白い話を聞きましたよ、お留守宅にいたあの浪人共が、ゆうべ夜中に銭を掠《さら》って逃げたということでございます」

「……銭を掠って」虎之助は眉をひそめた。

「留守中に修業者が来て、路用《ろよう》に困る者があったら自由に持たせてやれと、通宝銭《つうほうせん》がひと箱置いてあったのです、今日まで一文も手を附けた者は無かったのですが、あのやまだち共、それを掠って逃げたのだそうでございます」

「なんと、見下げ果てたことを」

「いや、あれがこの頃の流行《はやり》でございますよ」老人は茶碗を下に置き、眼を細めて栗林の方を見やりながら云った、「別所先生を尋ねて来るお武家方で、本当に修業をしようという者がどれだけあるか、多くは先生から伝書《でんしょ》を受け、それを持って出世をしよう、教授になって楽な世渡りをしよう、そういう方々ばかりです」

「それは先生が仰しゃったのか」

「百姓にも百姓の眼がございます」老人は静かに片手で膝《ひざ》を撫でながら、「……たとえば岡田さま、貴方にお伺いいたしまするが、貴方さまはなんのために先生を尋ねておいでなさいました」

「それはもちろん、先生に道の極意をたずねたいためだ、刀法の秘奥を伝授して頂くためだ」

「ふしぎでございますな」老人は雲へ眼をやった、「……私どもの百姓仕事は、何百年となく相伝《そうでん》している業《わざ》でございます、よそ眼には雑作もないことのように見えますが、これにも農事としての極意がございます、土地を耕すにも作物を育てるにも、是がこうだと、教えることのできない秘伝がございます、同じように耕し、同じ種を蒔《ま》き、同じように骨を折っても、農の極意を知る者と知らぬ者とでは、作物の出来がまるで違ってくる、……どうしてそうなるのか、……口では申せません、また教えられて覚えるものでもございません、みんな自分の汗と経験とで会得するより他にないのでございます」

「岡田さまは若く……」と老人はひと息ついて続けた、「……力も私より何層倍かお有りなさる、けれども鍬を執って大地を耕す段になると、貴方さまには失礼ながらこの老骨の半分もお出来なさらぬ、行って御覧なさいまし、貴方さまが耕したところは、端の方からもう草が生えだしています、渾身の力で打込んだ貴方さまの鍬は、その力にもかかわらず草の根を断ち切っていなかったのでございます。どうしてそうなるのか、どこが違うか、口で申せば容易《たやす》いことでございましょう、けれど百姓はみな自分の汗と血とでそれを会得致します」

「…………」

「先日、岡田さまは私の言葉を咎《とが》めて、兵法は無用のものかと仰しゃいました」

老人は暫くして再び続けた。

「仰せの通りです、若《も》し耕作の法を人の教《おしえ》に頼るような百姓がいたら、それはまことの百姓ではありません、いずれの道にせよ極意を人から教えられたいと思うようでは、まことの道は会得できまいかと存じます、銭を掠って逃げたあの浪人共が、そのよい証拠ではございませんか」

虎之助の背筋を火のようなものが走った。言葉や姿かたちではない、静かな、噛んで含めるような老人の声調を聴いているうちに、彼はまるで夢から覚めたように直感したのだ。

——此人《このひと》だ、別所内蔵允はこの人だ！

そう気づくと共に、虎之助は庭へとび下りて、土の上へ両手を突いた。

「先生……」

老人は黙って見下ろした。

虎之助は全身の神経を凝集してその眼を見上げた。かなり長いあいだ、老人は黙って虎之助の眼を瞶《みつ》めていたが、やがてその唇ににっと微笑を浮めた。

「内蔵允は留守だ」

「先生！」虎之助は膝をにじらせた。

「いやいや、もう二度と帰っては来ないかも知れない、それでもなお此処に待っているか、虎之助」

「私に百姓が出来ましょうか」

虎之助は悦びに顫《ふる》えながら云った。老人は愛情の籠《こも》った温かい眼で見下ろしながら、しずかな力のある声で、

「道は一つだ」と云った、「……刀と鍬と、執る物は違っても道は唯一つしかない、是からもなに一つ教えはせぬぞ、百姓は辛いぞ」

「先生……」

虎之助は涙の溢れる眼で、瞬《またた》きもせずに老人の面を見上げた。師を得た、真の師と仰ぐべき人を得た、自分の行く道は決った。今日まで四六時ちゅう縛られていた、「兵法」の殻から、彼はいま闊然《かつぜん》と脱出した気がする。道は一つだ、無窮《むきゅう》に八方へ通じている、それが大きく、のびのびと眼前に展開されたようだ、そして彼はその大道の一端に、確《しっか》りと立上ることのできた自分を感じた。

「お祖父さま、岡田さま」奈美が奥から出て来てそう云った、「……御膳のお支度が出来ました」

（〈キング〉一九四〇年十一月号）

柘榴^{ざくろ}

一

真沙《まさ》は初めから良人《おっと》が嫌いだったのではない。また結婚が失敗に終ったのも、良人の罪だとは云えない。また昌蔵《しょうぞう》のかなしい性質と、その性質を理解することのできなかった真沙の若さに不幸があったのだと思う。
松室《まつむろ》の家は長左衛門の代で、中老の席から番がしら格にさげられ、更にその子の伊太夫の代で平徒士《ひらかち》におちた。長左衛門は癇癖《かんぺき》が祟《たた》って刃傷《にんじょう》したためであるし、伊太夫は深酒で身を誤った。二代で中老から平徒士までおちるのは稀《まれ》だと云っていいだろう。昌蔵は祖父がまだ中老だった頃の矢倉下の屋敷で生れ、九間町のお小屋で幼年時代を、そして十一の年からは御厩《おうまや》町の組屋敷の中で育った。――階級観念のかたくなな時代に、こうして転落する環境から受けるものが、少年の性質にどういう影響を与えるかは云うまでもあるまい。それに元もと祖父や父の感情に脆《もろ》い血統の根もひいていたことだろうし、不幸はすでに宿命的だったという気もするのである。

生家の井沼は代々の物がしら格上席で、父の玄蕃《げんば》は御槍《おやり》奉行を勤めていた。真沙の上に真一郎、源次郎という兄があり、彼女はおんなの末っ子であるが、父の人一倍きびしい躾《しつ》けで、ごく世間みずな融通のきかない育ち方をしたようだ。松室との縁談は戸沢数右衛門という中老から始まり、父には難色があったようだが、「松室の将来は自分が面倒をみるから」こういう戸沢中老の一種の保証のような言葉があって纏《まと》まったらしい。勿論《もちろん》これは結婚が不幸に終ったあとで聞いたことだし、そのために戸沢中老に責をかずけるようなものではないけれども。――真沙は結婚という現実よりも、自分のために作られる衣装や、髪かざり調度などの美しさに、心を奪われるほど若かった。「十七にもなってこの子は、――」母親に幾たびもそう云われたほど若かったのである。祝言は八月のことで、話があってから三十日ほどしか経っていなかった。人の家へ嫁すということより、ふた親や兄たちと別れ、生れた家を去るという悲しさのほうが強く、でかける前になって庭へぬけだし、色づき始めた葉鶏頭《はげいとう》のところで激しく泣いたが、誰にもみつからないうちに涙を拭いて部屋へ戻った。……そのときの葉鶏頭の色と、それを眺めて泣いた涙のまじりけのない味を、そののち真沙はどんなに懐しんだか知れなかった。

新しい生活は真沙に衝撃を与えた。年よりも遥《はる》かにもの識《し》らずだった彼女は、恐怖と苦痛と不眠とで、数日のうちに驚くほど憔悴《しょうすい》した。松室には病身の姑《しゅうとめ》がいた。ごく口数の少い人で、もう二年ばかりひき籠《こも》ったきりだったが、このひとが真沙の様子に気づいたとみえ、さりげない事に托して色いろ話して呉《く》れた。それでともかく訳のわからない恐怖は消えたが、その言葉のなかにあった「おんなという者のつとめだから、――」という表現がつよく頭に残った。どんな美味でも、それを喰べることが義務になったばあいには、食慾は減殺される。精神的にも肉体的にも、余りに若かった真沙には、恐怖に代ってのしかかった義務の観念が新しい苦痛となり、抑えようのない厭悪《えんお》感となった。……昌蔵がもう少し違った性格だったら、それでも破《は》綻《たん》を避ける機会はあったかも知れない。然《しか》し彼自身も二十四歳という年にしては世情に疎《うと》かった。家系の落《らく》魄《はく》に対する卑下感から、その結婚を過大に考えすぎたらしいし、それだけ真沙への愛情も激しくいちずになったようだ。

「真沙はおれが嫌いなのか」彼はよくこう云って真沙の両手を摑《つか》んだ。「こんなに真沙を好きなおれの気持が真沙にはわからないのか。正直に云って呉れ。どうしてもおれが好きになれないのか」

「おれはいつまで平徒士ではいないよ」僅《わず》かな酒に酔うと、肩をあげながら云った。「松室の家を興してみせる。大した事じゃあない。みておいで真沙、おまえをきっと中老夫人にしてみせるよ。世間へ出て恥かしくないだけの生活を、おれは誓って真沙にさせてみせるよ」

家にいる限り、昌蔵はかたときも真沙を離さなかった。側にいれば絶えず手を握るか、肩を抱くかする。いつもじっとこちらを眺め、ふいに蒼《あお》くなったり「美しいなあ」と溜息をついたりする。そして三日にあげずなにか物を買って来る。派手すぎてなまめかしいような着物や帯が殖《ふ》え、釵《かんざし》、なかざし、櫛《くし》、笄《こうがい》、手筐《てばこ》、文庫、手鏡などという風に。――真沙はつとめて悦ぼうとした、なかには本当に嬉しい物もあったから。けれど最も深いところで齟齬《そご》している感情が、どうしてもすなおに悦びを表わすことを妨げた。それでなくとも、昌蔵のこういう愛情の表現は、厳しく躾けられた真沙にとって好ましいものではなかった。——武士というものは、家常茶飯つねにこうだと云われて来た生活に比べると、恥かしさに身の縮むようなことが多い。それがますます彼女の心を良人から遠ざけるのであった。

嫁していって間もなくのことだ。昌蔵は熟れた柘榴《ざくろ》の実を割って眺めていたが、ふと熱のある人のような眼で真沙をかえり見、割った果実の中の紅玉のような種子を示しながら、こんなことを云った。

「この美しい実をごらん。私にはこれがおまえのからだのようにみえるんだよ」

二

「割れた果皮の中から、白いあま皮に仕切られて、この澄んだ生なましい果粒が現われる。まるで乙女の純潔な血を啜《すす》ったような、この美しい紅さを眺めていると、私にはおまえの軀《からだ》の中を見るような気持がしてくるんだ」

そのとき真沙は、本当に自分の軀を割って覗《のぞ》かれたような、恐怖に近い羞恥《しゅうち》に襲われてぞっと身震いをした。云い表わしようのない嫌厭と屈辱のために、それから以後は昌蔵に見られるだけで、寒くなるような気持が続いた。——昌蔵は神経質になり苛々《いらいら》しだした。彼はどうかすると恐しく不機嫌になり、口もきかず、側へも寄らないことがある。居間からけたたましく呼びながら、急いでゆくと「もう済んだ、よし」などと突放すように云う。然しそれは決してながくは続かなかった。すぐにまた真沙をひき寄せ、詫びを云い、後悔しながら激しい愛撫《あいぶ》を繰り返すのである。

「もう少しの辛抱だ。きっと出世してみせるからね」固く縮めた妻の肩を抱きながら、思い詰めた調子で彼はこう誓う。「こんなみじめな生活とはもうすぐお別れだ。真沙が妻であって呉れさえすれば、私はどんな事でもする。なんでもありゃあしない。もうめどはついているんだ」

十月に姑が病死した。霜の消えてゆくような静かな死だった。臨終のとき姑は、枕許《まくらもと》に坐っている昌蔵をつくづくと眺めた。それからその眼を真沙のほうへ移し、暫《しば》らくこちらをみつめていたが、やがてそのまま瞼《まぶた》を合せた。それは、云い遺したいことがあるけれど、云ってもしょせんはだめだろう、そういう意味に真沙にはうけとれたのである。――昌蔵はみれんなほど泣き悲しんだ。然もそれは愛情の深いことを示すより、感情の脆さと、神経の弱さを証明するようで、真沙には寧《むし》ろ眼をそむけたい感じだった。

年を越えて二月はじめのこと、とつぜん仲人の戸沢数右衛門が訪ねて来た。下城の途中だとみえ、継《つ》ぎ上下《かみしも》で玄関に立ったまま「松室は帰ったか」と訊《き》いた。そしてちょっと考えてから、「では帰ったらすぐ私の家へ来るように」と云って、そのまま玄関から去った。……昌蔵は帰らなかった。真沙は夕餉《ゆうげ》もとらずに待った。十二時に下女を寝かし、幾たびも迷ったのち、二時の鐘を聞いたので、常着のまま自分も夜具の中へはいった。――厨《くりや》を開ける下女のけはいで眼がさめると、もういつか夜が明けていた。すぐに起きて、そっと良人の居間へいってみたが、もちろん姿もみえないし、帰った様子もなかった。

「どうなすったのかしら」

さすがに不安になって、こう呟《つぶや》きながら廊下へ出ると、そこに封書の置いてあるのが眼にとまった。真沙は危険な物をでもみつけたようにぎょっとし、五拍子ばかり怯《おび》えたような眼で眺めていたが、やがてすばやく手に取ると、人眼を恐れるように自分の部屋へいって坐った。……それは昌蔵から彼女に宛てた告白と謝罪の手紙だった。

――自分がなにをしたかということは、すぐわかるだろうから此処《ここ》には記さない。そういう書きだしであった。自分は松室の家をむかしの位地に復そうと努力した。然しそれは家名や自分の出世のためよりも、それに依って真沙を中老職の夫人にし、物質的にも精神的にも恵まれた生活をさせてやりたかったからだ。自分には真沙を幸福にすることの他になんの野心もなかった。どうかこれだけは信じて貰いたい、自分はただ真沙を仕合せにしたかったのだということを。――だがみごとに失敗した。焦る余りに眼が眩《くら》んで、取返しようのない失敗をした。恐らくこれが松室家の辿《たど》るべき運命だったのだろうと思う。自分は退国して身の始末をつける。真沙には詫びのできることではない。だから赦《ゆる》して呉れとは云わずに去るが、ただゆくすえ仕合せであるように祈ることだけは許して貰いたい。真沙のためには本当に悪いめぐりあわせだった。どうか一日も早くこの不幸ないたでから立直って呉れるように。

……凡《およ》そこういう意味のことが書いてあった。

真沙はその手紙をすぐに焼いた。そのときの彼女にとっては、武士たる者が妻を仕合せにするために身を誤まったという、めめしいみれんな言葉に肚《はら》が立ったのと、これで自分は解放されるという気持の安らぎとで、短い文章に籠《こ》められた哀切の調子などは、まったく眼に入らなかったのであった。……朝食を済ませるとすぐ、真沙は着替えをして戸沢中老の屋敷を訪ねた。数右衛門は話を半ばまで聞いたが、あわただしく家士を呼んで、追手の手配をするように命じた。

「両街道へ馬でやれ。雪を利用して山を越えるかも知れぬ。針立沢へも追手をかけろ」数右衛門は激しい言葉でこう云った。「どうしても逃がせないやつだ。出来る限りの手を打て」

真沙はそのまま其処《そこ》に留《とどま》り、戸沢の家士が下女と留守宅へいった。……昌蔵は捉《つか》まらなかった。後でわかったのだが、そのときは菩提寺《ぼだいじ》に隠れていて、追捕の手の緩むのを待って国境を脱けたのである。くわしい始末はわからなかったが、罪科は多額の公金費消ということだった。——真沙はそのまま戸沢家で、半年ばかり世話になった。

三

昌蔵には逃亡のまま斬罪《ざんざい》の科《とが》が定《きま》り、松室の家名は絶えた。本来なら当然その妻にも御咎《おとが》めがなければならない。然し仲人の責任で戸沢が奔走したものだろう、「国許《くにもと》お構い」ということで、その年の九月ひそかに江戸屋敷へ移された。

江戸では母方の叔父に当る小野木庄左衛門の家におちつき、やがて御殿の奥勤めに上った。初め松泉院という藩主の生母に附いたが、五年して中﨟格《ちゅうろうかく》にあげられ、祐筆《ゆうひつ》を勤めた。このときの扶持《ふち》が御切米金十五両、御合力《ごこうりよく》七両二分の他に、月々薪六貫四分、炭二俵八分、水油八合、糠《ぬか》二升八合、菜銀三十匁で、子供を三人使うことが出来た。——それから更に六年して、二十八の年に錠口勤《じょうぐちづと》めとなり、三十五歳で老女になった。

ここまでは平穏で明るい生活が続いた。女ばかりの明け昏《く》れで、時には詰《つま》らない中傷や嫉妬《しっと》や蔭口《かげぐち》などに煩《わず》らわされる。中には好んでいかがわしい話題に興じたり、悪い癖《いや》を持っている者などがあって、女というものの厭らしさあさましさに、身のすくむような思いも幾たびか経験した。けれども年の若い者は別として、二十を越した者には、色いろな事情から生涯独身ときめた者が多く、そこには独立して生きる者の張《はり》と自覚があったから、松室での生活に比べれば遥かに気楽でもあるし、伸びのびと解放された気持でいることができた。

「お嫁にいって苦労することを考えると、本当にこういう暮しは女の天国ね」

「むずかしい良人の機嫌をとったり、舅《しゅうと》や姑の小言にびくびくしたり、年じゅう休みなしに家事で追い廻されたりするなんて、想像するだけでもぞっとするわ」

「女が嫁にゆくということは、詰り自分と自分の一生を他人に呉れてしまうことなのね」

こんな話をよくしたものである。然し三十五歳になる頃から、真沙の心に少しずつ変化が起りだした。それは国許から長兄の娘が、江戸屋敷へ嫁して来たときに始まる。——その従妹は早苗といって十八になり、相手は納戸《なんど》役で渡辺大七といった。真沙は二人の結婚式に招かれたのが機会で、同じ家中《かちゅう》にいる三家の親族とよく往来するようになった。それは老女という身分で、勤めにいとまのできたことや、三十五歳という年齢の関係もあるだろう。ごく疎遠だった杉原という母方の縁者とは、殊に近しいつきあいが始まり、時には家庭の中の事まで相談されるほどうちとけていった。

その杉原で、妻女が病気で寝ついたときのことだ。真沙が見舞いにゆくと、良人の伊兵衛が枕許から立つのをよく見かけた。暇があると側へ来て、ものを読んだり話しかけたりしているらしい。いつもむずかしい渋い顔をしている人なのだが、そのときは不安そうな、ひどくそわそわと落着かない様子で、薬や食事なども自分で世話をする風だった。

「男って本当に子供のようですのね」妻女は眉をしかめてみせた。「わたくしが死ぬかも知れないって、すっかりおろおろしているんですの。医者の云うことなぞ信用ができないと云いながら、少し顔色が悪いくらいですぐ呼びにやるんですもの。恥かしくなってしまいますわ」

そんな風に云う法はない。それは御主人がどんなに深く貴女《あなた》を愛しているかという証拠ではないか。真沙はこう云おうとしてふと口を噤《つぐ》んだ。理由はわからないが、なにか喉へ物でもつかえたようで、どうしても言葉にならなかったのである。その夜、真沙は初めて自分の結婚生活を回想した。夫婦生活に対する考え方は、既に十七歳の時のままではない。二十年ちかい年月のあいだには多くの事を識った。世間や人の心の裏おもて、生活を支える虚飾や真実、美しいものの陰にある醜さ。……女が三十五という年齢で理解するものを、彼女も今は理解することができる。「自分は若すぎた——」真沙は胸の痛むような思いでそう呟いた。昌蔵のして呉れたことが、どんなに深い愛情から出たものであるか、それに対して自分がどういう酬《むく》い方をしたか、初めて真沙にはわかるように思った。

そのときから、彼女の心にひとつの世界がひらけた。人を訪ねると、無意識のうちにその夫妻の様子を見ている。そしてそのたびに、自分と良人との生活を思い返すのである。収入も家格も年齢もほぼ共通しているのに、五つの家庭があるとすれば、五組の夫婦はみな違った生活をしている。よそよそしいもの、睦《むつ》まじいもの、派手なもの、質素なもの。どのひと組も他のものに似てはいない。然もみなそれぞれにかたく結びつき、互いに援《たす》けいたわりあって生きている。脇から見れば、良人にも妻にも欠点のない者はないが、当人たちにはそれ程にみえないようだ。これが本当なのだ。真沙はそう思う。「良人となり妻となれば、他人に欠点とみえるものも、うけ容《い》れることができる。誰にも似ず、誰にもわからない二人だけの理解から、夫婦の愛というものが始まるのだ」

真沙はいま昌蔵の示した愛情の表現を、一つ一つ思いだしてみる。それはみな彼なりに真実であった。なみはずれてみえたのは、彼の愛情が他のどんな人間とも似ない彼だけのものだったからだ。彼が真実であればあるほど、それ以外に表現のしようはなかったに違いない。

「なんということだろう」真沙は両手で面を掩《おお》った。

「なんということだろう——」

四

昌蔵が出奔するとき遺していった、告白と謝罪の手紙も思いだされた。——真沙を幸福にしたかった。その他になんの野心もなかった。これだけは信じて呉れ。こういう意味の、叫びに近い部分が朧《おぼ》ろげな記憶に残っている。武士たる者がなんというみれんなことを、……そのときはそう思うだけで、すぐに焼いてしまったが、みれんにもめめしくもみえるほど、深い、ひたむきな愛情だったということが、今の彼女には鮮やかにわかる。

「焼くのではなかった。焼いてはならなかった。いま読めばもっともっと本当のことがわかったに違いないのに」

真沙は四十歳で「年寄」になった。幕府や三家の大《だい》上臈《じょうろう》に当る奥勤めの最上位で、切米も三十石、合力二十五両という扶持である。その頃から気持もまたひと転換した。昌蔵との結婚の失敗についても、自分に責のある点は云うまでもないとして、松室の不運な家系とか、その影響をうけた昌蔵の性格とか、また複雑に絡み合っていた周囲の事情とか、要するに不幸は避け難かったということなどがわかってきた。……ただそれが避け難い宿命だったと思えば思うほど、真沙自身にもう少しの智恵と愛情があったら、昌蔵の破滅だけは救えたであろうと、そのことだけがいつまでも悔《くい》として残った。

真沙は五十二の年においとまが下って帰郷した。城下の桃山という処《ところ》に家を賜わり、生涯五人扶持に、奥方から年十両ずつ下ることになったのである。……

桃山は城下町から二十町ほど北へいった丘陵で、家はその南側の中腹にあり、赤松の林ごしに城と武家町の一部を眺められる。もと老職の隠居が住んでいたそうで、部屋数は少いが千坪ばかりの庭があり、松や杉や楓《かえで》や桜などが、家をかこむように繁っている。よほど季感に敏《さと》い人だったとみえ、楓や桜なども松杉と対照して、眼立たぬようにくふうがしてあり、思わぬ灌《かん》木《ぼく》の茂みに、苔《こけ》付きの石燈籠《いしどうろう》が据えてあったりした。

さとの井沼では、ずっと前に父も母も逝き、長兄も五年まえに亡くなって、その子の善左衛門が家を継いでいた。これはなじみも薄かったし、気性が合わないので、ほんの儀礼に往来するだけだったし、その他の親族も同じように代が替っていて、親しく問い訪《おとな》われるという相手が殆《ほと》んど無かった。……召使は、金造という老人の下僕に、小間使と下女を加えた四人暮しである。三十日もすると、小間使のいねがまず淋しさに堪《たま》らなくなったのだろう。「この辺は冬になると狐が出るのでございますって——」などと背中を見るような眼つきで云った。そのくらいのことはあるかも知れない。北側にもう一段高くなって、ちらばらに武家の別墅《べっしょ》がある他は、丘から向うの葉島谷にかけて、多く松や櫟《くぬぎ》の林と畑つづきである。真沙の幼い頃には狼が出るとさえいわれ、松茸《まつたけ》やしめじを採りに来るにも怯えたものだ。

「では聴狐庵《ちょうこあん》とでもつけようかな」

そのとき小間使にはこう笑ったものの、さすがに自分でも肩の寒いような気持は避けられなかった。

三十余年も賑《にぎ》やかな局《つぼね》ぐらしをしたあとではあり、はじめは流人《るにん》にでもなったような寂しさだった。夜になると燈火を二つも三つも点けたり、いねを自分の寝間へ一緒に寝かせたり、どうしても眠れないので、しばしば夜半に酒を舐《な》めたりした。冬のかかりにいちど鹿が迷い込んで来た。そのとき真沙は松林の中でまんりょうを採っていたのだが、落葉を踏むあらあらしい音を聞いて振返ると、つい鼻先に身の丈九尺（本当にそう思った）もある牡鹿が立っていた。栗色の斑毛と、恐しい枝角と、そしてぎらぎら光る眼とが、いっしょくたになってこちらの眼へとび込んで来た。自分では覚えていないが、非常なこえで叫んだそうである。金造が棒を持って駈けつけたときには、その鹿は林の下枝に角をひっかけひっかけしながら、田ノ窪といわれる方へ逃げていったという。「ひとつ鉄砲を買って頂くんですな。惜しいことをしました」老僕はいかにも残り惜しそうに、地境の外まで見にいったが、真沙はすっかり不安になって、雪の来ないうちに庭まわりへぐるっと竹垣を結わせた。

……年が押詰ってから、とつぜん一人の老婦人が訪ねて来た。

「おわかりになって――」その婦人は玄関でこう云いながら笑った。「おわかりにならないでしょ、いかが」

「まァ、戸沢の菊江さま」真沙はむすめのように叫んだ。「菊江さまでしょう。まあびっくりしましたわ。ようこそ、さあどうぞ」

客は戸沢数右衛門の末娘だった。真沙より一つ年下で、いつか戸沢家に半年ほど世話になったとき親しくした。その頃もうどこかへ縁談が定っていて、真沙が江戸へ去ったあと嫁いだということは聞いたが、互いの境遇の変化もあって、それ以来まるで思いだしもしなかった人である。嫁ぎ先は大倉主殿という老職で、現在は良人と隠居ぐらしだという。真沙は百年の知己に会ったほども嬉しく、金造をその家へ使いに遣《や》って、その夜はむりやり泊っていって貰った。

五

桃山での生活はしぜんとおちついていった。菊江の訪ずれから糸をひいて、折おり客も来るようになり、俳諧《はいかい》や茶の集会を催したり、月雪花に小酒宴を張ったりした。……いねは三年いて暇を取り、下女もなかなか落着いて呉れなかった。金造はよく勤めたが、足に痛風が出たため、五年めに伊助という男を代りに入れて去った。それから二年ばかりのうちに、菊江が亡くなったのを始め、よく客に来た人たちの中から、江戸へ転勤になったり、病死したりして、幾人かの知人が欠け、彼女自身も三月ばかり病んで寝た。

――そのときのことである。秋も終りにちかい季節だったが、夜半と思うころふと眼が覚めると、庭のほうで横笛の音がしていた。江戸の御殿にいるうち、真沙も音曲はひととおり稽古《けいこ》をして、笛などもかなり聞き分けられるのだが、そのとき聞く節調はまったく耳馴れないものだった。節調とはいえないかも知れない。淡々として平板で、少しも人の感情に訴えるものがない。ただ即興に好みの音色をしらべているのかも知れない。かった。笛は間もなく止んだ。

起きられるようになって、かたちばかりの祝《いわい》に客をまねいた。その後のことであるが、客を送り出した庭

さきで、ふと伊助を呼止め、

「おまえ笛をお吹きか」と訊いてみた。老僕はまごついたように叩頭《こうとう》して、いたずらでございますと口を濁した。金造と代ってから二年あまりになるが、いつも黙々と働く姿を見るだけで、彼とは余り言葉を交わしたことがなかった。もう六十七八であろう。痩《や》せてはいるが骨の確《しっ》かりした躰《からだ》つきで、肩のあたりにどことなく枯れた品がある。口数が極めて少いし、なにをするにもおっとりと静かだった……。なにか過去に事情があって身をおとした人に違いない。こう思ってそのときはなにも云わなかったが、数日のち彼が庭を掃いていたとき、縁側へ茶を運ばせて、少し休むようにと呼んだ。伊助は沓脱《くつぬぎ》に腰をかけ、いかにも静かに茶を味わいながら、真沙の問に少しずつ答えた。

「さようでございます。この土地の生れではございません」松林のかなたを眺めるような眼つきで、区切り区切りこう云った。「ひとこと話せばひとことが身の恥でござります。家はかなりにやっておりました。土蔵なども三棟ばかし有ったものですが、やっぱりそういう運だったものですか、今では帰っても土台石ひとつ残ってはおりません。さようでございます、ずっと南のほうでございます」

そのときがきっかけになって、真沙はよく伊助を話し相手に呼んだ。彼は訊かれることはすなおになんでも話すが、すべてが控えめで、直接その事を語るより、脇のことで表現するという風だった。例えば笛にしても、「自分のはでたらめである。然し三年ばかり里《さと》神楽《かぐら》の仲間と一緒に暮したが、あの仲間には名人といってもいいような人間がいる」こういう云い方をするのである。妻もいちど貰ったが、うまくいかないで別れた。もちろん子供もない。故郷をとびだして以来は街巷《ちまた》から街巷を流浪して歩き、口には云えないような世渡りもした。まるで水の上に落ちた枯葉と同じで、ただ流《ながれ》のままに生きて来たのである。

「その枯葉が風の拍子で、淀《よど》みへ吹き寄せられた、——此処のお世話になったのも、ちょうどそんな工合《ぐあい》でござりましょうかな」伊助はこう云って静かに笑った。「おかげさまで生れて初めて落着きました。こんな静かな、のびのびした暮しができようとは、夢にも思いませんでしたが——」

こうして親しく話すようになっても、伊助の態度は少しも変らなかった。些《いささ》かでも狎《な》れた様子とか、怠けた風はみせない。こちらから呼びかけない限りは、黙ってこつこつ自分の仕事をしている。酒なども出してやれば飲むが、自分では決して口にしないようだった。……或る年の秋だったが、林の中を歩いていると、あけびのなっているのをみつけた。採ろうとしたが高いので、伊助を呼びに戻った。彼は薪を割っていたのだろう、納屋の前のところで台木に腰をおろし、こちらに背を向けて、なにか手に持った物をじっと眺めていた。割られた木の、酸いような匂いが、そのあたりいちめんに漂っている。なにを熱心にながめているのだろう。真沙はふと脇のほうから近寄りながら覗いた。――老人の掌の上には、柘榴の熟れた実があった。真沙はなんだと思って苦笑しながら、

「うちの柘榴は酸っぱくて喰べられないのだよ」

こう云った。どんなに吃驚《びっくり》したものだろう。伊助は殆んど台木からとび上り、柘榴は彼の手から落ちてころころと地面を転げた。

「ああ胆《きも》がつぶれました」伊助はあけびを採りながらも、幾たびか太息《といき》をついた。「こんなに驚いたことはございません。きっとはんぶん眠っていたのでございましょうが――」

八年いるあいだに、彼がそんなあからさまな自分をみせたのは初めてである。真沙も久方ぶりにずいぶん笑い、後になってからも、思いだしては可笑《おか》しくて頬《ほお》笑《え》まされた。

六

庭の樫《かし》を伐《き》ることにきめたのは、後《のち》の月の十日ばかりまえだった。梢《こずえ》も伸び枝も張りすぎて、月を眺めるのに邪魔になる。去年もそう思ったのだが、つい気がすすまずに延ばしてあった。その話をすると、「宜《よろ》しかったら私が伐りましょう」こう云って、伊助はすぐ城下まで斧《おの》を買いにいった。

樫は根まわり五尺ばかりあった。伊助は休み休み一日いっぱい斧を振っていたが、二日めの午後にようやく半分くらい切込んだ。……真沙はそれを見にいってから、居間へ戻って手紙を書くために机に向った。亡

くなった菊江の友で、城下の本伝という大きい商家の妻女が、この頃では最も親しく訪ねて呉れる。その人へ後の月の招きを出す積《つも》りだったのだ。——墨を磨り、紙をのべて、筆を手にしながら書きだしを考えていると、どんな連想からだろう、とつぜん真沙の頭に奇妙な疑いが湧《わ》きあがった。それは伊助が良人の昌蔵ではないかということだ。この奇妙な疑問が、なにを根拠に起ったかわからないが、ふとそう思ったとたんに、非常な確実性をもって真沙の頭を占領した。それは八年のあいだ、無意識に溜めていた印象の断片が、自然の機会を得て、一つのかたちを成したとも云える。

「ああ」真沙は低く呻《うめ》きながら筆をおいた。

樫木が伐倒されたのであろう、だあっと凄《すさ》まじい物音がし、地面が揺れた。

真沙は身震いをした。柘榴、——松室へ嫁したはじめの頃、昌蔵は柘榴の実を割って、その美しい種子粒を妻の軀に譬《たと》えた。伊助は納屋の前で掌に同じものを載せ、近づいて来る人のけはいにも気づかぬほど熱心に眺めていた。あのときの度外れな驚きようは、単にぼんやりしていたための驚きだろうか。……真沙の潜在意識の中から、八年間のあらゆる記憶が甦《よみが》えってくる。彼の身振り、言葉の端はし、笑う口つき、ものを見る眼もと、そしてまた柘榴。

「だがどうしたのだろう」真沙はふと庭のほうへ眼をやった。「——なにも聞えない。樫の倒れる音がしたっきりだ」

たしかに、樫の倒れる凄まじい音と地響きがしてから、急にひっそりとなにも聞えなくなった。……真沙は立って縁側へ出てみた。庭の向うがひとところ、嘘のように明るくなって、これまで見えなかったお城の巽櫓《たつみやぐら》が正面に眺められる。樫木は斜面の低いほうへ倒れ、鮮やかに新しい切口をこちらへ見せている。なんの音もしないし人の影もない。——その異様な静かさは真沙をぞっとさせた。なにか起った。なにか非常な事が起った。こう直感するなり、彼女は跣足《はだし》で庭へとびだしていた。

伊助は樫木の下敷になっていた。腰骨のあたりを押《おし》潰《つぶ》されて……。彼は唇まで紙のように白くなり、歯をくいしばっていた。真沙は悲鳴をあげて、小間使と下女の名を呼びながら伊助の側へ膝《ひざ》をついた。——駈けつけて来た下女と小間使が、とりみだして騒ぐのを叱《しか》りつけ、一人を医者へ、下女には人を四五人呼んで来るように命じてやった。

「しっかりして下さい。もうすぐ人が来ます。医者もすぐ来ますよ。わたしがわかりますか」

「構わないで——」伊助はほとんど声にならない喉声《のどごえ》で、眉をしかめながらこう囁《ささや》いた。「年を取ったのですな。足を滑らせまして、……ばかな事です」

真沙は伊助の肩へ手を掛けた。そしてじっとその眼をみつめながら云った。

「本当のことを云って下さい。——あなた昌蔵どのではございませんか。あなたは松室昌蔵どのではございませんか」

伊助は口をあき眼を瞠《みは》った。その大きくみひらかれた眼を、光のようにすばやく、なにかのはしるのが感《い》じられた。真沙は両手で彼の肩を摑み、顔と顔を重ねるようにして呼びかけた。

「仰《おっしゃ》言って下さい。傷は重うございます。これが最期になるかも知れません。本当のことをひと言だけ聞かせて下さいまし。あなたは真沙の良人でございましょう——」

伊助はじっとこちらを見た。黙って、かなりながいこと真沙の眼を見上げていたが、やがて静かに頭を左右へ振った。そして、ごく微《かす》かな、殆んど聞きとれないような声で、「いい余生を送らせて貰いました」と囁いた。

後の月の招宴はとりやめにした。伊助のなきがらを埋めた庭の隅の、灌木に囲まれた日溜りに、よく鵯《ひよどり》が来ては鳴いていたが、間もなく雪が来て凡《すべ》てを白く掩《おお》い隠してしまった。

……凍った根雪の上にまた雪が降り、その上にまた積っては凍りしてからも、真沙は伊助の墓標の前へいって物思いに耽《ふけ》る習慣をやめなかった。

伊助は自分が昌蔵であるということを否定した。それはそのままに受取ってもよいし、また否定のかたちをとった肯定と解釈してもよい。真沙もすでに六十三歳になっていた。言葉やかたちで示すもの以外の、もっと深くより真実なもの、人の心の奥深く秘められたものを理解する年齢に達していた。八年いるうちには、真沙があれからずっと独身でとおしたことも知って呉れたであろう。伊助も「いちど妻は娶《めと》ったが、うまくいかずに別れた。それ以来は妻もなし子もない」と語ったことがある。――そして伊助が昌蔵であったにせよなかったにせよ、最期に囁いた彼の言葉は、真沙を慰めるのに十分であった。

――いい余生を送らせて貰いました。

（〈サン〉一九四八年六月号）

山茶花帖《さざんかちょう》

一

その仲間はいつも五人づれと定《きま》っていた。こういう世界のことで身分の詮索《せんさく》はしない習わしであるが、おそらく三千石以上の家の息子たちに違いない、ときたま取巻きを伴《つ》れて来たりすると、遊び振《ぶり》に育ちの差がはっきりみえる。ごくおっとりとした勤めよい座敷なのだが、井村と呼ばれるその男だけは初めから酒癖が悪く、芸妓や女中たちをてこずらすので嫌われていた。

——その夜は五人のほかに初めての客が一人加わっていた。年は二十五六であろう、ぬきんでた人品で、眉の凜《りん》とした、唇の小さい、羞《はに》かんだような眼の、どこかにまだ少年の俤《おもかげ》の残った顔だちであるが、時にびっくりするほど表情に威の現われるのが注意をひいた、彼はその仲間から「結城《ゆうき》」と呼ばれた。

——どこかで見たことのあるお顔だ。

八重《やえ》は客のあいだを取持ちながら頻《しき》りに首を傾《かし》げた。幼な顔のほうだろうか、威厳の現われるほうだろうか、どちらともはっきりしないが慥《たし》かにどこかで会ったことがある、それもすぐに思いだせそうなのだが。——井村はひどく荒れていた、なだめると却《かえ》っていけないので誰も構わない、いつもならそのうちに酔い潰《つぶ》れるのだが、その夜はしつこく八重に絡んできた。

「おい八重次、おまえいやに鼻がつんとしてると思ったら漢学をやるんだってな、たいそうな見識だ、いったいどういう積《つ》りなんだか聞かして貰おうじゃないか」

座にいる妓《おんな》たちの眼が自分のほうへ集まるのを痛いほどはっきり感じながら、八重はできるだけさばさばと笑って受けた。

「井村さんにかかっては手も足も出ません、お願いよ、もうこのくらいで堪忍《かんにん》して下さいまし」

「そいつはこっちで云う科白《せりふ》だ、芸妓のくせに漢学をやる歌を詠《よ》む、おまけに絵を描くというんだからやりきれない、どうせ跛《ちんば》の高跳びだろうが、おまえその手でいまに家老の奥へでも坐ろうという積りじゃあないのか」

「あら嬉しい井村さん貰って下さるの」

わざとはすはに云ってすり寄り、椀の蓋《ふた》を取って相手に差した。この話題だけはすぐに打切らなければならない、そのためには酔い潰すよりほかに手はないのである。

「かための盃《さかずき》よ、はい受けて下さいまし」

「よし受けてやろう、だが肴《さかな》に望みがあるぞ」

注がれたのを三杯、ぐっぐっと呷《あお》ったが、さすがに上躰《じょうたい》がふらついて片手が畳へ滑った。顔色がさっきから蒼《あお》いところへ、眸子《ひとみ》の焦点が狂って相貌《そうぼう》がまるで変ってきた。

「八重次、おまえの三味線を持って来い」

はいと立って、隅に置いてあったのを持って来た。かりん棹《ざお》のごくありふれた品であるが、七年まえ彼女が十四の年の秋に、この料亭「桃井」の主婦おもんが亡くなるとき、八重へ形身に呉《く》れていったものだ。亡くなったおもんも二十年ちかく愛用したそうだし、そんな品にしては珍らしく音色が冴えているので、八重は自分の持物の中でもなにより大切にして来たのであった。

「はい、なにを聞かせて頂だけますの」

こう云って八重がその三味線を膝《ひざ》へ置くと、井村は「おれに貸せ」と云いながら手を伸ばして来た。避けようとしたが井村の手は早くも天神《てんじん》を掴《つか》んでいた。

「ああ乱暴をなさらないで」

「貸せばいいんだ」

「お貸ししますから乱暴をなさらないで」

「いい音《ね》を聞かせてやるんだ、文句を云うな」

井村は三味線を受取ると、八重の差出す撥《ばち》をはねのけ、片膝を立てて坐り直した。

「いいか、このぼんぼこ三味線のいちばんいい音を聞かせてやる、みんなよく聞いていろよ」

三味線をそこへ横にしたと思うと、いきなり足をあげて上から力任せに踏んだ。あっという隙《すき》もなかった。棹の折れる音と絃《いと》の空鳴りを聞きながら、人々はちょっと息をのむかたちで沈黙した。――井村は唇を歪《ゆが》めて笑い、紙入から小判を三枚出すと、まっ蒼《さお》になっている八重の前へ投げてよこした。

「取って置け、もう少しはましなのが買えるぞ」

そのとき結城と呼ばれるあの客が立って来た。静かにこっちへ来ると、投出された金を集めて井村の袂《たもと》へ入れ、片手で腕の附根《つけね》のところを掴んだ。

「少々やり過《すぎ》るな井村、おまえ悪酔いをしたんだろう、あっちへいって少し風に当るがいい、おれが伴れていってやる、さあ立て」

よほど強く摑まれたのだろう、井村は低く唸《うな》り声をあげてよろよろと立上った。結城という客は片手でそれを抱えながら、

「済まなかったね」

と囁《ささ》やくように八重へ云い、そのまま廊下へ出ていった。八重はああと口のうちで叫びそうになった、今こっちを見て囁やいた声、廊下へ出ていった後ろ姿、——あの方だ、あの方だった。

思いだしたのである、その声とその後ろ姿から、はっきり八重はその人を思いだしたのである。彼女は云いようのない羞恥《しゅうち》のために、踏折《ふみお》られた三味線をそこに残したまま、逃げるようにその座敷から辷《すべ》り出ていった。

二

城下町の東に当る松葉ケ丘に持光寺がある。永平寺系の古い禅刹《ぜんさつ》であるが、それよりも境内に山茶花《さざんか》が多いので名高く、季節にはそれを観に来る人のために茶店が出るくらいだった。八重はごく幼ない頃からその花を知っていた。いちばん初めは五歳から七歳へかけてのことで、哀しさと恥ずかしさに今でも身の竦《すく》む思《おも》出《いで》である。担ぎ八百屋をしていた父に死なれ、八重をかしらに三人の子を残された母が、どのようにして生計を立てていたかは覚えていない。ただ持光寺に葬式があると八重は妹を背負ってお貰いにいった。葬列の左右に並んで投げ銭を拾うのである。それから会葬者の尻について、菓子とか饅頭《まんじゅう》などの施物《せもつ》を貰って帰るのだが、幼な心にもどんなにそれが恥ずかしかったか知れない——泣きむずかる背中の妹をあやしながら、施物の始まるまで境内で待っている、われながら哀れなよるべない気持だった。ふと気がつくと山茶花が咲いていた、まだ若木で高さも五尺そこそこである、おそらく初咲きなのだろう、純白の花が一輪、あとは綻《ほこ》ろびかかったのと蕾《つぼみ》と合せて七八つばかりしか数えられなかった。

そこは講堂の裏に当る日蔭《ひかげ》だった。雪のように白い

弱そうな、しんとしたその花を眺めていると、ふしぎに胸がしずまり、誰かに慰さめられているような気持になった。——あたしは可哀そうな子、おまえも可哀そうな花。そんなでたらめな言葉が口に出て、暫《しば》らくは哀しさよるべなさを忘れていた。どうしてそんなに強い印象が残ったのだろう、それからは葬式のない日もよく持光寺へいった、花の季節には雨の日にもいったことを覚えている。

八重が十歳になるまでの貧しい生活は、詳しく記すに耐えない。幾日も水のような粥《かゆ》を啜《すす》ったことがある、母は料亭の下働きに出たり、土工のようなこともしたらしい。腹をへらして泣く弟と妹を左右に抱きながら、時雨空《しぐれぞら》の街角の暗くなるまで、母の帰りを待つときの悲しさ、雨続きの日には小さな妹を負《おぶ》って、僅《わず》かな銭を借りるために何軒かの家をまわって歩いた。——彼女が十になった年の秋、はやり病で弟と妹をいっぺんに取られ、母が長患《ながわず》らいの床に倒れた。これらの入費をどうしてまかなうことが出来よう、人が中に立って料亭「桃井」から幾許《いくばく》かの金が渡され、八重は桃井へ住込んだ。母親は二年病んで死んだが、身のまわりの寂しさは別として、医者にも薬にもさして不自由はしなかったようだ。もちろんそれはみな八重にかかってきたのであるが、そのことに就《つい》ては少しも負担は感じていない、一流の腕にさえなればそのくらいの借《かり》を返すのは訳のないことだ。ただ「貧乏は怖い」ということだけは骨身にしみていた。どんなことをしても再《ふた》び貧乏な暮しだけはしたくない、それには人にぬきんでなければならぬ、人と同じことをしていたのでは末が知れている。……子供ごころにも八重はかたく心をきめ、三味線や唄や踊りの稽古《けいこ》をするひまひまに、主婦のおもんについて仮名文字を習いだした。

年より長《た》けてみえる八重は十三の春から客席に出た。桃井は格式のある家で、客は身分のある武家が多い、どこか違うのであろう、八重は早くからその人たちに愛されたが、同じ理由で十二人いる抱え芸妓からは白い眼で見られた。客席へ出るようになれば外の使い走りはしなくともよいのであるが、八重はあね芸妓たちから暇もなく追い使われた。

——字なんか書いてる暇があるんならちょっと香林《こうりん》坊《ぼう》までいって来てお呉れ。

こんな風によく云われた。それを庇《かば》って呉れたのが主婦のおもんであった、おもんは字のほかに算盤《そろばん》や針の持ちようも教えて呉れた。主婦が亡くなってからは、主《ある》じの平助が眼をかけて呉れたが、男のことで細かいところには気がつかず、八重には辛い年月《としつき》が続いた。──十六の年の冬のことである、吉弥《きちや》というあね芸妓にひどく叱《しか》られて、ふらふらと外へ出たまま持光寺へいった。なんの積りもなかったのだが、講堂の見える処《ところ》まで来たときはっと昔のことを思いだした。あの施物を待つあいだに見た白い山茶花のことを、……八重は裏へまわっていった、するとそこの日蔭の沈んだ光のなかに、山茶花が白く雪のように咲いていた。八重は大きく育ったその木の側に近寄り、あふれてくる涙を拭きながら別れた友をでも見るようにじっとその葩《はなびら》に眺めいった。

私は可哀そうな子

おまえは可哀そうな花

幼ない日でたらめに口にのぼった言葉が、そのまま舌の上にかえって来た。涙は後から後から溢《あふ》れてくるが、胸はふしぎにしずまり慰さめられるような気持になった。──そのときから八重はその花を写すために、たびたび持光寺を訪ずれたのである。

三

おと年の冬だった。朝もまだごく早い時刻に、八重は持光寺の講堂裏で、あの山茶花の前に跼《かが》んでいた。紬縞《つむぎじま》のくすんだ着物に黒い帯、髪は解いて背へ垂れているし、もちろん白粉《おしろい》も紅も付けてはいない。──講堂の石垣の上に矢立硯《やたてすずり》と水を入れた貝を置き、紙と筆を持って跼んだまま花を見ている。地の上には霜が白く、空気はきびしく凍《い》てて澄徹《すみとお》り、深い杉の森に囲まれた境内には小鳥の声も聞えない。……八重は心を放って静かに眺め続ける、やがて気持がおちつき、頭が冴えて、すがすがしい一種の香気に似たものが胸に満ちてくる、そのとき初めて八重は筆を取る、すらすらと自在に筆の動くこともあるが、たいていは渋滞しがちで、思う半分もかたちが取れないでしまう、然《しか》しそれはそれで悪くなかった。八重は絵を描こうとするのではない、花の気品をさぐるのが目的であった。かたちは取れなくとも、その花のもっている気品が幾らかでもつかめていると思えるときは満足であった。

その朝は珍らしく筆の辷《すべ》りがよくて、五枚ばかり続けさまに写した。咲き切ったのと、蕾を添えた半開の枝とを、――そのうちにどういうきっかけであったか、ふと後ろに人のけはいを感じて振返ると、そこに一人の若侍が立ってこちらを見ていた。際立った人品で、凜と張った眉と小さな口が眼を惹《ひ》いた、幼な顔でいて自然に備わる威があった。

「失礼しました」若侍はこう会釈をした、「――あまり珍らしい描きようをなさるので、お邪魔になるのを忘れてつい拝見していたんです、失礼ですが誰に就て学んでいらっしゃるんですか」

「いいえほんの我流でございますの」

八重は恥ずかしさに全身が赤くなるかと思え慌てて描いたものをまるめながら立上った。若侍もちょっと戸惑いをしたようすだった。彼は持っている扇で無意味に袴《はかま》をはたいた。

「四五日まえに江戸から来たばかりで、此処《ここ》の山茶花がみごとというから観に来たんです、貴女《あなた》はいつも来るんですか」

「いいえときたまでございますわ」

そこでまた話しが途切れた。八重はなにかつぎほをと焦ったが、なにか云えば日頃の生活が出そうでどうにも口がきけなかった。――若侍は会釈をしてすぐにそこを立去った。八重はその姿が山門の彼方《かなた》へ隠れてしまうまで見送っていた、云いようもなくなつかしい後ろ姿であり、心に残る声であった。八重は自分の髪かたちをふりかえって、そのように地味づくりにして来たことをせめてもの救いに思った。

――どんな家の娘とお思いなすったかしら。

早朝の寺の境内で、ひとり山茶花を写している娘、なにも知らないあの人がそれをどんな風に想像するだろうかと、八重は飽きずに考え続けるのであった。

――それから五六度《たび》も持光寺へいったが、その年はそれっきり会わず、忘れるともなく忘れていたのであるが、去年の十一月はじめ、いつものとおり講堂裏で山茶花を写していると、思いがけなくその人に声をかけられた。

「また会いましたね」こう云って彼は近寄って来た、

「——そしてまた山茶花ですか」

まったく思いがけなかったのと、去年の印象がいっぺんに甦《よみ》がえってきた心の動揺とで、八重はちょっと膝の竦《すく》むような感動を受けた。その人は振返って山のほうを見ながら、「こうたくさんあると、山茶花もうるさいですね」

そんなことを独り言のように云った。

こちらからはなにも話しかけることができず、あっけなく別れてしまったが、その人の俤《おもかげ》は八重の心にしみついて離れなくなった。花の終るまで、殆《ほと》んど毎日のように持光寺へいってみたが、その年も二度と会うことはできなかった。——そして今年になって、もう二十日ほどまえから、たびたび寺へ花を写しにいっているのであるが、まだその人の姿をいちども見なかったのである。もう花は間もなく終ってしまうのにどうなすったのだろう、……八重はおちつかない日を送った。こんど会えばなにかがひらけそうであった。なにがどうひらけてゆくかはわからないが、漠然とした新らしい運命が感じられた。

——山茶花もこうたくさんあるとうるさいと仰《おっ》しゃった、それでもういらっしゃらないのかも知れない。半ば諦《あき》らめかかっていたとき、まるで考えもしなかった場所でその人に会ったのである。その人にだけは会いたくない場所で、その人にだけは見られたくない姿で。——

四

雨の日が続いた。そのまま雪になるように思えた。八重は病み疲れた人のように、雨の音を聞いては溜息ばかりついていた。

——あの方は自分に気がついたろうか。

——自分だということがわかったとしたらどんな風にお思いなすったかしら。

紬縞の着物に束《つか》ね髪の、町家の娘としかみえない姿で山茶花を写していた姿には、お心を惹かぬまでも好意はもって下すったに違いない。それが料亭の抱え芸妓で、客に三味線を踏折られるような、みじめな姿を御覧になって、同じ人間だということをお知りになったらどうお考えなさるだろう。

――でもお気がつかずにいたかも知れない。

余りに姿が変っていたし、お声もかけて下さらず、そんな容子《ようす》もみえなかったから。そうも思ってみた、然しどう思ってみたところで心はおちつかず、絶えずものに怯《おび》えているような気持で日を送った。

結城新一郎はあの日から七日めの宵に独りで桃井へ来た。名指しで呼ばれたがその人とは思いもよらず、座敷へいってみてはっと息の止るほど驚ろいた。新一郎はかげのない眼で微笑した。疎《うと》からず親し過ぎず、然も温かな包むような微笑であった。

「今日は届け物があって来たんだ」彼はこう云いながら、側に置いてある桐《きり》の箱をこっちへ押してよこした、「――あけて見てごらん」

八重は挨拶の言葉にも苦しみながら、すり寄って箱の紐《ひも》を解いた。中にはその頃まだ珍らしい継ぎ棹の三味線が入っていた。出してみろと云うので、そのとおり出して棹を継いでみた、紫檀《したん》のすばらしく高価な品らしい、八重が膝へ据えるのを眺めながら、新一郎は静かなさりげない調子で云った。

「私の亡くなった母がつかったものなんだ、私に教えてそれを呉れる積りだったらしいんだ、芸ごとの好きなひとでね、鼓だの笛だの色いろやったらしい、三味線がいちばんものになったようだって父は云っていたが、……私はまたてんでいけないんだ、弾いてみて気にいったらつかって呉れ」

「勿体《もったい》のうございますわ、こんなお立派なお道具を、わたくしなどがお預かり申してもそれこそ宝の持ぐされでございます」

新一郎の眼に有るか無きかの陰影が現われて消えた。ほんの一瞬に掠《かす》め去るかげだったが、八重ははっとして眼を伏せた。

「済みません、頂戴いたします」

「酒を少し飲もうか」

彼はもう機嫌のいい眉をしていた。――それが井村の踏折った三味線の代りだということは疑う余地はない、彼はなにも云わなかったが八重にはすぐわかった。あの夜、井村の投げだした金を拾い集めて返し、廊下へ伴れだして呉れたとき、それだけでも……白い眼で見ている朋輩《ほうばい》たちの前だけに嬉しかったが、彼のほうではもう代りを持って来る積りだったのに違いない。

思いつきでない親切が感じられて、八重は柔らかく抱かれるような心の温《ぬく》もりに包まれた。

　新一郎はそれから三日おき五日おきくらいに来た。やや親しく口をきくようになったのは四五回めからで、名前はそのとき初めて知った。——彼は酒が強くて、かなり飲んでも色にも出ないし崩すこともない、ただいかにも寛《くつ》ろいだように、二時間ほど飲んで話して帰ってゆくのであった。かなり遠慮がとれてから、……もう年の暮に近い頃であったが、とうとう山茶花の話しが出た。

「初めから持光寺で会った女だということを御存じでございましたの」

「井村が乱暴をしたときわかった、顔色が変って眼が据《すわ》ったよ、すぐに山茶花の娘だなと気がついた、そうでなくってもその横顔は隠せない」

「おさげすみなさいましたでしょう」

「誰が、なにを……」

　こう云ったとき彼の眼にまた一瞬あのかげがさした。八重はどきりとし、慌てて眼を伏せたが身が竦むように思った。

「あの三味線を弾いてみないか」

　彼はすぐ穏やかにこう云った。救われた思いで三味線を取りにゆき、少し離れて坐った。大阪のなにがしとかいう名のある職人の作だそうで、怖いように冴えた音が出る、とうてい八重などに弾きこなせるものではなかった。

「もうこれで堪忍して下さいまし、これ以上は息が切れてしまいますわ」

「聞いているほうでも神経にこたえるよ」こう云って彼は微笑した、「——母の弾くのはたびたび聞いたけれども、こんなことはなかったがね」

「それはお母さまがお上手でいらしったからですわ、このくらいのものになりますと相当の腕がなければ却って、——」

「では少し稽古をおしよ」

　新一郎は静かな眼でこう云った。

五

　雪に埋《うも》れて年が明けた。二月にはいる頃には二人の親しさもずっと深くなり、それにつれて朋輩の嫉視《しっし》も強くなっていった。

八重は二十一という年になって、あね芸妓の多くはそれぞれがおちつくようにおちついた。残った者はほんの二三で、いちおう姐《ねえ》さんということになってはいたが、日常の習慣の違いや座敷での客の応待などから、今でも白い眼で見られることに変りはなかった。

「結城さまって御城代家老のお跡取りでいらっしゃるんですってね」こんなことをあてつけがましくよく云われた、「——八千五百石の奥さまには及びもないけれど、せめてお部屋さまくらいにはなりたいわね」

「そう思って精ぜいてくだをつかうがいいのさ、よっぽどうまくいって槍《やり》持ちか、土方人足の神さんになるのがおちだろう、人間には分々《ぶんぶん》というものがあるからね」

八重は黙って聞きながしている、自分にあてつけていることは明らかだ、その頃には新一郎の父の大学が城代家老で、八千五百石という大身であり、彼がその一人息子だということも知っていた。初めにそれがわかっていたら八重も身を引いたであろう。然し二人のあいだにはもうそんな片付けた気持の入る隙はなかった。八重は新一郎の眼をかすめる一瞬のかげを知っていた、不必要に卑下するとき必らず表われる不快そうなあの陰影は、彼女になにかを約束して呉れるように信じられた。——この気持を信じていればいい、そのほかの事には眼も耳もかすな、こう自分を励ましていた。

「おまえ漢学をやるんだって」或夜《あるよ》、新一郎はからかうように云った、「——いつか井村が云っていたが本当かね」

「嘘でございますわ、七番町の裏に松室春樹と仰しゃる歌の御師匠さまがいらっしゃいますの、あるお客さまの御紹介で五年ほどまえから手解《てほど》きをして頂だきにあがっているんですけれど、伊勢物語のお講義を伺がっていたとき、家《うち》の朋輩の者がまちがえて漢学だなんて申したんでございますわ」

「まだ続けていっているのか」

「癖になってしまったんですわね、きっと、いかない日はなんですか忘れ物でもしたようで」

「三味線より性に合ってるらしいな」

「そんなことはございません」こう云ってからすぐに赤くなった、「——あら、でもあのお三味線が弾けるような方は、それこそ何千人に一人というくらいでございましょう、どうしたってわたくしなどには無理でございますわ」

「大阪に母の師匠の検校《けんぎょう》がいるが、習う気があるなら来て貰ってやるよ」

どういう積りでそんなことを云うのかと、八重は男の顔色をうかがったが、新一郎は漫然と微笑しているだけであった。——雪解けの季節までそんな調子で逢い続けた、あとで考えるとそれが二人にとっていちばん楽しい時期だった。過去も未来もなく逢っている現在だけに総てを忘れる、逢っているだけで充分に仕合せだった。もう三味線を弾けというようなこともなく、唄をうたう訳でもない、酒を飲んで、とりとめのない話しをして別れる、それ以上のことはなにもなかった。時には向合ったままぼんやりと黙って過すようなこともあるが、それでさえそれなりに心愉しい時間だったのである。

暖かい雨が降りだし、みるみる雪が溶けはじめると、誘われるように客が多くなり、桃井の広い座敷も夜ごと賑《にぎ》やかなさんざめきが続いた。——そんな一夜、井村をまじえたあの五人づれが飲みに来た。初めからようすがおかしいと思っていたが、盃がまわりだすとすぐ一人が八重に向って新一郎のことを云いだした。

「だいぶ噂《うわ》さが高いが、相変らず結城の若旦那はやって来るかね」

「今夜あたりも来ているんじゃないのか」

別の一人がそう口を入れると、井村が卑しめるように冷笑して云った。

「彼は江戸でも相当だらしなく遊んで、詰《つま》らない色街の女なんぞと出来たりしたもんで、予定より三年も早く追い返されたんだそうだが、いちどしみついた癖は治らないもんだ、こんどはどこへ追っ払われるかさ」

「心配はいらない、八重次が付いてる」

「竹の柱に茅《かや》の屋根といくか」

棘《とげ》のある言葉が続いた。みんな大身の息子たちで、これまでそんな風な口をきいたことがない、なにか理由がありそうに思えた。新一郎とかれらのあいだに、八重などに関わりのないなにかの事情が起ったように。

……それから三日ほど間をおいて新一郎が来た。別に変ったところもみえず、毎《いつ》ものとおり寛ろいで楽しそうに飲んでいたが、そのうちにふとさりげない調子で微笑しながらこっちを見た。

「少し足が遠のくかも知れないよ」

「なにかございましたの」

「いや大したことじゃない、ちょっと訳があって睨《にら》まれてるんだ、そう長いことじゃないから少し辛抱しよう」

さりげない云い方が却って八重には強く響いた。そしてはいと答えながら、暗い不吉な予感のために胸がふるえた。

六

訳があって睨まれていると云う。はたしてなにかあったのだ、然しなにがあったのだろう。まるで違う世界のことで、八重などにはどう推察しようもなかったが、それだけ不安も大きかった。――大したことではないと云ったけれどもしもあの方の身に間違いでもあったら、こう思うと、居ても立ってもいられないような気持に駆りたてられた。

中一日おいて、暖たかく晴れた日の午後、川岸の「西源」という料亭から八重に呼状が来た。この土地ではよその抱え芸妓を呼ぶということは稀《まれ》である、殊に西源という家はあまり縁がなかったけれど、なにやら誘われるような気がしてでかけていった。――そこは町の西の端《はず》れで、川に面して広く庭を取り、まわりに椎《しい》や杉や松などの深い樹立《こだち》がある、八重が入ってゆくと女中が出て来て、「そのままこちらへ――」と庭づたいに案内して呉れた。川のほうへ寄って藪囲《やぶがこ》いをした別棟《べつむね》の離れが建っている、茶室めいた造りで、入口に苔《こけ》の付いたつくばいなどがあり、満開の梅がぬれ縁のさきまで枝を伸ばしている、その梅の脇に新一郎が立っているのを見て、八重は思わずああと声をあげた。彼は微笑しながら頷《うな》ずいて、先にぬれ縁から座敷へあがった。

「名を云わないんで来るかどうかと思っていたんだ、――驚ろいたかね」

「びっくり致しましたわ、まさか貴方《あなた》とは思いもよりませんでしたもの」

「あんなことを云った一昨日の今日だからね」

支度の出来ている膳《ぜん》の前へ坐ると、新一郎はこれまでに見たことのない眼で、じっと八重の顔を見まもった。――抑えかねた感情の溢れるような眼である、それはまっすぐにそのまま八重の心へくい入ってきた。

新一郎は黙って手を差出した、同時に八重はそれを両手で握り、膝をすり寄せた。かっと頭へ血がのぼり、一瞬なにも見えなくなった感じで、気がつくと肩を抱《だき》緊《し》められていた。軀《からだ》じゅうが恥ずかしいほどわなわな顫《ふる》えた。

「山茶花を描いているのを見たときから」彼は囁やくように云った、「――あのときから八重の姿が忘れられなくなっていた、一昨日あんなことを云って、暫らくは逢うまいと決心してから、……初めてそれがわかったんだよ」

八重はむせびあげた、よろこびというより寧《むし》ろかなしく切ないような思いだった。彼は抱いている手を少しゆるめ、涙で濡れた八重の顔を仰向かせた。

「これ以上なにも云わなくてもわかるな、八重、……簡単にはいかない、色いろ障害があるだろう、もう暫らく辛抱するんだ、いいか私を信じているんだよ」こう云ってそっと手を放しながら、彼は明るく微笑した、「――さあ涙を拭いておいで、今日は悠《ゆっ》くりしていられないんだ、楽しく飲んで別れよう」

八重は夢のなかにいるような気持だった。陶酔と云ってもよいだろう。初めて持光寺で見たときから、――男のそう云った言葉がいつまでも耳に残り、それが譬《たと》えようのない幸福感で彼女を押包んだ。その日は半刻《はんとき》ほどして別れたが、翌日また西源から呼ばれ、それからは三日おきくらいに逢い続けた。

「こんなことを申上げるとまたお叱りを受けるかも知れませんけれど、わたくし段々こわいような気持になってきますわ、だってあんまり仕合せが大き過ぎますから」

「自分のものに気臆《きおく》れをしてはいけない、仕合せはこれからじゃないか」

「それが信じられなくなってゆくようなんですの、貴方のお心もよくわかっていて、このほかに生きる希望はないのですけれど、なんですか誰かの仕合せを偸《ぬす》んでいるような気持で――」

「人間は幸福にも不幸にもすぐ馴れるものさ、いまにもっと幸福を望むようになるよ」

そんな問答がときどき出た。八重は誇張して云っているのではなかった、新一郎が将来の約束をして呉れてから、日の経つにつれてふしぎな不安がわいてきた。眼のまえに開けている運命がどうしても自分のもののように思えない、彼が愛を誓えば誓うほど、それだけずつ自分が遠くなってゆくような気持さえする、――いつかは醒《さ》める夢だ、そんな囁やき声まで聞えるように思うのであった。

「もうたくさんだ、その話しはよそう」

なんどめかに新一郎は語気を強くしてこう云った。

「悪いことばかり考えていると本当に悪い運がやって来る、私を信じることが出来るなら、そのほかのことはなんにも思う必要はないじゃないか、それは愚痴というものだ」

「ごめんあそばせ、もう決して申しませんわ」

八重は新一郎の手を求め、その手に頰を寄せながらあまえるように見上げた。彼は手を与えたまま庭のほうを見ていた。八重はそのとき彼の眼のなかにも、自分と同じ不安のかげが動くのをありあり見たと思った。

七

春の遅いこの土地では、梅の散るより早く桃や桜が咲きはじめる。西源の離れのぬれ縁に立つと、川の中に延びている二つのかなり大きな洲《す》が、林になっている松の木越しに見える。つい昨日まで白茶けた枯れ葦《あし》で蔽《おお》われていたのに、猫柳がいつか柔らかい緑の葉をつけ、葦の芽立ちが青みをみせ始めてきた。

「私の母は普通とは違う神経があったようだな」

或日の昏《たそが》れ方《がた》、その離れの縁端に坐って、川波を眺めながら新一郎がそんな風に話しだした。それまでにも彼はよく親たちの話しをした、殊に亡くなった母のことはずいぶん詳しく、時には同じことを二度も繰返すほど楽しそうに話す。はじめは家庭の容子を知らせて呉れるためだと思っていたが、聞いているうちにそのひとの人柄がありありと眼にうかぶようになり、こちらから話しをせがむようにさえなっていた。

「例えば雨が降るとか地震が揺《ゆす》るとかいうときは、たいてい五拍子ばかり先にわかるんだ、ああ雨ですねと云う、冗談じゃない、いま見たら星が出ていたよ、父がこんなように笑うと間もなくぱらぱらと聞えてくるんだ」

「御自慢でございますね」

「あけっ放しで自慢するんだね、子供のように嬉しそうなんだ、そらごらんなさい降って来たでしょうって、……地震のときはもっと確実だった、さっと顔色が変る、こうやってすばやく天床《てんじょう》を見あげてああ地震だと呟《つぶ》やく、居合せた者がはっとしたように息をのむと、五つ勘定しないうちにきっと揺れてきたね、そう云われてもわからないくらい小さな地震でも必らず母にはわかるんだ」

「芸ごとに御《ご》堪能《たんのう》でいらっしゃったのですから、神経がそれだけ細かかったんですわ」

「もっとおかしいのは、この頃の陽気になると思いだすんだが、蛇が穴からぬけるのがわかると云うんだ、誰も信用しなかったが大まじめでね、なにかしているのを止《や》めてふとどこか遠くの物音でも聞くような眼つきをする、それからこういう具合にその眼をつむって、ああ蛇が――」

そこまで云いかけたとき、突然さっと彼の姿勢が変った。動作には殆んど現われないが、なにか異常な事が起ったという感じは八重にすぐ響いた。新一郎は手招きをしながら立ち、座敷に附いた戸納《とだな》を明《あ》けて、この中へ入れと口早に云った。

「おれを跟《つ》けまわしている連中だ、ちょっと騒《そう》ぞうしくなるかも知れないが決して出ちゃあいけない、いいか」

夜具の積んである一隅へ、八重は身を縮めて入ったが、軀がひどく震えた。――新一郎は八重の穿物《はきもの》を片づけたらしい、そのすばやい動作に続いて、ぬれ縁の先へ四五人の近寄る足音が聞えた。

「やあ、折角《せっかく》しけこみの邪魔をしたようだな」

こう云ったのは井村の声であった。

「午睡《ひるね》をしに来ていたんだ、お揃《そろ》いでどうしたんだね」

「美人は早くも雲隠れか」やはり井村のせせら笑う声だった、「――相談があって来たんだ、構わないからみんな上ろう」

「堅苦しい話しは御免蒙《こう》むるぜ」

「なに堅苦しかあない、例の問題から手を引いて貰えばいいのさ、来月は殿さまが御帰国なさる、こっちはそれまでに片を付ける必要があるんだ」

「まえにも云ったが、その話しならおれのところへ持って来たってしようがない、おれはまだ部屋住《へやずみ》だよ、御政治むきのことにはまるで縁がないんだから」

「結城さんそれは本気で云うんですか」

聞いたことのない若い声である、少し嗄《しやが》れて殺気立っているのがよくわかった。

「御帰国と同時に貴方が城代家老の席に直り、御改革とやらいう無謀な政治を始めるということは我われにはよくわかっているんです、貴方は江戸で勉強して来られたか知れないが、一知半解《なまはんか》の机上論で、長い伝統を叩き毀《こわ》すようなことはして貰いたくありません」

「繰返して云うが私はなにも知らない」新一郎は穏やかに制止した、「——私にそんな力があると思うのは誤解だ、御改革があるとすれば老臣一統の協議であって、その是非は殿さまが御裁決をなさるだけだ、そこもと達は拵《こし》らえられた風評に騙《だま》されている」

そこから問答は烈《はげ》しくなり、八重には理解のできない言葉の応酬が続いた。新一郎はできるだけ冷静にしようと努めるらしいが、相手は反対に熱狂的で、殊に嗄れ声の一人はしだいに暴言を吐きだしたと思うと、急にだっと畳を踏みながら絶叫した。

「逃げ口上はたくさんだ、議論では埒《らち》があかぬ、外へ出よう」

八

だだっと総立ちになったようだ。——八重は思わず手を握り緊めた、喉へなにか固い物がつきあげるようで、息が詰り、踞《かが》んでいる膝が激しくおののいた。

「いやだね、そんな事はまっぴらだ」

新一郎の声は含み笑いをしているように静かだった。

「卑怯者《ひきようもの》、刀が恐ろしいか」

「人間の馬鹿のほうがずっと怖い、井村——おまえの友達なんだろう、伴《つ》れてって呉れ」

「彼は真剣なんだよ」井村の嘲《あざ》けるような声がした、

「――立合ってやるほうが早いじゃないか」

新一郎はちょっと黙った。井村の態度をみきわめたらしい、そうかと云うと静かに立上るけはいがした。

「そうか、その積りで来たのか、井村」

「なんの積りもないさ、おれはただの立会人だ」

「よかろう、それで責任が遁《のが》れられたら結構だ、諄《くど》いことは嫌いだからひと言だけ云って置くが、おれが結城新一郎だということと、そろそろ辛抱を切らしたということを忘れるな」

云い捨てて庭へ下りたらしい、殺気に満ちた足音と声が遠くなり、嗄れた叫びが聞えたと思うと、突然ぱったり物音が絶えた。――ぞっとするような緊迫した沈黙のなかに、空の高みで雲雀《ひばり》の鳴くのが聞えた。

――新一郎さま、……貴方。

八重はがくがくと震えながら、暗がりの中でひしと合掌した。相手は少なくとも四五人いるらしい、あの方は斬られる、これでなにもかもおしまいになるのだ。絶望が胸をひき裂き、出てゆこうとして襖《ふすま》に手をかけた。――その瞬間にするどい絶叫が起り、人の倒れる響きと、ぬれ縁へ刀の落ちる烈しい音がした。

待て待てと喚《わめ》きながら二三人の人の駈けつけて来たのはそのときであった。人の倒れる不気味な響きを聞いて、八重は殆んど失神しかかっていたが、駈けつける人の足音と、ずぬけて高い喚き声に、はっと眼の覚めるような気持で耳を澄ました。――二人か、せいぜい三人くらいであろう、走り続けて来たものとみえ、喘《あえ》ぎ喘ぎ叱咤《しった》するのが聞えた。短慮なとか、愚か者とか、侍の本分などと云う烈しい語調が、矢継ぎ早に響いてきた。あとで考えると、それが桑島儀兵衛だったのである。

「中老職として命ずる」りんりんと響く声でその人は云った。「――沙汰《さた》のあるまで双方とも居宅謹慎だ、違背する者はきっと申付けるぞ、引取れ」

そして誰かが座敷へ上って来た。新一郎であった、なにか取りに来たように装おったものだろう、戸納の側へ寄って、低い声でこう囁やいた。

「暫らく逢えないかも知れない、心配しないで待っておいで、……悪かったね」

うっと八重は泣きそうになった。御無事でようございました、去ってゆく彼の足音を聞きながら、彼女は全身でこう呼びかけていた。――貴方こそ八重のことなど御心配なさいますな、本当に御無事でようございました、わたくし大丈夫でございます。

惧《おそ》れていたことが現実になってあらわれたのは、それから僅かに七日後《のち》のことであった。桃井へ来る武家の客たちから、西源での諍《あら》そいの始末が聞けるかと思ったが、おもて沙汰にならなかったものかそんなような話しは絶えて出ない、ただ老職のあいだに対抗勢力があって、城代家老は去就に苦しんでいるだろうというようなことを聞いた。――あの日からちょうど七日めの午後、髪結いが終ると間もなく客があり、名指しで八重が呼ばれた。

客は一人で、六十ちかい肥えた老人であった。禿《は》げる性《たち》なのだろう、半ば白くなった髪が薄く、瞼《まぶた》のふくれた眼に鋭どい光のある、赭《あか》い大きな顔をした重おもしい恰幅《かっぷく》の人だった。――肴《さかな》には手をつけず、黙って酒を二本ばかり飲んだが、そのうちにぐいとこっちを睨むように見た。

「八重次というんだな、ふむ、結城新一郎を知っておるか」

八重はぎくっとして眼を伏せた。

「わしは桑島儀兵衛といって、新一郎の外伯父に当る者だ、隠さずにすっかり云え、彼となにか約束したことでもあるか」

西源の諍そいのとき駈けつけて来て喚いたあの声であった。八重はそれを思いだしたがどう返辞をしていいのかわからなかった。

「云えなければ云わずともよい、おまえが彼とゆくすえの約束をしたことは知っている、だがそれはならん、そんな馬鹿なことが許される道理はない、それはおまえもよく承知しているだろう」

「いいえ存じてはおりません」

八重は静かに顔をあげた。

「なに知らぬ、ふむ、知らぬと云えば沙汰が済むとでも思うのか」

「済むか済まぬかはあの方が御承知だと存じます、わたくしはただ新一郎さまをお信じ申しているだけでございますから」

「すっかりまるめ込んだという訳だな」

「それはどういう意味でございますか」

「問答は要《い》らん」老人は吐きだすように云った、「――話しは早いほうがいい、金は幾ら欲しいんだ」

九

八重の顔は額から蒼《あお》くなった。こういう境涯にいれば客に卑しめられる例も少なくはない、なかには妓《おんな》たちを辱《はずか》しめるのが楽しくて来るような人間もある。たいてい底が知れているので、それほど苦痛にも思わず受けながすことに馴れていたが、そのときは烈しく怒りがこみあげてきた。どうにも抑えようがなく、膝の上で手が震えた。

「失礼ではございますが貴方さまはお嬢さまをおもちでいらっしゃいますか」

「わしに娘があったらどうするのだ」

「お嬢さまがお有りになって、その方がいまわたくしのように人から辱しめ卑しめられたとしたら、貴方さまはどうお思いなさるでしょうか」

「折角だがわしの娘は芸妓にはならぬ」

「それがわたくしの罪でございましょうか」八重は殆んど叫ぶように云った、「――わたくしは五つの年から乞食のようなことを致しました、よそのお葬式へいって投げ銭を拾い、施物を貰うために、泣きむずかる妹を負《おぶ》って雪の冰《こお》る吹曝《ふきさら》しに半刻も一刻も立っていたことがございます、母は女の身で土工のようなことをしたり、料理屋の下働きや走り使いや、時にはもっとひどい稼ぎまでしたようです、それでも食いかねて、人さまの家のお台所に立ち、僅かな銭を泣いて借りまわったことも度たびございました、こんなこともみなわたくしの罪でございましょうか」

こみあげこみあげする怒りと悲しさに耐えきれなくなり、ここまで云いかけて八重は泣きだしてしまった。――袂で面《おもて》を掩《おお》い、咽《むせ》びあげていると、持光寺の境内の寒い日蔭がありありと眼に見えた、背中ではまだ乳呑み児の妹がぐずっている、手も足も凍えていた、五つか六つの自分も泣きそうな顔で、施物の始まるのを辛抱づよく待っている、われながら哀れな、よるべないみじめな姿――それがいま痛いほど鮮やかに眼にうかぶのであった。

「わたくしがこんな育ちようをせず」

八重は涙を押拭《おしぬぐ》いながら続けた。

「貴方さまのようなお家に生れ、親御さまたちに大切にされて、なに不自由なく読み書きを習い、琴華《ことはな》の芸を身につけていましたら、決して卑しいとも汚《けが》らわしいともお考えはなさいますまい、——乞食のように貧しく育ったことで、芸妓などをして来たことで、ただそれだけで、このように卑しめ辱しめられなければならないものでしょうか」

つきあげてくる嗚咽《おえつ》で言葉が切れ、八重はまた歯をくいしばって泣伏した。儀兵衛というその客は間もなく立上った、こんこんと咳《せき》をし、冷やかな、突放すような調子で、「わしは帰る——」と云った。

「近いうちに来るから、それまでに思案を決めて置け、おまえは気の毒な育ちようをしたかも知れぬが、新一郎にその責任を負わせる理由はない筈《はず》だ、——もしおまえが本当に彼を愛しているなら、自分からすすんでも身を退《ひ》く筈だと思う、そこをよく考えてみるがよい」

そして客は去っていった。

八重は数日まるで病人のようになった。食事も殆んど手をつけず、一日じゅう寝たまま、人さえいなければ泣いて過した。頭がどうかなってしまったように、纏《まと》まった考えは少しもうかばず、断片的な思出や回想をとりとめもなく追っている。——小さな弟と妹を左右の手に抱えて、昏れかかる冬の街角に立って母の帰りを待ったこと、料亭の厨口《くりやぐち》へいって残った飯や肴を貰ったこと、喰べる物がなにも無くって、母が貰って来た蕎麦湯《そばゆ》を啜り、四人で軀を寄せ合って寝た夜のこと、桃井へ来てから肌の合わないあね芸妓たちに意地悪く追い使われたこと……。

——これが自分の運命なのだろうか、ここからぬけだすことは出来ないのだろうか。

桑島儀兵衛が二度めに来たとき、八重はげっそりと痩《や》せ、泣き腫《は》らした赤い眼をしていた。そしていきなり「あの方に逢わせて下さいまし——」と云って泣きだした。儀兵衛は冷酷な眼つきで、黙って泣くだけ泣かせて置いた。八重はすっかりとりみだし、身悶《みもだ》えをして訴たえ歎願《たんがん》した。……どんな條件でもいいから二人を引離さないで貰いたい、必要なら二年でも三年でも逢わずにいよう、この土地にいて悪ければ自分はよそへ移ってもよい、また結城家の正妻にならなくとも一生かこい者でもいい、ただあの方から自分を裂かないで貰いたい、あの方なしにはもう生きることが出来ないのである。——儀兵衛は頑《かた》くなに黙っていた、そして八重が哀訴のちからも尽きて、絶入《たえい》るように泣伏してから、極めて非情な、突放した調子で口を切った。

「おまえはこんな暮しをしている女に似ず、読み書きにも明るく和学まで稽古をしたそうだ、絵も描くというから少しはものの道理もわきまえていると思ったのに、云うことを聞いてみるとどんな無知な女にも劣ったことしか考えられないのだな」

十

「人間には誰しも自分の好みの生き方がある、誰それと結婚したい、庭の広い家に住みたい、金の苦労をしたくない、美《うつ》くしい衣裳《いしょう》が欲しい、優雅に暮したい、——だが大多数の者はその一つをも自分のものにすることが出来ずに終ってしまう、それが自然なんだ、なぜなら総ての人間が自分好みに生きるとしたら、世の中は一日として成立ってはゆかないだろう、人間は独りで生きているのではない、多くの者が寄集まって、互いに支え合い援《たす》け合っているのだ、……おまえは着物を着、帯を締めているが、それは自分で織ったのではなかろう、畳の上に坐っているがその畳も自分で作ったものではない、家は大工が建て壁は左官が塗った、百姓の作った米、漁師の捕った魚を喰べている、紙も筆も箸《はし》も茶碗もすべて他人の労力に依るものだ、おまえにとっては見も知らぬこれらの他人が、このようにおまえの生活を支えている、わかるか」

儀兵衛はちょっと口を噤《つぐ》んだ。八重はまだ嗚咽が止らなかったが、老人の言葉には明らかに心を惹かれたらしく、じっと耳を傾むけて聞き入る容子だった。

「こうして多くの人に支えられて生きながら、他人の迷惑や不幸に構わず、自分だけの仕合せを願う者があるとしたら、おまえはいったいどう思うか、——新一郎は城代家老になる人間だ、藩では近く政治の御改革がある、それをめぐって新旧勢力の激しい諍《あら》そいが既に始まっている、彼は中心の責任者として当然その矢《や》表《おもて》に立たなくてはならない、御改革に反対する一派は、彼を排して別の人物を据えようとしている、新一郎の身にどんな些細《ささい》な瑕《きず》があっても、彼等はのがさず矛《ほこ》を向けて来るに違いない、新一郎の倒されることはそのまま御改革が挫折《ざせつ》することだ、……おまえとの仲はもうかなり評判になっている、これ以上逢えばもう取返しはつかない、この事情をよく考えて呉れ」

　八重はいつか坐り直していた。まだ時どきせきあげてくるが、とりみだした気持は鎮まったようだ。

「こんどの御改革は大きな事業だ、五年かかるか十年かかるかわからない、殿も御一代の仕事だと仰《おお》せられ、特に新一郎を中心の責任者に選ばれたのだ、――彼の一身は無瑕でなくてはならない、後ろ指をさされるような事は断じて避けなければならない、おまえがもし新一郎を愛しているなら、彼を失脚させるような危険はさせない筈だ」

　八重は儀兵衛の云うことを聞き終ると、静かに会釈をして立っていった。顔を洗い化粧を直しにいったのであろう、戻って来たときは唇に紅の色が鮮やかだった。

「よくわかりました、我儘《わがまま》を申上げて恥ずかしゅうございました。わたくし、……仰《おっ》しゃるとおりに致します」

「そうなくてはならぬ、それでわしも舌を叩いた甲斐《かい》があった」儀兵衛はやや顔色を柔らげながら、「――おまえの今後のことはわしがどのようにも力になろう、金のことも身の振方《ふりかた》に就ても、望みがあったら遠慮なく申し出て呉れ」

「有難うございます、そのときはまた宜《よろ》しくお頼み申します」

　八重は唇に微笑さえうかべながら、こう云って静かなおちついた眼で儀兵衛を見上げた。――その夜、八重は更けてから、描き溜めてある山茶花の白描《はくびょう》を取出して見た。十八の年から三年のあいだに、数えてみると百三十枚ほどあった。初めから絵にする積りはなかったので、布置《ふち》も巧みもない稚拙な線描であるが、それだけに却ってその時その時の印象がはっきり残っている、ああこれはあの朝だった、これはあの時だった。これを描いているときに粉雪が舞いだしたので、急いで描きあげて帰ったものだ。……こんな風にして見てゆくうち、次のような歌を書入れてあるのが出て来た。

　さむしろに衣《ころも》かたしき今宵《こよい》もやこひしき人にあはでわが寝ん

　八重は思わず眼をつむった。新一郎から二度目に声をかけられた年のものだ、もういちど会えるかとひそかに待ったが、ついに会えなかった歎《なげ》きを、伊勢物語から抜いた歌に托して書入れたのである。かたくつむった眼から涙があふれ出て、白描の山茶花の上へはらはらと落ちた。

　——可哀そうな子、可哀そうな花、……いっそあのまま二度と会わないほうがよかったのに。

十一

　八重の性質は人の驚ろくほど変っていった。儀兵衛の言葉を聞いて新らしく眼がひらけたという風だ。乞食のような生立《おいたち》にも、芸妓だということにも、かくべつもう屈辱や卑下の感情は起らない、朋輩たちともよく折合うようになった。おまえさん達とは違うという、これまでの気位がとれたせいかも知れない、みんな「八重次さん」「姐さん」とうちとけてきた。——こんなに善《い》い人たちだったのだろうか。

　八重はこう思って吃驚《びっくり》することが度たびあった。一帖《じょう》の畳でさえ誰かの汗と丹精で作られたものだ、一本の柱も、一枚の瓦《かわら》も、人が生きてゆくために必要などんな小さな物も、誰かの汗と丹精に依らないものはない、……八重はいまそれを身にしみて理解する、そして自分がいかに多くの人に支えられて生きて来たか、これからもいかに多くの人の労力と誠意に支えられて生きてゆくかを思い、自分が決して孤独でもなければ閉め出された人間でもないということを感ずるのだった。

　その年の秋ぐちに、「越梅《えちうめ》」という大きな絹物問屋の隠居から、八重を養女に欲しいという話しがあった。隠居は宗石《そうせき》という俳名で知られ、桃井では古い客でもあり八重も以前からひいきにされていた。よほど気性をみこんだのであろう、養女にして然るべき婿を選び、ゆくゆくは絹物店を出してもやろうということだった。——八重は桑島儀兵衛に相談をした、儀兵衛はもちろん異議なしで、

「絹物店を出す出さぬは別として、今のような稼業《かぎょう》からぬけるだけでもよかろう」こう云ってから、ふと八重の眼をじっと見た、「――これでわしも本当に安堵《あんど》した。よく思い切って呉れたな」

八重は黙ってすなおに微笑していた。

話しはすぐに纏《まと》まった。十月にはいると間もなく八重は桃井をひき、笠町という処にある宗石の住居へひき取られた。そこは城下町の東郊に当り、附近には武家の別墅《しもやしき》や大きな商人の寮が多く、松葉ケ丘へはほんのひとまたぎでゆける。――その家は野庭づくりで、櫟林《くぬぎばやし》や竹囲いのなかに五間ほどの母屋と、別棟の茶室とがある。櫟林の中には川から引いた細い流れがあって、澄徹《すみとお》った秋の水の上へ櫟の落葉がしきりに散っていた。

家人は宗石夫妻のほかに下男下女が五人いた。もよという妻女はたいそう肥えた明るい賑やかな人で、初めから「八重さん八重さん」とうるさいほど親身に世話をやいて呉れた。――おちついた静かな生活が始まった、琴を稽古するがいいということで、盲人の師匠が三日に一度ずつ教えに来る、また歌の道をもう少し続けたいと頼んだら、「外出《そとで》はしないほうがよかろう」と、松室春樹にもこちらへ来て貰うようにして呉れた。

「これではまるで大家のお嬢さまのようでございますわ」

「越梅といえば京大阪から江戸まで知られた大家ですよ」もよ女は大きな胸を反らせながら云った、「――養女といえば娘なんですから、大家のお嬢さまに違いないでしょう、でもあたしのように肥ることはありませんよ」

八重はそれをもすなおに受容《うけい》れた。

その年は持光寺へはゆかなかった。ついひとまたぎの処ではあるが、もし新一郎が来でもして、彼と逢ったらこの気持が崩れるかも知れない、そうなっては桑島へ義理が立たぬと思ったからである。持光寺へはゆかぬ代り茶室の横に若木の山茶花が一本あるので、その花を写した。まだ花は多くは付かないが、やはり雪のように白く、然も葩《はなびら》がみごとに大きい。こんどは時間にいとまがあるので、終るまでに五十枚ほど写し、その中のもっとも気に入ったのへ、やはり伊勢物語からぬいて次のような歌を書入れた。

すみわびて今はかぎりと山里に身をかくすべき宿
をもとめん

いちばん終りの一輪を写しているときだった。まっ白に霜のおりた早朝、凍える手を息で温ためながら、殆んどわれを忘れて描いていると、後ろへそっと近づいて来る人の足音がした。宗石か、それとも妻女かと思っていたが、いつまでも声がしないので振返った。そして振返るなりああと叫び、持った筆をとり落して棒立ちになった。

結城新一郎であった。新一郎がそこに立っていた、寒さに頬を赤くし、幼な顔の残っている柔和な表情で、包むように微笑しながらこっちを見ていた。——八重はくらくらと眩暈《めまい》におそわれ、総身《そうみ》の力がぬけるようによろめいた。「ああ危ない」新一郎は駈け寄って両手で八重の肩を抱いた、「——驚ろいたんだね、堪忍して呉れ、済まなかった」

「放して、どうぞ放して、——いけません」

「いや放さない、いけなくはない、なにも心配することはないんだよ、八重、私の顔をごらん、これはみんな私と宗石とで相談したことなんだよ」

八重は失神したような眼で、半ば茫然と新一郎を見上げた。彼はその眼をしかと捉《とら》え、明るく微笑を送りながら頷ずいた。

「そうなんだ、宗石が養女にひき取ったのはおれと相談のうえだ、この次は殿村右京《とのむらうきょう》という大寄合の家へ養女にゆく、いいか、殿村から中老柏原頼母《かしわばらたのも》の養女になる、その次は結城新一郎の妻になるんだ、——桑島の伯父はひとりで肝《きも》を煎《い》ってる、苦労性でごく小心な、そして人の好い単純な伯父貴だ、然し世の中はそう息苦しいものじゃない、そんな些細なことにびくびくして、御改革などという大きな事業が出来る訳はないんだ、……八重、眼をあげてよく私の顔をごらん」

肩を抱いた片手で、彼は八重の顎《あご》を支え、やさしく仰向かせて眼と眼を合せた。

「今おまえの見ている人間は、この国の城代家老結城新一郎だ、そして私はおまえに云ったろう、信じておいで、私を信じておいでって……」

「あなた」

八重は双手《もろて》を彼の頸《くび》に投げかけ、頬へ頬をすり寄せ、全身をふるわせて泣きだした。
「あなた」

（〈新青年〉一九四八年十一、十二月号）

柳橋《やなぎばし》物語《ものがたり》

前篇

一

青みを帯びた皮の、まだ玉虫色に光っている、活きのいいみごとな秋鯵《あきあじ》だった。皮をひき三枚におろして、塩で緊《し》めて、そぎ身に作って、鉢に盛った上から針しょうがを散らして、酢をかけた。……見るまに肉がちりちりと縮んでゆくようだ、心ははずむように楽しい、つまには、青じそを刻もうか、それとも蓼酢《たで》を作ろうか、歌うような気持でそんなことを考えていると、店のほうから人のはなし声が聞えて来た。

「いったいいつまでにやればいいんだ」

「無理だろうが明日のひるまでに頼みたいんだ」

「そいつはむつかしいや、明日までというのがまだ此《こ》処《こ》にこれだけあるんだから、まずできない相談だよ」

「そうだろうけれども、どうしても爺《じい》さんの手で研《と》いで貰いたいんだ、そいつを持って旅に出るんだから」

「旅へ出るって」源六《げんろく》のびっくりしたような声が聞えた、「……おまえが旅へ出るのかい」

「だから頼むのさ、爺さんに研ぎこんで置いて貰えば安心だからな、無理だろうけれどそれでやって来たんだよ」

庄吉《しょうきち》のこえだった。おせんは胸がどきっとした、庄さんが旅に出る、出仕事だろうかそれとも、そう思ってわれにもなく耳を澄ました。

「そうかい」と源六が返辞をするまでにはかなりの間があった、「……じゃあいいよ、やっておくから置いてゆきな」

「済まない、恩に衣《き》るよ爺さん」

そしてその声の主は店を出た。おせんがその足音を耳で追うと、それが忍びやかに、けれどすばやくこの勝手口へ近づいて来た。おせんはそこの腰高障子をそっと明けた、庄吉が追われてでもいるような身ぶりですっと寄って来た。血のけのひいた顔に、両の眼が怖いような光を帯びておせんを見た、彼は唇を舐《な》めながら囁《ささ》やくように云った。

「これから柳河岸《やなぎがし》へいって待っているよ、大事なはなしがあるんだ、おせんちゃん、来て呉《く》れるかい」

「ええ」おせんは夢中で頷《うな》ずいた、「……ええいくわ」

「大川端のほうだからね、きっとだよ」

そう念を押すとすぐ庄吉は去っていった。おせんは誰かに見られはしなかったかと、……どうしてそんなことが気になるのかは意識せずに、……横丁の左右を見まわした。向う側にはかもじ屋に女客がいるきりで、貸本屋も糸屋も乾物屋もひっそりとしているし、主婦がおしゃべりでいつも人の絶えない山崎屋という飛脚屋の店も、珍しくがらんとして猫が寝ているばかりだった。障子を閉めたおせんは、笊《ざる》にあげてある青じそを取って、俎板《まないた》の上に一枚ずつ重ねて、庖丁《ほうちょう》をとりあげたまま暫《しば》らくそこに立ち竦《すく》んでいた。なんと云って家を出よう。そんなことは初めてなので、怖いようでもあるし、お祖父《じい》さんに嘘を云うことが辛かった。けれども頭のなかでは庄吉の蒼《あお》ざめた顔や、思い詰めたようなうわずった眼や、旅に出るという言葉などが、くるくると渦を巻くように明滅し、彼女の心をはげしくせきたてた。……そうだ、おせんは俎板の上の青じそを見てふと気づいた。柳原堤《やなぎわらどて》へいつも出るはしり物屋がある、このあいだ通りかかったら独活《うど》があった、あれを買って来てつまにしよう、駈けてゆけば庄吉の話しを聞くひまくらいはあるだろう、おせんは前垂で手を拭きながら台所からあがった。

「お祖父さん、ちょっといって鯵のつまにする物を買って来ますよ」

「鯵のつまだって」源六は砥石《といし》から眼をあげずに云った、「……つまなんか有合せで結構だぜ、あんまり気取られると膳《ぜん》が高くなっていかねえ」

「それほどの物じゃありませんよ、すぐ帰って来ますからね」

そしてなおなにか呼びかけられるのを恐れるように、店の脇から出て小走りに通りのほうへ急いでいった。……中通りをまっすぐにつき当ると第六天《だいろくてん》の社《やしろ》である、柳原へはそこを右へ曲るのだが、おせんは左へ折れ、平右衛門町《へいえもんちょう》をぬけて大川端へ出た。

隅田川《すみだがわ》は夕潮でいっぱいだった。石垣の八分めまでたぷたぷとあふれるような水からは、かなりつよく潮の香が匂ってきた、初秋の昏《く》れがたの残照をうけて、川波は冷たくにび色にひかり、ひとところだけ明るく雲をうつしていた。竹屋の渡しあたりを川上へいそぐ小舟が見えるほかは、広い川面《かわも》に珍しく荷足《にたり》も動かず、鷗《かもめ》の飛ぶようすもなかった。……河岸ぞいに急いでゆくと、足音に驚ろいて小さな蟹《かに》が幾つも、すばやく石垣の間へ逃げこむのがみえる。ついするとそれを踏みつけそうで、おせんははらはらしながら歩いていった。神田川《かんだがわ》のおち口に近い柳の樹蔭《こかげ》の、もううす暗くなったところに庄吉は立っていた。柳の樹に肩をもたせて、腕組みをして、どこやら力のぬけたような姿勢で、ぼんやり川波を見まもっていた。

「有難うよく来て呉れた」

彼はおせんを見ると縋《すが》りつくような眼をした。

「あたし柳原まで買い物をしにゆくつもりで出て来たの、遅くなっては困るし、もし人に見られるときまりが悪いから……」

「話しはすぐ済むよ」庄吉はおせんよりおどおどしていた。ふだんから色の白い顔が、血のけもないほど蒼くなり、大きく瞠《みひ》らいている眼は、不安そうに絶えずあたりを見まわすのだった、「……今朝とうとう幸太《こうた》と喧嘩《けんか》をしてしまった、おれはがまんして来た、きょうまでずいぶんできないがまんをして来たんだ、けれどもどうせいつかはこうなる。おれか幸太か、どっちか一人はこの土地を出なくちゃあならないんだ、そして幸太が頭梁《とうりょう》の養子ときまったからには、出てゆくのはおれとわかりきっていたんだ」

「でもどうして、どうして喧嘩になんぞなったの、幸さんとどんなことがあったの」

「今朝のことなんかたいしたことじゃあない、ただ喧嘩のきっかけがついたというだけで、はっきり云ってしまえば……」庄吉はそう云いかけてふと口を噤《つぐ》んだ、それから臆病《おくびょう》そうな、けれどくいいるような烈《はげ》しい眼つきで、おせんの顔をじっと見つめた、「……いやそれを云うまえに訊《き》いて置きたいことがあるんだ、おせんちゃん、おれは明日、上方《かみがた》へ旅に出るよ」

「……」おせんはこくっと生唾《なまつば》をのんだ。

「江戸にいれば頭梁の家で幸太の下風《かふう》につくか、とびだしたところで、一生叩き大工で終るよりほかはない、それより上方へいって、みっちり稼いで、頭梁の株を買うだけの金をつかんで帰って来る、知らない土地ならばみえも外聞もなく稼げるし、あっちは諸式がずっと安いそうだから、早ければ三年、おそくっても五年ぐらいで帰れるだろう、おせんちゃん、おまえそれまで待っていて呉れるか」

「待っているって」おせんは声がふるえた、「……あたし、庄さん」

「そうなんだ、きょうまで口ではなんにも云わなかったけれど、おれがおせんちゃんをどう思っていたかということはわかっていて呉れた筈《はず》だ、おそくとも五年、帰って来れば頭梁の株を買って、きっとおまえを仕合せにしてみせる、おせんちゃん、それまでお嫁にゆかないで待っていて呉れるか」

「待っているわ」おせんはからだじゅうが火のように熱くなった。そして殆《ほと》んど自分ではなにを云うのかわからずにこう答えた、「……ええ待っているわ、庄さん」

「ああ」庄吉はいっそう蒼くなった。「……有難うおせんちゃん、おかげで江戸を立つにもはりあいがある、そしてその返辞を聞いたから云うが、実は幸太もおせんちゃんを欲しがっているんだ、喧嘩のもとは詰《つま》りそれなんだ、だからおれがいなくなれば、きっと幸太はおまえに云い寄るだろう、そいつは今から眼に見えている、だがおれはこれっぽっちも心配なんかしやあしない、おせんちゃんはおれを待っていて呉れるんだ、どんなことがあっても、そう思っていていいな、おせんちゃん」

そのときおせんは譬《たと》えようもなく複雑な多くの感情を経験した。あとになって考えると、わずか四半刻《しはんとき》ばかりのその時間は、彼女の一生の半分にも当るものだったのだ。……おせんは覚えている、そのときあたりは昏れかけていた。つい向うに見える両国の広小路も、川を隔てた本所《ほんじょ》の河岸も、このあいだまでは水茶屋に灯《ひ》がはいり、涼み客のざわめきで賑《にぎ》わっていたのに、いまは掛け行燈《あんどん》の光もなく、並んだ茶店はもう女たちも帰ったのだろう、ひっそりと暗く葭簾《よしず》が巻いてある、もう肌さむいくらいな川風に、柳の枯葉はあわれなほど脆《もろ》く舞い散り、往来の人の忙《せわ》しげな足どりも、物売のかなしげな呼びごえも、すべてが秋の夕暮のはかなさを思わせるものばかりだった。

庄吉に別れるとそのまま家へ帰った、もう柳原へいって来るには遅いと思ったから。帰るみちみち、おせんの胸はあふれるような説明しようのない感動でいっぱいだった。それは生れて初めての、あまい、燃えるような胸ぐるしいほどの感動だった。庄吉と逢ったわずかな時間、庄吉から聞かされた短かいその言葉、その二つが彼女のなかに眠っていた感情と感覚とをいっぺんによび醒《さ》ましたのである。街の家並もたそがれのあわただしい景色も、常と少しも違ってはいないのだが、今のおせんにはびっくりするほど新しくもの珍しいように思え、こんなにしっとりしたいい町だったのかと見なおすような気持だった、源六はもう灯をいれて、砥石に向っていた。

「おそくなって済みません」おせんはそう声をかけながら、店へはいろうとしてふと気がつき表に掛けてある看板を外した、雨かぜに曝《さら》されてすっかり古びているが、まん中に御研《おんと》ぎ物、柏屋源六と書き、その脇へ小さな字で、但《ただ》し御槍《おんやり》なぎなた御腰の物はごめんを蒙《こうむ》ると書いてある、おせんは看板の表の埃《ほこり》を払いながらいった、「……このあいだ独活があったのでいってみたのだけれど、きょうはあいにくどこにもないのよ、おじいさん、かんにんして下さいね」

「だから有合せでいいって云ったんだ、つまなんぞうでも秋鯵の酢があればおれは殿様だぜ」

「それではすぐお膳にしますからね」そしておせんはもう暗くなった台所へはいっていった。

二

庄吉はその明くる日、たのんだ研ぎ物を受取りかたがた別れに来た。源六には「三年ばかり上方で稼いで来る」と云っただけで精《くわ》しい話しはしなかった。おせんには達者でいるようにと云い、おもいをこめた眼でじっとみつめながら、まるで泣いているような微笑をうかべた。そしてその日午後、品川のほうにある親類の家から旅に立つ筈で、茅町《かやちょう》の土地を去っていった。

おせんは四五日ぼんやりと、気ぬけのしたような気持で日を送った。なにかしていてもふと庄吉のことを考えている。蒼ざめた顔や、思いつめたきみの悪いような眼や、おずおずした、けれど真実のこもった囁《ささ》やき声などを、繰り返し繰り返し考え耽《ふけ》っているような日が。……その次には旅のかなたが気になりだした。もうどのくらい行ったろう、箱根はぶじに越したろうか、馴れない土地は水にあたり易いという、病みつくようなことはないかしらん、そして、よく人の話しに聞く道中の恐しい出来事や、思いがけない災難があれこれと想像されて、ぞっと寒くなるようなことも度たびだった。こういうことが半月ほど続いたあと、少しずつ気持がおちついてくるとおせんは庄吉と幸太とのかかわり、かれらと自分との繋《つな》がりを思い返した。

茅町二丁目の中通りに杉田屋巳之吉《すぎたやみのきち》という頭梁が住んでいる、家にいる職人だけでも十人ほどあり、多く武家屋敷へ出入りをする名の売れた大工だった。おせんの家は元その隣りで髪結い床《どこ》をやっていた。父の茂《も》七《しち》は彼女が十二のとき死んだが、口の重い、癇《かん》の強い性質で、あいそというものがまったく無いため、よく知っている者のほかは余り客も来なかった。また母は病身で月のうち十日は寝たり起きたりのありさまだったから、家の中はいつも、鬱陶《うっとう》しく沈んだ空気に包まれ、いつもどこかに溜息が聞えるという風だった。

……おせんはごく幼ない頃から、一日じゅう杉田屋の家で遊び暮らすことが多かった。巳之吉も妻のお蝶《ちょう》も子供が好きなのに、一粒だねの女児が生れて半年めに死んでしまい、そのあとずっと子が無かったので、おせんがまだ乳ばなれもしないうちから、よく来ては「なんだか膝《ひざ》さびしくって」などと云っては抱いてゆきゆきした。おせんのほうでもお蝶によく馴《な》ついて、自分の家は狭くるしく陰気で、子供ごころにもなにやら息詰るような感じだったが、杉田屋は座敷も広く人も大勢いて賑やかだし、そこにはいつも玩具や菓子が待っていた。着物や帯もずいぶん買って貰った、春秋《はるあき》には白粉《おしろい》を付け髪を結い、美しく着飾って、そのころ杉田屋にながくいた定五郎という老人の背に負われて、巳之吉夫妻といっしょに花を見にゆき、秋草を見にいった。王子権現《おうじごんげん》の滝も、谷中《やなか》の蛍沢《ほたるざわ》も、本所の牡丹《ぼたん》屋敷も、みなそうして知ったのである。

――おせんちゃん、小母さんの子におなりでないか、そのじぶんお蝶はよく頰ずりしながらそう云った。するとおせんは生まじめな顔になり、いかにも困ったというように首をかしげながら、あたしおっかさんの子でなければおばさんの子になるんだけれど、きまってそういう返辞をしたそうで、そんな幼なさに似あわない、情の籠《こも》ったようすだったと、後になってからよく聞かされた。

おせんの九つの年に母が亡くなった。そして間もなくお祖父さんが来ていっしょに住むようになった、源六は父にとって実の親だったが、気性が合わないため別居し、神田のほうで研屋《とぎや》をしながらずっと独りで暮していた。それが茂七が妻に死なれ、おせんを抱えて惘然《もうぜん》としているのをみて、自分からすすんでいっしょになったのである。それまでにも菓子や花簪《はなかんざし》などを持っては折おり訪ねて来たので、おせんはよく知ってもいたし母の亡くなったあとの淋しいときだったから、すぐ源六に馴ついて、夜なども抱かって寝るようになった。……幸太と庄吉とはその前後から知り合ったのだ、幸太は巳之吉の遠い親類すじに当り、十三の春から、杉田屋へ徒弟《とてい》にはいった。口のきき方もすることも乱暴な、ひどくはしっこい少年で、来る早々から職人たちと達者に口喧嘩などするという風だった。庄吉は幸太より半年ほどあとから来た、不仕合せな身の上で、両親もきょうだいもなく、品川で漁師をしている遠縁の者が親元になっていた。彼は幸太とは反対によくおとなしい性分で、おない年とはみえないほど背丈も低く、ひよわそうな女の子のような感じだった。母が亡くなってからはおせんはあまり杉田屋へゆかなくなった。お祖父さんが止めるし、父も好まないようすだったから、ずっとあとになってわかったことだが、杉田屋から養女に貰いたいという話しがあり、父との間が気まずくなったのだという、……けれども杉田屋のほうでは別に変ったようすもなく、お蝶が自分でなにか持って来て呉れたり、幸太や庄吉を使《つかい》によこして食事に呼んだり、芝居見物につれだしたりした。

茂七が死ぬとすぐ、源六はおもて通りの店をたたんで、中通りの今の住居へ移った。もうおせんも十二になっていたし家も離れたので、巳之吉やお蝶とはしだいに疎くなったが、職人たちは道具を研いで貰うためにしげしげやって来た。「いちにんまえの大工が自分の道具をひとに研がせて申しわけがあるのかい」源六はいつもそう叱《しか》りはしたが、そのあとでは彼らによく職人気質《かたぎ》というものを話して聞かせた、砥石に向って仕事をしながら訥々《とつとつ》とした調子で古い職人たちの逸話を語るとき、老人はいかにも楽しそうだし聴く者にとってもおもしろかった。世間は表裏さだめ難く人生の転変は暫らくもうつりやまない。生活はいつも酷薄できびしく些《いさ》さかの仮藉《かしやく》もない、そのあいだにあっていかに彼らが仕事に対する情熱の純粋さを保ったか、いかに自分の良心の誤まりなさを信じたか、老人のしずかに語るそういう数かずの例は、聴く者にとってただおもしろいだけではなく、そういう人たちのように生きようということ、どんな苦しいことにも負けずに本当の仕事をしようという気持をよび起されるのだった。……幸太も庄吉もしばしば来た、幸太は相変らず口が悪くすることも手荒かったが、仕事の腕はもういちにんまえだと云われていた。「へん、腕で来い」そう云って兄弟子たちにも突っかかることが少なくなかった。芝居を見にゆくと花簪とか役者の紋を染めた手拭《てぬぐい》とか半衿《はんえり》などを買って来て呉れるが、決しておとなしく渡すようなことはない、そっぽを向いて「ほら取りな」などと云いながら投げてよこすのだった、そのくせおとなしい庄吉よりもおせんには彼のほうが近しい感じで、なにか頼んだりするにはいつも幸太ときまっていたのである。

幸太が杉田屋の養子にきまったのは、去年の冬のことだった。かなり派手な披露宴があり、源六やおせんも招かれた、十九という年になっても幸太は幸太らしく、巳之吉と親子の盃《さかずき》をするときには赤くなって神妙にしていたが、酒宴になるともう窮屈に坐っているのが耐《たま》らないらしく、膝を崩して注意されたり、しきりに立ったり、また膳の物を遠慮もなく突ついて叱られたりした。それが十三四の頃のいたずらな彼そのままで、おせんは遠くから眺《なが》め乍ら幾たびもくすくすと笑った。……そのとき庄吉はひどく蒼い顔をして、元気のないようすで客の執持《とりもち》をしていた。おせんは別に気にもとめなかったが、暫らく経ってから、養子のはなしは幸太と庄吉の二人のうちということで始まり、結局は幸太にきまったのだと聞いてから、酒宴のときの庄吉の沈んだようすが思いだされてはげしく同情を唆《そそ》られた。

——庄さんのほうがおとなしくって人がらなのに、杉田屋さんではどうして庄さんをご養子にしなかったんでしょう。おせんはそれが不服でもあるように云ったものだ。

——どっちでもたいした違いはないのさ、と源六は笑いもせずに答えた。杉田屋の養子になったからといってゆくすえ仕合せとはきまらないし、なり損ねたからって一生うだつがあがらないわけではなかろう。運、不運なんというものは死んでみなければ知れないものさ。

元もと温順な庄吉は、それまでと少しも変らず黙ってよく稼いでいた。もう腕も幸太に負けなかったし、仕事に依っては彼のほうが上をゆくものもあった。然《しか》しおせんにはそれが幸太と張り合っているように、腕をあげることで意地を立てようとしているようにみえ、いっそう庄吉が孤独な者に思われて哀れだった。……だがいずれにしても、幸太と比べて庄吉のほうが好きだと考えたことなどはなかった、幸太のてきぱきした無遠慮さ、自分を信じきった強い性格はにくいと思っても不愉快ではない。庄吉の控えめなおとなしさ、いつもじっとなにかをがまんしているというようなところはあわれでもあり心を惹《ひ》かれる、二人とも幼な馴染《なじみ》で、どちらにも違った意味の近しさ親しさをもっていたのだ。

「けれどもうそれもおしまいなんだわ」おせんはあまいようなうら悲しい気持でそう呟《つぶ》やく、「……庄さんはあたしの待っていることを信じて上方へいったのだもの、違った人情と雨かぜのなかで、あたしと二人のために苦労して稼いで来るのだもの、あたしだって庄さんだけを頼りに待っていなければならないわ、どんなことがあっても」

おせんは自分の心も感情も、庄吉のことでいっぱいだと思う。するとそれがさらに彼のうえを思うさそいとなり、時には胸の切なくなるようなことさえあった。——もう大阪へ着いた頃であろう。宿はきまったかしらん。うまく稼ぎ場の口がみつかるだろうか、もう、手紙くらい来てもいい筈だけれど、そんなことを思いつつ秋を送り、やがて季節は冬にはいった。

三

霜月はじめの或る日、向うの飛脚屋の店にいる権二《ごんじ》郎《ろう》という若者が、買い物に出たおせんのあとを追って来て手紙を渡した。「杉田屋にいた庄さんから頼まれてね」と、彼はにやにやしながら云った。

「まあ」おせんはかっと胸が熱くなった、「……どこで、この手紙どこで頼まれたの」

「大阪でひょっくりぶっつかったんだ、そうしたらこれを内証《ないしよう》で、おせんに渡して呉れと云われてね、元気でやっているからってさ」

「そう有難う、済みません」

権二郎はまだなにか云いたそうだったがおせんは逃げるように彼から離れていった。……山崎屋はさして大きくはないがともかく三度飛脚で、大阪の取組先《とりくみさき》があり若者も五人ばかり使っていた、権二郎はその一人だが、用達《ようたし》には誰よりも早く、十日限《ぎり》、六日限などという期限つきの飛脚は彼の役ときまっているくらいなのに、酒癖が悪くて時どき失敗し、店を逐《お》われてはまた詫びを入れて戻るという風だった。「どうして庄さんはあんな人に頼んだのかしら」おせんは買い物をして家へ帰るまでそれが気になった、「……また酒にでも酔って、近所の人にでも話されたらどうしよう、そんなことのないようにしては呉れたろうけれど、あの人の酒癖を知っていたらよして呉れればよかった」たぶん遠いところで同じ土地の者に会ったなつかしさと、手紙を内証で渡したさについ頼んだものに違いない。そう考えたものの、おせんにはなにかよくないことが起りそうに思え、どうしても不安な気持をうち消すことができなかった。

その夜お祖父さんが寝てから、おせんは行燈の火を暗くして手紙を読んだ。それはごく短かいものだった。道中なにごともなく大阪へ着いたこと、道修町《どしようまち》というところの建具屋へひとまず草鞋《わらじ》をぬぎ、いまその世話で或る普請場へかよっていること、江戸とは違って人情は冷たいが、詰らぬ義理やみえはりがなく、どんなに倹約な暮しでもできることなど簡単に記してあり、終りに「手紙の遣《や》り取りなどすると心がぐらつくから当分は便りをしない。そちらからも呉れるな」ということが書いてあった。おせんは飽きるまで読み返した。もちろん、仮名ばかりだし、云いたいことの半分も表わせない、もどかしさの感じられる筆つきだったが、読むうちに異郷の空の寒ざむとした色がみえ、暗い街筋や橋や、乾いた風の吹きわたる埃立《ほこりだ》った道などが眼にうかんだ、そしてそういう風景のなかで、知り人もなく友もない彼が、たったひとり道具箱を肩にして道をゆき、どこかの暗い部屋の中でひっそりと冷たい食事をする、そういう姿が哀しい歌かなにかのように想像されるのであった。

自分では意識しなかったが、その手紙のおせんに与えた印象は決定的だった、突込んで云えばおせんは顔つきまで変った、庄吉を思うそれまでの感情は、十七になった少女のものでしかなかった、現実と夢とのけじめさえ定かならぬ、ほのかな憧憬《あこがれ》に似てあまやかなものだった。然しその手紙を読み遠い見知らぬ土地と、そこでひたむきに稼いでいる彼の姿を想いやったとき、おせんの感情は情熱のかたちをとりだした、十七歳という年齢はもはや成長して達した頂点ではなく、そこからおんなに繋がる始点というべきものとなったのである。

或る日の午後、杉田屋から源六を呼びに使が来た、そんなことは絶《たえ》てなかったし、用事もはっきりしないので、源六はちょっとゆき渋ったが、追っかけ再促《さいそく》があったのでやむなくでかけていった。……それは夕餉《ゆうげ》のあとだったが、一刻《いっとき》ほどすると赤い顔をして帰った。

「あらおよばれだったんですか」

「なにそうでもないんだが」上へあがるとき源六はふらふらした、「……これはひどく酔った」

「たいそうあがったのね、臭いわ」

「水を貰おうかな」

「床がとってありますから横におなりなさいな」

おせんはお祖父さんを援《たす》けて寝かしながら、老人が自分のほうを見ようとしないのに気づいた。なんとなくおせんの眼を避けているようだった。どうしたのかしら、水を汲《く》んでゆきながらおせんは微《かす》かに不安を感じた。

「済まないもう一杯くんな」源六は湯呑《ゆのみ》の水をたてつづけに三杯もあおった、「……何百ぺん云っても酔醒《よいざ》めの水はうまいもんだ、若いじぶんまだ酒の味を覚えはじめた頃だったが、酔醒めの水のうまさを味わうために、まだうまくもない酒を呑んだことさえあった」

「ねえお祖父さん」と、おせんは源六の眼をみつめながら云った、「……杉田屋さんではなにか御用でもあったんですか」

「そうなんだ」源六はなにか思案するように、ちょっと間を置いて頷ずいた、それから仰向《あおむけ》に寝たままで、しずかにこちらへ顔を向けた、「……話しというのはな、おせん、正直に云ってしまうが、おまえを嫁に呉れということなんだ」

　まあとおせんは打《ぶ》たれでもしたように片手で頬を押えた。源六はそれを見て眉をしかめ、良心の苛責《かしゃく》を受ける者のように眼を伏せた。そして重たげに身を起し、自分で湯呑に水を注いで喉を鳴らしながら飲んだ。

「それで、お祖父さんは、どう返辞をなすったの」

「おまえには済まないが断わった」

「……」

「本当に済まないと思う、杉田屋はあれだけの株だし、幸太はどこに一つ難のない男だ、それればかりじゃあない、杉田屋の御夫婦とおまえとは、乳呑み児のじぶんから馴染だ、おまえはきっと仕合せになるだろう、だがおれにはできなかった、どうにも頼むと云えなかった」源六はそこでぐったりと寝床の上に身を伏せた、「……人間には意地というものがある。貧乏人ほどそいつが強いものだ、なぜかといえば、この世間で貧乏人を支えて呉れるのはそいつだけなんだから、おまえはなにも知らないだろうが、おまえのおっ母さんがまだ生きていた頃のことだ、杉田屋のおかみさんが来て、枕もとへ坐って、おまえを養女に貰いたいと云いだした、そのときお蝶さんはこういうことを云ったそうだ、茂七さんはあんな性質だから、これからさき当てもたいていい知れたものだ、そのうえおまえさんはその病身で、いつどんなことがあるかもわからない、杉田屋へ貰えば着たいものを着せ、喰べたい物を喰べ、観たいものを観せて気楽に育てられる、わが子を仕合せにしたいというのが親の情なら、きっとよろこんでおせんちゃんを養女に呉れる筈だ」

　源六はそこまで云ってふと言葉を切った。灰色の薄くなった髪のほつれたのが、行燈の光をうけてきらきらと顫《ふる》えている、苦しかった六十七年の風霜《ふうそう》を刻みつけたような皺《しわ》の多い日に焦《や》けた渋色の顔は、そのときの回想の辛さに歪《ゆが》んだ。

「杉田屋のおかみさんに悪気はなかったろう、けれども聞くほうにはずいぶん辛い言葉だった、というのは、……おまえのおっ母さんという人は、初め杉田屋の頭梁のところへ嫁にゆく筈だった。けれどおっ母さんは茂七が好きだったので、いったん親たちのきめた縁談を断わって茂七といっしょになった」源六はそこでほっと太息《といき》をついた、「……その頃はうちでも下職《したしょく》の二人くらいは使っていた。さして余りもしないが不自由な思いをするほどでもなく、好きでいっしょになった夫婦にはまず頃合《ころあい》の暮しだった、やがて頭梁のとこへもお蝶さんが来て、表面は茂七と巳之《みの》さんのつきあいも元どおりになったが、根からさっぱりしたわけではなかったようだ、そして間もなく茂七に悪い運が向いてきた、下職の一人が剃刀《かみそり》を使いそくなって、酔っていたんだな、客の顔に傷をつけてしまった、然もそれがふりの客だったし、傷はかなり大きかった。茂七はなんども町役に呼ばれたり、法外な治療代を取られたりした、くさっていたところへ、こんどは別の下職が簞笥《たんす》の中の物や少しばかり貯めた金を掠《さら》って逃げた……おまえが生れたのはそのじぶんだったが、もともとあまり達者でもなかったおまえのおっ母さんは、お産をしたあとずっと弱くなって、月のうち半分寝たり起きたりしているようになった、客に傷をさせてから店もさびれだし、だんだん暮しが詰っていった。杉田屋のおかみさんがおまえを抱きに来はじめたのはその頃のことだった、お蝶さんは少しまえに、生れて半年足らずの女の児に死なれていた、けれどもおまえを抱いてゆき、着物や帯を買ったり、玩具や菓子を呉れたりするのは、ただお蝶さんが膝さみしいというだけのことではなかった、こっちの落ち目になったのを憐《あわ》れむ巳之さんの気持がはたらいていたんだ、……おまえのお父っさんやおっ母さんにとって、それがどんなに辛いことだったかわかるだろう、おっ母さんは巳之さんを断わって茂七といっしょになった、そういう因縁《いんねん》のある相手から、落ち目になって情けをかけられるということは、嗤《わら》われるよりも辛い堪《たま》らないものだ、おまえを養女に呉れという相談のとき、お蝶さんの言葉を聞いておまえのおっ母さんはずいぶん、口惜《くや》しがって泣いたそうだ」

　おせんは胸が詰りそうだった。茂七さんのゆくすえも知れたものだとか、おまえさんは病身でいつどうなるかわからないとか、うちへ来れば着たいものを着、喰べたい物を喰べておもしろ可笑《おかし》く育てられるとか、……恐らく親切から出た言葉だろう、うちとけた狎《な》れた気持で云ったのではあろうが、貧苦のなかで病んでいる者にとっては、然も過去にそういう因縁のある者からすると、おせんにも母や父の辛さ口惜しさがよく察しられた。

「あたしが死んだらすぐあとを貰って下さい。そしてどうかおせんはうちで育てて下さい、杉田屋さんへは、どんなことがあっても遣《や》らないで下さい、おっ母さんはなんどもなんどもそう念を押した、おれもそれを聞いているんだ、おせん、もうおまえも十七だ、これだけ話せば、おれが縁談を断わった気持もわかって呉れるだろう」

「わかってよお祖父さん」おせんは指尖《ゆびさき》で眼を拭きながら頷ずいた、「……そんな話しを聞かなくったって、あたし杉田屋へお嫁になんかいかないわ、だって」

「ああわかって呉れればいいんだ、金があって好き勝手な暮しができたとしても、それで仕合せとはきまらないものだ、人間はどっちにしても苦労するようにできているんだから」

四

いろいろなことがわかった。母親が死んだあと、父やお祖父さんが杉田屋へやりたがらなくなったこと、あんなに親しくしていたのに、杉田屋の小父さんは決してうちへ来なかったこと、そして父が亡くなるとすぐお祖父さんが店をたたんでこっちへ移転したことなど、……これらのなかでいちばんおせんの胸にこたえたのは、「……どんなことがあってもおせんを杉田屋へ遣らないように」という母親の言葉だった。お祖父さんはそれを貧しい者の意地だと云ったが、おせんはそうは考えなかった、杉田屋はおっ母さんが嫁に望まれたのを断わった家だ、自分の選ばなかった人に自分の娘を托すことができるだろうか、意地ではなかった、もっと純粋な女の誇りだったというべきである、おせんには母親の気持が手でさぐるようにわかるのだった。

「お父っさんもおっ母さんもずいぶん苦労したようだ、贅沢《ぜいたく》などということはいちどもできなかったかも知れない、でもお互いに好きあっていっしょになったのだもの、貧乏も苦労もきっと仕がいがあったに違いない、お祖父さんの云うとおりもし人間が苦労するように生れついたものなら、ほんとうに心から好き同志がいっしょになって、互いに、慰めたり励ましたりしながら、つつましく生きてゆける仕合せに越したものはない、おっ母さんが亡くなって四年目にお父っさんも死んだ、そんなにも好き合っていたんだから、お二人ともきっと満足していらっしゃるに違いないわ」

おせんはそれを疑わなかった、なぜなら、彼女もいま人から愛され、自分もその人を愛していたからである。

外へ出るときには、おせんはきまって柳河岸を通った。柳はすっかり、裸になり、川水は研いだような光を湛《たた》えて、河岸の道にいつも風が吹きわたっていた。おせんはいっとき柳の樹のそばに佇《たた》ずむ、それはいつか庄吉が肩を凭《もた》せていたあの柳である、すでに何年か昔のようにも思えるし、つい昨日のことのようでもあった、蒼ざめた庄吉の顔がたそがれの光のなかで顫《ふる》え、つきつめた烈しいまなざしでこっちを見ていた。激してくる情をじっと抑えながら、あたりを憚《はば》かるように囁やいた言葉の数かず、……庄さん、とおせんは幾たびも口のうちで呼びかけるのだった、あたしたちもお父っさんやおっ母さんのようにきっといっしょになって、二人でどんな苦労にも耐えてゆきましょうね、おせんは待っていてよ、庄さんの帰って来るまでは、どんなことがあってもきっと待っていてよ。

寒さの厳しい年だった、師走《しわす》にはいると昼のうちでも流し元の凍っていることが多く、うっかり野菜などしまい忘れると、ひと晩でばりばりに凍ることが度たびだった。……杉田屋の幸太がしげしげ店へ来はじめたのは、その頃からのことだ、年が詰ってきたのでほかの職人たちは姿をみせなかったが、幸太はなにか口実をみつけては訪ねて来た。源六はべつに愛相も云わないし冷淡にあしらうこともなく、求められれば気持よくいつものとおり昔ばなしをした。

「そういう風にまっすぐに生きられればいいな」幸太は話しを聞きながらよくそう云った、性質のはっきり現われている線の勁《つよ》い彼の顔が、そんなときふと思い沈むように見えることがあった、「……この頃の職人はなっちゃあいないよ、爺さん、一日に三匁とる職人が逆目《さかめ》に鉋《かんな》をかけて恥かしいとも思わない、ひどいのになると尺を当てる手間を惜しんで押っ付けて鋸《のこ》を使うんだ、そのうえ云いぐさが、そんなくそまじめな仕事をしていたら口が干《ひ》上《あが》ってしまうぜ、こうなんだ」

「それは今にはじまったことじゃあないのさ」と源六は穏やかに笑う、「……どんなに結構な御治世だって、良い仕事をする人間はそうたくさんいるもんじゃあない、たいていはいま幸さんの云ったような者ばかりなんだ、それで済んでゆくんだからな、けれどもどこかにほんとうに良い仕事をする人間はいるんだ、いつの世にも、どこかにそういう人間がいて、見えないところで、世の中の楔《くさび》になっている、それでいいんだよ、たとえば三十年ばかりまえのことだったが……」

こうしてまた昔語りが始まるのだった。

幸太が来ているとき、おせんはなるべく店へ出ないようにした。偶《たま》に顔が合うと、幸太はきまって眼で笑いかけた。粗暴な向う気の強い彼には珍しく、おとなしいというよりはなにか乞い求めるような表情だった。あの人はなにを考えているのだろう、お祖父さんがはっきり断わったというのに、まだあたしのことをなんとか思っているのかしら、……おせんは彼のそういう眼つきが不愉快で、いつもすげなく顔をそむけ、さっさと台所のほうへ去って来るのだが、幸太はそれで気を悪くするようすもなく、殆んど三日にあげずやって来ては話しこんでいった。

おせんはその前の年の春から、午《ひる》まえだけお針の稽《けい》古《こ》にかよっていた。そこは大通りを越した福井町《ふくいちょう》の裏にあり、お師匠さんはよねという五十あまりの後家《ごけ》で、教えるのは嫁入り前の娘にかぎられていた。おせんは無口でもあり、家も貧しかったから、そこではかくべつ親しくする者もなかった。出入りの挨拶をするほかは世間ばなしにも加わらず、たいてい隅のほうに独りで坐っていた。娘たちもしいて馴染もうとはしなかったが、そのなかで天王町《てんのうちょう》のほうから来るおもんという娘だけは、しきりにおせんに近づきたがった。家は油屋だそうで、年は同じ十七だった、丸顔の色は黒かったが、眼と唇のいつも笑っているような、明るい人なつっこい性質である。……その月の半ばも過ぎた或る日、稽古をしまって帰ろうとすると、おもんが追って来てそこまでいっしょにゆこうと云った。

「だって道がまるで違うじゃないの」

「いいのよまわり道をするから」おもんは肩をすり寄せるようにした、「……ちょっとあんたに話しがあるの」

おせんは身を離すようにして相手を見た、おもんはなにか気がかりなことでもあるように、じっとこちらを見かえしながら「あんた杉田屋の幸太さんという人を知っていて」と云いだした。おせんは思いがけない人の名が出たので、なにを云われるかとちょっと不安になった。

「知っていてよ、それがどうかしたの」

「あんたがその人のお嫁さんになるのだって、みんながその噂《うわさ》ばかりしているのだけれど」

「嘘だわそんなこと」おせんは相手がびっくりするような強い調子で云った、「……誰が云ったか知らないけれどそんなこと嘘よ、根も葉もないことだわおもんちゃん」

「でも幸太さんという人は毎日あんたの家へ入り浸りになっているというのよ、そしてもっとひどいことを……あたしの口では云えないようなことさえ噂になっていてよ」

「いったい誰が」おせんはからだが震えてきた、「……そんなひどいことを、いったい誰が云いだしたの」

「元は知らないけど、あんたの家の前にいる人が見ていたっていうことだわ、でも嘘だわねえおせんちゃん、あたしはそんなこと嘘だと思ったわ、おせんちゃんに限ってそんなことがある筈はないんですもの、あたしだけは信じていてよ」

飛脚屋の者から出た噂だ、おせんはすぐにそう思った。山崎屋の主婦はおしゃべりで、いつも店先には近所のおかみさんや暇な男たちが集まる、お祖父さんがそれを嫌ってつきあわないため、常づねずいぶん意地の悪いことをされていた、その店からは斜《はす》かいにこちらが見えるので、幸太が話しに来るのをいつも見ていたのに違いない。そしてもしかすると、杉田屋から縁談のあったことも知っているのかもしれなかった。

……おもんに別れて家へ帰ると、彼女はすぐお祖父さんにその話しをした。そしてこれからもう幸太の来ないように、はっきり断わって貰いたいとたのんだ。

「人の口に戸は立てられないというのはつまりこういうことなのさ」源六は研いでいた剃刀の刃を、拇指《おやゆび》の腹で当ってみながらそう云った、「……どんなに身を慎しんでも、悪口の立つときは立つものだ、幸さんが来なくなれば来なくなったでまた悪口の種になる、そんなことは気にしないでうっちゃっとくがいいんだ、一年も経てばしぜんとわかってくるよ」

「おじいさんはそれでいいだろうけれど、あたしそんな噂をされるのは厭《いや》よ」いつにも似ずおせんは烈しくかぶりを振った、「……ほかの悪口とは違うんですもの、こんなことが弘《ひろ》まったらあたし恥かしくって外へも出られやあしないわ」

「いいよいいよ、そんなに厭ならそのうち折をみて断わるよ、いきなり来るなとも云えないからな、まあもう少し眼をつぶっていな」

然しそれから数日して、赤穂《あこう》浪士の吉良《きら》家討入という出来事が起り、どこもかしこもその評判でもちきったまま年が暮れた。

正月には度たび杉田屋から迎えがあった。けれど縁談を断わったあとでもあり、これからのこともあるので、源六もおせんもゆかずにいると、四日の夕方になって幸太が松造という職人といっしょに、酒肴《さけさかな》の遣《つか》い物を届けに来た。義理にもそのままは帰せなかった、上へあげて膳拵《ぜんごしら》えをすると、もう少し呑んでいるらしい幸太は、源六と差向いになって盃を取った。ほかの日ではないので、おせんも燗徳利《かんどくり》を持って膳のそばに坐り、浮かない気持で二人に酌をした。……幸太はしきりに思い出ばなしをした、杉田屋へはじめて住込んだ頃から、十五六じぶんまでのことを、おせんなどすっかり忘れていて、云われてびっくりするようなことも多かった。このあいだにかなり盃を重ねて酔ったのだろう、源六はふと調子を改めてこう云いだした。

「なあ幸さん、こんな時に云いだすことじゃあないが、いつか頭梁からおせんのことに就て話しがあったとき、わけを云って断わったのはおまえさんもたぶん知っているだろう、無いまえならいいが、あんなことがあったあとではお互いに気まずくっていけない、済まないがこれからはあまり来て呉れないようにたのみたいんだがな」

「悲しいことを聞くなあ」幸太も酔っていたらしいが、

ぎくっとしたようすで坐り直した、「……断わられたのは知っているよ、まだおせんちゃんが若すぎるということ、爺さんがおせんちゃんにかかる積《つも》りだからということ、ああたしかに聞いているよ、けれども、それは、……それは、それとこれとは違うんだ」

「どう違うと云うんだね」

「おれは十二で杉田屋へ来た、おせんちゃんとはそのときからの馴染なんだ、爺さんとだって、今さらのつきあいじゃあない、なにも縁談が纏《まと》まらなかったからって、つきあいまで断わるということはないと思う、そいつは、あんまりだぜ爺さん」

「つきあいを断わるなんということじゃないのさ、なにしろこっちはこの老《おい》ぼれと娘だけの暮しだ、そこへ若頭梁がしげしげ来るというのは人眼につくし、ひょんな噂でも立つと杉田屋さんへおれが申しわけがないからな」

「ひょんな噂か……」幸太はぐらっと頭を垂れた、「……そうだ、噂なんか構わないとは、おれに云えることじゃあない、世間なんてものは、平気で人を生かしも殺しもするからな、わかったよ爺さん」

「悪くとって呉れちゃあ困るぜ幸さん、おまえだって杉田屋の名跡《みょうせき》を継ぐ大事なからだだ、嫁でも取って身が固まったら、また元どおり来て貰いたいんだ、ゆくさきおせんのためにも、ちからになって呉れるのは幸さんだからな」

「遠のくよ、爺さん」幸太は頭を垂れたまま独り言のように云った、「……悪い噂なんぞ立っちゃあ済まないからな」

「それでいいんだ、そこでまあ一杯いこう、おせん酒が冷えているぜ」

なんというしっこしのない幸さんだろう、おせんはこの問答を聞いて歯痒《はがゆ》くなった。もっとてきぱきした男だった。向う気の強い代りにはわかりも早く、諄《くど》いところなどは薬ほどもない人だったのに、「……どうかしているんだわ」酒の燗を直しながら、おせんは苛《いら》いらしい気持でそう呟やいた。……幸太はそれから半刻あまりして帰った、ひどく酔って、草履《ぞうり》を穿《は》くのに足がきまらないくらいだった。彼が外へ出て二三間いったとき、

「おや若頭梁じゃあありませんか」という声がした、

「……たいそういいきげんで御妾宅《ごしょうたく》のお帰りですか、偶《たま》にはあやからして呉れてもようござんすぜ」

「聞いた風なことを云うな、誰だ」幸太の高ごえが更けた横丁に大きく反響した、「……なんだ権二郎か、つまらねえ顔をしてこんなところになんだって突っ立ってるんだ、呑みたければ呑ましてやるからいっしょに来な」

「そうくるだろうと待ってました、ひとつ北へでもお供をしようじゃあありませんか」

「うわごとを云うな、来いというのは大川端だ、おまえなんぞは隅田川の水が柄相応《がらそうおう》だぜ、たっぷり呑ませてやるからついて来な」

「若頭梁は口が悪くっていけねえ」

話しごえはそのまま遠のいていった。おせんは雨戸を閉めようとしてこれだけのやりとりを聞いたが、権二郎という名とその卑しげな声とが、いつまでも耳について離れなかった。

五

酔ってした約束なのでどうかと思っていたが、幸太はそれから遠のきはじめ、たまに来てもちょっと立ち話しをするくらいで、すぐに帰ってゆくようになった。

二月になって赤穂浪士たちに切腹の沙汰《さた》があった。去年からひき続いての評判が、もういちど、江戸の街《まち》巷《まち》をわきたたせ、春の終るころまで瓦版《かわらばん》や、絵入りの小冊類がいろいろと出た。おせんもその二三種を買い、仮名を拾いながら読んでみたが、どれもこれも公儀を憚《はば》かって時代や人名を変えてあるし、まるっきり作りごとのようで、心をうつものは無かった。……こうして夏になった、六月はじめの或る日、お針の稽古を終って帰って来ると、源六が昼食のしたくをして待っていた。

「さっき状がまわって来て、きょう茶屋町《ちゃやまち》の伊賀屋でなかまの寄合があるというんだ、飯をたべたらちょっといって来るからな」

「帰りはおそくなるんですか」

「ながくったって昏《く》れるまでには帰れるだろう、台所に泥鰌《どじょう》が買ってあるから、晩飯にはあれで味噌汁を拵らえておいて呉んな」

「あら泥鰌があったんですか、それじゃあお酒も買っておきましょうね」

「酒は寄合で出るだろうが」

「でも初ものだから無くっては淋しいでしょう」

話しながら食事を終ると、源六は着替えをして出ていった。久しぶりで店があいたので、おせんは一刻もかかって掃除をし、床板の隅ずみまで丹念に拭きあげた。それから酒を買って来て、火をおこし、笹《ささ》がき牛蒡《ごぼう》を作って泥鰌を鍋に入れ、酒で酔わせて、味噌汁にしかけてから、坐って縫物をとりひろげた。……昼のうちは風があって凌《しの》ぎよかったが、日の傾むきだす頃からぱったりと風がおち、昏れかかると共にひどく蒸しはじめた。

「お祖父さんのおそいこと」手許《てもと》が暗くなりだしたので、おせんはそう呟やきながら縫物を片づけ、膳立てをするために立った。汁のかげんはちょうどよかった、いちど下ろして、燗をする湯を掛け、漬物をだした。もう帰りそうなものだと思いながら、足音のするたびに勝手口の簾《すだれ》を透かして見た、然しすっかり昏れて行燈の火をいれても源六の帰るようすはなかった、

「……どうかしたのかしら、少しおそすぎるわね」すっかり支度のできた膳を前にして、おせんはふと、もの淋しい気持におそわれた。……大川端の茶店には、もう涼み客が出はじめたのであろう、時どき三味線の音や、人のざわめきが遠く聞えてくる、そのもの音の遠さと賑やかしさは、まるで過去からの呼びごえのように遥《はる》かで、夏の宵の侘《わび》しさをいっそう際だてるように思えた。

「そこだそこだ、その障子の立ててある家がそうだ」とつぜん表のほうでそういう声がした、「……いま明けるからそのまま入れよう、しずかにしずかに」

そして誰かが店の障子を明けた。おせんは不吉な予感にぎょっとしながら立った。入って来たのは同じ研屋なかまの久造という人だった。おせんの眼はその人よりも、そのうしろに四五人の男たちが、蔽《おお》いを掛けた戸板を担いでいるのを見た、そして思わずあっと叫びごえをあげた。

「騒いじゃあいかねえおせんちゃん」久造は両手で彼女を押えるようにした、「……たいしたことはないんだ、ちっとばかり酒が過ぎて立《たち》くらみがしただけなん

だ、もう医者にもみせたしなにしてあるんだから、心配しないでとにかく先《ま》ず寝床をとって呉んな」

　おせんは返辞もできず、なかば、夢中ですぐに寝床を敷いた。久造が指図をして、男たちは上まで戸板を舁《かつ》ぎあげ、まるで意識のない源六を床の上へ寝かした。……久造はその枕許へ坐ったがおちつかぬようすで、汗を拭き拭き始終を語った、源六は寄合の席へ来たときから顔色が悪かった、酒が出てからもどこやら沈んだようすをしているので、たぶん暑気に中《あた》ったのだろうから熱燗で一杯やるがいいとすすめ、自分でもその気になって呑みだした。それから少し元気が出て、みんなと話しながらかなり呑んだが、やがて手洗いに立とうとしていきなりどしんと倒れてしまった。

「そう巌丈《がんじょう》な軀《からだ》でもないのだが、人間の倒れる音というものは大きなもので、階下《した》からもびっくりして人が駈け上って来たくらいだ、みんなで呼び起したが、大きな鼾《いびき》をかくばかりで返辞がない、とにかく頭を冷やしながら医者に来て貰った」久造はそこでまた忙《せわ》しげに汗を拭いた、「……医者はいろいろ診《み》たが、ごく軽い卒中だから案ずることはない、じっとして静かに寝ていればすぐ治るだろう、こう云って薬を置いて帰った、そういうわけなんだから決して心配することはない、わかったなおせんちゃん、決してよけいな心配はしなさんなよ」

　おせんは乾いてくる唇を舐め舐め、黙って頷ずきながら聞いていた。そして彼らが薬を置いて去るときも、「色いろおせわさまでした」と云うだけが精いっぱいだった。……源六は微かに鼾をかきながら眠っていた、そっとして置くようにと云われたので、呼び起したいのをがまんしながら、おせんはじっと枕許に坐っていた。ほんとうに病気は軽いのだろうか、もしやこのままになってしまうのではなかろうか、たとえ死なないでも、卒中といえば寝たきりになることが多いという、そんなことになったらどうしよう、どうして暮していったらいいだろうか。幾たび考えても同じことを、おせんは繰り返し考え続けるのだった。然しやがて食事をしていないことに気づき、朝まで寝られないのだからと、しずかに立って膳に向ってみた。もちろん喰べられはしなかった。鍋の蓋をとって、泥鰌汁を掬《すく》おうとすると、昼間の元気なお祖父さんの姿が思いだされ、胸がいっぱいになってとうとう泣きだしてしまった。

　明くる日は朝から見舞い客が来た。食事拵えや茶の接待は近所の人びとがして呉れた、そのなかでも、すぐ裏にいる魚屋のおらくという女房がいちばん手まめで、まるで自分の家のことのように気をいれて働いて呉れた。夜どおし寝なかったおせんは、午すぎになるとさすがに疲れが出た、みんなもすすめるし自分でも堪らなくなったので、隅のほうへ夜具を敷いて横になったが、すぐに熟睡して眼がさめたときはもう昏れかけていた。

「眼がおさめかい」膳拵えをしていたおらくが、立ちながらそう云った、「……つい今しがたおもんさんという娘が見舞いに来て呉れたけれど、あんまりよく眠っておいでだから帰って貰いましたよ」

「おもんちゃんが、どこで聞いたのかしら」

「また明日来ますとさ、それから晩の支度はここにできているからね、お湯もすぐ沸くからおあがんなさいよ、あたしはちょっと家のほうを片づけて来ますからね」

　そう云っておらくは帰っていった。

　空腹ではあったが食慾はなかった、ほんのまねごとのように箸《はし》を取っただけで、あと片づけをしていると杉田屋からお蝶が来た。こっちへ越して来てから数えるほどしか会っていない、ずいぶん久しぶりだったし、こころ淋しいときだったので、とびついてゆきたいほど懐かしかった。けれども、すぐにお祖父さんから聞いた話しを思いだし、つとめてあたりまえなさりげない挨拶をした。お蝶のほうでも縁談のことなどが胸に閊《つか》えているのだろう、昔ほどには親しいようすをみせず、ほんの暫らくいたきりで、見舞いの包を置いて帰った。……おらくは夕食を済ませてもういちど来たが、客もなし用事もみつからないので、茶を一杯すると間もなく去り、おせんはようやく一人になった。

　源六の容態は少しも変らなかった。意識がないので薬の飲ませようもなくただ濡れ手拭で頭を冷やすほかにはなにも手当のしようがなかった。午後から熟睡したので、幾らか気持はおちついてきたが、一人になって、昏々《こんこん》と眠っているお祖父さんの顔を見ていると、かなしさ心ぼそさが犇《ひし》ひしと胸をしめつけ、身もだえをしたいほど息苦しくなった。

「庄さん」おせんは小さな声で、西の方を見やりながらそう囁やいた、「……あなたはなんにも知らないのね、なんにも、あたしどうしたらいいの、お医者にもかからなければならないし、薬も買わなければならないし、これからどうして生きていったらいいのかしら、庄さん、おまえが今ここにいてお呉れだったらねえ」

庄吉はあのように自分を想っていて呉れた。近いところにいたらすぐ駈けつけて、どんなにもちからになって呉れるだろう、だが大阪では知らせてやることもできず、知らせたところで来て貰うわけにもいかない。おせんにはそれが、自分の運命を暗示するもののように感じられた。自分がふしあわせな生れつきで、これからもだんだん不幸になり、いつも泣いたり苦しんだりしながら、寂しいはかない一生をおくるのだ、そういう風に思えてならなかった。……そうだ。十七になる今日まで、ほんとうに楽しいと思うことが一度でもあったろうか、いつもしんと病床に寝ていた母、むっつりとふきげんな眼をして溜息ばかりついていた父、客の少ない、がらんとした埃っぽい店、張《はり》もなく明日への希望もなく、ただその日その日の窮乏に追われていた生活、父母に死なれて中通りへ移って来てからも、祖父と二人の暮しは苦しかった、同い年のよその娘たちが、人形あそびや毬《まり》つきに興じているとき、おせんは米を洗い釜戸《かまど》の火を焚《た》いた、朝早くまだ暗いうちに豆腐屋へ走り、雨に濡れながら、研ぎ物を届けにいった。幼ないころ杉田屋でして貰ったきり、着物や帯はもちろん簪《かんざし》ひとつ新しく買ったことはない、然もそんなことを考えるいとまもないほど、時間のないつましい生活を続けて来たのだ。もちろんそのことをそれほど辛いとか苦しいとか考えていたわけではない、そういう日々のなかにも、それはそれなりに楽しみも歓びもあった。人はたいていな環境に順応するものなのだから、……然しいまふり返って思いなおすと、それがどんなに慰めのない困難な暗いものだったかということがわかるのであった。そして幾ら思いさぐってみても、そこには将来に希望をつなぐことのできる一つの萌芽《ほうが》さえみつけることはできない、なにもかもが不幸と悲しみを予告するように思えるのだった。

「庄さん、あんただけがたのみよ」おせんはとり縋《すが》るような気持でそう呟やいた、「……どうしていいかまだわからないけれど、でもあんたが帰るまでは、どんなにしてもやってゆくわ、だからあんたも忘れないでね、きっとここへ帰って来てね、庄さん」

六

源六はその翌日ようやく意識をとり戻した。四日めには口もきくようになったが、舌がもつれて言葉がよくわからなかった、眼から絶えず涙がながれ、涎《よだれ》ですぐ枕が濡れた。医者はたいしたことはないと繰り返していたが、左の半身が殆んど動かせないし、頭のはたらきも鈍っていた。涙や涎は病気のためだろうが、それればかりではなく、源六はおせんを見るとすぐに泣いた、そして舌の硬《こわ》ばったひどくもつれる言葉でしきりになにか云おうとする、はじめはなにを云うのかわからなかったが、よく気をつけて聞くとおせんを哀れがっているのだった。

「可哀そうにな、おせん、可哀そうにな」

「わかったわお祖父さん」と、おせんは、祖父に笑ってみせた、「……でも大丈夫よ、お祖父さんはすぐ治るの、いつもお医者さまがそう云うのを聞いているでしょう、そんなに心配することはないわ、これまで休みなしに働いてきたんですもの、湯治でもしている積りでのんきに寝ていらっしゃるがいいわ、あたしちっとも可哀そうでなんかないんだから」

「ああ、おれにはわかってるんだ」聞きとりにくい言葉つきで源六はこう云った、「……おせん、おれにはわかってるんだよ、すっかり眼に見えるようなんだ、可哀そうにな」

云わないで、お祖父さん、おせんはそう叫びたかった、抱きついていっしょにこえかぎり泣きたかった、そうすることができたら幾らか胸が軽くなるだろうに、……けれども泣いてはいけなかった、そんなことをしたら、お祖父さんは気落《きおち》がしてしまって、病気も悪くなるに違いないから。おせんは笑ってみせなければならない、心配そうな顔をしてもいけなかったのだ。

見舞いに来る客も、段だん少なくなり、魚屋の女房のほかは、近所の人たちもあまり顔をみせなくなった。或る日の午さがり、おらくが来て「きょうは桃の湯がたつからはいっておいでな」とすすめた、いつかもう土用になっていたのだ、暫らく風呂へゆかないで、からだが汗臭かったし、できたら髪も洗いたかったので、おらくにあとを頼んでおせんは風呂へいった。……六月土用の桃葉《もものは》の湯は、端午の菖蒲湯《しょうぶゆ》、冬至の柚子湯《ゆずゆ》とともに待たれているものなので、とうてい髪を洗うことなどはできなかったが、汗をながして出ると身が軽くなったようにさばさばとした。

「ただいま、おばさん有難う」

そう云いながら勝手口からはいった、返辞がないので、風呂道具を片づけて覗《のぞ》いてみると、おらくの姿はみえず、源六の枕許には幸太が坐っていた。おせんはどきっとして、立止った。幸太はしずかにふり返った。

「近所の人の家から迎えが来てさっき帰っていったよ」彼はなんとなく冷やかな調子でそう云った、

「……留守を頼まれたものだからね」

「済みません、有難うございました」

「もっと早く来る積りだったんだが、手放せない仕事があったもんでね……たいへんだったな、おせんちゃん」

「ええ、あんまり思いがけなくって」

「でもまあお爺さんのほうはもうたいしたことはないようだから、そいつはさほど心配しなくてもいいだろうけれど、このままじゃあおせんちゃんが堪らないな、なんとか考えなくっちゃあいけないと思うんだが」

「いいえあたしは大丈夫ですよ」おせんは煎《せん》じ薬《ぐすり》のかげんをみながら、かなりきっぱりした口ぶりで云った、「……お祖父さんだってそんなに手が掛かるわけじゃあないし、近所の人たちが、よくみに来て呉れるのですもの、ちっともたいへんでなんかありゃあしませんわ」

「それも十日や二十日はいいだろうがね」

幸太はもっとなにか云いたそうだったが、おせんのようすがあまりきっぱりしているので口を噤《つぐ》み、間もなく見舞いの物を置いて帰っていった。……それをきっかけのように幸太はまたしばしば来はじめた、「中風によく利く薬があったから」とか「少しばかりだがこれを喰べさせてやって呉れ」とか云いながら、そして源六に薬を飲ませたり、額の濡れ手拭を絞りなおしたり、時には足をさすったりした。

「なにか不自由なものがあったら、遠慮なくそう云って呉んな」幸太は帰りがけにきまってこう云った、「……困るときはお互いさまだ、おれにできることならよろこんでさせて貰うからな、ほんとうに遠慮はいらないんだぜ」

「ええ有難う」

おせんはそう答えるが、伏し眼になった姿勢はそういう好意を受ける気持のないことを頑《かた》くななほど表明していた。……そうなのだ、幸太の言葉を聞きながら、おせんは心のうちで庄吉に呼びかけていた。おれがいなくなればきっと幸太は云い寄るだろう、あれもおまえを思っているんだから、そう云い遺していったことが改めて思いだされた、縁談を断わられてももう来て呉れるなと云われても、こうしてがまん強くやって来るのはあたりまえの好意ではない。そしてなに事もないときならいいが、こういうせっぱ詰った苦しい場合に、そのように根づよい態度で迫られては、どんな隙《すき》へどのようにつけ込まれるかわからない。操を守ろうとするおんなの本能が、そのときはじめておせんをちからづよく立直らせた。

――そうだ、幸太さんに限らず誰の世話にもなってはいけない、近所の洗濯や使い走りをしても、お祖父さんと二人くらいはやってゆける筈だ、世間にためしのないことではないのだから。

そう決心するとさばさばした気持になった。そしてそのつぎに幸太が来たとき、はっきりとけじめをつけた口ぶりで、これからはもう来て貰っては困ると云った。それは雨もよいの宵のことで、湿気のある風が軒の風鈴を鳴らし、戸口に垂れてある簾《すだれ》を揺すって、部屋の中まで吹き入ってきた、源六はここちよさそうに眠っていた。

「そんなにおれが嫌いなのか」幸太は暫らく、黙っていたのち、なにか挑みかかるような眼でこっちを見た、「……おれのどこがそんなに気に入らないんだ、おれはおためごかしや恩に衣《き》せる積りでよけいなおせっかいをするんじゃあないぜ、おまえとも爺さんとも幼な馴染だ、ことにおまえとはこんなじぶんから知り合って、おれにとっては……まったく、他人のような気持はしないんだ、そうでなくったって、こんな場合には助け合うのが人情じゃあないか、どうしてそれがいけないんだ、おせんちゃん」

「よくわかっているわ、でも幸さん、あんた覚えていないかしら、お正月あんたが家へ来て帰るとき、表で山崎屋の権二郎さんに会ったでしょう」

「山崎屋の権に、……そうだったかも知れない、だがもうよく覚えていないよ」

「あたしは覚えているわ、そして、一生忘れられないと思うの」おせんはこみあげてくる怒りを押えながらそう云った、「……あのとき権二郎さんは、あんたの顔を見てこう云ってよ、若頭梁いまごろ妾宅のお帰りですかって」

「冗談じゃあない、あんな酔っぱらいの寝言を、そんなまじめに聞く者があるものか」

「それならよそでも聞いてごらんなさい、世間にはもっとひどいことさえ伝わっているのよ、あんたは男だから、そんな噂もみえの一つかも知れないけれど、おんなのあたしには一生の瑾《きず》にもなりかねないことよ」

「おれはなんにも知らなかった」幸太は頭を垂れ、またながいこと黙っていた、それからこんどはまるで精のぬけたような声で、吃《ども》り吃りこう続けた、「……そんな噂は、まったく聞いたこともない。そして、それがおせんちゃんには、そんなに迷惑だったんだな」

「考えてみて頂戴、これまでもそうだったけれど、こんなになったお祖父さんを抱えてやってゆくとすれば、これからはよっぽど身を慎しまないかぎり、どんな情けないことを云われるかわからないじゃないの」

「そいつをきれいにする方法はあるんだ、おせんちゃん、おまえさえその気になって呉れれば」

「それはもうはっきりしている筈だわ」

「おれが改めて、おれの口から、たのむと云っても、だめだろうか」幸太の眼は忿《いか》りを帯びたように鋭どく光った、「……おれは本気なんだ。口がへただからうまく云えないが、もしおせんちゃんが望むなら、おれはこれからどんなにでも」

「あたしにこれ以上いやなことを云わせないで、幸さん、それだけがお願いよ、どうぞおせんを、可哀そうだと思って頂戴」

「おまえを可哀そうだと思えって」とつぜんまったくとつぜん幸太は蒼《あお》くなった。そして、ふしぎなものでも見るように、まじまじとおせんの顔を見つめていたが、やがて慄然《りつぜん》としたように身を震わせた、「……おせんちゃん、おまえもう誰か、誰かほかに、——ああそうだったのか」

おせんは頷ずいた、自分でもびっくりするほどの勇気を以って、しずかに、むしろ誇《ほこ》りかに頷ずいた、そして立っていって、二つの紙包を持って来て、幸太の前へさしだした。それはお蝶と幸太の持って来た見舞いの金である。菓子や薬はとにかく、金に手をつけてはいけないと思い、そのまま納《しま》って置いたものだった。「ほかの物はうれしく頂きました、でもお金だけは頂けませんから、おばさんにもどうぞ気を悪くなさらないようにと云って下さいな」

「……あばよ」幸太は二つの包を持って立った、「あばよ、おせんちゃん」

そして出ていった。

明くる日、おせんは裏の魚屋の女房に来て貰って、これからなにをしていったらいいかということを相談した。おらくは笑って、だってあんたには、杉田屋という後ろ盾がついているじゃあないか、なにもそんな心配をしなくったって困るようなことはありゃしないよ、と云った。もちろん悪気などは少しもない女で、ごく単純にそう信じていたものらしい、おせんがあらまし事情を話すとすぐ納得した。

「そうだったのかい、あたしはまた杉田屋さんでなにもかもして呉れるんだと思って安心していたのだよ、それじゃあなんとか考えなくちゃあいけないね」

「どんな苦労でもするわ、おばさん、あたしよりもっと小さい子だって、もっともっと辛い気の毒な身の上の人がいるんだもの、十七にもなったんだから、たいていのことはやってゆけると思うの」

「そうともさ、人間そう心をきめればずいぶんできない事もやれるものだよ、けれどもなにごとも取付《とっつき》が肝《かん》腎《じん》だから、中途でいけなかったなんていうことになると虻蜂《あぶはち》とらずだからね、あたしもよく考えてみて、それからもういちど相談しようよ」おらくはこう云って、そのときは帰っていった、「……なにが野なかの一軒家じゃなし、近所だって黙って見ちゃあいないからね、決して心配おしでないよ」

七

おせんは足袋《たび》のこはぜかがりを始めた。お針の師匠にも話してみたのだが、まだ賃縫《ちんぬ》いをするには無理だというし、洗濯や使い走りでは幾らのものにもならない。結局おらくの捜してきて呉れたのがその仕事だった。その頃はまだ足袋は多く紐《ひも》で結んだものだったが、上方のほうで仕《し》出したこはぜが穿《は》き脱ぎに手軽なのと穿いたかたちが緊まるのとでその年の春あたりから江戸でも少しずつ用いはじめていた。まだ流行するまでにはなっていないので、仕事の数はそうたくさんはないが、手間賃がかなりよかったし、家にいてできることがなによりだった。足袋は革と木綿と二種あった。木綿は近年ひろまりだしたもので、穿きぐあいも値段も恰好なのだが、木綿よりは丈夫であり温かいので、一般にはまだ革を用いることが旺《さか》んだった。おせんの受取る仕事も、革のほうがむつかしかった。なにしろ熊の皮を鞣《なめ》して、型を置いたり染めたりしたものなので、針が通りにくく、すぐ指を傷つけたり針を折ったりする。然しそれだけ手間賃も高いから、馴れてくれば革足袋のほうが稼ぎが多くやり甲斐《がい》があった。

七月のなかば頃から源六はぼつぼつ起きはじめた。左の半身はやっぱり不自由で、手も足も、そっちだけは満足に動かせず、舌のもつれもなかなかとれなかった。十五日の中元には荷《か》葉飯《ようめし》を炊き、刺し鯖《さば》を付けるのが習わしである、おせんも久しぶりに庖丁を持って鯖を作り、膳には酒をつけた。医者から量さえ過さなければ呑むほうがよいと云われていたのだが、源六は要心《ようじん》ぶかくなって、それまで盃を手にしなかったのである。

「久しいもんだが、はらわたへしみとおるようだ」源六はうっとりと眼を細くしながら云った、「……ほんとうに毒でなければ、これから少しずつやってみるかな、なんだか身内にぐっと精がつくようだ」

「お医者さまがそう云うんですもの、それはあがるほうがよくってよ」

「だがなにしろこんなからだで酒を呑むなんぞは、それこそ罰《ばち》が当るというもんだからな、みんなおまえの苦労になるんだから」

「いやだわ、また同じことを」

「おまえに礼を云うんじゃあない、自分が仕合せだということを云いたいんだ、子にかかる親はざらにあるが、こうして孫にかかれる者は世間にもそうたくさん有るわけじゃあない、然もまだ十七やそこらの娘になにもかもおっかぶせて、こうして気楽に養生ができるということはたいへんなもんなんだ、まったくたいへんなもんなんだ、おれは、そいつが嬉しいんだ」病気からなみだ脆《もろ》くなっていた源六は、もうぽろぽろと大きな涙をこぼしていた、「……おれはおまえになんにもしてやらなかった。十三や十四から飯を炊かせたり肴を作らせたり、使い走りをさせたりしただけだ、帯ひと筋、いや簪一本買ってやったことがなかった、ところがおまえはむすめの手内職で、おれを医者にもかけ薬も買って呉れる、おれが好きだと思う物は、そう云わなくとも膳へのっけて呉れる、諄《くど》いようだが礼を云うんじゃあないぜ、おれは、来年はもう七十だ、この年になって、はじめておれはおんなというものがわかった、おまえのして呉れることを見て、はじめておんなの有難さというものがわかったんだ、男のおれにできないことを、まだ十七のおまえがりっぱにやってのける、それはおまえがおんなだからだ、ああおせん、おれはこれが四十年むかしにわかっていたらと思うよ」

四十年むかしといえばまだ生きていたお祖母さんのことを云うのではなかろうか、おせんはお祖母さんのことはなに一つ聞いていない。父も母もそのことはついぞ口にしなかった。そこにはなにか事情があったに違いない、そして今源六は悔恨にうたれている、どんな、事情かわからないけれど、おんなというものの有難さをその頃に知っていたら、そう云う言葉の中には、なにかとり返し難い後悔の思いが感じられるのだった。

「人間は調子のいいときは、自分のことしか考えないものだ」源六は涙をながれるままにしてそう続けた、「……自分に不運がまわってきて、人にも世間にも捨てられ、その日その日の苦労をするようになると、はじめて他人のことも考え、見るもの聞くものが身にしみるようになる、だがもうどうしようもない、花は散ってしまったし、水は流れていってしまったんだ、なに一つとり返しはつきゃあしない、ばかなもんだ、ほんとうに人間なんてばかなものだ」

「もうたくさんよお祖父さん、そんなに気を疲らせては病気に悪いわ、過ぎたことは過ぎたことじゃないの、それよりこれから先のことを考えましょう、あせらずゆっくり養生すれば、お祖父さんだってまた仕事ができるようになってよ、二人で稼げば暮しだって楽になるし、ときにはいっしょに見物あるきだってできるわ、今年は忘れずに染井《そめい》の菊を見にいきましょうよ」

「ああそうしよう、おせん、見せる見せるといって、ずいぶん前から約束ばかりしていたからな、そうだ今年こそきっと見にゆこう」

けれども菊見にはゆけなかった。悪くはならないが、左半身がいつまでもはっきりせず、とうてい遠あるきなどできなかったから、……利くという薬はできる限り試してみた、加持も祈禱《きとう》もして貰った、「夏に出た中風は霜がくれば治るものだ」そう云う人が多いので、おせんも源六もひそかにそれを楽しみにしていたが、霜月がきてもそんなようすはなく、やがて十一月も終りに近くなった。

その月は二十二日の夜にひどい地震があって、小田原から房州へかけてかなり被害があり、江戸でも家や土蔵が倒れたり崖《がけ》が崩れたりした。深川の三十三間堂が倒壊し、大川は一夜に四たびも潮がさしひきした。地震は二十五日まで繰り返し揺《ゆ》ったが、二十六日に雨が降ってようやく歇《や》むと、安房《あわ》や上総《かずさ》では津浪《つなみ》があって十万人死んだとか、小田原がいちばん激震で何千人いっぺんに潰《つぶ》されたとか、色いろ恐しい噂が次から次へとひろまりだした。……こうして二十九日になった夜、四五日つめてした仕事がようやく片付いたので、おせんは珍しく宵のうちに寝床へはいった。地震の恐しさが解けたのと、仕事の疲れが出たのであろう、床にはいるとすぐ、なにも知らずにぐっすり熟睡した。あんまりよく眠ったせいだろう、それほど更けたとも思えない頃にふと眼がさめた。そして眼のさめたときの習慣で、お祖父さんのほうへふり向いた。するとそこには枕紙が白く浮いて見えるだけで、夜具の中にはお祖父さんがいなかった。

おせんは身を起した、たぶん後架《こうか》だろうと考え、そちらへ耳を澄ましていると、戸外のひどい風の音に気がついた、いつ吹きはじめたものかひじょうな烈風で、露次《ろじ》ぐちにある棗《なつめ》の枯枝や庇《ひさし》さきがひょうひょうとうめき、地震でゆるんだ雨戸や障子はもちろん、柱や梁《はり》までがみじめなほどきいきいと悲鳴をあげていた。そのうちにおせんは、店のほうに燈《ひ》あかりが揺れているのに気づいた、なぜともなくどきっとして、寝衣《ねまき》の衿《えり》をかき合せながら立っていってみると、被《おおい》をかけた行燈のそばに、源六が前踞《まえかが》みになって、しきりになにかしていた。火桶《ひおけ》もなし、隙間から吹きこんで来る風で、板敷の店は凍るほど寒いに違いない。驚ろかしてはいけないと医者にきびしく注意されているので、おせんは、そっと近よっていった。……源六は庖丁を研いでいた。不自由なからだでどうしたものか、研ぎ台も水《みず》盥《だらい》もちゃんと揃《そろ》えてあった。蒲《がま》で編んだ敷物にきちんと坐って、きわめてたどたどしい手つきで庖丁を研いでいる。然しそれはひじょうな努力を要するのだろう。鬢《びん》から頬にかけて汗が幾すじも条《すじ》を描いていた。

治りたいのだ、薬も祈禱も験《しるし》がない、だがどうかして治りたい一心から、せめて仕事で馴らしたらと考えたのではなかろうか、それともあまりながびくのが不安で自分をためすために砥石に向ってみたのだろうか、どちらにしてもこの寒夜に独り起きて汗をながしながらひっそりと研ぎものをしている、そのたどたどしい、けれどけんめいな姿は、哀れともいたましいとも云いようがなく、おせんは堪りかねてお祖父さんと叫び、その腕へとりついたまま泣きだしてしまった。

「泣くことはないじゃないかおせん」源六は穏やかに笑いながら孫の背へ手をやった、「……風が耳について、眠れないから、ちょっといたずらをしてみただけだよ」

「わかってるわお祖父さん、でもあせっちゃあだめよ、ずいぶん焦《じ》れったいと思うわ、辛いこともよくわかるわ、でもこの病気はあせるのがいちばん悪いの、がまんして頂戴お祖父さん、もう少しの辛抱だわ」

「そういうことじゃないんだ、おれは決してあせったり焦れたりしやあしない、ただどうにも、どうにも砥石がいじりたくってしようがなかった、鹿砥石《ろくといし》のさらりとした肌理《きめ》、真砥《まと》、青砥《あおと》のなめらかな当り、刃物と石の互いに吸いつくようなしっとりした味が、なんだかもう思いだせなくなったようで、心ぼそくってしようがなかったんだ」

「よくわかってよお祖父さん」おせんはそこにあった手拭で源六の濡れた手を拭いてやった、「……でもがまんしてね、これまで辛抱してきたんですもの、もう少しだから、なんにも考えないでのんきに養生をしましょう、もうすぐよくなるわ、来年はとしまわりがいいんだから、なにもかもきっとよくなってよ、ほんとうにもう少しの辛抱よ、お祖父さん」

「ああそうするよ、おせん、おまえに心配させちゃあ済まないからな」

さあ寝ましょうと云って、おせんが援《たす》け起そうとしたとき、源六はふと顔をあげて、「半鐘が鳴っているんじゃあないか」と云った。おせんも耳を傾むけた。たしかに、暴《あら》あらしく吹きたける風に乗って、微かに遠く半鐘の音が聞えている。然もそれが三つばんだった。

「近いようじゃないか」

「ちょっと出て見るわ」

おせんはひき返して、着物を上からはおり、雨戸を明けて覗いてみた、凜寒《りんかん》と冴えわたった星空のかなたに、かなり近く赤あかと火がみえた。おそらく本郷台《ほんごうだい》であろう、煙が烈風に吹き払われるのでかがりは立っていないが、研ぎだしの金梨地《きんなしじ》のようなこまかい火の粉が、条をなして駿河台《するがだい》のほうへ靡《なび》いていた、おせんは舌が硬ばり、かちかちと歯の鳴るのを止めることができなかった。

「……大丈夫よお祖父さん、高いところだからたぶん本郷でしょう、風が東へ寄っているので、火は駿河台のほうへ向いているわ」

「地震のあとで火事か、今年の暮は困る人がまたたくさん出ることだろう」源六はゆらゆらと頭を振った、

「……さあ、風邪をひかないうちに寝るとしよう」

八

横にはなったが眠れなかった。風はますます強くなるようすで、雨戸へばらばらと砂粒を叩きつけ、ともすると吹き外してしまいそうになった。そのうちに表で人の話しごえが聞えはじめた、「下谷《したや》へまわるぜ」とか「ああとうとう駿河台へ飛んだ」とか「いま焼けているのは明神様じゃあないか」などという言葉が、風にひきち切られてとぎれとぎれに聞えてくる。

「また大きくなるんじゃあないかしら」

おせんが眼をつむったまままそう云った。源六はそれ

には答えず、やや暫らくして、

「風が変ったな」と独り言のように呟やいた。裏の魚屋の女房が来たのはそれから間もなくだった、表の戸を叩きながら呼ぶので、おせんが着物をはおって起きていった。

「のんきだねえおせんちゃん寝ていたのかえ」とおらくはまだ明けない戸の向うで云った、「……火が下谷へ飛んでこっちが風下《かざしも》になったよ、出てごらんな大変だから」

「さっき見たんだけれど」

おせんはそう云いながら雨戸を明けた。すると、いきなりぱっと赤い大きな火の色が眼へとびこんだ、こっちが見たというより、火明《ひあか》りのほうでとびこんだという感じだった。向うの家並はまっ暗で、その屋根の上はいちめんに赤く、眩《まぶ》しいほど空いっぱいに弘《ひろ》がっていた。

「……まあずいぶんひろがったわね」

「そんなこともないだろうけど、手まわりの物だけでも包んで置くほうがいいね、うちでもとにかくひと片付けしたところだよ、なにしろここにはお祖父さんがいるんだから」

「どうも有難う、そうするわおばさん」

「いざとなったらお祖父さんはうちが負《おぶ》ってゆかあね、それは心配はいらないからね」

おらくが去るとすぐ、おせんは手早く着替えをし、すぐ要《い》ると思える物を集めて包を拵らえた。江戸には火事が多いので、ふだんから心の用意はできている、荷物はできるだけ少なくとか、米はどんなにしても二日分くらい持つとか、飯椀に箸は欠かせないとか、切傷、火傷《やけど》、毒消し薬などを忘れるなとか、みんな常づね口伝《くでん》のように戒しめ合い、いざというときまごつかないだけの手順はつけてあるのだった。……包が出来ると、お祖父さんに起きて貰い、布子《ぬのこ》を二枚重ねた上から、綿入袢纏《わたいればんてん》をさらに二枚着せ、頭巾を冠《かぶ》らせた。このあいだにも表の人ごえは段だん高くなり、手荒く雨戸を繰る音や、荷車を曳《ひ》きだすけたたましい響きが起ったりした。

「もう支度はできたかえ」おらくがそう云って入って来た、「……慌てなくってもいいんだよ、また少し風が変って、火先が西へ向ってるからね、こっちはたぶん大丈夫だろうって、うちじゃあいま馬喰町《ばくろちょう》のおとくいへ見舞いに出ていったよ」

「でもさっきよりかがりが大きくなったようじゃないの、おばさん」上り框《がまち》へ、出ていったおせんは、夜空を見やりながら、それでもややおちついた声でそう云った、「……厭《いや》だわねえ地震のあとでまた火事だなんて」

「お江戸の名物だもの、風が吹けばじゃんとくるにきまっているのさ、それにしてもれっきとしたお上《かみ》があって、智恵才覚のある人もたくさんいるんだろうに、なんとか小さいうちに消すくふうはないもんかねえ、番たび百軒二百軒と焼けるんじゃあもったいないはなしじゃあないか」

「あらおばさん」おせんは急に身をのり出した、「……こっちのほうが明るくなったけれど、どこかへ飛び火がしたんじゃあないかしら」

「あらほんとうだね、おまけに近そうじゃないか」

おらくはあたふたと外へ出た。たしかに飛び火らしい、元の火先は西へ靡《なび》いているのに、それとは方角の違う然もずっとこちらへ寄ったところに、新しい橙《だいだい》色《いろ》の明りが立ちはじめた。……通りには包を背負い、子供の手をひいた人びとの往来がしだいに繁くなったが、その人たちの顔が見えるほど、空は赤あかと焦がされていた。家を見て来ると云っておらくが去ると、おせんは勝手へいって水を飲み、どうしようかと考え惑った。足の不自由なお祖父さんを、伴《つ》れてゆくには、あまりさし迫らないうちのほうが安全だ、然しよく話しに聞くことだが、へたに逃げると却《かえ》って火に囲まれてしまう、立退《たちの》くなら火の風の向きをよほどよくみなければと云う、まだ経験のないおせんには、いまが逃げる時かどうか、どっちへゆくがいいのかまるっきり見当がつかなかった。どうしよう、おせんはまた表へ出ていった。

「おせんちゃんまだいたのか」と、右隣りの主人がびっくりしたように呼びかけた、「……もう逃げなくちゃあいけない、立花《たちばな》さまへ火が移っている、早くしないととんだことになるぜ」

そう云うと、背中の大きな包を揺《ゆす》りあげながら、大通りのほうへと走っていった。おせんは足がぶるぶると震えだした、よく気をつけてみると、僅《わず》かなあいだに近所ではだいぶ立退いたらしく、往来の激しい騒ぎとは反対に、たいていの家が雨戸を明けたまま、ちょうど黒い口をあけているようにひっそりと鎮《しず》まりかえっていた。おせんはぞっとして露次へとびこんだ。裏の魚屋へいって「おばさん」と呼んでみたが返辞はなく、包を背負った男たちがおせんを突きのけるように、溝板《どぶいた》を鳴らしながら駈けて通った。気もそぞろに、家へ戻ってくると、お祖父さんは仏壇を開いて、燈明《とうみょう》をあげているところだった。

「お祖父さん」おせんはできるだけしずかな調子で云った、「……たぶん大丈夫だと思うけれど、なんだか火が近くなるようだからともかく出てみましょう」

「おまえゆきな、おせん」と、源六は仏壇の前へ坐った、「……ここは焼けやあしない、おれにはわかってるんだ、ここは大丈夫だ、けれども万に一つということがあるからな、おまえだけは暫らくどこかへいっているがいい」

「そんなことを云って、お祖父さんを置いてゆけると思うの、あたしを困らせないで」

「人間には定命《じょうみょう》というものがあるんだ。おせん」源六はしずかに笑った、「……どんなに逃げたって定命から逃げるわけにはいかない、おれはじたばたするのは嫌いなんだ」

「それじゃあ、あたしもここにいてよ」

「ばかなことを云っちゃあいけない、おれとおまえとは違う、おまえはまだ若いんだ、おまえは、これから生きる人間なんだ、若さというものは、時に定命をひっくり返すこともできる、七十にもなれば、もうじたばたしても追っつかないが、おまえの年ごろにはやるだけやってみなくちゃあいけない、どん詰りまでもういけないというところから三段も五段もやってみるんだ、おせん、おれのことは構わずにゆきな、半刻《はんとき》もすればまた会えるんだから」

「お祖父さん」

おせんはお祖父さんの膝へ縋《すが》りついた。そのとき表から、「爺さん」と叫びながらとび込んで来た者があった。杉田屋の幸太だった。彼は頭巾付きの刺子《さしこ》を着ていたが、その頭巾をはねながら上り框へ片足をかけた。

「もう立退かなくちゃあいけないよ爺さん、立花様へ飛んだ火が御蔵前《おくらまえ》のほうへかぶさって来た、こいつはきっと大きくなる、いまのうちに川を越すほうがいい、おれが背負っていくぜ」

「よく来てお呉《く》んなすった、済まない」源六はじっと幸太の眼を見いった、「……せっかくだがおれのことはいいから、どうかこのおせんを頼みますよ、おれはこんなからだだし、もう年が年だから」

「ばかなことを云っちゃあいけない」幸太は草鞋《わらじ》のまま上へあがった、「……としよりを置いて若い者が逃げられるものか、さあこの肩へつかまるんだ、おせんちゃん、持ってゆく物は出来ているのかい」

「ええもう包んであるわ」

「じゃちょっと手を貸して爺さんを負わして呉んな、なにか細帯《ほそひも》でもあったら結びつけていこう。色消しだがそのほうが楽だ」

構わないで呉れと泣くように云う源六を、幸太はむりに肩へひき寄せ、おせんの出して来たさんじゃく帯で、しっかりと背へ括《くく》りつけた。おせんは歯をくいしばった。幸太とは単純でないゆくたてがある。どんなに苦しくとも彼にはものを頼みたくない、然しこのばあい他にどうしようがあろう、彼がとびこんで来たとき、おせんは嬉しさに思わず声をあげそうになった。ずいぶん勝手だけれど堪忍《かんにん》して、うしろからお祖父さんを負わせながら、おせんは心のうちで幸太にそう詫びを云った。

「よかったらゆくぜ、おせんちゃん」

「あたしはこれを持てばいいの、ああいけない火桶に火がいけてあったわ」

「いけてあれば大丈夫だ、そんなものはいいよ」

それでもと云っておせんは手早く火の始末をし、幸太といっしょに家を出た。……大通りは人で揉《も》み返していた、浅草のほうはいちめんの火で、もうそのあたりまできな臭い煙がいっぱいだった。幸太はちょっと迷った、西を見ると駿河台から延びて来た火が、向う柳原あたりまでかかっているようだ、北は湯島《ゆしま》を焼いたのが片方は上野から片方は神田川にかけて燃え弘《ひろ》がっている。そして浅草のほうも火だ、つまり隅田川に向って三方から火が延びているのである。

「おうまやの渡しから向うは大丈夫だ」

そう云っている男があったので、幸太はその男をつかまえて訊いた、「たしかだとも」と、軽子《かるこ》らしいその男はいきごんだ調子で云った、「おれは駒形《こまがた》の者だ、おふくろが神田にいるんでゆくところだが、焼けているのはお厩《うまや》の渡しからこっちで、あれから向うは、煙も立っちゃあいない、逃げるんならあっちだ」幸太はそっちへ戻ろうと思った、然し道いっぱい怒濤《どとう》のように押して来る人の群を見ると、そのなかをゆくことがいかに不可能であるかすぐにわかった。彼は背負った源六を思い、左手に縋《すが》っているおせんを思った、――やっぱり本所へゆこう、おなじ火をくぐるなら、ゆき着いた先の安全なほうがいい。そう心をきめて歩きだした。

浅草橋まであとひと跨《また》ぎというところまで来た。湯島のほうから延びて来る火は、もう佐久間町《さくまちょう》あたりの大名屋敷を焼きはじめたとみえ、横さまに吹きつける風は燻《いぶ》されたように、煙と熱気に充《み》ちていた。おせんは絶えず幸太の背中にいるお祖父さんに話しかけ、元気をつけたり、励ましたりしていたが、このとき人の動きが止まって、前のほうから逆に、押し戻して来るのに気がついた。

「押しちゃあだめだ、戻れもどれ」

「どうしたんだ先へゆかないのか」

「御門が閉まった」

そんな声が前のほうから聞え、まるで堰止《せきと》められた洪水が逆流するかのように、犇《ひし》ひしと押詰めた群衆がうしろへと崩れて来た。おせんは幸太の腕へ両手でしがみついた。

「幸さん御門が閉まったんですって」

「そんなことはないよ」彼は頭を振った、「……なにかの間違いだ、この人数を抛《ほう》って門を閉めるなんて、そんなばかなことが」

「御門が閉まったぞ」そのとき前のほうからそう叫ぶ声がした、「……御門は、閉まった、みんな戻れ、浅草橋は渡れないぞ」

その叫びは口から口へ伝わりあらゆる人々を絶望に叩きこんだ、沸き立つような喧騒《けんそう》がいっときしんと鎮まり、次いでひじょうな忿《いか》りの呶号《どごう》となって爆発した。浅草橋御門を閉められたとすれば、かれらが火からのがれる途《みち》はない、火事は北と西とから迫っている、然も恐るべき速さで迫って来ている、東は隅田川だ、浅草橋はたった一つ残された逃げ口だったのだ。

「門を叩き毀《こわ》せ」誰かがそう喚《わめ》いた。

「踏み潰して通れ」

するとあらゆる声がそれに和して鬨《とき》をつくった。

「門を毀せ」

「押しやぶってしまえ」

それは生死の際に押詰められた者のしにものぐるいな響きをもっていた。群衆は眼にみえないちからに押しやられて、再《ふた》たび浅草橋のほうへと雪崩《なだれ》をうって動きだした。

九

幸太はこの群衆の中から脱けだした。彼には浅草橋の門の閉まった理由がすぐわかった。門の彼方《かなた》もすでに焼けているのだ、風が強いから火はみえないが、さっき茅町の通りで見たとき、もう柳原のあたりが赤くなっていた、おそらく馬喰町の本通りあたりまで焼けてきたに違いない。よしそうでないにしても、「御門」という制度は厳しいもので、いちど閉められたらたやすく明く筈はなし、群衆の力ぐらいで毀せるものでもなかった。彼はすばやくみきわめをつけ、けんめいに人波を押し分けて神田川の岸へぬけ、そのまま平右衛門町から大川端へと出て来た。

神田川の落ち口に沿った河岸の角が、かなり広く石置き場になっていた。のちには家が建つようになったが、その頃はまだ河岸が通れるようになっていて、貸舟屋や石屋や材木屋などが、その道を前にして軒を並べていた。もし舟があったら本所へ渡ろうし、無かったにしても、石置き場は広いし水のそばだから、火に追詰められてもたぶん凌《しの》ぎがつくだろう、幸太はそう考えて来たのだった。……けれども、そこはもう荷物と人でいっぱいだった、幸太はちょっと途方にくれたが、遠慮をしていてはだめだと思い、「病人だから頼みます」と繰り返し叫びながら、人と人とのあいだを踏み越えるようにして、いちばん河岸に近いところへぬけていった。そこは三方に胸の高さまで石が積んであり、その間にちょうど人が三人ばかりはいれるほどの隙間ができている。

「ここがいいだろう」そう云って幸太は源六をおろし

た、「……暫らくの辛抱だ、爺さん寒いだろうが、がまんして呉んな」「それより幸さん、おまえ家へ帰らなくちゃあいけまい」「なあに家はいいんだ」幸太は源六を積んである石の間へそっと坐らせた、「……家はすっかり片付けて来たし、親たちは職人といっしょに立退いたんだ、おせんちゃんその包をこっちへ貸しな、そいつを背中へ当てて置けば爺さんが楽だろう」

「済みません、あたしがしますから」

おせんは背負って来た包をおろし、お祖父さんの後ろへ、倚《よ》り掛かれるように置いて、自分もそこへ腰をおろした。

火のようすを見て来るといって、幸太は通りのほうへ出ていった。おせんはひきとめたかった、こんな混雑のなかで、もしはぐれでもしたらどうしようと思ったから。けれども呼びかけることはできなかった、幸太が火を見にゆくというのは口実で、ほんとうはおせんのそばにいることを憚《はば》かった。あのときの約束を守ろうとしているのだということがわかったからである。


おせんは咎《とが》められるような気持で、お祖父さんにひき添いながら身のまわりを眺めやった。……積んである石の上も下も、大きな荷包と人でいっぱいだった、たいていの者が子供づれで、なかには背負ったり抱えたりで五人もの子をつれた女房がいた。かれらの多くは焼けだされて来たらしく、火あしの早かったこと、飛び火がひどくて逃げる先さきを塞《ふさ》がれ、危うく命びろいをして来たこと、どこそこでは煙に巻かれてなん十人も倒れているのを見たことなど、口ぐちに話し合っていた、「ええ此処《ここ》は大丈夫ですよ、いざとなったら川へはいって、石垣に捉《つか》まっていたって凌げますからね」そんなことを繰り返し云う男があり、「そうだ此処なら命だけは大丈夫だ」とか「水に浸って火の粉をあびれば水火の難だぜ」などと云って笑う声も聞えた。

暫らくして幸太が蒲団《ふとん》を担いで戻って来た、「ちょっと思いついたもんだから、断わりなしにはいって持って来たよ」彼はそう云って源六とおせんとをそれでくるむようにした、「……こうしていれば寒くもなく火除《ひよ》けにもなるからな、それから飯櫃《めしびつ》をみたら残ってたから、手ついでにこんな物を拵《こし》らえて来たよ」自分もそこへ坐りながら、湯沸《ゆわか》しと握り飯の包をとりひろげた。

「あら、お握りなら持って来てあるのよ」

「そいつはとっとくんだ、明日がどうなるかわからないからな、爺さん一つ喰べておかないか、ちょうどまだ湯が少し温かいんだがな、おせんちゃんもどうだ」

「ええ頂くわ、お祖父さんもそうなさいな」

「なんだか野駈《のが》けにでもいったようだな」

源六は独り言のように、そっとこう呟やきながら一つ取った。おれも貰うぜと云って、幸太も取って頬張ったが、こいつは大笑いだと頭へ手をやった、「冗談じゃない塩をつけるのを忘れちゃったよ」

「まあそんなものさ」源六が笑いながら云った、「男があんまりできすぎるのもげびたものだ」

「いいわよ、梅干を出すから待ってらっしゃい」

おせんは手早く包をひらき、重箱をとりだして蓋《ふた》をあけた。――ほんとうに野駈けにでもいったようだ、と思いながら……。

火事のことは源六も幸太も口にしなかった、火のようすを見にいった幸太がなにも云わないのは、云わないことがそのまま返辞だからである。それでなくとも、横なぐりに叩きつけて来るような烈風は、すでに濃密な煙とかなり高い熱さを伴なっているし、頭上へは時おりこまかい火の粉が舞いはじめて来た。

「爺さんもおせんちゃんも、少し横になるほうがいい、火の粉はおれが払ってやるから」

そうすすめるので、源六とおせんは蒲団をかぶり、包に倚りかかって楽な姿勢をとった。……家は焼けてしまうだろう、おせんはそう思ったが、悲しくも辛くもなかった、お祖父さんが病気で倒れたり、地震があったり、今年はひどく運が悪かった、いっそ家もきれいさっぱり焼けて、どん詰りまでいってしまうほうがいい、悪い運が底をついてしまえば、こんどは良い運が始まるだろう、なにもかも新しくやり直すんだ、――庄さん、とおせんは眼をつむり遠い人のおもかげを空《くう》に思い描いた、あたし弱い気なんか起さなくってよ、あんたが帰るまでは、どんなことがあっても他人の厄介にならないで待っているわ、今夜のことは堪忍してね庄さん、だってほかにしようがなかったんですもの、あんたがいたら幸さんなんかに頼みはしなかったのよ、わかるわね庄さん。

危険は考えたより遥かに早く迫って来た。幕を張ったように、するどい臭みのある煙が烈風に煽《あお》られて空を掩《おお》い地を這《は》って、あらゆるものを人々の眼から遮ぎり隠していた、そのあいだに火は茅町から平右衛門町へと燃え移っていたのだ、誰かが「あんな処《ところ》へ火が来ている」と叫び、みんながふり返ったとき、河岸に面した家並の一部から焔《ほのお》があがった。風のために家から家と軒つづきに延びて来たのが、ひとところ屋根を焼きぬくと共に、撓《た》めるだけ撓めていたちからでどっと燃えあがったのだ、ちょうど巨大な坩堝《るつぼ》の蓋をとったように、それは焔の柱となって噴きあがり、眼のくらむような華麗な光の屑《くず》を八方へ撒《ま》きちらしながら、烈風に叩かれて横さまに靡《なび》き、渦を巻いて地面を掃いた。頭上は火の糸を張ったように、大小無数の火の粉が、筋をひきつつ飛んでいた、煙は火に焦がされて赤く染まり、喉を灼《や》くように熱くなった。煙に咽《む》せたのだろう、どこかで子供が泣きだすと、堰を切ったように、あっちからもこっちからも、子供の泣きごえが起った。「おいみんな荷物に気をつけて呉れ」とつぜん幸太が叫びだした、「……荷物へ火がつくとみんな焼け死ぬぞ、よけいな物は今のうちに河へ捨てるんだ」

彼は石の上へとびあがり、同じ言《こと》を幾たびも叫びたてた。それから両国のほうと本所河岸を眺めやった。煙がひどいのでよくわからないが両国広小路の向うも火のようだった。薬研堀《やげんぼり》から矢の倉へかけて、橙色のすさまじい火が、上から抑えつけられたように横へ広くひろがっている、そしていつ飛び火がしたものか、本所河岸もすでに炎々と燃えていた。

「向う河岸も焼けてるのね、幸さん」おせんが立ちあがってそう云った、「……どこもかも焼けているわ、大丈夫かしら」

「出て来ちゃあいけない、蒲団をかぶってじっとしているんだ」幸太は叱りつけるように云った、「……馴れない眼で火を見ると気があがって、それだけでまいってしまう、おれがいる以上は大丈夫だからじっとしていな」

おせんは坐って、頭からまた蒲団をかぶった、然し熱さと煙とで、息が苦しくなり、ながくはそうしていられなくなった。

「お祖父さん、苦しくない」

そう訊いたが「うん」というなりでなにも云わない、堪らなくなって、おせんは頭を出した。ごうごうと、大きな釜戸《かまど》の呻《うめ》きのような火の音と、咆《ほ》えたける烈風のなかに、苦痛を訴えるすさまじい人の声が聞えた。まるでそこにいる人たちを覘《ねら》ってくるかのように、熱風と煙が八方からのしかかり押し包んだ。……向うのほうで「荷物に火がついたぞ」と叫ぶ声がし、「みんな荷物を河へ抛《ほう》りこめ」という叫びが続いた。おせんはするどい恐怖と息ぐるしさで胸をひき裂かれるように思い、「幸さん」と喉いっぱいに呼んだ、「……幸さん、どこ」

「頭を出すな」そうどなりながら、石の上へ向うから幸太がとび上って来た、「……髪毛《かみのけ》へ火がつく、ひっこんでろ」

「苦しくってだめなの、息が詰るわ」

「苦しいぐらいがまんするんだ」そう云いながら彼は石から下りた、「……爺さんは大丈夫か、爺さん、もうひとがまんだぜ」

源六の返辞はなかった、身動きもしないので、幸太が蒲団を剝《は》いでみた。源六は包へがくりと頭をのけ反《ぞ》らせていた、幸太は手荒く老人の着物の衿をかき明け、心臓のところへ耳を当てた。……おせんは大きく眼をみはり、両手の拳《こぶし》を痛いほど握りしめながら見ていた、お祖父さんは口をあいていた、眼もあいていた、ちょうど欠伸《あくび》でもしているようなのんびりとした顔である、然しそれにもかかわらずすべてが空虚で、なにかしらぬけがらをみるような物質化した感じが強かった。幸太は老人の肩を摑《つか》んで揺すぶった。それから湯沸しをあけ、手に当る紐をひき千切ってつるを縛ると河の水を汲みあげて老人の頭へあびせかけた、四たびばかりも繰り返して、また心臓へ耳を当てた。これらのことは敏捷《びんしょう》な動作と、ぜひとも呼び生かしてみせると云いたげな熱意に溢《あふ》れていた、おせんは震えながら見ていた、渦巻く煙も、頰を焦がしそうな火気も、泣き喚くまわりの人ごえも気づかずに、そして、やがて幸太が両手を垂れながら立つと、絞りだすような声で叫びながらお祖父さんの胸の上へ泣き伏した。

「済まない、勘弁して呉んな」幸太が泣くような声でそう云った、「……おれがへまだったんだ、もう少し早くいって伴れだせばよかったんだが、こんな処で死なせるなんて、ほんとうに済まなかった」

「いいえそんなことはなくってよ幸さん、ここまででも伴れて来られたのはあんたのおかげだわ、お祖父さんはどうしても逃げるのはいやだってきかなかったんですもの」

「おまえの足手まといになると思ったんだ、病気で倒れてっからも、爺さんはおまえの世話になることが辛くって、どんなに気をあせっていたか知れなかった、おれにはよくわかったんだ。他人ぎょうぎじゃあないぜ、爺さんはおまえを可愛がっていた、どんなお祖父さんがどんな孫を可愛がるよりも可愛がっていたんだ、おまえに苦労させるくらいなら、いっそ死ぬほうがいいとさえ……おれにそう云ったことがあるんだ、だからおせんちゃん、薄情なようだが諦《あき》めよう、爺さんは楽になったんだ、ながい苦労が終ってもうなにも心配することもなく、安楽におちつくところへおちついたんだ、わかるなおせんちゃん」

「幸さん」

おせんが、そう呼びかけたとき、畳一枚もありそうな大きな板片《いたきれ》が、燃えながら二人のすぐ傍わらへ落ちて来た。

まるで雪崩《なだれ》の襲いかかるように、怖《おそろ》しい瞬間がやって来た。苦しまぎれに河へはいる者がたくさんあった、然しそこは折あしく満潮で、はいるとすぐ溺《おぼ》れる者が相次いで、石垣にかじりついている者は頭から火の粉を浴び、それを払おうとして深みへ掠《さら》われた。たぶん頭が錯乱したのだろう、なにやら喚きながら、まっすぐに燃えている火の中へとび込んでゆく者もあった。あたりに置いてある荷物はみなふすふすと煙をあげ、それが居竦《いすく》んでいる人々を焦がした。積んである石も、地面も、触っていられないほど熱くなり、水を掛けるとあらゆる物から湯気が立った。そうだ、おせんは初めて気がついた。彼女はいつか幸太の刺子《さしこ》袢纏《ばんてん》を着せられ、頭巾を冠っていた。その上から、幸太が河の水を汲みあげては掛けていて呉れたのだ。

「苦しくなったら地面へ俯伏《うつぶ》すんだ」と幸太がどなった、「……地面へ鼻を押しつけて、そこのいきを吸うんだ、火の気も煙も地面まではいかないから、もうひとがまんだ」

おせんはとつぜん中腰になり、すぐ脇に積んである石の蔭を覗いた。さっきから赤子の泣くこえが耳についていた、ひとところで、少しも動かずに、たまぎるような声で泣いている、あんまりひとところで泣き続けるので、堪らなくなって覗いてみた、石の蔭には大きな包が二つあり、その上に誕生には間のありそうな赤子が、ねんねこにくるまって泣いていた、まわりには誰もいない、ねんねこも包も、ところどころ焦げて煙をだしている、おせんは衝動的に赤子を抱きあげ、刺子袢纏のふところへ入れて元の場所へ戻った。

「ばかなことをするな」幸太が乱暴な声でどなった、「……親も死んでしまったのに、そんな小さな子をおまえがどうするんだ、死なしてやるのが慈悲じゃないか」

「みんなおんなじよ」おせんはかたく赤子を抱きしめた、「……あたしだってもうながいことないわ、助けようというんじゃないの、こうして抱いて、いっしょに死んであげるんだわ、一人で死なすのは可哀そうだもの」

「おまえは助ける、おれが助けてみせる、おせんちゃん、おまえだけはおれが死なしゃあしないよ」彼はそう云って、刺子袢纏の上から水を掛けると、おせんのそばへ跼《かが》んで彼女の眼を覗いた。「……おまえにゃあ、ずいぶん厭な思いをさせたな、済まなかった。堪忍して呉んなおせんちゃん」

「なに云うの幸さん、今になってそんなことを」

「いや云わせて呉んな、おれはおまえが欲しかった、おまえを女房に欲しかったんだ、おまえなしには、生きている張合《はりあい》もないほど、おれはおせんちゃんが欲しかったんだ」

苦痛にひき歪《ゆが》んだ声つきと眸子《ひとみ》のつりあがったような烈しい眼の色に、おせんはわれ知らずうしろへ身をずらせた。

「思いはじめたのは十七の夏からだ、それから五年、おれはどんなに苦しい日を送ったか知れない、おまえはおれを好いては呉れない、それがわかるんだ、でも逢いにゆかずにはいられなかった。いつかは好きになって呉れるかも知れない、そう思いながら、恥を忍んでおまえの家へゆきゆきした、だがおまえの気持はおれのほうへは向かなかった、そればかりじゃあない、とうとう……もう来て呉れるなと云われてしまったっけ」煙が巻いて来、彼は、こんこんと激しく咳《せ》きこんだ。それから両の拳へ顔を伏せながら、まるで苦しさに耐え兼ねて呻くような声で続けた、「……そう云われたときの気持がどんなだったか、おせんちゃんおまえにはわかるまい、おれは苦しかった、息もつけないほど苦しかった、おせんちゃん、おれはほんとうに苦しかったぜ」

おせんは胸いっぱいに庄吉の名を呼んでいた、できるなら耳を塞いで逃げたかった、「おれがいなくなれば幸太はきっと云い寄るだろう」そう云った庄吉の言葉がまたしても鮮やかに思いだされた、「だがおれは安心して上方へゆく、おせんちゃんはおれを待ってて呉れるだろうから」そうよ庄さん、あたしを守っていて頂戴、あたしをしっかり支えていて頂戴。おせんはこう呟やきながらかたく眼をつむり、抱いている赤子の上へ顔を伏せた。

「だがもう迷惑はかけない、今夜でなにもかもきりがつくだろう」幸太は泣くような声でこう云った、「……どんな事だってきりというものがあるからな、おせんちゃん、これまでのことは忘れて呉んな、これまでの詫びにおまえだけはどんなことをしても助けてみせる、いいか、生きるんだぜ、諦らめちゃあいけない、石にかじりついても生きる気持になるんだ、わかったか」

おせんは黙っていた、顔もあげなかった。幸太は立って再たび水を汲んでは掛けはじめた。然し湯沸しなどでは間に合わなくなってきた。彼は蒲団を水に浸しておせんの上から冠《かぶ》せ、手桶かなにかないかと捜してみた、そのときはじめて、そのあたりいちめん人間の姿がひとりもなく、荷という荷が赤い火を巻きだしているのに気がついた、ついさっきまで犇《ひし》めいていた人たちが、かき消したように見えなくなり、有《あら》ゆる荷物が生き物のように赤い舌を吐いていた。眼のくらむような明るさのなかで、それは悪夢のように怖しい景色だった。

彼は湯沸しを投げだした。そして積んである石材を抱えあげ、石垣に添って河の中へ落し入れた、一尺角に長さ三尺あまりの大谷石《おおやいし》だった、殆んど重さを感ずる暇もなく、凡《およ》そ十五六も同じ場所へ沈めた。それから石垣に捉まって水の中へはいってみた、石は偶然にも、ひとところに重なっていたが、満潮の水は彼の胸まで浸した、幸太はすぐに岸へ上り更に八つばかり沈めて、自分でいちど、試してからおせんを呼んだ。

「大丈夫だ、赤ん坊はおれが預かるから、そこへ足を掛けて下りな、落ちても腰っきりだ、よし、こんどはここへ捉まって、ゆっくりしな、そうそう、いいか」

「赤ちゃんを水に浸《つ》けていいの」

「焼け死ぬより腹くだしのほうがましだろう、いま上から蒲団を掛けるからな」

幸太は岸の上から蒲団を引き下ろし、いちど水につけておせんの頭から冠せた。……水はおせんの腰の上まであった。然も潮はひきはじめているとみえ、神田川の落ち口なのでかなり強い流れが感じられる。おせんは赤子を抱いたからだを石垣へ貼りつけるようにし、足は水の中でしっかりと石を踏ん張った。

「もう少しの辛抱だ、河岸の家が燃え落ちれば楽になる、まわりを見ちゃあいけない、なにも考えずにがまんするんだ、苦しくなったら水の面にあるいきを吸うんだぜ」幸太は手で蒲団へざぶざぶと水を掛け続けた、「……ちょっと待ちな、あそこへ手桶が流れて来る、手じゃ埒《らち》があかないからあいつを取って来て掛けよう、ちょっとのまがまんしてるんだ」

そう云って幸太は流れの中へすっと身をのしだした、仕事着のずんどに股引《ももひき》だけである。手桶は三間ばかり向うを流れているので、なんのことはないと思った。然し彼は疲れきっていた、もう精も根も遣いきっていたのだ、二手、三手、泳ぎだすとすぐそれに気がつき、これはいけないと思った。そのうえ流れはまん中へゆくほど強くなり、ぐんぐんとからだを持ってゆかれそうだった。かれはひき返そうかと思ったが、眼の前にある手桶に気づき、それに捉まれば却って安全だと考えた。そしてけんめいに身をのし、手をあげて手桶を摑んだ。あげた手はひじょうに重かった、まるで鉛の棒ででもあるかのようにひじょうに重くて自由が利かなかった。それで桶はくつがえり、ずぶりと水の中へ沈むのといっしょに、幸太もからだの重心を失なって水にのまれた。

がぶっという異様な水音を聞いて、おせんが蒲団から頭を出した、河面は真昼のように明るかったが、なにやら焼け落ちた物が流れてゆくほかには、どこにも幸太の姿が見えなかった。その人影のない、明るくがらんとした水面はおせんをぞっとさせた。

「幸さん」彼女はひきつるように叫んだ、「……幸さん」

すると思ったよりずっと川口に近いほうで、はげしい水音がしたと思うと幸太がぽかっと頭を出した。彼は背伸びでもするように、顔だけ仰反《あおむ》けにしてこっちを見た。

「おせんちゃん」と、彼は喉に水のからんだ濁音で叫んだ、「……おせんちゃん」

そしてもういちどがぶっという音がし、幸太は水の中へ沈んでしまった。おせんは憑《つ》き物でもしたように、大きな、うつろな眼をみはって、いつまでもその水面を見つめていた。彼女のふところで、赤子がはげしく泣きだした。

中篇

一

江戸には珍しく粉雪をまじえた風が、焼けて黒い骨のようになった樹立《こだち》をひょうひょうと休みなしに吹き揺すっていた。寒いというより痛い、粟立《あわだ》った膚《はだ》を針でうたれるような感じである。どっちを眺めても焼け野原だった、屋根も観音開きも無くなり、みじめに白壁が剝《は》げ落ちて、がらん洞になった土蔵があちらこちらに見える。それは倒れ残った火防《ひよ》け塀《べい》や、きたならしく欠け崩れた石垣などと共に焼け跡のありさまを却《かえ》ってすさまじくかなしくみせるようだ。晴れていたら駿河台《するがだい》から湯島《ゆしま》、本郷《ほんごう》から上野の丘までひと眼に見わたせるだろう、いまは舞いしきる粉雪で少し遠いところは朧《おぼ》ろにかすんでいるが、焼け落ちた家いえの梁《はり》や柱や、焦げ毀《こわ》れた家財などの散乱するあいだを、ひどく狭くなった道がうねくねと消えてゆくはてまで、一望の荒涼とした廃墟《はいきょ》しか見られなかった。

手足はもちろん骨まで氷《こお》りそうな風に曝《さら》され、頭から白く粉雪に包まれた人々が、浅草橋の北詰から茅場町《かやばちょう》あたりまで列をつくっていた。傘をさしたり合羽《かっぱ》を着たりしているのはごく僅《わず》かで、たいていの者が風呂敷やぼろや蓆《むしろ》をかむっていた。男も女も、老人も子供も、みんな肩をすくめ身を縮めて、おさえつけられるように前跼《まえかが》みになって、ほんの少しずつ、それこそ飽き飽きするほどのろのろと、列といっしょに動いている。誰もなにも云わなかった、素足のままふところ手をして瘧《おこり》にかかったかのようにがたがた震えている者、きみの悪いほど、白い硬ばった顔でときどきびくんと発條《ばね》じかけのように首だけ後ろへ振向ける者、むきだしの頭から肩背へ雪まみれになったまま、払いおとす力もないかのようにじっとうなだれている老婆、これらの群のあいだから赤児の弱よわしい泣きごえが聞える。前のほうでも後ろのほうでも、もう泣き疲れて喘《あえ》ぐように喉をぜいぜいさせるだけのものもある。しかし親たちのあやす声は聞えない、ひょうひょうと吹きたける風の音を縫って、その赤児の泣くこえだけが、列をつくっている人々ぜんたいの嘆きを表象するかのように、途絶えたり高くなったりしながらいつまでも続いていた。

「そっちへいっちゃだめじゃねえか、だめだって云ってるじゃねえか、ばか」

とつぜんこう喚《わめ》きだす者がいた。

「あの火が見えねえか、よね公、焼け死んじまうぞ、よね公、よね公、ばか」

そしてその喚きはすぐにううという低い絞るような嗚咽《おえつ》になった。だがそのまわりにいる人たちはなにも云わず、振返りもしない、そんな喚きごえなど聞きもしなかったようである。いたましいその嗚咽はやがて鼻唄のような調子になり、まもなくかすれかすれに消えていった。

おせんは痴呆のように惘然《もうぜん》として、この人々といっしょに動いたり停ったりしていた。抱いている赤児が泣きだすと、鈍い手つきで布子《ぬのこ》袢纏《ばんてん》をかき合せたり、ぼんやりと頬ずりをしたりするが、すぐにまた放心したような焦点の狂った眼をあらぬ方へそらしてしまう。時どきなにかが意識の表をかすめると、あらゆる神経がひきつり収縮するので、からだじゅうがぴくぴくと激しく痙攣《けいれん》する。それと同時にはっと夢から醒《さ》めたような気持になるが、それは極めて短かい刹那《せつな》のことで、すぐに頭は朦朧《もうろう》となり、思考はふかい濃霧に包まれるように昏《くら》んでしまう。肉体も精神もすっかり麻痺《まひ》して、自分がいまなにをしているかも、どうしてそんな処《ところ》に立っているかもわからなかった。――ただ時をきっていろいろな幻想があたまのなかを去来する、幼ないころに浅草寺《せんそうじ》の虫干しで見た地獄絵のような、赤い怖《おそろ》しい火焔《かえん》がめらめらと舌を吐くさま、ふりみだした髪の毛から青い火をはなちながら、その火焔の中へとびこんでゆく女の姿、渦を巻いておそいかかる咽《のど》を灼《や》くような熱い烈風、嘘《ほ》のように平安なお祖父さんの寝顔、そしてごうごうと咆え狂う焔《ほのお》の音のなかから、哀訴しむせび泣くようなあの声が聞える。

――おせんちゃん、おらあ苦しかったぜ、本当におらあ辛かったぜ、おせんちゃん。おせんは濁った力のない眼をみはり、唇をだらんとあけて宙を見上げる、なんの感動もあらわれない白痴そのままの表情だ。それから急に眉をしかめ、眼をつむって頭を振る、そういう幻視や幻聴を払いのけたいとでもいうように、――赤児はぐずぐずと泣きだし、小さな唇でなにかを舐《な》めるような音をさせた。おせんは機械的に頰ずりをし、その唇へそっと自分の舌をさしいれた。赤児はとびつくように口をすり寄せ、びっくりするほどのちからでおせんの舌を吸う、ひじょうな力でちゅうちゅうと音を立てて吸うが、やがて口を放すとひき裂けるような声で泣きだすのであった。

「おまえさんお乳を含ませておやりな」すぐ前にいた中年の女がこっちへ振返ってからこう云った、「――舌なんかで騙《だま》すのは可哀そうじゃないか、匂いだけでも気が済むんだから、お乳を含ませておやんなさいよ」

「そのひとはあたまがおかしいらしいんだよ」脇にいる別の女がそう云った、「――藁屋《わらや》の勘《かん》さんとこで面倒みてやってるらしいんだけど、唖者《おし》みたいにものを云わないし、お乳をやることもお襁褓《むつ》を替えることも知らないらしいんですってよ」

「まあ可哀そうに、こんな若さでねえ、まだ十六七じゃないかね」

「いくら年がいかなくっても、わが腹を痛めた子に乳をやることも知らないなんて、本当に因果なはなしだよねえ」

そんな問答が聞えるのか聞こえないのか、おせんは泣き叫ぶ子を揺すりながら、瞳《ひとみ》のぬけたような眼でじっとどこかをみつめるばかりだった。行列はそれでもしだいに前へ前へと進み、やがて蓆で囲った施粥《せがゆ》小屋《ごや》へと近づいた。そのあたりは群れたり散ったりする人影と、甲高《かんだか》い罵《のの》しりごえや喚きなどでわきたち、雪まじりの風に煽《あお》られて、火を焚《た》く煙や白い温《あ》たたかそうな湯気が、空へまき上ったり横へ靡《なび》いたりしていた。

——筍笠《たけのこがさ》を冠《かぶ》り合羽を着て、大きな鍋を提げた男が向うから来た。鍋蓋《なべぶた》の隙《すき》から湯気が立っている、男は列の人々を眼さぐりしながら来たが、おせんを認めるとせかせか近寄って、

「おめえまた来てえるな、家にいなって云ってるのにどうして出て来るのだ、赤ん坊が凍えちまったらどうするだ、聞きわけのねえもてえげえにするがいい、さあ帰るだ、帰るだ」

「勘さんよ、たいへんだねえ」さっきの女の一人がこう声をかけた、「——おまえさんもお常さんもよく面倒をみなさる、こんななかで出来ねえこったよう」

「なにをするもんだお互《たげ》えさまさ」男はぶあいそに云い捨て、片手でおせんをそっと押した、「——さあ帰るだ帰るだ」

おせんはすなおに歩きだした。男はときどき鍋を持ち替えながら、自分が風上のほうへまわって、往来を右へ曲り、もうかなり積って白くなった道を、平右衛《へいえ》門町《もんちょう》のほうへとはいっていった。このまわりはどこよりもひどいようにみえる、土蔵や火防け壁などが無かったせいか、家という家がきれいに焼け失せて、焚《た》きおとしのようになった柱や綿屑《わたくず》やぼろが僅かにちらばっているだけであった。——しかし大川の河岸《かし》にあった梶平《かじへい》という材木問屋では、あの夜、筏《いかだ》にして川へ繋《つな》いだ材木をあげ、三棟の小屋と掛け屋根の仕事場を造り、もう四五日まえから活潑《かっぱつ》に鋸《のこぎり》や鉋《かんな》の音をさせていた。しぜん職人も大勢はいるのでそこを中心にぽつぽつ家が建ちだしている、もちろん板壁に屋根をのせた

ばかりの小屋であるが、酒肴やそばきりなどを売る店もあって、ときには酔って唄うこえが聞えたりする。……勘さんと呼ばれる男の小屋もその一劃《いっかく》にあった。これは古い板切れを継ぎはぎにした、少なからず片方へ傾《かし》がった、素人《しろうと》しごとと明らかにわかる雑なものだ。それにくっつけてやはりぶざまな、そのくせばかげて大きい物置が建っていて、空俵《あきだわら》や蓆やあら縄などがいっぱい積込んである。勘さんはがたびしする戸をあけておせんを先にいれ、自分がはいるとすぐ戸をぴったり閉めた。

油障子を嵌《は》めた小さな切窓から、朝あけのようにほの白い光がさしこんで、六畳ばかりの狭い部屋の中をさむざむとうつし出している。ふちの欠けた火桶《ひおけ》に、古ぼけた茶棚《ちゃだな》と枕屏風《まくらびょうぶ》のほかはこれといって道具らしい物もみあたらないが、夜具や風呂敷包などきちんと隅に片付いているし、蒲《がま》で編んだ敷畳もきれいに掃除がしてあり、見つきよりはずっと住みごこちの好い感じがみなぎっていた。

「お常、帰ったぜ」勘さんはこう呼びながら笠と合羽をぬいだ、「——ひでえひでえ、骨まで氷ったあ」

「お帰んなさい、いま湯を取りますよ」

台所でこう答えるこえがし、すぐ障子をあけて、湯気の立つ手桶を持って女房が出て来た。二十八九になる小肥りの働き者らしいからだつきで、頰の赤いまるまるした顔に、思い遣《や》りのふかそうな眼をもっている。小さな髷《まげ》に結った髪もきっちり緊《しま》っておくれ毛ひとつないし、衿《えり》に掛けた手拭《てぬぐい》もあざやかに白い、手始末のいいきびきびした性質が、それらのすべてにあらわれていた。

「しようがねえ、この寒さにまた出て並んでるんだ」

勘さんは足を洗いながら云った、「——欠け丼《どんぶり》のひとつも持つならいいが、手ぶらで並んでてどうするつもりかさ、可哀そうに赤ん坊が泣きひいってたぜ」

「友さんのところへ乳を貰いにいっといでって出してやったんだよ、そこからいっちまったんだねきっと、あらまあ頭からこんなに濡れてるじゃないか、持ってった傘をどうしたろう」

「いいからあげてやんなよ、傘は友助《ともすけ》んとこへでも忘れて来たんだろう、ああ人ごこちがついたら腹が減ってきた、早いとこそいつを温《あっ》ためて貰うべえ」

「あいよ、さあおまえお掛けな、足を拭いてあげるから」

お常は残った湯で雑巾を絞り、おせんを上り框《がまち》に掛けさせて、泥にまみれ、凍えて紫色に腫《は》れた足を手ばしこく拭いてやった。

二

おせんのそういう状態はかなり長く続いた。烈《はげ》しい感動からきた精神的虚脱とでもいうのであろう。もちろん白痴になったわけではない、その期間に経験したことは夢中のもののように朧《おぼ》ろげではあるがそれでも断片的にはたいてい記憶に残った。ただそれ以前のことがまるで思いだせない、猛火に包まれた苦しさと、お祖父さんと誰かが死んだことは、遠いむかしそこだけの出来事のように覚えているが、それもぽつんと断《き》れていて前後のつながりがまるでわからなかった。

彼女の新しい記憶はお救い小屋から始まっていた。それは蓆掛けに床を張っただけの、うす暗くて風の吹きとおす寒い建物で、身動きもならないほど人が混み合っていた。四五日いたのだろうか、赤児が泣くので隅へ隅へと追われた。自分がわからないありさまだし、もとより赤児の世話などしたことがないから、なかば夢のように揺すったり頬ずりしたりするばかりだった。憐《あわ》れがって乳を呉《く》れた女もいた。おむつを替えて、お三組ばかりわけてくれた女房もあったが、長くは続かず、やがて小屋から押し出されてしまった。そうしてふらふら歩きまわっているうち、勘さんに呼びかけられてその住居へひきとられたのである。――それから毎日、赤児を負《おぶ》ってはよく歩きまわった。誰かに呼ばれているような、誰かを捜さなければならないような気持で、ときには上野から湯島あたりまでうろうろしたこともある。しかし大川のほうへは決してゆかなかった、そこはひじょうに怖しい、遠くからちらと水を見るだけでも、身の竦《すく》むような恐怖におそわれるのである、理由はわからないが本能的にそっちへゆくことは避けた。……歩きまわることがやまると施粥を貰う行列に並びだした。お粥は勘さんが貰って呉れるので、むろんそのために並ぶのではない、そこには大勢の人がいた、いつも違った顔を見、違った話しが聞ける、そこにいれば自分の捜すものがみつかるかもしれない、また自分を呼んでいる者にゆき会えるかもしれない、そういう漠然とした期待に唆《そそ》られるからであった。

——あの晩の火事は二ケ所から出たんだってよ、一つは本郷追分《おいわけ》から谷中《やなか》までひと舐めさ、こっちはおめえ小石川《こいしかわ》から出たやつが上野へぬけてよ、北風になったもんで湯島から筋違橋《すじかいばし》、向う柳原《やなぎわら》、浅草は瓦町《かわらちょう》から茅町《かやちょう》、その一方は駿河台へ延びて神田を焼きさ、伝馬町《てんまちょう》から小舟町《こぶなちょう》、堀留《ほりどめ》、小網町《こあみちょう》、またこっちのやつは大川を本所《ほんじょ》へ飛んで回向院《えこういん》あたりから深川永代橋《ふかがわえいたいばし》まできれえにいかれちゃった、両国橋あたりじゃ焼け死んだり川へとびこんで溺《おぼ》れたりした者がたいへんな数だって云うぜ。

そんな話しもその行列の中で聞いた。

——聖堂《せいどう》も湯島天神も焼けちゃったからな。

——回向院の一言観音《ひとことかんのん》の御本尊は山門におさめてあったものさ、ところが十一月のはじめある夜、観音さまが住持の夢枕に立って、ここでは悪いからおろせと仰《おっ》しゃる、そこで本堂へ移すと、二十二日の地震よ、山門は倒れてめちゃめちゃだ、追っかけて二十九日の大火に回向院はあのとおりさ、げにあらたかだてえんでいまたいそうな参詣人《さんけいにん》だそうだ。

——地震のあとで火事、おまけに今年は凶作だというから、火を逃れても餓《う》え死《じに》をする者がだいぶ出るぜ。

そういう話しもたびたび聞いたのである。殊に関東八州の凶作はあらゆる人々の懸念のたねで、相当の餓死者が出るだろうということは耳の痛くなるほど聞かされた。けれどそういうきびしい話も、その頃のおせんにとってはまるで縁のない余所《よそ》ごとのようなものであった。

勘さんは勘十といって向う両国に住んでいた。そこで煎餅屋《せんべいや》をしていたのであるが、あの夜の火で焼けだされた。そのとき妻の妹を死なせたそうであるが、その始末もせずに勘さんは下総《しもうさ》の古河《こが》へとんでいった。そこには妻の実家が百姓をしている、彼はその家へいって藁や縄や蓆や空俵などを多量に買い入れ、舟と車とですぐ送る手筈《てはず》をきめて帰った。これらはみな家を建てるのにぜひ必要なものだ、勘さんはそれで商売にとり付こうと思ったのである。——材木問屋の梶平におさな馴染《なじみ》の友助という男が帳場をしていた、その男の手引きで現在の場所へ住居を建て、さっそく註文をとってまわったが、思ったよりうまくいって、半月ほど経つうちには「藁屋の勘さん」とすっかり名を知られるようになった。こうした事情をおせんが知ったのはずっとのちのことである、勘さん夫婦はごくしまった性分らしく、家で米を買っていながら施粥は施粥でちゃんと貰うし、おもてを飾らず物の使いぶりも倹《つま》しい、商売が忙しくなっても人を雇うようすはなかった。……そんな風でいておせんの世話をよくして呉れたのは、下町人《したまちじん》の人情もあるだろうが、火事で死んだお常の妹と年ごろが似ているそうで、それが夫婦の同情をひいたのだということも、かなり時日が経ってからわかったことであった。

おせんはごく僅かずつ恢復《かいふく》していった。まだはっきりとはしないが、勘さん夫婦と自分が他人であること、自分がなにか非常に不幸なめに遭ったこと、抱いている赤児が自分の子でないことなど、——そして困るのは夫婦の者がその子をおせんの実の子だと思っていることだった。そうではないと云っても信じて呉れない。記憶があいまいで説明することはできないが、繰り返して主張すると、「まだあたまが本当でないのだからそんなことは考えないほうがいい」などと云って相手にならなかった。それだけならまだいいけれども、十二月中旬ごろだったろう、新しく人別《にんべつ》（戸籍）を作るということで、町役の人たちが来て赤児とその父親の名をきかれた。おせんはなにも云えなかったが、勘さんがすぐに、「これはあの晩の騒ぎであたまを悪くしてますから」と、代りに答えて呉れた。

「なにしろお祖父さんと誰とかが死んじまったていことは知ってるだが、そのほかのことはなにもかも忘れちまったらしいんですよ、自分の名はおせん、赤ン坊はこう坊って呼んでますが、幸吉とか幸太郎とかいうんでしょう、そいつも覚えちゃいねえようです」

「父親知れず、母おせんか」町役の人はなんの関心もなくそう書き留めた、「——それじゃ子供の名は幸太郎とでもしておくか」

おせんはこの問答を黙って聞いていたのだが、幸太郎という名が耳についたとき危うく叫びそうになるほど吃驚《びっくり》した。なぜそんなに驚ろいたのか自分もわからない、ただその名が自分にとって不吉な、たいへん悪い意味のものだという感じだけは慥《たし》かだった。町役の人たちが去ってから、彼女はお常にこう訊《たず》ねた。

「おばさん、どうしてみんなこの子の名をこう坊って呼ぶんですか」

「それはあんたが初めにそう呼んだからじゃないの」お常は妙な顔をした、「――毎晩のように幸さんってうわ言を云ってたのよ、それであたしもうちのひともこの子の名だろうと思って呼んできたんだわ、そうじゃなかったのかえ」

「ええ違うんです、それは違う人の名なんです、あたしこの子の名は知らないんですもの」

「そんなら人別にそう書いちまったんだからそうして置きな、幸太郎ってちょっとすっきりした男らしい名じゃないの」

おせんは眉をしかめ、頭を振りながらなにか口の内でぶつぶつ呟《つぶ》やいていた。いけない、その名を付けてはいけない、その名だけは決して、――だがなぜだろう、どうしてそんなに悪いだろう。その理由はそこまで出ている、もうひと息でそのわけがわかる、おせんはけんめいに思いつめていった、すると頭の中できらきらと美しい光の渦が巻きはじめ、全身の力がぬけるような気持で、赤児を負ったままそこへ倒れてしまった。――それからまた痴呆のような虚脱状態にもどったので、これはそののちも一種の癖のようになった。ひじょうに驚ろくとか、ながく一つことを思いつめるとかすると、あたまが混沌《こんとん》となって数日のあいだ意識が昏《くら》んでしまう、そしてその期間にはまたあの怖しい火焔や、煙に巻かれて苦しむ人の姿がみえ、哀しい訴えるような声が聞えるのであった。

赤児は丈夫に育っていった。肥えてはいないが肉附《にくづ》きの緊《しま》った、骨のしっかりしたからだつきでお常のみたところでは百日前後らしかった。乳は梶平の帳場をしている友助の妻のを貰った、ちょうど同じ月数くらいの子があり、絞って捨てるほどよく出る乳だった。住居も二町ばかりしか離れていないので、日になんども通うのにも都合がよかった。夜なかの分は片口《かたくち》に絞って置いて呉れる、それを温めたり水飴《みずあめ》を溶いたりして与えた。――初めはそばから教えられるままに、なんの感情もなくやっていたのであるが、毎日そうして肌を離さず世話をしているうち、しぜんに愛情が移ったのであろう、泣き方で空腹なのかおむつが汚れたのかわかるようになったし、添寝をしていて少し動くと、眠ったまま背を叩いたり夜具を掻《か》き寄せたりするようにもなった。年を越すと赤児は笑い顔をしはじめ、ときにはなにか話しでもするような声をだした。眼つきもしっかりしてきて、こちらを意味ありげにみつめたりする。そんなようすを見るとおせんは擽《くす》ぐられるような、切ないような気持になり、思わず抱き緊めては頰ずりをするのであった。

「あらそう、可笑《おかし》いの、幸ちゃんそんなに可笑いの、へえ、そうでちゅか」それから急にまじめな顔をして睨《にら》む、「――いけまちぇん、お母ちゃんのこと笑ったりしちゃいけまちぇん、悪い子でちゅね、めっ」

そしてこの子とさえいっしょにいればそのほかの事はどうなってもいい、自分の幸福はこの子のなかにだけある、などと思うのであった。

三

三ケ所にあった施粥小屋も十二月の末までで廃止になった。焼け跡もずんずん片付いて、翌年の二月ころになると道に沿ったところはあらかた家が建ち並んだ。もちろんそれは表がわのことで、裏へはいると蓆掛《むしろが》けのほったて小屋がたくさんある。これらのなかには「どうせまたすぐ焼けちまうんだ」と悟ったようなことを云っていて、そのとおりまもなく次の火事で焼かれ、「へん、どんなもんだい」などとへんないばり方をする者などが少なからずいた。――家は建ってゆくが町のようすはだいぶ変った。当時は大火などのあとでよく道筋や地割りの変更がある、そのときも両国橋から新大橋《しんおおはし》まで、河岸に沿って新しく道が出来た。浅草橋御門からこっちでは、瓦町と茅町二丁目の表通りから大川端まで九割がた町家が取払いになり、松平《まつだいら》なにがしの下屋敷と書替役所《かきかえやくしょ》が建つことに定《きま》った。そのため梶平の仕事場が一丁目へ割り込んだので、順送りに勘十の住居なども平右衛門町へ移らなければならなかった。――大きな火事があると住む人たちの顔ぶれも違ってくる、俗に一夜乞食といって、家倉《いえくら》を張った大商人《おおあきんど》が根こそぎ焼かれて、田舎へ引込むとか他の町へ逼息《ひっそく》するなどということも珍しくないし、貸家ずまいの者などは殆《ほと》んどが移転してしまう、その土地でなければならない條件のある者は別として、同じ町内へ戻って来る者の数はごく少なかった。……仮にもし町のようすがそんなに変らなかったら、そしてもとの町内の人たちがいてくれたとしたら、もう少し早くおせんの記憶力がよびさまされ、自分の身のうえや過去のことを思いだしたであろうし、したがって後にくるような悲しい出来事はなかったに違いない。おせんのためには不幸な、だがどうしようもない偶然の悪條件は、こうして早くも彼女のまわりに根を張りだしたのであった。

二月にはいってから、おせんの頭はしだいにはっきりし始めた。子供の世話をするひまひまに、炊事や洗濯くらいは出来るようになり、燈《ひ》のそばで縫いつくろいなどしていると、すっかりおちついて顔色も冴えてみえる。

「あら、おせんちゃんはきれいなんだね、今夜はまるで人が違ったようじゃないの」お常がそんな風に眼をみはることもあった、「――それだけよくなったんだね、自分でそんな気持がしやあしないかえ」

「ええ頭が軽くなったような気がするわ、なんとなくすうっとしてなにもかも思いだせそうになるの、ひょいと誰かの顔がみえるようなこともあるんだけれど」

「あせらないがいいよ、そうやってひととおりなにかが出来るようになったんだから、もう暫《しば》らく暢気《のんき》にしているのさ、そのうち本当におちついてくればすっかりわかるようになるからね」

「おばさん本所の牡丹《ぼたん》屋敷って知ってて」

「四つ目《よめ》の牡丹屋敷かい、あたしはいったことはないけど、それがどうかしたのかえ」

「なんだかそのことがあたまにあるの」おせんは遠くを見るような眼をした、「――誰かと見にゆく筈だったのか、それとも見て来たのか、そこがはっきりしないんだけれど、それからどこかのきれいな菊畑、……いろんなことがここのところへ出かかっているんだけれど、捉《とら》まえようとするとすうっと消えてしまうのよ」

「もう少しだよ、おせんちゃん、もう少しの辛抱だよ」お常はもうその話題に興味がなくなった、「――

でもすっかり治って、あんたが紀文のお嬢さんだなんてことになっても、あたしたちを袖《そで》にしないでおくれよ」

世間の窮乏はその頃からめだってきた。幕府で米価の騰貴するのを抑えたからおもてむきの価格はそれほど高くはならないが、関東一帯の凶作に加えて地震大火のあとなので、米穀その他の必要物質は極めて窮屈になり、またその流通が利を追う少数の商人たちの手に握られているため、庶民の生活は苦しく困難になるばかりだった。——いったい元禄《げんろく》という年代は華やかな話題が多かった、赤穂浪士のことは別として、紀文大尽《だいじん》とよばれた紀伊国屋文左衛門《きのくにやぶんざえもん》や奈良屋茂左衛門《ならやもざえもん》などの富豪が、花街や戯場《ぎじょう》で万金を捨てるようなばかげた遊蕩《ゆうとう》をしたのもこの頃である。芭蕉《ばしょう》、其角《きかく》、嵐雪《らんせつ》などの俳諧師《はいかいし》、また絵師では狩野《かのう》家の常信《つねのぶ》、探信守政《たんしんもりまさ》、友信《とものぶ》。浮世絵の菱川吉兵衛《ひしかわきちべえ》、鳥井清信《とりいきよのぶ》。浄瑠璃《じょうるり》にも土《と》佐椽《さのじょう》、江戸半太夫《えどはんだゆう》など高名な人たちもたくさん出ている。これは大雑把《おおざっぱ》にいって社会経済が武家から町人の手に移りつつあった現われであろうが、その反面、これら新興の富豪商人らが幕府政治の枠内で巨利を掴《つか》むために、大多数の庶民がひじょうな犠牲を払わされたことは云うまでもない。……幕府では物価の昂騰《こうとう》を抑えたが、日傭賃《ひやといちん》を上げることを禁じた。物価はそのままだったが、じっさいになると商人たちは品物を隠して出さない、ぜひ買うには高い代価を払わなければならぬ。だが日傭賃には裏がなかった、今もっとも忙しい大工や左官でさえ、手間賃のきびしい制限をうけた。これは一般の購買力を低くすると同時に、しぜん小さな商工業者へもつよく影響した。じみちなあきないやまともな稼ぎでは、その日のくらしも満足にはできなくなっていった。世帯をしまう者、夜逃げをする者、乞食が殖《ふ》え、飢える者が出はじめた。

「浅草寺の境内にまたゆき倒れが五人もあったってさ」

「なかに死んだ赤ん坊を負《お》ぶった女がいたそうじゃないの、まだ若いんだって、そばには御亭主も倒れていたけれど、動かせないほどのひどい病人だったって話しよ」

「いやだねえ、昨日は御厩河岸《おうまやがし》に親子の抱き合い心中があがったし、なんて世の中だろう」

「いつになっても泣くのは貧乏人ばかりさ、ひとごとじゃあないよ」

そんな話しが毎日のように出た。

三月になって年号が宝永《ほうえい》と改まった。ちょうど季節が春であったし、この改元は新しい希望を約束するようで、いっとき世間が明るくなったようにみえた。しかしなに一つよくはならなかった。新しく建てる家はごく手軽にすべしとか、贅沢《ぜいたく》な品の贈答はならぬとか、祝儀や不祝儀の宴会はいけないとか、富籤《とみくじ》は禁ずるなどという、緊縮の布令《ふれ》が出るばかりで、むしろ不況の度はひどくなっていった。——焼け跡の木々にも新芽がふくらみはじめた。きみの悪いくらい暖かな日があるかと思うと、冬でもかえったように、とつぜん気温が下り、烈しい北風がいちめん茶色になるほど埃《ほこり》を巻きあげたりした。或る日、おせんが表で子供を遊ばせていると、長袢纏《ながばんてん》にふところ手をした男が通りかかり、こっちを見て吃驚《びっくり》したように立停った。

「おや、おめえおせんちゃんじゃあねえか」

おせんは訝《いぶ》かしげに顔をあげた。

「やっぱりおせんちゃんか」男は親しげに寄って来た、「——よくおめえ無事だったな、てっきり死んじまったとばかり思ってたぜ、おら正月こっちへ帰ったんだが、近所の知った顔にまるっきり会わねえ、おめえもやられたと思ってたんだが、なにはどうした、爺さんは、やっぱり無事でいるのかい」

おせんは子供を抱きあげ、不安そうにじりじりと戸口のほうへさがった。

「なんだえそんな妙な顔をして、おらだよ、山崎屋の権二郎だよ、忘れたのかい」男は片手をふところから出した、「——まさか忘れる筈はねえだろう、ほら、おめえんちのすぐ向《むかい》にいた権二郎だよ」

「おばさん、来て」おせんは蒼《あお》くなって叫んだ、「——おばさん来て下さい」

悲鳴のような叫びだった。お常は洗濯をしていたらしい、濡れ手のままとびだして来ると、慌てておせんを背に庇《かば》った。

「どうしたんです、この子がなにかしたんですか」

「冗談じゃねえ、なんでもねえんだよ」男は苦笑しながら手を振った、「——おらあこの娘を知ってるんで、いま通りがかりに見かけたからちょっと声をかけたんだよ」

「このひとを知ってるんですって」

「向う前に住んでたんだ、いま取払いになっちまったが三丁目の中通りで、この娘のうちは研屋《とぎや》、おらあ山崎屋という飛脚屋の若い者で権二郎っていうんだ」

「まあそうですか」お常はほっとしたように前掛で手を拭いた、「——このひとは火事の晩にどうかしたとみえて、以前のことはなんにも覚えちゃいないんですよ、ついした縁であたしたちがひきとってお世話してるんですけれど、じゃあ親類かなんかあるんでしょうか」

「そいつはおいらも知らねえが、茅町二丁目に杉田屋て頭梁《とうりょう》があった。そこの若頭梁がよく出入りしていたっけよ」男はこう云っておせんのほうを眺め、ふと唇を歪《ゆが》めて妙な笑いかたをした、「——そこに抱いているのはおかみさんの子供かね」

「いいえ、このひとのなんでしょう、ひきとったときもう抱いてたんですよ」

「へええ、やっぱりね」

「この子の親を知ってるんですか」

権二郎はにやりと笑った。それからおせんの顔と子供を見比べ、肩をしゃくって嘲《あざ》けるようにこう云った。

「いま云った若頭梁に聞きゃあわかる、生きてさえいりゃあね」

そして自分には関係がないとでも云うように、よそよそしい顔をして去っていった。お常はそのうしろ姿を見やりながらなんていやみったらしい人だろうと舌打ちをした。

「おせんちゃんあの男を覚えていないのかえ」

「いいえ」おせんは硬《こわ》ばった顔で、まだしっかりと、子供を抱いていた、「——いいえ知らないわ、あたし、あんなひと、誰かしら、幸坊を取りに来たんじゃないかしら」

「そんなんじゃないよ、もとあんたの近所にいて知ってるんだってさ、それならそれでもう少し挨拶のしようがあろうじゃないか、歯に衣《きぬ》をきせたようなことを云って、ひとをばかにしてるよ、こんど会っても知らん顔をしておいで」

お常はこう云って裏へ去った。

四

勘十はこの話しを聞いて、梶平へでかけていった。杉田屋が大工の頭梁なら、梶平に消息を知った者がいるかもしれないと思ったのだ。友助に話してきいて貰うと、主人の久兵衛が知っていた。けれどもそう親しくはなかったもようで、頭梁の巳之吉は火事のとき腰骨を折り、女房を伴《つ》れて水戸のほうへ引込んでしまった。が、その後は便りがないからわからないということだった。

「ところがわかっていねえというんだから手紙の出しようもねえ」帰って来た勘十はお常にこう云った、「――幸太てえ若頭梁もいたそうだが、これもあの晩どっかで死んだらしいってよ、おせん坊もよっぽど運がねえんだな」

こんなことがあってまもなく、神田川の落ち口に地蔵堂が出来た。その附近で火に焼かれたり川へはいって死んだりした者の供養のためで、浅草寺からなにがし上人《しょうにん》とかいう尊とい僧が来て開眼式《かいげんしき》がおこなわれ、数日のあいだ参詣の人たちで賑《にぎ》わった。――おせんもすすめられて、お常といっしょに焼香をしにいった。そしてあれ以来はじめて大川をまぢかに眺めた。

「此処《ここ》に橋があればよかったんだ」

参詣人のなかでそんな話しをしている者があった。

「まったくよ、どんなに小さくとも橋があればあんなにたくさん死なずに済んだんだ、なにしろ浅草橋の御門は閉まる、うしろは火で、どうしようもなく此処へ集まっちゃったんだ、見られたありさまじゃなかったぜ」

「橋を架けなくちゃあいけねえ、どうしても此処にゃあ橋が要《い》るよ」

「そんな話しも出ているそうだぜ」

おせんは河岸に立ってじっと川を眺めていた。少し暑いくらいの日で、満潮の川波がまぶしいくらい明るく光り、かなり高く潮の香が匂ってくる。両国広小路のほうにはもう水茶屋が出来て、葭簾《よしず》張りに色とりどりの暖簾《のれん》を掛けた小屋が並び、客を呼ぶ女たちの賑やかな声が聞えていた。――おせんは口の中でなにか呟《つぶ》やいた。河岸に並んでいる古い柳、それはみんなまっ黒に焦げているが、枝の附根《つけね》や幹のそこ此処からたいてい新しい芽が伸び、鮮やかな緑の葉が日にきらめいていた。おせんはその柳の並木を見まもった、なにかしら記憶がよみがえってくる、たぷたぷと波の寄せる石垣にも、水茶屋の女たちの遠い呼びごえにも、そして焦げたまま芽ぶいているその古い柳からは、誰かなつかしい人の話しかける言葉さえ聞えるようだ。……おせんは苦しそうに眉をしかめ、じっと眼をつむったり、頭を振ってみたりした。記憶はそこまで出ている。針の尖《さき》で突いてもすべてがぱっと明るくなりそうである。動悸《どうき》が高く、胸が熱くなって、額へ汗がにじみだした。

「まあこんなとこにいたのかえ」

子供を抱いたお常が、こう云いながら近寄って来た。参詣する人たちの混雑で見はぐれていたらしい。

「どこへいったのかと思って捜してたじゃないの、どうしたのいったい」

「あたし此処に覚えがあるの」お常のほうは見ずにおせんはこう呟やいた、「——あたし此処を知っている わ、いつのことかわからないけれど、慥《たし》かに覚えがあるし、それに、誰かの顔も見えるわ」

「たくさん、たくさん、そんなことであたまを使うとまたぶり返すよ、さあもう帰ろうおせんちゃん」

唯《ただ》ならぬ表情をしているので、お常はこう云いながら腕を取ってせきたてた。そのときおせんは「庄さん」と呟やいた。お常に腕を取られたとたんに、ふっとその名が、あたまにうかんだのである。

「ああ」おせんは身をふるわせ、両手の指をきりきりと絡み合せた、「——庄さん」

「おせんちゃん、どうしたのさ」

「おばさん、わかってきた、あたしわかってきたわ、庄さん、——と此処で逢った、あのひとは此処から上方《かみがた》へいったのよ」

「いいからおせんちゃん」お常は不安そうに遮ぎった、「——とにかく家へ帰ろう、ね、幸坊がもうおなかをすかしてるよ」

「待って、もう少しだわ、だんだんわかってくるの、そうよ、庄さんは上方から手紙を呉れたわ」

おせんは両手で面を掩《おお》った。いろいろな影像があたまのなかで現われたり消えたりする。黄昏《たそがれ》の河岸、柳の枝から黄色くなった葉がしきりに散っていた。

――おれの帰るのを待っていて呉れるな、おせんちゃん、それを信じて、安心しておれは上方へゆくよ。

蒼白い思いつめたような庄吉の顔が、いま別れたばかりのようにありありとみえる。それから戸板で担ぎこまれたお祖父さん、裏のさかな屋の女房、露次《ろじ》ぐちにあった棗《なつめ》の樹、幾つもの研石《といし》や半挿《はんぞう》や小盥《こだらい》のある仕事場、みんなはっきりと眼にうかんできた。杉田屋のおじさんもお蝶おばさんも、幸太のことも。……おせんは顔を掩っていた手を放し、涙のたまった眼で、お常に頬笑《ほおえ》みかけた。

「おばさん、あたしもう大丈夫よ」

「ああわかってるよ」お常はほっとしたように、しかしまだ半分は疑いながら頷《うな》ずいた、「――時が来さえすればよくなるんだから、とにかくいちどに考え過ぎないほうがいいよ、さあ帰りましょうね、幸坊」

「あたしが抱くわ、幸ちゃん、さあいらっちゃい」

おせんは幸太郎を抱きとり、固く肥えたその頬へそっと自分のをすりよせた。

それからは日にいちどずつ、願を掛けたようにお地蔵さまへおまいりにいった。あたまもはっきりしてきたし、気持もしっかりおちついて、からだにも精がはいったような感じである。例えば洗濯をしているとき、はっきり自分が洗濯をしているということを感ずる。道を歩きながら、自分がちゃんと地面を踏んで歩いていることを感ずる。あたりまえじゃないの、こう思いながらその「あたりまえ」が慥かなものだということに、形容しようのない嬉しさを覚え、われ知らずそっと微笑するのであった。

――おまいりをする往き来には河岸を通って、いっときあの柳の樹の下に佇《たたず》むのが定《きま》りだった。幹や大枝のすっかり焼け焦げたその樹は、そこ此処から新しい芽や若枝を伸ばしたもののそれが成長するだけのちからはないとみえ、若い枝はいかにも脆《もろ》そうだし、葉はもう縮れたり黄色くなったりしはじめた。けれどもおせんがその樹蔭《こかげ》に立てばなにもかもかえってくる、縦横に条《すじ》のはいった灰色の幹も、暗くなるほどしだれた細いたくさんの枝も、川風にひらひら揺れている茂った葉も、……庄吉の姿がそこにみえる、彼は笑おうとして泣くようなしかめ顔をしている、乾いたせかせかした声で、じっとこちらを見つめながら話す、それはますますはっきりと、いま耳もとで囁《ささ》やかれるようによみがえってくる。

——待ってて呉れるね、おせんちゃん、おれの帰るまで、おれの帰るまで……。

勘十の商売はひと頃ほど儲《もう》からなくなっていた。家を建てるにはごく手軽にというお布令もあったし、それ以上一般の不況が祟《たた》って、ちゃんとした家を建てるものはごく少なく、なかにはお布令をしりめにみるような豪奢《ごうしゃ》な建物もなくはないが、たいていが仮り造りでまにあわせるという風で、それも三月にはいってからはいちおう建つものは建ったというかたちで大きい註文が殆んどなくなってしまった。古河のほうへはその後も大量に買いつけてあったので、四月になっても送られて来る荷が、はけ《い》きれないまま物置からはみだし、空地に積まれて雨ざらしになるという始末だった。——売った代銀《だいぎん》の回収も思うようにいかないようで、荷主からの督促に追いかけられ、その云いわけや、買いつけたあとの荷を断わるために、勘十が幾たびも、古河へいったりした。

「馴れねえことに手を出すもんじゃあねえ」

こんな風に云って溜息をつくことが多くなり、百姓たちの狡猾《こうかつ》さや、大工左官の親方たちのずるがしこさを罵しった。更けてから行燈《あんどん》のそばで財布をひろげ、帳面と算盤《そろばん》を前に夫婦でながいことひそひそなにか話している、そんなときおせんは幸太郎と添寝をしながら、世の中のくらしにくさ、生きてゆくことの艱難《かんなん》を思い、冷たい隙間風に身を曝《さら》しているような、さむざむとした心ぼそさにおそわれるのであった。

末すぼまりになったとはいえ、そのままでゆけばとにかくその商売にとりつくことはできたかもしれない。荷のはけ《い》も悪く儲けも少なくなったが、「蕈屋」としてはかなり知られてきたので小さなあきないはそれ相当にあった。また近いうちに町家を取払った跡へ書替役所が建つそうだし、松平なにがしの下屋敷も地どりを始めたから、もしてがかりがつけばかなりな仕事になる。それでそのほうへも内々《ないない》できっかけをつけていたのだが、不運なことにそこへ水禍が来て、すべてを押流されるようなことになってしまった。——その年はから梅雨のようで、五月から六月の中旬まで照り続け、近在では田植あとの水が不足で困っているという噂《うわさ》もたびたび聞いた。それが六月十五日から雨になるとこんどはやむまもなく降りだし、三十日から七月の一日二日にかけて豪雨、それこそ車軸をながすようなどしゃ降りとなった。

「二度あることは三度というが、こいつはことによると水が出るぜ」

そう云う者もあったが、老人たちはたいてい笑って、「昔からなが雨に出水《でみず》はないと云うくらいだ、心配するほどのことはないさ」こんな風に云っていた。しかし、あとでわかったことだが、この豪雨は関東一帯に降ったもので、刀根《とね》川《がわ》や荒川の上流から山水が押し出し、下総猿《しもうさざる》が股《また》のほか多くの堤が欠壊したため、隅田川の下流は三日の深夜からひじょうな洪水にみまわれたのであった。

五

幸太郎は粥《かゆ》を喰べるようになってから却っておせんの乳房を欲しがった。起きているときはさほどでもないが、寝るときは握っているか口に含んでいないと眠らない。初めはとても擽《くす》ぐったくて我慢できなかったが、どうしてもきかないので少しずつ触らせているうち、慣れたというのだろうか、その頃ではさして苦にもならず、どちらかといえば自分から与えてやるようにさえなっていた。

「吸っちゃあいやよ、幸ちゃん、吸うと擽ぐったいからね、ただ銜《くわ》えてるだけ、そう、こっちのお手々もそうやって握るだけよ、乳首をつまないでね、ああちゃんとっても擽ぐったいんだからね、そうそう、そうやっておとなしくねんねするのよ」

添寝をして片乳《かたち》を口に含ませ片乳を握らせていると、ふしぎな一種の感情がわいてきて、思わず子供を抱きしめたり頬を吸ってやりたくなることがある、からだぜんたいが、あやされるような重さ、こころよいけだるさに包まれ、どこか深い空洞へでも落ちてゆく陶酔と、なんのわずらいも心配もない安定した気持とを感ずるのであった。——三日の夜は幸太郎の寝つきが悪く、いくたびも乳をつよく吸っておせんを驚ろかした。十時ころにいちど用を達《た》させ、それから少しうとうとしたと思うと、痛いほど激しくまた乳を吸われた。からだじゅうの神経がひきつるような感覚におそわれ、おせんは思わず声をあげて乳を離させた。

「いやよ幸ちゃん、吃驚《びっくり》するじゃないの、どうして今夜はそうおとなしくないの」

「ああちゃん、ばぶばぶ、いやあよ」

「なあに、なにがいやなの」

こう云って頭をもたげたとき、すぐ表のところで水の中を人の歩く音が聞えた。また眠むけはさめきっていなかったが、おせんはただごとでないと思ってとび起き、「おばさん、おばさんたいへんよ」と、叫びだした。

それからあとの出来事は記憶が慥《たし》かでない。勘十がまず表へ見に出ようとして、「これあいけねえ土間がもういっぺえだ」と喚いたこと、なにかを取出したり包んだりする夫婦のひどく狼狽《ろうばい》したようす、すぐ近くで「水だ、水だ、みんな逃げろ」と呼びたてる声がしたこと、幸太郎を背負って、てまわりの物を包んで、お常の手から奪うようにかなり大きな包を受取って、裏へ出るとそこがもう膝《ひざ》につく水だったこと、まっ暗な夜空に遠くの寺で撞《つ》く早鐘《はやがね》や半鐘《はんしょう》の音が、女や子供たちの呼び交わす悲鳴とともに、悪夢のなかで聞くようなすさまじい響きを伝えていたことなど、殆んどがきれぎれの印象としてしか、残っていなかった。——そのなかで忘れることのできないのは、背に負った幸太郎のことである。おせんは怖がらせまいと思って、絶えずなにかしら話しかけていた。

「ほらじゃぶじゃぶ、おもちろいわねえ、じゃぶじゃぶ、みんなしてじゃぶじゃぶ、幸坊も大きくなったらじゃぶじゃぶねえ」

「ああちゃん、ばぶばぶ、おもちよいね、はは」

子供は背中ではねた。笑いごえもたてた。しかし同時に震えていた。怖いのだ、怖いけれども自分でそれをまぎらそうとしている、こんな幼ない幸太郎が、……おせんはいじらしさに胸ぐるしくなり、いくら拭いても涙が出てきてしかたがなかった。

「強いのね幸坊は」おせんは首をねじるようにして頬ずりした、「——なんにも怖くはないのよ、ね、じゃぶじゃぶ、みんなで観音さまへいきまちょ、はいじゃぶじゃぶ」

勘十夫婦とどこではぐれたかも覚えはなかった。猿《さる》屋町《やちよう》あたりでお常が忘れ物を思いだし、「あれだけは」と泣くような声をあげた。諦《あき》らめろとか引返すとか云うのを聞きながら、揉《も》み返すひとなみに押されてゆくうち、気がついてみると二人はみえなくなっていた。湯島の天神さまへということはうちあわせてあったので、いずれは会えると思い、そのまま避難者の群といっしょに湯島へいってしまったが、それが勘十夫婦との別れになったのであった。

聖堂の裏の空地に建てられたお救い小屋で、おせんはまる十日のあいだ窮屈なくらしをした。そのあいだにずいぶん捜しまわったが、勘十にもお常にも会えず、見たという者さえなかった。そのときの水は本所と深川を海のようにし、西岸も浅草通りを越して、上野の広小路あたりさえ道に溢《あふ》れ、四日ばかりは少しも減るようすがなかった。――だが夫婦はみがるのことでもあり二人いっしょだから、どう間違っても溺れるようなことはないであろう、家へ帰れば会えるにちがいないと思っていた。

水は七日めあたりから退きはじめた。おせんは子供を負って、まだ泥水が脛《はぎ》まであるうちからなんども平右衛門町へいった。あたりはひどいありさまで、流されたり毀《こわ》れたりした家が多く、勘十の大きな物置などかたちも無かったが、住居のほうは小さいのと藁《わら》や蓆《むしろ》が絡みついたためか、少し傾むいただけで残っていた。十日めには床もやや乾いたし、梶平にいる友助の女房がすすめるので、お救い小屋をひきはらって来たが、勘十夫婦はやはり姿をみせず、そのままついに会うことはできなかった。

おせんが本当に生きる苦しさを経験したのはそれからのちのことであった。それまでは勘十とお常がいて呉れたし、半分はあたまをいためてもののけじめも明らかではなく、苦労というほどの思いはせずに済んで来た。けれどもこんどは自分のちからで生きなければならない、さいわい住居だけはある、友助の女房がいろいろ気を配って、古いものだが蒲《がま》の敷畳も入れて呉れたし、屋根や羽目板のいたんだところも直して呉れた。まだ暑い季節なので寝起きもすぐに困りはしなかった。だがたび重なる災難で世間一般に生活のゆきづまりがひどく、誰にしても他人の面倒などみている余裕はない、おせんはまず友助の好意で材木の屑をわけて貰い、それを売り歩いて僅かに飢《うえ》をしのぐことから始めた。

――庄さんは帰って呉れないかしら。

心ぼそくなるとよくそう思った。

――去年の地震や火事のことを聞かなかったのかしら、あんなにひどかったのだもの、上方へだって評判がいった筈だのに、もしも聞いたとしたら、せめて手紙ぐらい呉れてもいい筈だのに。

しかしそのあとからすぐ自分を叱《しか》った。

――手紙のやりとりなどすると心がぐらつくから当分は便りをしない、そっちからも呉れるな、いつかはっきりとそう書いて来たじゃないの、二人が早くいっしょになるために、あのひとは脇眼もふらず働いているんだわ、つまらない愚痴など云っては済まないじゃないの。

秋風の立つじぶんから、おせんは足袋《たび》のこはぜかがりを始めた。まえに仕事を貰った家の親店《おやだな》だそうで、御蔵前《おくらまえ》に店があった。火事からこっち皮羽織や皮の頭巾を作ることがたいそう流行したため、皮が高価でまわらず、足袋は木綿ひといろであったが、仕事は追われるほどあるし皮よりも手間が掛からないので、子供の相手をしながらでも粥ぐらいは啜《すす》れる稼ぎになった。

――寒さがきびしくなり、朝な朝な霜のおりる頃に、おせんは仕事を届けにゆく道で思いがけない人に会った。天王町《てんのうちょう》から片町《かたまち》へはいるところに小さな橋がある。そこまで来ると横から名を呼ばれた。

「あら、おせんちゃんじゃないの」

振返ると若い女が立っていた。濃い白粉《おしろい》とあざやかすぎる口紅が眼をひいた。髪かたちも着ている物も派手なうえに品がない、誰だろう、思いだせずにいると女はふところ手をしたまま寄って来た。

「やっぱりおせんちゃんだね、あんた無事でいたんだね」女は上から見るような眼つきをした、「――あたし死んじゃったかと思ってたよ、いまどこにいるの、それあんたの子供なのかえ」

「まあ」おせんは息をひいて叫んだ、「――おもんちゃん、あんた、おもんちゃんじゃないの」

「なんだ、いまわかったの、薄情だね」

おもんは男のように脇へ向いて唾《つば》をした。おせんはぞっと身ぶるいが出た、なつかしい友である。福井町のお針の師匠でいっしょになり、ただ一人の仲良しとしてつきあっていた。家は天王町で丸半というかなりな油屋だったし、彼女はそのひとつぶだねで、縹緻《きりよう》もよしおっとりとしたやさしい気質の娘だった。それがこんなに変ってしまった、変ったというよりまるで別人ではないか、濃く塗った白粉でも隠すことのできない膚の荒れ、紅をさしたために却って醜《みにく》く乾いてみえる唇、濁ったもの憂げな眼の色、そしてからだ全体の、どこか線の崩れただるそうな姿勢、病気でもあるらしい嗄《しわ》がれてがさがさした声、——どの一つを取っても昔のおもかげはない、おもんであることは慥かだが、しかしそれはもう決しておもんではなかった。なつかしいという気持は一瞬に消えて、おせんはそのまま逃げだしたくなった。

「あたしの家《うち》もきれいに灰になったよ、感心するくらいきれいさっぱりさ」おもんはひとごとのようにこう云った、「——おっ母さんと小僧が焼け死んじゃった、面白いもんだね、人間なんて、お酒もろくに飲まなかったお父つぁんが、いまじゃあ酔っぱらって泥溝《どぶ》の中で寝るし、さもなきゃ番太の木戸へ縛りつけられてるわ、そしてこれもまんざら悪くはねえなんて、……あんた御亭主をもったの」

「いいえ、この子はそうじゃないの、あたしひとりだわ」

「どうだかね」おもんは無遠慮にこちらを眺めまわした、「あんた楽じゃないらしいね、ふん、この不景気じゃ誰だって堪《たま》らないから、飢え死をしないのがめっけものさ、いまどこにいるの」

「平右衛門町の中通りにいるわ」

「変ったわねあんた」もういちどじろじろ見まわしておもんは激しく咳《せ》いた、「——なにか困ることがあったらおいでよ、あたしお閻魔《えんま》さまのすぐ裏にいるからね、もしなんなら少しお小遣《すく》いをあげようか」

そしてふところ手の肩を竦め、唾をして向うへゆきかかったが、ふとなにか思いだしたというように振返って云った。

「ああおせんちゃん、あんた庄吉っていうひと知ってるかい」

六

おせんは首を振った。それが自分の庄吉であろうとは夢にも思えなかったのだ。

「知らないの、へんだね」おもんはちょっと考えるように、「――あんたのことをとてもしつっこく訊《き》くんだよ、上方へいってこんど帰って来たんだって、じゃあひと違いなんだね」

おせんはああと叫び声をあげた。

「そのひと、おもんちゃん、そのひとどうしたの、あんた会ったの、どこで」

「あらいやだ、知ってるの」

「ええ知ってるわ」おせんは恥かしいほど声がふるえた、「教えて、いつ来たのそのひと、どこにいるの」

「そんなことわからないよ、お客で会ったんだもの、どこで聞いたのかあたしがおせんちゃんと仲良しだというんで来たらしいわ、そう、一昨日《おととい》の晩だったかしら、あたし生き死にさえ知らないからそう云ったら、――そうそう、あたしあたまが悪いな、思いだしたよ、そのひと杉田屋の幸太さんのこと云ってたわ」

「幸さんのことを、……なんて、――」

「そんなこと覚えちゃいないさ、半刻《はんとき》ばかりじくじく云って、酒もひと猪口《ちょこ》かふた猪口のんだくらいで帰っていったよ、あれ、あんたのなにかなのかい」

「どこにいるか云わなくって、あんたのところへまた来やしない」

「わからない、あたしゃあなんにも知らない、ただ思いだしたから聞いてみたまでのことさ、でもなにか言伝《ことづて》があるなら云ってあげるよ、たいてい来やしまいと思うけれどね」

「お願いよ、おもんちゃん」息詰るような声でおせんは云った、「――会ったら云って頂戴、あたし生きてるって、平右衛門町の中通りにいるって、待っているって、そう云って頂戴《い》、ねえ、待っているって、……」

風はないがひどく凍てる夕方だった。寒いからであろう、背中でしきりに子供がぐずった、しかしおせんはあやすことも忘れた。お店《たな》へ仕上げ物を届け、手間賃と次の仕事を貰って家へ帰るまで往き来とも殆んど走りつづけた。そのあいだに庄吉が来ているかもしれない、留守で帰ってしまったらどうしよう。そう思うと足も地につかない感じだった。——もちろん誰も来てはいなかったし、来たようすもなかった。おせんはその夜いつまでも寝ることができず、二時の鐘を聞いてからも行燈をあかあかとつけ、こごえる手指に息を吹きかけながら、足袋のこはぜ《いい》をかがっていた。

——本当に庄さんだろうか、もしそうならどうして此処へ来て呉れないのだろう、おもんちゃんを訪ねるくらいなら此処だってわかる筈だのに、……それとも人が違うのかしら。

そんなことを繰り返し思った。

なか二日おいた朝、粥を拵《こし》らえているところへ友助の女房が寄った。そっと覗《のぞ》いてから、そこまでわかめ《いい》を買いに来たと云い云い土間へはいって来た。乳を貰ったので、幸太郎は彼女を見ると嬉しそうに手足をばたばたさせ、わけのわからないことを喚きたてる。友助の女房はその頭を撫でながら、「庄さんてひとを知ってるかえ」と云った。——おせんはびくっとして振向いた。女房はちょっと云いにくそうな調子で、

「五日ばかりまえから梶平の旦那のところへ泊ってるんだがね、なんでもあんたを知っているらしい、あたしゃなんだかわからない、うちのが聞いて来たんだけれどね」

「おばさん」おせんは叫んで立上った、「——そのひとまだいるの、梶平さんにまだいるのそのひと」

「今日はまだいるわ、でももうどこかへゆくらしいんだよ、あたしゃよく知らないんだけれどね、うちのが聞いた話しだとなにかあんたとわけがあるらしい、それでちょいと耳に入れて来いと云われたもんだからね」

「有難う、おばさん、あたし会いたいの」おせんは息をはずませて云った、「——すぐにも会いたいの、おばさん、この子に喰べさせたらゆくから会わせて頂戴」

「ああおいでよ、うちのがああ云うんだからなんとか出来るさ、でもあのひととあんたとどんなわけがあるの」

「あとで、あとで話すわ、おばさん、あたしすぐいきますからね」

子供に粥を喰べさせるあいだも、もどかしいおちつ

かない気持で、思わず叱る声のとげとげしさに幾たびもはっとした。自分は喰べないでそこそこにしまい、子供を抱いて梶平へいった。——仕事場のほうからはいってゆくと、店の裏にある長屋のかどぐちに、友助の女房が子供を負って誰かと立ち話しをしていた。おせんが近寄ってゆくと、手を出してすぐに幸太郎を抱きとり、「向うの置き場のところにおいでな」と云って、あたふた店の脇のほうへいった。

新しい木肌をさらして、暖たかい日をいっぱいにあびて、角《かく》に鋸《ひ》いた材木がずらっと並んでいる。あたりは酸いような木の香《か》がつよく匂い、すぐ向うの小屋から職人たちの鋸いたり削ったりする音が聞えてくる。おせんは苦しいほどに胸がときめいた、たぶん蒼くなっているだろう、そう思って額から両の頬を手でこすった。あしかけ三年ぶりである、白粉をつけ紅をつけたかった、髪も結い着物も着かえて、いくらかでも美しい姿をみて貰いたかった。しかし生きているだけが精いっぱいのくらしである、辛うじて死なずにやっている身のうえでは、紅白粉どころか、丈夫でいることを、せめてもの自慢にするほかはなかった。——うしろに足音がした。おせんは全身のおののきにおそわれ、こらえ性もなく振返った。そこには庄吉がいた。まぎれもない庄吉が縞《しま》の布子《ぬのこ》に三尺《さんじゃく》を締めて、腕組みをして、灰色の沈んだ顔をしてこっちを見ていた。

「庄さん」おせんはくちごもった、「——あんた、帰ったのね」

庄吉は投げるように云った。

「ああ、だが帰らなきゃよかったよ」

おせんにはその言葉が耳にはいらなかった。とびつきたかった、向うでとびついて呉れると思った。からだが火のように熱く、あたまがくらくらするように感じた。

「そしてもう、ずっとこっちにいるの」

「どうするか考えてるんだ、——もういちど上方へいってもいいし、……こっちにこのままいてもいいし、おんなしこった」

「あたし、ねえ」おせんはそっとすり寄ろうとした、「——庄さん、あたし、ずいぶん辛いことがあったのよ」

庄吉はすっと身を退《ひ》いた。組んでいた腕を解《と》き、凄《すご》いような眼でこっちを見た。

「そんなことまで云えるのか、おせんちゃん、おれに向って辛いことがあったなんて、それじゃあおれは辛くはないと思うのか」

「どうして、庄さん、どうしてそんな」

「おまえは、あんなに約束した、待っているって、おれの帰るのを待っているって、おれはそれを信じていたぜ、お前の云うことだけは信じられると思って、それこそ冷飯《ひやめし》に香《こう》こで寝る眼も惜しんで稼いでいたんだぜ」

「だってあたし、——どうして、……あたしちゃんと待ったじゃないの」

「じゃあ、あの子は、誰の子だ」庄吉はあからさまな怒《いかり》の眼で云った、「——地震と火事のあとで水害、困っているだろうと思って帰って来たんだ、ところがどうだ、断わっておくが云いわけはやめて呉れよ、おれは、みんな聞いたんだ、おまえの家が幸太の御妾宅だと評判されていたことも、そしておまえが幸太の子を産んだことも」

おせんは笑いだした。余りに意外だったからであろう、自分ではそんな意識なしにとつぜん笑いがこみあげてきたのだ、しかし表情は泣くよりもするどく歪《ゆが》んでいた。

「笑うなら笑うがいい、おまえにはさぞおれが馬鹿にみえるだろう」

「あたしが幸さんの子を産んだなんて、あんまりじゃないの、そんなばかな話し、まさか本当だなんて思いやしないでしょう」

「云いわけは断わると云ってあるぜ、自分で近所まわりを聞いてみるがいい、幸太がおまえの家へいりびたりということは、去年の春あたりもう耳にはいってた、それでもおれは大丈夫まちがいはないと思ってたんだ、——ところがこんどは幸太の子を産んだと云う、そして、おれはこの眼でその子を見たんだ」

「そんな話し、どこから、誰がそんなことを云ったの」

「おまえとは筋向うにいた人間さ、始終おまえのようすを見ることのできる者さ、云ってやろうか、……山崎屋の権二郎だよ」

おせんはようやく理解した。庄吉が自分を訪ねて来なかったわけ、とびつきもせず、よろこびの色もみせないわけが。それどころかたいへんな思い違いをして、自分との仲がめちゃめちゃになろうとさえしていることを。――どう云ったらいいだろう、権二郎、ああ、あの頃からもう告げ口をしていたんだ、大阪へ飛脚でゆくたびに、このひとと会って無いことをあれこれと云ったに違いない、このひとはそれを信じている。うち消さなければならない、本当のことを知って貰わなければ、……きらきら光る眼で、じっと相手をみつめながら、けんめいに自分を抑えておせんは云った。

「あの子は火事の晩に拾ったのよ、庄さん、親が死んじゃって、ひとりでねんねこにくるまれて泣いていたの、もうまわりは火でいっぱいだったわ、あたしみごろしに出来なかったの、――これが本当のことよ、庄さん、あたし約束どおり、待ってたのよ」

おせんは両手で面を掩《おお》い、堰《せき》を切ったように泣きだした。庄吉はながいこと黙って、冷やかな眼でおせんの泣くさまを眺めていた、それからふと低い声で、まるでなにごとか宣告するようにこう云った。

「それが本当なら、子供を捨ててみな」

「――――」

「実の子でなければなんでもありゃあしない、今日のうちに捨ててみせて呉れ、明日おれが証拠をみにゆくよ」

おせんは涙でぐしゃぐしゃになった顔をあげた、唇がひきつり、眼が狂ったような色を帯びていた。おせんはふるえながら頷ずいた。

「ええ、わかったわ、そうするわ、庄さん」

七

おせんは一日うろうろして暮した。――幸太郎を抱きづめにしてなんども出ては、ちぎり飴や、芒《すすき》で拵らえたみみずくや、小さな犬張子などを買ってやった。――庄さんの云うのも尤《もっ》ともだわ。

彼女はこう思った。何百里という遠い土地にいて、権二郎の云ったような告げ口を聞けば、愛している者ほど疑いのわくのは自然である。まして現にその子供を育てている姿を見たのだ、あきらかに否定する証拠がない限り、事実だと思うのはやむを得ないかもしれない。——庄吉はこのままこっちにいてもいいと云った、自分が証拠をみせれば二人はいっしょになれる、この家でいっしょに暮すことができるのだ。

「ああちゃんを堪忍してね」おせんは子供を抱きしめる、「——あんたがいるとああちゃんの一生が不幸になってしまうのよ、待ちに待っていたひとが帰って来たの、ああちゃんの大事な大事なひとなの、あのひとなしにはああちゃんは生きてゆけないのよ、ねえ幸坊、わかってお呉れ、堪忍してお呉れね」

あの火の中から抱きとり、腰まで水に浸りながら、身を蓋にして危うくいのちを助けた。自分で自分のことがわからず、他人の世話になりながら、満足におむつを変えることさえ知らなかったのに、ともかく今日まで丈夫に育てて来た。云ってみれば、ほんの偶然のめぐりあわせであった。なんの義理も因縁もなかったのにこれだけ苦労して来たのだ。もう誰かに代って貰ってもいいだろう、ことによると自分の手を離れるほうが、却ってこの子の仕合せになるかもしれない。

「そうよ幸坊、どんなお金持のひとに拾って貰えるかもしれないんだもの、そうでなくってもああちゃんのような貧乏な者に育てられるよりずっとましだわ、そうだわねえ幸坊」

夕餉《ゆうげ》には卵を買って、精《しら》げた米で、心をこめて雑炊を拵らえた。それから戸納《とだな》をあけて大きい包を取出した。洪水の夜、逃げるときにお常から預かったものである、勘十夫妻の身寄りの者でも来たら渡そうと、手もつけずに納《しま》っておいたのであるが、今日になるまでそんな人もあらわれず、いま幸太郎に附けてやる物がなにも無いので、ふと思いついて出してみた。——それはお常の物であった、さほど高価な品ではないが、まだ新しい鼠《ねずみ》小紋の小袖《こそで》や、太織縞《ふとおりじま》の袷《あわせ》や、厚板と緞子《どんす》の帯や、若いころ着たらしい華やかな色の長襦袢《ながじゅばん》などが、手入れよく十二三品あった。おせんは太織縞の袷二枚と長襦袢を二枚わけ、手拭を三筋と、洗った子供の物と、玩具や飴などをひと包みにし、でかけるしたくが終ってから、子供と二人で食卓についた。

「さあたまたまのうまよ、おいちいのよ、幸坊、たくちゃん喰べてね」

「たまたまね、はは」子供は木の匙《さじ》でお膳《ぜん》の上を叩き、えくぼをよらせてうれしそうに声をあげた、「——こうぼ、うまうまよ、ああちゃんいい子ね、たまたま、めっ」

「あら、たまたまいい子でちょ、幸坊においちいおいちいするんですもの、ああちゃん悪い子、ああちゃん、めっ」

「ああちゃんいい子よ、ばぶ」子供はこわい顔をする、おせんはいつもいい子でないといけない、おせんが自分を叱ってみせたりすると子供は必ず怒る、「——ああちゃん、わるい子、ないよ、いやあよ、ああちゃんいい子よ」

「ああいい子でちゅいい子でちゅ、ああちゃんいい子ね、はい召上れ」

「といで、ね、こうぼといでよ」

木匙は持たせるがまだ独りでは無理だ。しかし誕生からみ月にはなるらしいし、ぜんたいにませた生れつきとみえて、お膳のまわりを粥だらけにしても独りで喰べないと承知しない。今夜はやしなってやりたかったが、どうしてもきかないので好きにさせた。自分も冷たい残りの粥に、幸太郎の卵雑炊を少しかけ、別れの膳という気持で箸《はし》を取った。

家を出たのは七時ごろであろう。着ぶくれて眠ったのを背負い、包を抱えて、暗い露次づたいに表通りへ出ると、知った人にみつからないように、気をくばりながら浅草寺のほうへ歩いていった。風もないし、その季節にしては暖たかい夜だった。そのためか往来の人もかなりあるし、腰高障子の明るい奈良茶の店などでは、酔って唄うにぎやかな声も聞えた。——もうなんにも思うのはよそう、ただこの子の仕合せだけを祈っていよう。自分の心のこえから耳を塞《ふさ》ぐような気持で、繰り返しそう呟やいた。胸が痛み、動悸が高く激しくなる、だがおせんは唇を噛《か》みしめ、俯向《うつむ》いて、ときおり頭をつよく横に振ったりしながら、追われる者のようにひたすらに歩いていった。

浅草寺の境内へはいったが、さてどことなるとなかなか場所がなかった。奥山《おくやま》には蓆掛《むしろが》けの見世物小屋がもちろんもうしまったあとでひっそりと並んでいる。小屋の中なら暖たかいが、そんな稼業《かぎょう》の者の手には渡したくない。本堂から淡島《あわしま》さまのほうをまわってみた、けれども此処ならという処がどうしてもみつからないのである。

「あたし気が弱くなったんだわ、ここまできて捨てられなくなったんだわ」おせんはふと立停ってから呟やいた、「――子を捨てるのにいい場所なんてある筈がないじゃないの、もう思い切らなければ」

そこは鐘楼のある小高い丘の下だった。すぐ向うに池があり、鯉《こい》や亀が放ってあるので、おせんは小さいじぶんよく遊びに来たものだ。此処にしようと決心して、紐《ひも》を解き、背中から子供を抱きおろした。――子供は眠ったまま両手でぎゅっとしがみつき、仔猫《こねこ》のするように顔をすりつけた。「おおよちよち、ねんねよ、おとなにねんねよ幸坊」おせんは抱きしめて頬ずりをしながら、しずかにねんねこで子供をくるんだ、「――堪忍してね、ああちゃんの一生のためだからね、いいひとに拾われて仕合せになるのよ、ああちゃんを仕合せにして呉れるんだから、きっと幸坊も仕合せになってよ、……ああちゃんそればっかり祈っているわね」

しがみついている手をようやく放し、そこへ置いた包を直して、自分も横になりながらそっと寝かせた。どこか遠くで酔った唄ごえがしていた。三味線の音もかすかに聞える。おせんは静かに身を起した、足がわなわなと震えだし、喉がひりつくように渇いた。

――さあ早く、いまのうちに。

おせんは夢中で歩きだした。耳がなにか詰められたように、があんとして、いまにもたちくらみにおそわれそうだった。

――早く、早くいってしまうんだ。

おせんは走りだした。するとふいに子供の泣きごえが、聞えた、「ああちゃん」という声がはっきりとするどく、すぐ耳のそばで呼ぶかのように聞えた。子供の手がぎゅっと肩を掴む、子供は身をかたくして震えている。震えながら奇妙なこえで笑った。「ははは、ばぶばぶね、ああちゃん、ははは」それは出水《でみず》の中を逃げるあのときのことだ、恐しいということを感づいていながら、おせんの言葉に合せてけなげに笑ってみせた。ああ、おせんは足が竦み、走れなくなって喘いだ。

――堪忍して幸坊、堪忍して。

両手で耳を掩い、眼をつむって立停った。子供の泣きごえはさらにはっきりと、じかに胸へ突刺さるように聞えた。「ああちゃん、かんにんよ、こうぼいい子よ、めんちゃい、――」

　おせんは喘いだ、髪が逆立つかと思えた、そして狂気のように引返して走りだした。

　子供は泣いていた。ねんねこをひきずりながら、地面の上を四五間もこっちへ這《は》いだし、こくんこくんと頭を上下に振りながら、ああちゃんいやよ、ああちゃんいやよと声いっぱいに泣き叫んでいた。――おせんはとびつくように抱きあげ、夢中で頬ずりをしながら叫んだ。

「ごめんなさい幸坊、悪かった、悪かった、ああちゃんが悪かった、ごめんなさい」

　しがみついてくる子供の手を、そのままふところへいれて乳房を握らせ、片方の乳房を出して口へ含ませた。

「捨てやしない、捨てやしない、どんなことがあったって捨てやしない、どんなことがあったって」おせんはこう叫びながら泣いた、「――幸坊はあたしの子だわ、あたしが苦労して育てて来たんじゃないの、誰にだって捨てろなんて云われる筈がないわ、たとえ庄さんにだって、……ねえ幸坊、あたし幸坊もう決して放しやしなくってよ」

　子供は泣きじゃくりながら、片手できつく乳房を握り、片乳へ顔のうまるほど吸いついていた。おせんはやがて立ちあがり、抱いたまま上からねんねこでくるみ、包を持って、やや風立って来た道を家のほうへ帰っていった。

　明くる朝、子供を負って洗濯物を干していると、庄吉が来た。彼は歪んだ皮肉な顔つきで、道のほうからこっちを眺めていた。

　それからそばへ寄って来た。――おせんはできるだけのちからで微笑し、相手の眼をみつめながら吃《ども》り吃り云った。

「ごめんなさい、庄さん、あたしゆうべ、捨てにいったのよ」

「――でもそこに負《おぶ》ってるね」

「いちど捨てたんだけれど、可哀そうで、とてもだめだったの、庄さんだって、とても出来ないと思うわ」

「――わかったよ、証拠をみればいいんだ」

「ねえ、あたしを信じて」おせんは泣くまいとつとめながら云った、「――本当のことはいつかわかる筈よ、あたし待ってるわ」

庄吉はなにも云わずに踵《きびす》を返した。くるっと向き直って道のほうへ歩きだした、おせんはふるえながらそのうしろへ呼びかけた。

「庄さん、あたし待っててよ」

しかし彼は振向きもせずに去っていった。

後篇

一

十二月にはいると間もなく幸太郎が麻疹《はしか》にかかった。その十日ほどまえから鳥越《とりごえ》のほうに、疱瘡《ほうそう》がはやると聞いたので、御蔵前《おくらまえ》にある佐野正の店へ仕事のために往き来するおせんはそのほうを心配していたし、病みだした初めのうちもてっきり疱瘡だろうと思ったのであるが、五日めになって医者が発疹《はっしん》のもようをみたうえたぶん麻疹だろうと云い、そのとおりの経過をとりだしたのでいちおう安心した。じつはその少しまえ、幸太郎が乳を貰っていた友助の家で、その子の和助というのが麻疹にかかっていた。乳が同じであるし、生れ月も近いしおまけに看病のしやすい年恰好だから、本当ならうつして貰ってもさせるところなのだが、和助のは性《しょう》が悪いらしいということで、向うから近づかないようにと注意されていたのである。――そんなことから麻疹だとわかってひと安心しながら、もしやその性の悪いのがうつっていたのではないだろうかとも思い、発疹が終って熱のひくまでは瘦《や》せるほど気をつからせてしまった。

幸太郎は半月ほどできれいに治ったが、その前後からおせんは友助夫婦のようすの変ったことに気づいた。和助という子は生れつき弱いところもあったとみえて、幸太郎がよくなってからも唇のまわりや頭などに腫物《はれもの》のようなものが残り、それがなかなか乾かないで困ると云っていたがそんなことを口実のように、夫婦ともおせんから遠退《とおの》こうとする風がだんだんはっきりしだした。かれらとは水で亡くなった勘十夫婦のひきあわせで、知りあい、幸太郎のための乳から始まってずいぶん世話になってきた。友助というひとは材木問屋の帳場を預かるくらいで、くちかずの少ない律気《りちぎ》な性分だし、女房のおたかもお人好しと云われるくらい、善良でおとなしかった。出水《でみず》のあと、おせんのためにその住居を直して呉《く》れたり、仕事場から出る木屑《きくず》を夜のうちにそっと取っておいて呉れたり、また幸太郎の肌着にと自分の子の物をわけて呉れたり、そのほかこまごました親切は忘れがたいものである。勘十夫婦に亡くなられたいまのおせんには、殆《ほと》んど頼みの綱ともいうべきひとたちであった。それがどうしたわけかこちらを避けはじめた。道などで会えば口をききあうが、それも以前とは違ってよそよそしく、とりつくろった調子が感じられた。――いったいなにがあったのだろう。なにか気に障るようなことでもしたのだろうか。考えてみたけれどもそれと思い当ることはなかった。

もうかなりおし詰ってからの或る日、おたかが珍しく訪ねて来たので、しかけていた夕餉《ゆうげ》のしたくをそのままに出てゆくと、彼女はいっしょに伴《つ》れて来たらしい中年の男に振返って、この家《うち》ですよと云った。男は四十五六になる小肥りの軀《からだ》つきで、日にやけた髭《ひげ》の濃い顔にとげとげしい眼をしていた。

「おせんちゃん、このひとは下総《しもうさ》の古河《こが》からみえた方でね、お常さんの実の兄《あに》さんに当るんですってよ」

「まあおばさんの、――それはまあ……」

おせんは寒いような気持におそわれた。これまでながいこと待っていたのに誰もあらわれず、もうこのままおちつくのだと思っていたが、こうして亡くなったひとの兄が来たとなると、もしかすればこの家を出てゆかなければならなくなるかもしれない、そんなことになったらどうしよう。なによりも先にそういう不安がわいてきたのであった。――ひきあわせが済むと、おたかはすぐに帰っていった。男はおせんに水を取らせて足を洗い、ぬいだ草鞋《わらじ》と足袋《たび》を外へ干してから上へあがって莨入《たばこいれ》をとり出した。どうするつもりだろう、おせんは、ますます強くなる不安のなかで、ともかく夕餉の量を殖《ふ》やし、乾魚《ほしざかな》を買いに走ったりした。男は、もともと無口なのか、食事が済むまで、殆んど口をきかなかった。頬の尖《とが》った髭の濃い顔には少しも表情がなく、くぼんだ眼だけが怖いように光っている。その眼でなんども部屋の中を見まわしたり、幸太郎の騒ぐのを、うるさそうに睨《にら》んだりするばかりだった。そんな客が珍しいのだろう、子供はじいたんじいたんと云って、まわらない舌で頻《しき》りに話しかけたり笑ってみせたりした。うっかりすると膝《ひざ》へ這《は》いあがろうとするので、おせんは食事が終るとそうそう、厭《いや》がるのを負《おぶ》ってあと片付けをした。……朝のしかけも済んでしまったが男はおちついて莨を吸っていた、百姓をする人に特有の少しこごみかげんな逞《たく》ましい肩つきや、辛抱づよくなにごとかを待っているという風な姿勢をみると、どうにもそこへいって坐る気になれず、おせんはまるで身の置き場に窮した者のように、狭い台所でいっとき息をひそめるのであった。

「用が済んだらこっちに来なさらないか」物音が止んだのに気がついたとみえ、男が向うから呼びかけた、「――それからだいぶ冷えるが、火が有ったら貰えまいかね」

「済みません、火をおとしてしまいまして、あのう」おせんは赤くなった、「小さいのがいて危ないもんですから、家の中へは火を置かないようにしていますので、つい」

男はまた黙って部屋の中を見まわした。おせんは消した焚《た》きおとしで火を作ろうかと思ったが、それだけあれば朝の煮炊きが出来るので、そのままそっと部屋の中へはいってゆき戸納《とだな》からあの風呂敷包をそこへ取出した。

「これは水の晩にあたしがお常さんのおばさんから預かったものですの」

「あらましのことは友助さんに聞いたがね」男は包をちょっと見たばかりでこう云った、「――わしも心配はしていたが、まさか死んでいようとは思わなかった、死骸《しがい》もわからずじまいだったというが……まだわしには本当とは思えない」

　彼の名は松造《まつぞう》というそうで、古河の近くの旗井《はたい》というところで百姓をしている。あのときはそっちも水が溢《あふ》れだし、家はそれほどでもないが田畑にはかなりな被害があった。そのあと始末に手が離せなかったのと、人の評判では江戸はたいした事がないというので、知らせのないのを無事という風に考えて問い合せもしずにいた。それにしても余り信《たよ》りがないし、こんど千住《せんじゅ》市場へ荷の契約があって出て来たのを幸い、それを済ませて此処《ここ》を訪ねたのである。初めてのことでようすがわからず、歩きまわるうちに材木問屋の梶平の店の前へ出た。そこにはかねて勘十から友助という者のいることを聞いていたので、立寄って話しをし、思いもかけない妹夫婦の死を知らされたのである。――松造は以上のことを、ぶあいそな調子で語った、語るというよりも不平を述べるという感じであった。

　おせんも幸太郎を膝に抱きおろして、あの夜の出来事を記憶するかぎり詳しく話した。死骸のみつからなかったことは捜さなかったためもあるかもしれない、しかし子供を背負った自分でさえ無事なのである、夫婦二人のことだし、洪水といっても堤を欠壊して濁流が押しかかるというようなものではなかったので、万に一つも死んでいるなどとは考えられなかった。どこかへ避難していていまに帰るものと信じていた。それがいよいよ帰らないことがわかり、それでは死骸をというじぶんには、川筋のどこでもすでにそういうものの、始末がついたあとであった。そういうわけで、世話になりながら死後のとむらいもせずにいたのは、申しわけのないことであるけれど、じつを云うと自分もまだ本当にお二人が死んでしまったとは思えない、いつか元気な姿で帰ってみえるような気がしてならないのである。――こういう意味のことを云って涙を拭いた。松造は蓬臭《よもぎくさ》い莨を吸いながら頷《うな》ずきもせずに聞いていた、話したことがわかったのかどうか、まるっきり別のことを考えてでもいるように、硬い表情で黙って莨ばかり吸っていた。

松造は泊っていった。千住に舟が着けてあって、朝早くそれに乗って帰るということだった。いまにも、家のことを云われはしないかと、それればかり胸に閊《つか》えていたのだが、朝飯を済ませてもそのことに触れず、干しておいた草鞋と足袋をおせんに取らせ、それを穿《は》いて古ぼけた財布を出して幾枚かの銭を置いた。

「これで子供に飴《あめ》でも買ってやるがいい」

「まあそんなことは、いいえどうかそれは」

「厄介をかけた、――じゃ……」

そのまま出るようすである、おせんは思いだして風呂敷包をと云った。松造はむぞうさにそれはまた次に来たときにしようと答えた。そこでおせんは幸太郎を抱き、戸口へ送りだしながら思いきって訊《き》いた。

「あのう、あたしこの家にいてもいいんでしょうか」

松造は振返ってけげんそうに、こっちを見た、ゆうべとげとげしくみえた眼が、今はもっとするどく尖り、こちらの心を刺すかのように光っていた。

「この家は友さんという人が、材木の残り木で建てて呉れたものだそうだ、それから水で毀《こわ》れたのを直して、おまえに住ませて呉れたものだそうじゃないか、――そうとすればおまえの家だ」

「それじゃ、あの、あたし、いてもいいんですわね」

松造は茶色になった菅笠《すげがさ》を冠《かぶ》った。

「ときどき泊らせて貰うからな」こっちは見ずにこう云った、「――その代りこんど来るときは、自分の喰べる物は持って来る」

彼が去ったあと、おせんは幸太郎を抱いたまま嬉しさにこおどりをした。もう大威張りよ幸ちゃん、これ、ああちゃんと幸坊のお家《うち》になったのよ、ごらん、幸坊は三つで家作もち、えらいのねえ。――幸太郎はわけのわからぬままにおせんの首へ抱きつき、おせんのはしゃぐのに合せてきゃっきゃっと躍り跳ねた。……昨日からの不安が解け、ようやく気持がおちついてくると、まず考えたのは友助夫妻のことであった。この家がおせんのものであるように云って呉れたのは友助夫妻である、かれらはこの頃ずっと疎んずるようすだった、そしてもし自分に好意を持たなくなったとすれば、ここから追い出すことはぞうさもない話しである、それをこういう風にして呉れたのは、たとえ憐《あわ》れみからだったとしても感謝しなくてはならない。

「お礼にいきましょう幸ちゃん」おせんは子供に頰ずりをした、「――和《わ》あちゃんになにかお土産《みや》を持ってね、幸坊はもう和あちゃんのことを忘れたでちょ、忘れちゃだめよ、和あちゃんは幸坊のたった一人の乳兄弟《ちきょうだい》なのよ」

二

友助の家へ礼にゆくにはもう一つの意味があった。それは庄吉のようすがわかるだろうということである。あの朝の悲しい別れからこっち、おせんはいちども庄吉に会っていなかった。あのときの口ぶりでは、江戸にいるかもしれないし大阪へ戻るかもしれない、どっちともきめていないという風だったが、その当座は梶平にいて仕事場を手伝っているということを、それとなくおたかから聞いたことがあった。――もちろん大阪へなどゆきはしない、きっとこの土地にいるに違いない。おせんはこう確信した。庄吉がおせんを疑っている気持はよくわかる、そして自分にはその疑いを解く証拠がない。大阪という遠いところにいて、飛脚屋の権二郎からたびたび忌わしい話しを聞き、帰って来て現におせんが子を抱いているのを見たのだ。ここにもし多少の証拠があって、このとおりであると並べてみせることが出来たとしても、それで庄吉の疑いがきれいに解けはしないだろう。

――本当のことはいつかはわかる筈《はず》よ、あたし待っていてよ、庄さん。

あのときおせんはこう云った。深く考えて云ったのでない、しぜんに口を衝《つ》いて出た叫びであった。そしてそれがいちばん慥《たし》かであり、必ずそのときが来るに違いないと思った。愛情には疑いが附きものである、同時にいちどそのときが来れば諒解も早い、じたばたしないで待っていよう。こういう風に思案をきめていたのであった。

松造の帰った翌日、おせんは彼の置いていった銭に幾らか足して大きな犬張子を買い、それを持って友助の家へ礼にいった。横からはいって長屋のほうへゆくと、新しい木の香が噎《むせ》っぽく匂ってきた。おせんは切ないような気持で脇へ向いた、庄吉と悲しい問答をしたときのことが、その匂いからまざまざと思いうかんだのである。――表で洗濯をしていたおたかは吃驚《びっくり》したような眼でこちらを見、濡れた手をそのまま悠《ゆっ》くり立上った。おせんは家を出なければならないかと思ったところ、今までどおり住んでいられるようになったこと、それはお二人のお口添えのおかげで、こんな有難いことはないと心をこめて礼を述べた。

「いいえそんなことはありませんよ、うちじゃなんにも云やしませんよ、お礼を云われるようなことはしやしませんよ」

おたかは人の好い性質をむきだしに、けれども明らかに隔てをおいた口調でそう繰り返した。おせんはまた、久しくみないから幸太郎に和あちゃんと会わせてやりたいが、和あちゃんはどうしているかと訊き、そして、つまらない物だが途中でみつけたからと云って、買って来た犬張子を差出した。

「そんなことしないで下さいよ、そんなことして貰うとうちに怒られますからね、本当に困りますよ」こう云って途方にくれるような顔をし、それでも手には取ったが、おたかの顔はやはり硬いままだった、「――せっかく幸坊が来たのに気の毒だけどねえ、あの子はいましがた寝かしたばかりなんで」

「ええいいのよおばさん、そんならまた来ますから」

おせんはこう云ってから、まわりに人のいないのをみさだめ、おたかのほうへそっと身を近寄せて云った。

「おばさん、こんなこと訊いて悪いかもしれないけれど、あたしなにかおばさんたちの気に障るようなことしたんでしょうか、――もしなにかそんなことがあるんなら云って下さらない、あたしこんな馬鹿だから、気がつかずに義理の悪いことをしたかもしれないし、もしそうならお詫びをしますから」

「そんなことありませんよ、そんな」おたかは狼狽《ろうばい》したように眼をそむけた、「――不義理だなんて、あたしたち別になにも気に障ってなんぞいやしませんよ」

おせんは相手の眼を追うようにして見まもった。慥かになにかあると思ったから、そしてぜひともそれは訊きださなければならないと思ったから。――おせんは云った、自分がどんなに二人の世話になって来たか、それをどんなに感謝しているか、勘十夫婦の亡くなったあと、小さな者を抱えて生きてゆくのに、どれくらい二人を頼みにしているか、親ともきょうだいとも思っているのに、さき頃から二人が自分を避けるようになった、これは自分にとってなにより悲しく寂しい、自分になにかいけないところがあったのだろうが、それがわかりさえすればどんなにでも直そう、どうか本当のことを云って貰いたいし、たのみ少ない自分をつき放さないで貰いたい。これだけのことを心をこめて云った。――おたかは聞いているうちに感動したようすで、しかしその感動をうち消そうと、気の毒なほどうろうろするのがみえた。まちがいなく彼女は迷いだしていた。こうと思いきめていながらおせんの言葉につよくひきつけられ、気持の崩れだすのを防ぎかねていた。

「いいわ、じゃあ云うわ、おせんちゃん」

　やがておたかはこう云った、そしてすばやくあたりを見まわし、手招きをして家の中へはいった。――六畳に三畳の狭い住居で、どこもかしこもとりちらかしたなかに、枕屏風《まくらびょうぶ》を立てて和助が寝かされていた。おたかはその枕許《まくらもと》へそっと犬張子を置き、おせんと差向いに坐って火鉢の埋み火《うずみび》を掻《か》きおこした。

「あたしがよそよそしくしたのは、おせんちゃんがなにもあたしたちに不義理をしたからってわけじゃないのよ」おたかはこう話しだした、「――正直に云うと庄吉さんのためなの」

「庄さんのためって、だって庄さんが」

「いつだっけかしら、そう、あの人があんたと置き場で逢って話しをしたわね、あれから十日ばかり経ってだわ、うちのひとが庄吉さんを呼んで此処でお酒をいっしょに飲んだの、そのときあの人はあんたのことを話しだしたのよ、杉田屋にいたじぶんのことから大阪へゆくようになったわけ、そのときおせんちゃんと約束をしたことも云ったわ、固く固く約束したんだって、――大阪へいってから、それこそ血の滲《にじ》むような苦労をしながら、その約束ひとつを守り本尊にして稼いだって」

　おせんは耳を塞《ふさ》ぎたいように思った。なにもかもわかっている、それから先は聞くまでもないことだ、聞くのは辛いし苦しい、もうやめて下さいと云いたかった。だがおたかは続けた、権二郎の告げ口から庄吉が江戸へ帰って来るまでのこと、帰って来てからおせんと逢うまでのこと、そしておせんが彼の申出をきかず、子を棄《す》てようとしなかったことなど、——朴直《ぼくちょく》なひとに有りがちの単純さで、話すうちにおたかはまた庄吉への同情を激しく唆《そそ》られたらしい、口ぶりにも顔つきもさっきのうちとけた色はなくなって、再《ふた》たびよそよそしい調子があらわれてきた。

「あの人は泣いていたわ、あたしたちも泣かされたわ」おたかはこう結んだ、「——おせんちゃんにもそれだけのわけがあるんだろうけれど、まだそれほど年《とし》月《つき》が経ったというんでもないのにあんまりじゃないの、あたしは女だからそういっても薄情な気持にはなれない、出来たことはしようがないとも思うけれど、うちのひとがすっかり怒ってしまって、もう往き来をしちゃあいけないっていてきかないのよ、だからあんたも当分はそのつもりでね、いつかまたうちのにあたしがよく云うから、それまで辛抱して独りでやっていらっしゃいな」

「よくわかってよ、おばさん」おせんは乾いたような声でそう云った、「——庄さんは思い違いをしているの、この子はあたしの子じゃあないわ、でも今はなにを云ってもしようがない、云えば云うだけよけいに疑ぐられるんですもの、だから、あたし待つ決心をしたのよ、それがみんな根も葉もないことだということはいつかきっとわかると思うの、……おばさんやおじさんにまで嫌われるのは辛いけれど、こうなるのもめぐりあわせだと思って辛抱するわ、そうすればいつかは、おばさんにも」

だがあとは続かなかった。わっと泣けてきそうで堪《たま》らなくなり、挨拶もそこそこに幸太郎を抱いて外へ出た。——友助夫妻の遠退いた意味はわかった。しかしなんと悲しく口惜《くや》しいことだったろう、女の自分でさえ誰にも訴えたり泣きついたりせず、大きすぎる打撃を独りでじっと耐《こら》えてきたのに、あの人はいわば、知らぬ他人の二人になにもかも話した、中傷をそのまま鵜《う》呑《の》みにし、無いことを有ったことのように信じて、男が泣きながら饒舌《しゃべ》ってしまった。……それに依って頼みにしているあの夫婦が自分から離れることをあの人は知っていたのであろうか、自分への疑いは愛のためだったとしても、そういうことを他人に話して、おせんが世間からどんな眼で見られるかを考えては呉れなかったのだろうか、これもやっぱりあの人があたしを愛しているためなのだろうか。——おせんは今すぐ庄吉に会って、云うだけ云ってやりたいという激しい感情に喉られ、幸太郎がしきりにむずかるのも知らず、なかば夢中でふらふらと大川のほうへ歩いていった。

三

その年の暮に人別改め《にんべつあらため》（戸籍調べ）があった。洪水から初めてのことで、おせんと幸太郎はそこの住人でありそ、の家の主《ぬし》であることをはっきり認められたわけである。世間の景気は悪くなるばかりで、相変らず親子心中とか夜逃げとか盗難などの厭《いや》な噂《うわさ》が絶えなかった。おせんが顔を知っている人のなかにも、田舎へ引込むとか、いつかしらいなくなっているような例が二三あった。だがそれが江戸というものなのだろう、一家で死んだり夜逃げをしたりするあとには、三日とおかず次の人がはいって、同じような貧しく忙しい暮しを始めるのであった。

貧しさには貧しさのとりえと云うべきか、日頃から掛け買いの出来ないおせんは、年を越す苦労もひとよりは少なく、白くはないが賃餅《ちんもち》も一枚搗《つ》いて、かたちばかりに門口《かどぐち》へ松と竹も立てた。——そこへ大晦日《おおみそか》の夜になって、それも、かなりおそくおもんが訪ねて来た。白粉《おしろい》のところ剝《は》げになった顔が、寒気立《そうけだ》ち、埃《ほこり》まみれの髪を茫々《ぼうぼう》にしたままで、老人の物を直したらしい縞目《しまめ》のわからない布子《ぬのこ》を着ていた。

「表を通りかかったもんだからね、どうしてるかと思ってさ、おお寒い」おもんは身ぶるいをしながらあがって来た、「——なんて冷えるんだろう、ちょっとあたらせてね」

「こっちへ来るといいわ、炭が買えないんで焚きおとしなの、かぶさらないと暖《あっ》たまりゃあしないから、——さあお当てなさいよ」

「坊やはおねんねだわね、こんど幾つ」

「四つになるのよ」

おもんは火桶《ひおけ》の上へ半身をのしかけ、両手を低く火にかざしながら寝ている子供のほうを見やった。あのときからみると頰の肉がおち、眼の下に黝《くろ》ずんだ暈《くま》ができている、脂気のぬけたかさかさした皮膚、白っぽく乾いている生気のない唇、骨立って尖ってみえる肩など、思わずそむきたくなるほど悄衰《しょうすい》した姿であった。

「ほんの一つだけれど、お餅があるから焼きましょうか」

「ああたくさんたくさん」おもんは不必要なほど強く頭を振った、「――昨日からどこへいっても餅攻めで、それああたしお餅には眼がないほうだけど、でもこう餅ばかりじゃあいくらなんでも胸がやけるわ、あたしは本当にいいんだから心配しないでよ」

「うらやましいようなことを云うわね、でも一つくらいはつきあうもんよ」

おもんが嘘を云っていることは余りに明らかであった。おせんは一つでも惜しい餅ではあったけれど、見ていられない気持で三つ出し、網を火に架けたり小皿に醬油《しょうゆ》を注いだりした。ふっくらと焼けてくる香ばしい匂いが立つと、おもんは生唾《なまつば》をのみのみ活潑《かっぱつ》に話し始め、この頃は面白いように稼ぎのあること、世間の不景気なときは自分たちのほうがふしぎに客の多いこと、この調子なら間もなく、小さな家くらい持てそうなことなど、なにかが逃げるのを恐れでもするようにせかせかと語り続けた。そしておせんが焼けたのを小皿に取って出すと、話しに気をとられているというようすですぐ口へもってゆき、三つともきれいに喰べてしまった。

「人間どうせ生きているうちのことじゃないの、あんたなんか縹緻《きりょう》がいいんだもの、こんな内職なんかであくせくしているのは勿体《もったい》ないわ、苦労するのも一生、面白く楽しく、したいようにして生きるのも一生だわ、ねえ、あんただって好きでこんな暮しをしているわけじゃないでしょう、ぱっと陽気に笑って暮す気にならない、おせんちゃん」

むりに元気づけた調子でそんなことを云いだした。思いだしたように鋏《はさみ》を借りて指の爪を切り、これから浅草寺《せんそうじ》のおにやらいにゆくのだがなどと云って、なお暫《しば》らくとりとめのない話しをしたうえ、吹きはじめた夜風のなかへと出ていった。

「可哀そうなおもんちゃん」

火桶の火を埋めながら、おせんはそっとこう呟《つぶ》やいた。片町《かたまち》へかかる道で会ったときは、ひと眼でそれとわかる姿のいやらしさに、ただ反感を唆られるばかりだった。あの火事のあと貧しい娘や女房たちまでが、そんなしょうばいをして稼ぐという評判は、よく聞いた。天王町の裏にひとところ、三軒町《さんげんちょう》から田原町《たわらまち》のあたりに幾ところとか、そういう人たちの寄り場があり、表向きは駄菓子を売ったり、花屋のようなていさいで客を取るのだという。聞くだけでも、耳が汚《けが》れるような思いだった。あんなに仲の良かったおもんが、そういう女のひとりになったと知ったときは、哀れむよりさきに厭《いや》らしさと怒りで震えるような気持だったが、今夜のようすではよほど困っているらしい、それこそ食う物にも不自由らしいことはよくわかり、そこまで身を堕《お》としても運のない者にはいいことがないのかと、自分のことは忘れていたましく思うのであった。

――可哀そうなおもんちゃん。

元日は朝から曇っていた。雑煮を祝ったあと、おせんは幸太郎を背負って、産土神《うぶすながみ》の御蔵前八幡《おくらまえはちまん》へおまいりをし、それから俗に「おにやらい」という修正会《しゅうじょうえ》を見に浅草寺へまわった。その帰りのことであるが、人ごみの中で和助を負ったおたかに会い、道の脇へ寄って少し立ち話しをした。年賀にゆきたいのだがああいうわけがあるので遠慮をする、お二人ともつつがなくお年越しでおめでとうございます、こう挨拶すると、おたかも挨拶をし返したうえ、もちまえの気の好さからだろう、昨夜から庄吉さんが梶平へ来ていますと云った。

「祝う身寄りもなくって寂しいから、こちらで正月をさせて呉れって来たんですって、だいぶいい稼ぎをしたらしいって話しでしたよ」

「それじゃあ、あの人、――あれからどこかへいってたんですか」

「あら話さなかったかしら」こう云っておたかはちょっと気まずそうな眼をした、「――あれから間もなくお店を出たんだけど、梶平さんの旦那の世話で、阿部《あべ》川町《かわちょう》のなんとかいう頭梁《とうりょう》の家へ住込みではいったそうよ」

「なんという頭梁かしら――」

「さあ、あたしは詳しいことはなんにも知らないからわからないけれども、でも頭梁っていえば一町内にそうたくさんいるわけでもなし、おせんちゃんがもし尋ねてゆくつもりなら」おたかはそう云いかけてふと空を見上げた、「——あらいやだ、雪よ、まあお元日に悪いものが降りだしたわね」

そして自分は花川戸《はなかわど》に寄るところがあるからと、おたかは急ぎ足に別れていった。——粉のように細かい雪が舞いだした、人の往き来で賑《にぎ》やかな町筋がにわかに活気立つようにみえ、子供たちは口々に叫び歌い交わしながら、道いっぱいに跳ねたり駈けまわったりし始めた。おせんの背中でも幸太郎がしきりに手足をばたばたさせ、降って来る雪を摑《つか》もうとして叫びたてた。

「ゆきこんこいいね、ゆきこんこ、ああたんゆきこんこいいね」

おせんは幸福な気持だった。庄吉が梶平の店を出たということは知らなかったけれど、住込みでよそへいっていた彼が、正月をしに帰って来たという、祝う身寄りもないからと云ったそうだし、暫らく厄介になった人たちへの懐かしさもあるだろうが、なんといっても近くに自分のいることが最とも大きい原因に違いない。自分の近くへ来て、自分のようすを聞いたり見たりしたいのだ、殊によるとすっかり事情がわかって、その話しをする積《つも》りで来たのかもしれない。——もちろんはっきりそうと信じられる理由はなかった、そういう臆測《おくそく》とは逆なばあいも想像することができる。しかしそれでもいい、どういう意味にせよ彼が自分の近くへ来ることは愛情のつながっている証拠なのだ。はかないといえばいえるけれど、それだけでも今のおせんは幸福な気持になれるのであった。

三日の午後に古河《こが》から松造が来た。野菜物を千住《せんじゅ》の問屋へ送って来たのだと云って、おせんにも土の附いた牛蒡《ごぼう》や人参や漬菜《つけな》などをぜんたいで二貫目あまりと、ほかに白い餅や小豆《あずき》や米なども呉れた。彼はその夜また泊っていったが、例のようにぶすっとして余り口をきかず、蓬臭《よもぎくさ》い莨《たばこ》をふかしては、怖いような眼で部屋の中を見まわしていた。——松造は明くる朝まだうす暗いうちに去ったが、こんども小銭を幾らか置いて、怒ってでもいるように子供に飴でも買ってやれと云った。

「あの包はお持ちにならないんですか」

草鞋を穿いて出ようとするので、そう訊くと、彼はちょっと考えるようすだったが、やがて低い沈んだ調子で、おせんの問いとはまるで縁のないことを云った。

「人間は正直にしていても善いことがあるとはきまらないもんだけれども、悪ごすく立廻ったところで、そう善いことばかりもないものさ」

そして空いた袋や籠《かご》を括《くく》りつけた天秤棒《てんびんぼう》を担ぎ、少し前踞《まえこご》みになってさっさと帰っていった。おせんは四五日のあいだ気がおちつかなかった、松造の言葉がなにを諷《ふう》しているのかもわからないし、あんなに物を持って来て呉れる気持もわからない。こんな時勢にただの好意でして呉れるとは思えないが、好意だけではないとしたらなにか企《たく》らみでもあるのだろうか。あの包を持ってゆかないところをみるとまた来る積りだろうが、こんど来たらどう扱かったらいいか。——考えるとまた厭なことが起りそうで、さりとて相談をする者もなく、気ぶっせいな感じを独りでもて余した。

松の取れるまでそれとなく梶平の店の近くへいってみたり、表を通る人に絶えず注意していたりしたが、とうとう庄吉の姿を見ることはできなかった。やっぱりまだ疑いが解けていないのに違いない、殊によると会いに来て呉れるかもしれないとさえ思ったのであるが、それが間違いだとわかっても、おせんはさほど悲しくはなかった。庄吉は同じ浅草にいるのである、阿部川町といえば此処からひと跨《また》ぎだし、住込みならそう急によそへゆくこともあるまい、近くにさえいて呉れれば事実のわかる機会も多いので、あせらずに待っていようという気持だったのである。——その点には少しも迷いはなかったけれども、近所のことでどうにも当惑に耐えないことが起った。もともとおせんは余り近所づきあいをしないほうだったが、それでも通りがかりに寄るとか、夜話しに来るとかいった女房たちが二三人はいた。それがまるで申し合せでもしたように、暮あたりからばったり顔をみせなくなり、道で挨拶をするくらいの人のなかにも、ふと白い眼でこちらを見るような風が感じられるのであった。まえに友助夫妻のことがあるので、こんどもなにかそれだけの理由があるのだろうと思い、しかしそう咎《とが》められるようなおちどをした覚えもなかったから、捨てておいても大したことはあるまいと軽く考えていた。

四

元来がそう親しい人たちでもなく、こちらは満足に茶も出せないような生活で、来られれば却《かえ》って時間つぶしなくらいである。しかしそう揃《そろ》ってみんなにすげなくされることは、寂しくもあり、ますます孤独になるようで心細くもあったので、折さえあればおせんのほうからあいそよく話しかけるように努めていた。すると一月なかば過ぎのことだったが、柳河岸の新しい地蔵堂の初縁日でおせんも子供を伴れて参詣《さんけい》にいったところ、そこで、まったく思いがけないことを聞いたのであった。——列をなしている人々といっしょに、火のついた線香を買って並んでいると、後ろでけらけらと笑いながら、大きな声でこう云うのが聞えた。

「そうともさ、義理だの人情だのといったのは昔のことで、今じゃてんでん勝ちが大手を振って歩くのさ、すえ始終の約束をしておきながら、相手が一年もいなければもうほかの男とくっつき合ってしまう、それも十六や七の本当ならおぼっこい年をしてえてさ」

その声には覚えがあった。振返って慥かめるまでもない、よく話しに寄った女房のひとりで、亭主が舟八百屋をしているお勘という女だ。おせんはかっと頭が熱くなった、自分に当てつけているのである、此処に自分がいるのを見て、わざわざ聞えるように云っているのだ。そしてかれらが来なくなった理由もそこにあったのである。——おそらく友助のほうから伝わったに違いない、それも庄吉に同情するあまりのことだろう、ほかにわる気がある道理はない、わかる時が来ればわかるのだ。こう思って、おせんはじっと自分をなだめていた。しかしお勘のたか声はさらに続いた。

「ところが恥を知らないくらい怖いことはない、赤ん坊が生れたと思うと男に死なれちまった、たいていの者ならいたたまれない筈だが、火事で町のようすが変り、知った者がいなくなったのをいいことに、しゃあしゃあと元の土地にい据わって約束の相手の帰るのを待っていた、そして相手が帰って来るとこの子は自分の子じゃあないとさ、ちゃんとおまえを待っていたってさ」

「云えたもんじゃあないよねえ」こう合槌《あいづち》をうつのが

聞えた、「——それも二十にもならない若さでさ、よっぽど胆《きも》が太いかすれっからし女なんだね」

おせんは自分でも知らずに、並んでいる人の中からぬけてそっちへいった。頭がくらくらし軀が音を立てるほど震えた。どんな顔をしていたことだろう、彼女はお勘の前へいって叫んだ。

「いまのはあたしのことを云ったのね、おばさん、あたしのことだわね」

「さあどうだかね」お勘はちょっと気押《けお》されたように後ろへ身をひいた、「——あたしゃ人から聞いたんだからよく知らないよ、おまえさんだかなんだか知らないが、たとえ誰のことにしたってあんまり」

「なにがあんまりなの、どこがあんまりなの、はっきり云ってごらんなさいよ、誰が義理人情を知らないっていうの、誰が男とくっついたの、誰が、誰がよその男の子を生んで自分の子じゃないなんて云ったの、云ってよおばさん、それはどこの誰なの」

声いっぱいの叫びだった。参詣の人たちはなにごとかと寄って来ると、幸太郎は怯《おび》えたように泣きだしていた。けれどもおせんには人の群もみえず幸太郎の泣きごえも聞えなかった、かたく拳《こぶし》を握り眼をつりあげて、お勘のほうへつめ寄りつめ寄り叫びつづけた。

「云えないの、云えないならあたしが云ってあげるわ、今あんたの口から出たことはみんな嘘よ、根も葉もない嘘っぱちよ、あんたもあんたにそんな話しをした人も本当のことはこれっぽっちも知っちゃいない、みんなでたらめよ」

「そんならなぜ」お勘も蒼《あお》くなった、「——それが本当ならなぜ独りでいるんだい、どうしてその人のところへ嫁にゆかないんだい」

「あたしは、あたしはそんなこと云っちゃいないわ、そして、そんなことはおばさんの知ったことじゃないじゃないの」

「どういうわけでその人はあんたを貰いに来ないの」お勘は平べったい顔をつきだし、眼をぎらぎらさせながら喚《わめ》いた、「——その人は帰って来たんだろ、会って話しもしたというじゃないか、それで嫁に貰わないってのはどういうわけさ、おまえさんのほうであいそづかしでもしたってのかい」

「あの人のことはあの人のことよ、あたしは自分のことを云ってるんだわ、あたしがちゃんと待っていたことを、この子はあたしの子じゃ……」

おせんの舌はとつぜんそこで停った。幸太郎の悲鳴のような泣きごえが耳に突入り、縋《すが》りついている幼ない手の、けんめいな力が彼女をよびさましたかのようだ。とりまいている群衆の眼にきづいた、お勘はますます喚きたてる。自分はなにをしたのだろう。なんというばかな恥かしいことを、――おせんはがたがた震えながら、幸太郎を抱いて歩きだした。そこにいる限りの人がおせんを眺め、嘲《あざ》けりと卑しめの言葉をその背へ投げた。

「そんな恥知らずないたずら女は町内にいて貰いたくないもんだ」お勘がなおもこうどなっていた、「――そんな者にいられたんじゃこっちの外聞にもかかわるからね、さっさとどこかへ出てってお呉れよ」

幸太郎は両手でおせんにしがみつき、全身を震わせながら泣きじゃくっていた。おせんはかたく頬を押付け、背中を撫でながら河岸ぞいに歩いていった。そうだ、なんというばかな恥かしいまねをしたことだろう、どうもがいたところでお勘を云い伏せられるわけがないではないか、庄吉でさえ疑っているものを、他人がそう信じるのは当然のことではないか。――おまけにあんな大勢の人々のいる前で、この子は自分の子ではないと叫びかけた。誰に信じて貰えもしないことを云って、それが小さな幸太郎の耳に遺《のこ》ったとしたらどうするか。数え年ではあるがもう四つになる、殊にあんな異常なばあいの記憶はながく消えないものだ、自分が拾われた子などということを覚え、また人からそう云われるとしたら。……おせんは幾たびもぞっと身を震わせ唇を噛《か》みしめた、そして幸太郎を力いっぱい抱きしめ、燃えるような愛と謝罪の気持で頬ずりをした。

「めんちゃいね幸坊、ああちゃんが、悪かった、あんな恥かしい思いをさせて本当に悪かったわ、誰がなんと云ってもいい、幸坊はああちゃんの大事な子よ、なにもかもいつかはわかるんだもの、それまでがまんして辛抱しましょう、いまにきっと、――きっとなにもかもよくなってよ」

それからさらに近所の眼が冷たくなった。もちろんおせんも覚悟はしていた、どんなに辛く当られても仕方がない、そのときが来るまで黙って忍ぼうと決心していた。不自由は味噌醤油や八百屋物などの、こましした買い物が近所で出来なくなったことで、駄菓子屋などでさえおせんには売って呉れない。これには当惑したけれども、そういつも買い物をするわけではなく、町内を出れば幾らでも買えるから、不自由なりにそれも慣れていった。

こうしてまわりの人たちと殆んどつきあいが絶えたが、二月じゅうはおもんがしげしげ訪ねて来た。たぶんどこかで噂を聞いたのだろう、それとなく慰めたり気をひき立てるようなことを好んで話すが、それはおせんの潔白を信じているためではなく、噂のほうを本当だと思っていて「それがなんだい」という口ぶりであった。

「よけいなお世話じゃないか、火つけ泥棒をしたわけじゃあるまいしなんだい、自分じゃ鼻の曲るような臭いことをしていて、ひとの段になるとお釈迦《しゃか》さまみたいな口をきくやつさ、なにを構うもんか、大威張りでどこでものしまわってやるがいいんだ」

おせんはむろん彼女の誤解を正そうなどとは思わない、けれどもそういうことを聞いているのは楽ではなかった。なるべく話題を変えるように、おじさんはどうしているか、躯の具合が悪そうだが養生をしたらどうか、そんな風に、こちらから問いかけることに努めた。おもんはそういうことにはなんの興味もないらしい、すてばちな投げた調子で、馬鹿にしたような生返辞ばかりしかせず、ついには欠伸《あくび》をして寝ころがるのがおちであった。

「きれいな顔をして乙《おつ》に済ましたようなことを云ったって、人間ひと皮剝《む》けばみんなけだものさ、色と慾《よく》のほかになんにもありやしない、お互いが隙《すき》を狙《ねら》って相手の物をくすねようと血眼《ちまなこ》になっているんだ、ばかばかしい、けだものならけだものらしくするがいい、おてえさいを作ったたって見え透いてるよ」

酔っているときはそんなように世間や人を罵《のの》しった。小紋の小袖《こそで》に厚板の帯をしめ、幸太郎に玩具を買って来ることなどもあるし、つぎはぎの当った男物の布子に、尻切れ草履《ぞうり》で、来るなりなにか喰べさせて呉れとなの云うこともある。またなかまと喧嘩《けんか》でもしたあとなのだろう、凄《すご》いような眼つきで、歯ぎしりをして、聞くに耐えないような悪口を吐きちらすこともあった。

「気楽にやろうよ、おせんちゃん、どうせこの世にゃあ善いことなんてありあしない、自分の好きなように、勝手気ままに生きてゆくんだ、みんな死ぬまでしきゃ生きやしないし、死んじまえば将軍さまだって灰になるんだからね」

二月も末に近い或る夜、おもんが舌もまわらないほど酔って、着物から髪まで泥まみれになって、殆んど転げ込むように、はいって来た。それまでいちども泊めたことはなかったのであるが、坐ることもできないありさまでどうしようもなく、泥を拭いてやり着替えをさせて、同じ蒲団《ふとん》の中へいっしょに寝た。——明くる日は朝から唸《うな》りつづけで、拵《こし》らえてやった粥《かゆ》も喰べず、水ばかり飲んで寝ていたが、午《ひる》すぎになって思いがけなく松造が訪ねて来た。

五

正月に来たきり音も沙汰《さた》もなかったので、——忘れたというのではないがちょっとどきっとした。いつものとおり草鞋と足袋を自分で干して、足を洗ってあがった松造は、そこに寝ているおもんの姿を見ると、眉をしかめた。——蒼ざめて土色をした膚、茫々とかぶさった艶《つや》のない髪、おち窪《くぼ》んだ頬と尖った鼻、いぎたなく手足を投げだした寝ざま。誰が見ても眼をそむけたくなるあさましい恰好である。松造は麦藁《むぎわら》で作った兎の玩具を幸太郎に与え、莨入をとりだしながらおせんの顔を見た。

「あたしのお友達ですの」おせんはとりなすように小さな声で云った、「——お針にいっていたじぶんの仲良しなんです、ゆうべひどく酔って来て苦しそうだったもんですから」

松造は黙って莨をいっぷくした。それから立っていって土間へおり、持って来た包をそこへひろげた。大根や蕪《かぶ》や人参や里芋《さといも》などの野菜物に、五升ばかりの米と小豆と胡麻《ごま》と、ほかに切った白い餅が、かなりたくさんあった。

「寒《かん》の水で搗《つ》いたから黴《かび》やしめえと思うが、水餅にして置くほうがいいかもしれねえ」まるで怒ったような声で彼はそう云った、「——もっと早く来るつもりだったが、あれから足を病んだもんで……」

「足をどうかなさったんですか」

「冬になると痛むだ、大したことじゃねえ、二三年出なかったっけが、――水のあとの無理が祟《たた》ったらしい、死んだ親父もこうだった」

そんな話しをしているとおもんがむっくり起きた。そして黙ってよろよろと土間へおりた、おせんが吃驚《びっくり》してついてゆくと、ばらばらに髪のかぶさった顔でこっちへ振返り、

「なんだいあの田舎者は、あれがおせんちゃんの旦那かい」

こう云って激しく咳《せ》きこみ、そのまま向うへ去っていった。苦しそうな精《せい》のない咳のこえが、ずっと遠くなるまで聞えていた。松造はなにも云わずに莨を吸っていた、おもんの言葉などはまるで聞えなかったように。――夕餉のしたくをするとき、彼は幸太郎を抱いて外へ出ていった。半刻《はんとき》ばかり表通りのほうを歩いて来たらしい、したくが出来て膳《ぜん》立てをしていると、橋のところで彼の唄うこえがした。

「――向う山で鳴く鳥は、ちゅうちゅう鳥かみい鳥か、源三郎の土産、なにょうかにょう貰って、金《きん》ざし簪《かんざし》もらって……」

おせんは立っていって切窓の隙からそっと覗《のぞ》いてみた。曇り日の、もう黄昏《たそが》れかかる時刻で、家と家に挟まれた僅《わず》かな空地には冷たく錆《さ》びたような光が漲《みな》ぎっていた。松造はこっちへ髭の濃い横顔を向け、遠い空を仰ぐようなかたちで唄っている。幸太郎は頭を男の肩に凭《もた》れさせ、身動きもせずうっとりと聞き惚れていた。――おせんは、ふと眼をつむった、松造の声にはいろもつやもない、節まわしもぶっきらぼうであった。けれどもじっと聞いていると、懐かしい温《あっ》たかい感情が胸にあふれてくる。文句も初めて聞くものではあったが、記憶のどこかに覚えのあるような気がする。……つむった眼の裏に母親のおもかげが浮んだ、九つの年に亡くなった母の、いつも寝たり起きたりしていた病身らしい蒼白い顔、――その母が自分を抱いて、背中を叩きながら唄って呉れている。向う山に鳴く鳥は、ちゅうちゅう鳥かみい鳥か。おせんは切窓に倚《よ》りかかって両手で面を掩《おお》いながら噎《むせ》びあげた、外ではなお暫らく松造の唄うこえが聞えていた。

その夜また泊って明くる朝。松造は草鞋を穿いてから思いついたように、お常の風呂敷包にある物は使えたらおまえが使うがいいと云った。それから、おせんのことは亡くなった勘十からも聞いていたし、こっちへ来て友助から聞いたこともある、いろいろ事情があるらしいが、自分はそれに就てどんな意見も持ってはいない。だがお常がひき取って世話をした、その気持を亡くなった者のために続けてやりたいのである。自分たちは三人兄妹であったが、下の妹を火事でとられお常を水でとられて、とうとう自分ひとりになってしまった。これも約束ごとというようなものだろうが、――そういう意味のことを溜息まじりに、ぶあいそな調子で述懐していった。おせんはつよい感動を与えられた、今までわからなかった松造の気持がわかったばかりではない、それは亡くなったお常の親切が続いているのである、正気を失くして道に飢えていた自分を拾い、飲み食い着る物の面倒をいとわず、丈夫になるまで親身に世話をして呉れた、その妹の気持を続けて呉れるというのだ。……友助夫妻に離れられ、お地蔵さまの縁日の事があってからは近所で口をきく者もない。自分はたった独りだと思っていた。松造の親切もどこまで真実であるか、いつまで続くものかはわからない、しかしとにかく今は自分の味方である、自分のためになにかをして呉れようとしている。どんなに世間からみすてられても、生きていればやっぱり人間は独りではなかった。――感動のあとの温かい気持で、世の中や人間同志のつながりのふしぎさを、おせんはしみじみと思いめぐらすのであった。

おせんの物を着ていったまま、おもんはふっつりと姿をみせなくなった。おせんは彼女の泥まみれの着物を洗って干し、綻《ほこ》ろびもつくろって置いた。自分の物が一枚なくなったのは困るけれど、松造の云ったことを信じてよければお常の物が使えるので、そう慌てることはないと思った。――おもんの来なくなった代りのように、松造が六七日おいては泊りに来た。自分の畑のものばかりでなく、問屋から頼まれて定期的に荷を入れることになったのだという。そしておせんにも必ず幾いろかの野菜と、米や麦などを持って来るのだった。相変らずぶすっとして、あまり口もきかず莨ばかりふかしている、ときに幸太郎を抱いたりしても、なにやらぶきようで自分で当惑するという風であった。……おせんはすなおにその親切を受けた、口にだしては礼もよく云わなかったが、彼のほうでも遠慮のない調子で着て来た物の縫いつくろいを頼んだり、喰べ物の好みなども云うようになった。近所の口がうるさくなったのは当然であろう、おもんでさえ「旦那か」などと云ったくらいで、なにも知らぬ者からみればあたりまえの関係でないと思うのが、自然である。しかし、おせんはもうびくともしなかった、お地蔵さまの前で受けたような辱《はずか》しめのあとでは、そんな蔭口《かげぐち》や誹謗《ひぼう》くらいなんでもないことだ。それで気が済むのなら云いたいだけ云うがいい、そういった幾らか昂然《こうぜん》とした気持で、どの家の前をも臆せずに通った。

花も見ずに三月も過ぎ、四月、五月と日が経っていった。松造との話しで、七月の命日には勘十夫妻の供養をし、墓石へ名を入れようということになっていた。そのまえ三月の中旬ころに松造が友助から聞いて本所《ほんじょ》四つ目《よめ》にある宗念寺という寺を訪ね、そこに勘十の家の墓があるのを慥《たし》かめて来た。そのときいちおう経をあげ、夫妻の戒名をつけて貰ったので、おせんは古道具の店からではあるが小さな仏壇を買い、二人の戒名をおさめて、朝夕、水と線香を絶やさなかったのである。——命日といっても死んだ日がはっきりしないので、とにかく水の出た三日をその日ということにきめた。その前日の二日に、松造は妻のおいくと七つばかりになる女の子を伴れて来た。おいくは、背丈の低い固肥りの軀つきで、抜けあがった額から頰が赤くてらてら光っていた。良人《おっと》に似たものか、どうか、こちらで気まずくなるほどの無口だが、子供を叱《しか》るときは吃《びっ》驚《くり》するほど邪見《じゃけん》な早口で、しかもひそかにすばやく手足のどこかを捻《つね》ったりするようすは怖いようだった。……松造が自分のことをどう云ってあるか、またこれまでして貰っていることの礼を云っていいか、どうか、おせんにはちょっと見当がつきかねたので、向うが口をきかないのを幸い当らず触らずの挨拶をして済ませた。その夜は蚊《か》遣《や》りを焚きつぎながら、狭いところへごたごたと寝て、明くる朝は日蔭のあるうちにと早くでかけた。友助夫妻にも案内をしたのだが、これは欠かせない用があるからと、なにがしかの香奠《こうでん》を包んで断わりが来ていた。まだおせんのことにこだわっているのであろう、それにしてもあんなに親しかった古い友達の法会《ほうえ》なのにと、おせんは亡くなった人たちに済まなく思ったが、そこに気がついたかどうか、松造はただ「それではあとで送り膳でも届ければいい」と云ったただけであった。

両国橋の脇から舟に乗っていったが、明日は回向院《えこういん》の川施餓鬼《かわせがき》があるそうで、たて川筋はどこでも精霊舟《しょうろうぶね》を作るのに賑わっていた。舟というものに乗ったことのない幸太郎は、初めのうちさも恐しそうで、固くおせんに抱きついたままだったが、暫らくするうちに馴れたとみえ、しきりに水を覗いたり、移り変る両岸の風物に興じたりしはじめた。

「こうぼ、あんよしないよ、こうぼ、えんちゃよ、おうち動くよ、おうちみんな動くよ」

自分が坐っているのに家並の移動してみえるのがふしぎらしい、松造は珍しくにっと笑った。母親のそばにきちんと坐っていたお鶴という女の子は、それを聞いてそっと母親のほうへ口を寄せ、

「お家が動くんじゃないね、お舟が動くからそう見えるんだね、かあちゃん」

こう云った。おいくはするどい調子でよけいなことを云うんじゃないと叱りつけ、怒ってでもいるようにぐっとそっぽを向いた。――この家族も単純ではない、おせんは溜息をつくような気持でそう思った。まだ初対面で深いことはわからないが、夫婦のあいだも親子のあいだもしっくりいっていないようだ、良人であり妻であり子であるのに、それが一つにならないでばらばらに離れている。どうかすると、他人よりも冷たいようすが感じられる、そんなところに動機の一半があるのではなかろうか。……北辻橋《きたつじばし》で舟をあがるまで、おせんはそうして鬱陶《うっとう》しいもの思いにとらわれていた。

法念寺で法会をしたあと、すぐ近くにある支度茶屋で早めの食事をした。まわりは青々とうちわたした稲田や林が多く、武家の下屋敷らしい建物が、ところどころにあるばかりで、どんな片田舎へ来たかと疑われるほど、鄙《ひな》びた景色であった。おせんにはもちろん、幸太郎はたいそうなよろこびようで、ねえたんねえたんとお鶴にまつわりついては、外へ遊びにつれてゆけとせがんだ。その茶屋の裏庭のすぐ向うにかなり大き

な沼があり、そのまわりで子供たちが魚を掬《すく》って騒いでいる、幸太郎はそこへいっていっしょに遊びたいらしい。おせんもそうさせてやりたかったのだが、松造は今日のうちに古河へ帰るということで、悠《ゆっ》くり休むひまもなく立上った。

平右衛門町へ帰ったのは日盛りのいちばん暑い時刻だった。そして家へはいると、土間へ膝をつき上り框《がまち》に凭れかかって、乞食のような姿でおもんが眠っていた。

六

それがいつかの女だと知ると、松造は入りかけた足を戻してこのまま帰ると云った。おいくの顔にも露骨な侮蔑《ぶべつ》の色があらわれ、わざとらしく子供の手を取ってさっさと先へ出ていった。まるでとりなしようもない、おせんは、やむなく夫婦の荷包を取って来て渡した。松造は紙にくるんだ物をおせんに与え、――贅《おご》ったことはいらないからこれで友助のところへ送り膳を届けるように、また余ったのはその女にもやって早く出てゆかせるように、さもないと幸太郎のためにもよくないから、そういうことを低く囁《ささ》やいて去っていった。

おもんは病気にかかっていた。汗と垢《あか》とで寄りつけないほど臭い軀を、どうにか上へあげ、べとべとに汚れたぼろをぬがせて、ともかくも膚を拭いてやろうとしたが、余りに痩《や》せ衰ろえたあさましい裸を見ると、おせんは総身《そうみ》にとりはだの立つほど慄然《りつぜん》とした。呼吸は激しく、軀は火のような熱である。そして両の乳房はどちらもひしゃげて、どす黒い幾すじかの襞《ひだ》になっていた。

「おせんちゃん、あんた見て呉れた」おもんはしゃがれた声でそう云った、「――ようよう家が持てたのよ、あんたに見て貰おうと思って、……これでひと安心だわ、あんたも越して来なさいよ、いっしょに此処で暮そうじゃないの、ねえおせんちゃん、あたしもあんたも、ずいぶん苦労したんだもの、いいかげんにもう楽になってもいい頃よ、ねえ、この家あんたに気にいって」

「ええ気にいったわ」おせんは自分の単衣《ひとえ》を出して彼

女の上へ掛けてやった、「——とてもいい家だわ、おもんちゃん、でも少しじっとしていてね、あたしいまお医者を呼んで来るから、動かないで待っているのよ」

おせんは幸太郎を負ってとびだした。

三軒たずねて断わられ、四軒めに佐野正からの口添えで、駒形町の和泉杏順《いずみきょうじゅん》という医者が来て呉れた。診断は労咳《ろうがい》ということだった。それもひじょうに重くなっているので、当分は絶対安静にしなければならない、話しもさせてはならないと云われた。こちらの生活を察したものだろう、もし必要ならお救い小屋へ入れる手配をしてやってよい、そう云って呉れたので、そこへゆけば充分な治療がして貰えるのであろうかと訊いたが、病気がここまで進んではどんな名医でも手のつけようがない、あとはただ静かに死ねるようにしてやるばかりだという。それなら自分にとってはたった一人の友達だから、ここで死ぬまでみとってやりたいと思う。こう答えて医者を送り出した。

その月いっぱいおせんは満足に眠れない日を過した。もう高価な薬も、むだだというので、ふりだしのような物を呉れるだけだったから、薬代《やくだい》はさしてかからなかったが、幾らかでも精のつくように卵とか鳥などを与えたいと思うので、毎日買い物をできるだけ詰めても、佐野正への借《かり》が少しずつ殖えていった。

——松造は六七日おきぐらいに来たけれども、おもんの寝ているのを見ると、持って来た物を置いてすぐに帰っていった。あのときあのように云ったにしては、かくべつ機嫌を悪くしたようにもみえず、却って持って来て呉れる物のなかに卵や胡麻や榧《かや》の実などが殖えたくらいである。特に榧の実は労咳にいいそうで、日に三粒ずつそのたびに焼いて、熱いうち食うようにと念を押したりした。……医者はいくばくもないように云ったけれども、八月にはいると熱も下り、食欲もついて、眼の色なども活き活きとしてきた。それまで話しは禁じられていたし自分でもそれだけの元気はなかったらしいのが、少しずつ口をききはじめ、夜など寝つけないことがあると、静かな歌うような口ぶりでよく昔のことを話したがった。年月《としつき》にすれば僅か三年あまりのことだけれど、あの火事のまえ、二人が仲良くお針の師匠の家へかよっていたじぶんのことは、十年も十五年も昔のようにしか思えないのである。

「お花さんていうひとがいたわねえ、髪の毛の赭《あか》い、おでこの、お饒舌《しゃべ》りばかりしていつもお師匠さんに叱られていた、——あのひとあんなにがらがらだし、歯を汚なくしていたんであたし嫌いだったけれど、いま思うと悪気のない可愛いひとだったのね」

「それからお喜多さんてひと覚えている、おせんちゃん、意地が悪いのと蔭口ばかりきくのでみんなに厭がられていたでしょう、あたしも、お弁当の中へ虫を入れられたことがあるわ、でも考えてみるとあのひと寂しかったんだわ、誰も親しくして呉れる者がないので、寂しいのと嫉《ねた》ましいのであんな風になったのよ、あたしたちこそ思い遣りがなかったんだわね」

「おもとさんと絹さん、それからおようちゃんの三人はお嫁にいったの、お絹さんは向う両国の佃煮屋《つくだにや》へいって、去年だかもう赤ちゃんができたわ、——みんないい人ばかりだったわねえ、いつかみんなでいっぺん会いたいわねえ、おせんちゃん」

そんなに話しては軀に障るからと注意するのだが、すぐにまたひきいれられるような口ぶりで語りだすのである。その頃には頬のあたりが肉づいてきたためだろう、色こそ悪いが以前の顔だちをとり戻して、まなざし言葉つきなど、あの頃の明るい人なつっこいおもんがそのまま感じられるようになった。——その調子でゆけば或いは全快したかもしれない、全快はしなかったにしても、そう急にいけなくなるようなことはなかったに違いない、しかしそれから間もなく思いがけない出来事が起って、おもんは悲しい終りを遂げなければならなかった。

八月の十五日、月見のしたくに団子を拵《こし》らえたあと、柳原堤へいって供え物の芒《すすき》や、青柿などを買って帰る途中、同じ買い物帰りのおたかと偶然いっしょになった。挨拶しただけで別れようとすると、どういう積りでかいっしょについて歩きだし、例のとおりの気の好い話しぶりで、庄吉さんもこんど頭梁のところの婿になってめでたい、花嫁は家付きだけれど、年は十七で気だても優しく、縹緻《きりょう》も十人なみ以上だそうである、これであのひとも苦労のしがいがあったというものだ。こういうことを問わず語りに云った。

「庄さんがお婿さんになったんですって」おせんは半

ばうわのそらで訊き返した、「——頭梁って、阿部川町の、住込みだっていうあの頭梁の家ですか」

「そうなんですってよ、頭梁ってひとが庄吉さんの腕にすっかり惚れこんだんですって、お加代っていう娘さんも庄吉さんが好きだったたって話しでね」

おせんはちょっと立停った。しかしすぐ歩きだしながら、いま聞いた話しがなにを意味するか考えてみた。うわのそらで聞いていたのである、もちろん言葉そのものはわかっているが、その意味は聞きながしていた。それはとうてい有り得ないことであったから、——が、おせんはとつぜん額から白くなり、おたかの腕を摑《つか》んで立停った、おたかは吃驚して声をあげた。

「庄さんが、お嫁を貰ったんですって」

「放してお呉れな、痛いじゃないかおせんちゃん」

「本当のこと云って頂戴、本当のこと」

「痛いってば、ここをお放しよ」

「お願いよ、おばさん」おせんは縋《すが》りつくように云った、「——庄さんがお嫁を貰ったって、嘘でしょう、ねえ、そんなことがある筈はないもの、嘘でしょうおばさん、ねえ云って、そんなことは嘘だって」


「いって自分で訊いてみれば、いいじゃないの、あたしは知ってることしか知っちゃいないよ」

「そらごらんなさい嘘じゃないの」

こう云いながらおせんは歩きだした。きみ悪そうにおたかが去っていったことも、曲り角を通り越したとも知らず、茅町《かやちょう》まで来てようやく我に返り、そこでなお暫らく棒立ちになっていた。そんなことは、有るわけがない、きっとなにかの間違いである、どう考えても本当とは思えない、——だってあたしがいるじゃないの、あたしはちゃんと待っていたんだもの、そしてあんなに固く約束したんだもの、あたしを措《お》いて庄さんがお嫁をよそから貰うわけがないじゃないの。同じことを繰り返し思い耽《ふけ》っていたが、やがてぼんやり立っている自分を人が見るのに気づき、慌てて引返して家へ帰った。

「おもんちゃん、あんた済まないけれどそのままでもうちょっと幸坊の相手になって呉れない、あたし急いでいって来るところがあるんだけれど」

「ええいいわよ。このとおり温和《おとな》しく遊んでるわ」

「ここへ飴を出して置くからぐずったらやって頂戴、

すぐ帰って来るわね」

「こっちは構わないわよ、悠《ゆっ》くりいってらっしゃいな」

おせんはそのまま家を出ていった。

七

森田町からはいって三味線堀についてゆくのが、阿部川町へはいちばん近い道である。秋とはいってもまだ日中は暑かった、乾いた道は照り返してぎらぎらと輝やき、あるかなきかの風にも埃が舞立つので、おせんの足は忽《たち》まち灰色になってしまった。なにか口のなかで呟やいている、ときどきそう気がついたけれども、なにを呟やいているのか自分でもわからないし、頭が混乱して考えを纏《まと》めることもできない。ただ追われるような不安と苛立《いらだ》たしさ、息苦しいほどの激しく強い動悸《どうき》だけが、今そこに自分の在ることを示しているような気持だった。

頭梁は山形屋というのであった。家は寺町へぬける中通りの四つ角にあり、さして大きくはないが総二階で、白壁に黒い腰羽目のがっちりした造りだった。大工の頭梁の家というより、てがたい問屋の店という感じである。おせんはその前を眺めながら通った、それから十間ばかり先にあるかもじ屋へはいって、油元結《あぶらもとゆい》を買いながら、庄吉のことを訊いた。店にいた老婆は少し耳が遠いようだったが、訊かれたことがわかると舌ったるい口でくどくど話しだした。おたかの云ったことは嘘ではなかったのである、庄吉は気性と腕をみこまれて山形屋の婿養子になった、六月の十幾日とかに祝言もして、夫婦仲も羨《うら》やましいということであった。

「お加代さんも評判むすめだったけれどねえおまえさん、お婿さんもそれあよく出来たひとで、腕はいいしおまえさん、腰は低いしねえ、なにしろちょっとのま来ているうちに、職人衆みんなから、兄哥《あにい》あにいって立てられるしさ、あたしみたいな者にもおまえさん、道で会うと向うから声をかけて呉れて――」

おせんはそこを出て、ちょっと考えたのち、戻って四つ角を左へ曲り、みかけた筆屋へはいってまた同じことを訊いた。そのあとでさらに二軒ばかり訊いたらしい。――幾たび訊いても事実に変りはなかったが、おせんにはどうしても信じられないのである。――だってあたしという者がいるじゃないの、きっと待っていて呉れって、庄さんが自分の口からはっきり云ったじゃないの。

そして自分は待っていた。今でもこのとおりちゃんと待っているではないか、それなのにほかのひとを嫁に貰う筈があるだろうか。いやそんな筈は決してない、庄さんに限ってそんなひどいことをする気遣いはない、どこかでなにかが間違っているんだ、その間違いをうっちゃっておいてはたいへんなことになる。そういう気持で飽きずに訊きまわったのだ。――家へ帰ったのは日の傾むいたじぶんで、幸太郎がひどく泣いていた。おもんは床の上に起き、あやし疲れたのだろう、前に玩具を並べたまま途方にくれたような顔をしていた。おせんは気ぬけのした者のように、おもんにはろくろくものも云わず、すぐに幸太郎を負って夕餉のしたくを始めた。

「おせんちゃんごめんなさいね、幸ちゃん泣かせて悪かったわ」夕飯のときおもんはこう云った、「――ずいぶんだましたんだけれど、しまいにはああちゃんああちゃんって追ってきかないのよ、頼まれがいもなくって済まなかったわ」

「なんでもないのよ、そばにくっついてばかりいたから……」

無表情にこう答えたまま、おせんは黙って箸《はし》を動かしていた。いつもと人が違ったようである。顔色も悪いし眼が異様に光っていた。食事のあともとぼんとして、おもんが注意するまで月見の飾りも忘れていた。

「あんたどこか悪いんじゃなくって、おせんちゃん、それともなにか厭なことでもあったの」

「どうして、――あたしなんでもないわよ」

そう云って振返る眼が、おもんを見るのではなくずっと遠いところをみつめるような眼つきだった。あんまりおかしいので、寝るときもういちど訊いてみた、するとおせんは眉をしかめながら突放すようにこう云った。

「お願いだから黙っててよ、それでなくっても頭がくちゃくちゃなんだから」

そして夜中に幾たびも寝言を云った。

明くる日、朝の食事が終るとすぐ、あと片付けもせずにおせんは出ていった。石のように硬い顔つきで、幸太郎を負って、――帰ったのはうす暗くなってからだった。よほどなが歩きをした者のように、足から裾まで埃だらけになり、帰るといきなり上り框へ腰掛けたまま、暫らくはなにをする力もないというようすだった、幸太郎は首のもげそうな恰好で、くたくたになって背中で眠っていた。……翌日も、その翌日も同じことが続いた。なにをしにどこへゆくかは知らなかったが、おもんは幸太郎が可愛そうになったので、自分がみるから置いてゆくようにと云った。するとおせんはすなおに置いていった。

「今日はすぐ帰るわね、もうあらまし用は済んでいるんだから、今日は早く帰って来るわ」

そんな風に云ってゆくが、やっぱり帰るのは夕方になった。あとから考えてみるのに、そのじぶんもうおせんは普通ではなかったのである。いかに信じまいとしても、庄吉の結婚が事実だということ、山形屋の婿としてすでに六十日あまりも幸福に暮していることがはっきりし始めた。――いいえ嘘だ、そんなことがある道理がない。こう思うあとから事実はますます慥《たし》かに、いよいよ動かし難くなるばかりだった。それはおせんを搾木《しめぎ》にかけ、火にのせて炙《あぶ》るのに似ていた。明らかに、おせんの頭にはもう変調が起っていた、あの火事のあとに患《わず》らった自意識の喪失、精神的の虚脱状態が始まっていたのである。……毎日かよい続けて七日めかの昏《く》れ方のことだ、いつものように山形屋のまわりを歩いていると、寺町のほうから来る庄吉に出会った。法事にでもいって来たものか、無地の紋の付いた着物で袴《はかま》をはいていた、そばに若い女がいっしょだった、まだ、むすめむすめした、小柄の愛くるしい顔だちで、眉の剃跡《そりあと》の青いのがいかにも初妻《にいづま》という感じである。おそらくそれが加代というひとであろう。庄吉になにか云って微笑するのを、おせんははっきりと見た。匂やかに、ややなまめいた微笑であった、柔らかそうな唇のあいだから黒く染めた歯のちらと覗くのを、おせんは痛いほどはっきりと見たのである。――二人はおせんの前を通っていった、庄吉は眼も動かさなかった、そこにいるのが木か石ででもあるように、まったく無関心に通りすぎ、やがて山形屋の格子戸の中へはいっていった。

「――庄さん、……庄さん」

おせんは口のなかでそっと呟やいた。それからふらふらと寺町のほうへ歩きだした、――苦しい、頭が灼《や》かれるようである、非常に重い物で前後から胸を圧《お》しつぶされそうだ。

「――庄さん、……庄さん」

とつぜんおせんは立停って、道のまん中へ跼《かが》んで嘔《お》吐《と》した。眼のまえが暗くなり、地面が波のように揺れだした。――あれはお嫁さんだわ。嘔吐しながらそんなことを思った。あのひとが庄さんの嫁である、いま自分の見たあのひとが庄さんの嫁である、いま自分の見たあのひとが庄さんと御夫婦になったのである、庄さんはあのひとと仕合せに暮しているのだ。……誰かがそばでなにか云っている、どうやら自分を介抱して呉れているらしい。立たなければならない。立って家へ帰らなければ。――おせんは立上った、そしてまたふらふらと歩きだした。耳の中でごうごうと、大きな音がし始めた、赤い恐しい焔《ほのお》が見える、街並の家がそこにちゃんと見えているのに、それとは別に眩《まぶ》しいような火焔《かえん》がそこらいちめんに拡がってみえる、喉を焦がすような、熱い噎《むせ》っぽい煙の渦、髪毛から青い火をたてながら、焔の中へとびこんでゆく女の姿、……そして巨大な釜戸《かまど》の咆《ほ》えるような、凄《すさ》まじい火の音をとおして、訴え嘆くようなあの声が聞えてきた。

――おせんちゃん、おらあ辛かった、おらあ苦しかった、本当におらあ苦しかったぜ。

おせんは悲鳴をあげながら道の上へ倒れた。

自分ではもちろん覚えがない。東本願寺の角のところで倒れたのを、いちど番所へ担ぎこまれたが、そこに佐野正へ出入りする人がいて、これは足袋屋の仕事をしている者だと知らせて呉れた。それから佐野正の店の者が来て、医者も呼んだらしい、少しおちつくのを待って平右衛門町まで送って呉れたのだそうである。しかしそれらのことはもとより、それからのち半月ばかりの明け昏れは、まったく夢のようで記憶がなかった。その期間はすべて幻視と幻聴で占められていた。なかでも鮮やかなのはあの訴えの声であって、それだけは意識が恢復《かいふく》してからも、一語一語がはっきりと耳に遺っていた。

そういう状態であったから煮炊きも出来なかった。幸太郎の世話だけはするけれども、敷いてやらなければ夜具を出す気もつかず、眠くなると平気でごろ寝をしたという。またそのあいだに松造が二度来たけれども、おせんは気違いのように地だんだを踏み、庄さんに疑われるから帰れと叫んできかなかった。松造は、しかたなしに持って来た物を置き、なお幾らかの銭を預けて帰ったそうである。——こうして前後二十日ほどのあいだ、おもんが起きてすべてをひきうけた、食事はもとより、買い物にもゆき洗濯もした。ゆだんしていると、おせんは夜中にも外へ出るので、おちおち眠ることも出来なかったということだった。

九月になって袷《あわせ》を着てから間もなく、おもんが幸太郎の肌着を洗っていると、おせんがぼんやり近寄って来て、今日はなん日だろうかと訊いた。

「今日は十一日、あさってはお月見よ」

「——そう、九月なのね」

こう云ったと思うと、おせんの眼から涙がぼろぼろ落ちた。おもんが驚ろいて、どうしたのかと立上ると、おせんは手を振りながらおちついた声で云った。

「いいのいいの、心配しないで頂戴、あたしよくなったのよ」

「——おせんちゃん」

「二三日まえから少しずつはっきりしだしていたの、まだ本当じゃないかと思ってたんだけれど、……今日はもう大丈夫だわ、まえにやったことがあるからわかるの、もう大丈夫よ、ながいこと世話をかけて済まなかったわねえ」

「あたしなんにもしやしなくってよ、それより具合がいいのはなによりだから、もう少し暢気《のんき》にしているんだわね」

「いいえもう本当にいいの、あたしのは病気じゃないとこのまえのでわかっているんだから、あんたこそ休んで頂戴、折角《せっかく》もちなおしたのにまた悪くでもなったら申しわけがないわ、おもんちゃん、さあ、あたしと代ってよ」

八

九月十三日は後《のち》の月である。その夜、おもんと幸太郎が熟睡するのを待って、おせんはそっと家をぬけだした。高いうろこ雲が月を隠していた。もう夜午《よなか》を過ぎた時刻で、どの家も暗く雨戸を閉《とざ》し、ほのかに明るい空の下でしんと寝しずまっていた。おせんは柳河岸へいった。地蔵堂より少し下の、神田川のおち口に近い河岸へ、——そこは、あの火事の夜、お祖父さんや幸太と火をよけていた場所である。あのときは石置き場であったが、今はとりはらってなにもなく、岸に沿って新しく柳が植えられていた。……おせんはあのときのあの場所へいって踞《かが》み回想のなかへ身をしずめるようにそのまわりを眺めまわした。そこに石が積んであったのだ、今ついそこの眼のまえにある石垣につかまって川の中へはいった、石垣の端のその石へつかまっていたのである——ひき潮どきなのだろう、明るい空の雲をうつして、川波は岸を洗いながらかなり早く流れていた。

おせんは眼をつむり、両手で顔を掩いながらじっとあの声を聞こうとした。幾たびも幻聴にあらわれ、今では言葉のはしから声の抑揚まで思いだすことのできるあの声を。——おれはおまえが欲しかった、その声はこう云いだす。ごうごうと焔の吼え狂うなかで、おせんのそばに踞み、その耳へ囁やくように云うのである。

——おまえなしには生きている張合《はりあい》もないほど、おれはおせんちゃんが欲しかった。十七の夏から五年、おれはどんなに苦しい日を送ったかしれない、おまえはおれを好いては呉れない、それでも逢いにゆかずにはいられなかった、いつかは好きになって呉れるかもしれないと思って。

——だがとうとう、もう来て呉れるなと云われてしまったっけ、……そう云われたときの気持がどんなに苦しかったか、おせんちゃんおまえにはわかるまい、おれは苦しかった、息もつけないほど苦しかった、……おせんちゃん、おれは本当に苦しかったぜ。

おせんは喉を絞るように噎《むせ》びあげた。

「幸太さんわかってよ、あんたがどんなに苦しかったか、あたしには、今ようくわかってよ」

今はすべてが明らかにわかる、自分を本当に愛して呉れたのは幸太であった。少年の頃からの向う気のつよい性質で、そぶりも言葉つきもぶっきらぼうだった。

もの詣《もう》でとか芝居見物にゆくとかすると、必ずおせんになにかしら土産を買って来るが、それを呉れるときには「ほら取んな」などと云って、わざと乱暴にふるまうのが常だった。せっかく呉れるのならもう少しやさしく云って呉れたらいいのに、そう思いながらおせんのほうでも、なにか頼むことがあればきっと幸太に頼んでいた。そしてどんな詰《つま》らない頼みでも、彼は必ず頼んだ以上のことをして呉れたではないか、――お祖父さんに寝つかれてからのゆき届いた心づくし、こちらは嬉しそうな顔もせず、しまいには来て呉れるな、とさえ云った、男にとっては耐え難いあいそづかしだったろう。だが火事の夜はそんなことも忘れたように駈けつけて来て、お祖父さんを負って逃げて呉れた。あの恐しい火のなかで、おまえだけは死なせはしないきっと助けてみせると云い、云ったとおりおせんを助けたが、自分は死んでいった。……思い返すまでもない、これらのことはすべてひと筋につながっている、初めから終りまでひと筋に、おせんを愛しているというただひと筋のおもいにつながっているのである。

　これだけ深くつよい幸太の愛を、どうして自分は拒みとおしたのであろう。云うまでもなく自分が庄吉から愛されていたからだ、自分も庄吉を愛していたからである。しかし本当に庄吉と自分とは愛し合っていたのだろうか、いったい庄吉と自分とのあいだにどれだけのことがあったろう。自分が彼に同情していたことは慥かだ、特に幸太が杉田屋の養子になってから、悄《しょう》然《ぜん》とした彼のようすには同情を唆《そそ》られた。けれどもそれは決して愛ではなかった。彼が大阪へゆくまえにおせんを柳河岸へ呼びだして、帰って来るまで待っていて呉れと、思いもかけぬことを囁やかれたとき、ええ待っていますと答えたのも、そういうことに疎い十七という年の若さと、それまでの同情にさそわれなかば夢中のことだったではないか。――庄吉が去ってしまってから、いやいや、もっとはっきり思いだせば大阪から彼の手紙が来てから、その手紙を読んでから初めて自分は、彼を愛しだしたのである。どんなことがあっても待っていようと決心したのもそれからだ、彼は幸太が云い寄るに違いないと云い遺した、だからおせんはどこまでも幸太を拒みとおした。杉田屋へも義理の悪いことをし、幸太の親切も断わり、病気で倒れたお祖父さんを抱えて、乏しい手内職で生きていたではないか。……もちろんそれは彼を愛していたからである、庄吉が自分を愛し自分が庄吉を愛していると信じたからである、けれど庄吉は本当に自分を愛していたのだろうか、たまたま悪い條件が重なって、解けにくい誤解がうまれたのは事実だ、しかしそれはどこまでも誤解である、彼の疑うようなことはまったく無かった、自分は待って呉れと云ったではないか、いつかきっと本当のことがわかる筈だ、待っていますよと云ったではないか。――だが庄吉は待って呉れなかった、眼と鼻のさきにいて結婚した、りっぱな頭梁の婿になり可愛い娘を嫁にした、それは同時に、りっぱな頭梁の婿になずら女であることを証明する結果になるのに、……それでも彼はおせんを愛していたのだろうか、それがおせんに、あれほどの代償を払わせた愛だったのだろうか。

「よくわかるわ、幸太さん、あなたは本当におせんを想って呉れたのね、――庄さんがお嫁さんと歩いているのを見たとき、あたし軀《からだ》をずたずたにされるような気持だったの、苦しくって苦しくって息もつけなかった、……胸が潰《つぶ》れてしまいそうな苦しい辛い気持だったわ、幸太さん、あなたの云って呉れたことが、そのときはじめてわかったのよ、――あなたの苦しいといった気持が、辛かったと云った気持がどんなものだったか、そのときはじめてあたしにわかったのよ」

おせんは噎びあげながらそう云った。高く高く、月を孕《はら》んだ雲の表を渡る鳥があった。なにか秘めごとでも囁やくように、岸を洗う水の音が微《かす》かに聞えていた。

「かんにんして頂戴、幸太さん、あたしが悪かった、あたしがばかだったのよ、――庄さんにあんなことを云われるまで、あたしあなたが好きだったと思うの、だってあなたには遠慮なしに話しができたし、ずいぶん失礼なことも頼んだりしたじゃないの、あなたならなにを頼んでもして貰える、頼んだ以上のことがして貰えるって、ちゃんと知っていたんだわ、……幸太さん、あんなことさえなければ、おせんはあなたの嫁になっていたかもしれないわね、杉田屋さんのおじさんもおばさんもそのお積りだったんですもの、そうすればいまごろは……」おせんの声は激しい嗚咽《おえつ》のためにとぎれた、それからやや暫らくして次のように続けられた、「——たったひと言、あの河岸の柳の下で聞いたたったひと言のために、なにもかもが違ってしまった、なにもかもが取返しのつかないほうへ曲ってしまったのよ、あなたは死んでしまい、おせんはこんなみじめなことになって、そうして初めてわかった、なにが真実だったかということ、ほんとうの愛がどんなものかということが、……幸太さん、それでもあたしうれしい、あなたにはお詫びのしようもないけれど、あれほど深く、幸太さんに愛して貰ったということ、それがこんなにはっきりよくわかったことがうれしいの、——あたしうれしいのよ、幸太さん、いま考えるとあの晩ひろった子に幸太郎という名がついたのもふしぎではなかったのね、あの子は幸太さんとおせんの子だわ、あたし今から誰にでも云ってやってよ、おせんは幸太さんと夫婦だったって、この子は幸太さんとあたしの子だって、……怒らないわねえ、幸太さん」

そこにその人がいるかのように、おせんはこう云いながらまたひとしきり泣いた。眼のまえの仄明《ほのあか》るい川波の中から、幸太がうかびあがってこっちへ来るようだ、ぶっきらぼうなようすで、しかしかなしいほど愛情のこもった眼で、おせんをみつめながら、——そうだ、幸太とおせんとは今こそ結びつくことができる、そしてもう二度と離れることはないだろう。おせんの嗚咽はなお暫らく続いていた。

その翌朝おもんは血を吐いた。柳河岸から帰ったおせんがなかなか寝つかれず、明け方の光がさしはじめて、ようやくまどろみかけたときのことだ、異様な声でとつぜん呼び起して、半挿《はんぞう》に三分の一も吐き、そのまま失神してしまった。もちろん二十余日の過労が祟ったのである、——医者はすぐに来て呉れたが、どう手の出しようもなかったし、むしろそうなるのが当然だという態度で、二三の手当となにやら知れぬ粉薬を置いて帰った。おもんは二度と起きられない病床についたのであった。

九

松造が来て八百屋の店を出さないかとすすめたのは、おもんが倒れて十日ほどのちのことであった。考えるまでもなく、重い病人を抱えてそんなことは出来ない、いずれおちついてからと云って断わった。——おもんはそれから三十日あまり寝て亡くなった、病気してからひとがらの変ったおもんは、顔つきも穏やかに美しくなり、いつも眼や唇のあたりに微笑をうかべていた。

「あたしは仕合せだわ、おせんちゃん、本当ならどこかの空地か草原ででも死ぬところだのに、仲良しのあんたに介抱されて、わがままの云いたいだけ云って死ねるんだもの、考えると勿体《もったい》なくて罰《ばち》が当るような気がするわ」

そんな風にしみじみと繰り返し云った。少しも誇張のない、すなおな諦《あき》らめのこもった調子である。——死ぬなどと云ってはいけない、治って貰おうと思えばこそ出来ないながらしてあげるので、石にかじりついても治って呉れなければ。おせんがそう云うと、きれいに澄んだ眼で頷ずきはするが、心ではもう自分の死ぬこと、それは間もなくだということを知っていたようである。

「わたしずいぶん苦労したわ、思いだすと今でも身ぶるいの出るような、苦しい、みじめなことがあったわ、——でもこれでようやくおしまいになるの、死ぬことは楽になることだわ、あの世というところは静かで、いつもきれいな光があたりを照し、いろいろな花がいっぱい咲いているように思うの、そこへゆけばもう憎むことも騙《だま》すこともない、なにもかも忘れて悠《ゆっ》くり休むことが出来る、決してもう苦しんだり悲しんだりすることはないの、……あなたにわかるかしら、おせんちゃん、あたし待ち遠しいくらいなのよ」

おもんが亡くなったのは十月下旬の、すさまじく野分《のわき》の吹きわたる夜だった。彼女はおせんを枕許に坐らせ、その手を握って、じっとなにかを待つようにみえた。

「あたしおせんちゃんを護っていてよ、おせんちゃんと幸坊が仕合せになるように、あの世からきっと護っていてよ、——お世話になって済まなかったわね、ごめんなさいね」

風は雨戸を揺すり屋根を叩いた。おもんは暫らくしてふっと眼をあき、戸口のほうを見やりながらはっきりと云った。

「表をあけてよ、おせんちゃん、誰かあたしを迎えに来ているじゃないの」

それから半刻ほどのちにおもんは死んだ。

振返ってみるとそのときからおせんの新しい日が始まっているようだ。おもんの葬いを済ましてから後のおせんは、もうそのまえの彼女ではなかった。世を憚《はば》かったり怖《おそ》れたりするいじけた気持もなくなり、「生きよう」という心の張《はり》とちからが出てきた。――なにを怖れたり憚かることがあろう、こんどは誰に向ってもはっきり云えるのだ、ええこの子はあたしの産んだ子です。この子の父親は幸太というひとです、あたしは良人の遺したこの子をりっぱに育ててみせます。……そうだ、おせんの新しい日はそこから始まったのである。その年の暮にせまってから、松造の好意をうけて八百屋の店をひらいた。まえにも云ったようなわけで近所とはつきあいがないから、そんな店を出しても商売にはなるまいと云ったが、松造は例のぶあいそな口ぶりで、なによその半値で売れば必ずお客がつく、近所の者より隣り町から買いに来るからやってみるがいい。こう云ってすすめた。家の表を作り変えて店にし、古河から十五になる小僧もつれて来て呉れた。古い車を一台、籠を五つ秤《はかり》だの帳面だの筆矢立など、こまごました物もすべて松造が心配した。荷のほうは千住の問屋に話してあるので、小僧がゆけばその日その日の物を揃えて呉れる、値段も松造との取引をみかえりに元値ということになった。これはのちに問屋の主人がおせんの身の上を聞いてから、さらに好い條件になったのであるが。――心配したほどではなく商売はうまくいった、元の値が値であるのと、初めのうち松造が付いていて思いきり安く売るようにしたため、新《しん》店《みせ》は半月繁昌といわれているに拘《かか》わらず、客足はずっと続いて離れなかった。近所の人たちもさいしょのうちこそ妙な顔をしていたが、八百屋物は毎日のことであるし、切詰めた生活をしている者には一文でも安いということは、大きいので、ひとり来、ふたり来するうちに、いつかしらいまわりの者はたいがい客になってしまった。その中でお勘だけは別であった、お地蔵さまの縁日のことがあってから、お勘は町内を背負って立つようにおせんの悪口を云いちらしていたが、おせんの店の安いことを聞くとまっ先にやって来たのも彼女であった。そして五六たびも来たと思うと、いちどきに店の荷を半分も買ってゆこうとした、彼女の良人は舟八百屋をしているが、おせんの店のほうが問屋で卸すより安いので、こっちから買って商売をしようという積りである。気の毒ではあるがおせんは断わった。――こんな売り方をしているのは一人でもよけいに安く買って貰いたいからである、又《また》売りをされるためではないのだから、はっきりそう云った。お勘はそれなり寄りつかず、もっとひどい悪口を云いまわったらしいが、どうやらこんどは近所が相手にしなくなったようであった。

店が順調になると松造はまた五六日おきにしか来なくなった。相変らずぶすっとした顔で蓬臭《よもぎくさ》い莨《たばこ》をふかし、怖いような眼で家の中を眺めまわしたり、おせんの付けている絵解きのような帳面を退屈そうにめくってみたりする。ごく稀《まれ》には幸太郎をつれて、浅草寺などへゆくこともあったが、ひと晩泊るときまって朝早く帰っていった。――古河から来た小僧の云うところによると、松造夫婦は気が合わず、お鶴というあの子は親類から貰ったのだそうで、それがまたどうしても夫婦になつかないため、そのうち親元へ返すことになるだろう。そういう話しであった。……おせんはいつかの法事のときを思いだした、おいくという人の冷いそっけないようすや、女の子の寂しそうな顔つきには、そういう蔭の理由があったのである。誰が悪いのでもなく不運なめぐりあわせだろうが、世の中にちょうど善いということは少ないものだと、いっとき溜息をつくような気持であった。

店をはじめた明くる年の春の彼岸に、法念寺へ墓まいりにいったとき、別に経料《きょうりょう》を納めてお祖父さんと幸太の戒名をつけて貰った。そして位牌《いはい》を二つ拵らえ、幸太のには彼の戒名に並べて自分の俗名を朱で入れた。自分のも戒名にすればよいのだが、いっそおせんと入れるほうが情《じょう》が届くように思えたからである。――こうして時が経っていった。変った事といえば、飛脚屋の権二郎が酒のうえの喧嘩で人を斬り、牢《ろう》へはいって一年ばかりするうちに牢死したということ、友助夫婦が梶平のあと押しで、本所のほうへ小さな材木屋を始めたこと、そして浅草橋の川下に新しく橋が架けられ、柳橋《やなぎばし》と名付けられたことくらいのものであろう。柳橋はあの火事のあとで地元から願い出ていたのが、ようやく許しが下って出来たわけで、渡り初《ぞ》めから三日のあいだ祭りのような祝いが催された。……その祝いの三日めのことである、店を早くしまって、幸太郎に小僧をつけて出してやり、自分も新しい橋を見にゆくつもりで、着替えをしていると客が来た。土間が暗くなっているのでちょっとわからなかったが、立っていってみると庄吉であった。

「ひとこと詫びが云いたくって来たんだ」

　彼は、こう云って、こちらを見上げた。五年まえに、見たきりだが、彼はあのときより少し肥え、酒を飲んでいるのだろう、顔が赭《あか》く膏《あぶら》ぎっていた。おせんは、平気で彼を眺めることができた。ふしぎなくらい感情が動かなかった、そうしたいと思えば笑うこともできそうであった。

「あたしこれから出るところですけれど」

「ひとことでいいんだ、おせんさん」庄吉は慌てた口つきで云った、「――おれは去年の暮に水戸へいってきた、杉田屋の頭梁が亡くなったんでね」

「杉田屋さんのおじさんが、――おじさんが亡くなったんですって、……」

「いまいる山形屋とは手紙の遣り取りが続いていたんだ、それでおれが名代《みょうだい》でくやみにいって来たんだが火事のとき傷《いた》めた腰が治らず、そこの骨から余病が出て、とうとういけなくなったということだ」

「おばさんは、お蝶おばさんは」

「お神《かみ》さんは達者でおいでなすった、ひと晩いろいろ話しをしたが、その話しで、――すっかりわかったんだよ、すっかり、……幸太とおせんさんとなんでもなかったっていうことが、おまえが幸太をしまいまで嫌いぬいていたということが、お神さんの話しでようくわかったんだ、おせんさん」

「いいえ違うわ、それは違ってますよ」

「――違うって、なにがどう違うんだ」

「お神さんの云うことがよ、お神さんはなにも御存じないんだわ、幸さんとあたしがなんでもなかったなんて」おせんは声をたてて笑った、「――そんなこと貴方《あなた》ほんとになさるんですか」

「――おせんさん」

「いつか貴方の云ったとおりよ、あたし幸さんとわけがあったの、あの子は幸さんとあたしのあいだに出来た子だわ、もしも証拠をごらんになりたければ、ごらんにいれるからあがって下さい」

こう云っておせんは部屋の隅へいった。仏壇をあけて燈明《とうみよう》をつけ、香をあげて振返った。庄吉はあがって来た、そして示されるままに仏壇の中を見た。

「それが幸さんの位牌です、そばに並べて朱で入れてある名を読んで下さいな、おせんと書いてあるでしょう、——戒名だけで疑わしければ裏をごらんなさいまし、俗名幸太とあのひとのも書いてありますから」

庄吉はなにも云わずに頭を垂れ、肩をすぼめるようにして出ていった。——おせんは独りになると、位牌をじっとみつめながら、小さな低いこえで囁やいた。

「これでいいわね、幸さん、お蝶おばさんにだって悪くはないわね、——これでようやく、はっきり幸さんとは夫婦になったような気持よ、あんたもそう思って呉れるわね、幸さん」

瞼《まぶた》の裏が熱くなり涙が溢れてきた、ぼうとかすみだした燈明の光のかなたに、幸太の顔が頷ずいている、よしよしそれで結構、そういう声まで聞えてくるようだ。——柳橋の祝いに集まる人たちだろう、表は浮き立つようなざわめきで賑わっていた。

（〈新青年〉一九四九年一〜三月号）

つばくろ（燕）

一

吉良《よしなが》の話しがあまりに突然であり、あまりに思いがけなかったので、紀平高雄《きひらたかお》にはそれがすぐには実感としてうけとれなかった。

「話したものかどうかちょっと迷ったんだけれど、とにかくほかの事とは違うからね」

吉良節太郎《せつたろう》はつとめて淡白な調子で云った。

「なんでも梅の咲きだす頃からのことらしい、七日おきぐらいに逢っていたというんだが、そんなけぶりを感じたことはなかったのかね」

「まるで気がつかなかった」

「だって七日おきぐらいに外出していたんだぜ」

「願掛けにゆくということは聞いていた、たしか泰昌寺《たいしょうじ》の観音とか云っていたように思うが」

「それが不自然にはみえなかったんだね」

吉良はこう云ってから、ふと頭を振り、口の中で独り言のように呟《つぶ》やいた。

「いかにも紀平らしい」

それは彼が高雄に対してしばしばもらす歎息《たんそく》であった。高雄の弱気に対して、善良さに対して。感動したばあいにも、また咎《とが》めるようなときにも、そう歎息することで彼は自分の気持を表現した。高雄は眼を伏せたまま遠慮するようにきいた。

「それで、相手も見たのかね」

「見たよ、森相右衛門《もりそうえもん》の三男だ、知っているだろう、森三之助《さんのすけ》」

「――と云うと、たしか江戸へいった」

「ゆかなかったんだな江戸へは、現におれがこの眼で見ているんだから」

そこで吉良はちょっと口をつぐんだ。こちらの話すことが高雄をどんなにいためつけるか、どんな苦しみを与えるかは初めからわかっていた。しかしこんどの事はへたに劬《いた》わったり妥協したりしてはいけない。どんなに残酷であっても、傷口のまん中を切開し、腐った部分をきれいに搔《か》き出してしまわなければならない、このばあいは無情になることが彼に対する友情なのだ。

こう思いながら、吉良は事務的な口ぶりで云った。

「伊丹亭《いたみてい》の者はまだなにも知らない、ほかにも気づいている者はないだろう、いまのうちに片をつけるんだな、狭い土地のことだからこのままいくと必らず誰かの眼につく、そうならないうちに始末をつけるんだ、……おれで役に立つことがあったらなんでもするよ」

吉良の家を出て暫《しば》らく歩くうちに、高雄は軀《からだ》に不快な違和を感じた。発熱でもしたようで、頭がぼんやりし、膝《ひざ》から下がひどく重かった。

——吉良がその眼で見た。

ぼんやりした頭のなかで絶えずそういう声が聞えた。自分でない誰かほかの者が呟やいてるように、よそよそしい調子で、繰り返し同じ声が聞えるのであった。

——吉良が自分でつきとめた。

——どうにか始末しなければならない。

——だがどうしたらいいのか。

意識は痺《しび》れたように少しも動かなかった。まるで白痴にでもなったように、集中してものを考がえることができず、想うことが端からばらばらに崩れ、とりとめのない断片ばかりが、休みなしにからまわりをするだけだった。

家へ帰って妻の顔をどう見たらいいだろうか。平静でいることができるだろうか。

彼はそれを案じた。だが思ったより心は穏やかで、夕餉《ゆうげ》も平生のとおり大助《だいすけ》といっしょに摂《と》った。妻のようすにも変ったところはみえなかった。却《かえ》って明るく元気なふうでさえあった。……大助は半月ほどまえから自分で喰べるようになったが、まだ匙《さじ》が自分に使えないので、顔じゅうを飯粒だらけにし、口へ入れるよりこぼすほうが多かった。へたに手を出すと怒るので、うまくだましだまし介添《かいぞえ》をしてやるのだが、顔に附いたのを取ったりこぼしたのを拾ったりする妻のようすは、若い母親の満足と喜こびにあふれているように思えた。

——寝るまえに話そう。

高雄はそう思った。あっさり云いだせるような気持だったが、いざそのときになると云いだすことができなかった。役所から持って来た仕事を机の上にひろげ、筆を持ったが、そのまま机に凭《もた》れてぼんやりと時をすごした。

自分では気がつかなかったが、そのときすでに彼の苦しみが始まっていたのである。それは効きめの緩慢な毒が血管を伝わって徐々に組織を侵すように、じりじりとごく僅《わず》かずつ、時間の経過につれてひろがり、蝕《むし》ばみ、深く傷つけていった。……三日ばかりのあいだに彼は瘦《や》せて、顔色が悪くなり、食事の量も少なく、ひどい不眠のあとのように眼が濁ってきた。

「おかげんでもお悪いのではございませんか」

おいちが心配そうにたずねた。

「——おれか、……」

高雄は妻のほうへ振向いた。それは吉良から話しを聞いて五日目の朝のことで、彼はちょうど登城の支度を終ったところだった。振向いて妻を見たとき、彼の胸のどこかにするどい痛みが起った。

おいちは青みを帯びたきれいな眼でこちらを見あげていた。五尺そこそこの小柄な軀つきであるが、ぜんたいの均整がよくとれているので、立ち居の姿はかたちよくすらっとしてみえる。きめのこまかい膚《はだ》はいつも鮮やかに血の色がさしていて、濡れたようになめらかな薄紅梅色の唇とともに、まるでそだちざかりの少女のような、あどけないほど柔軟で匂やかな嬌《なま》めかしさをもっていた。

——塵《ちり》ほどのよごれもないこのきれいな眼が、……少しの濁りもないこの柔らかな肌が。

高雄は云いようのない激しい感情におそわれ、おれか、と反問しかけたままで顔をそむけた。そのときつきあげてきた感情は生れて初めて経験するものだった、苦しいとも悲しいとも寂しいとも形容できない、自分ではまったく区別のつかない、しかし非常に激しいものであった。……玄関へ出ると、おいちは大助を抱いて送りに出た。高雄の気持がわからなかったのだろうか、式台へ膝をついてこちらを見ながら云った。

「わたくし今日は泰昌寺へ参詣《さんけい》にまいりたいのですけれど、よろしゅうございましょうか」

「いや今日はいけない」

高雄は向うを見たままで答えた。

「今日は早く帰って来る、話しがあるから、どこへも出ないでいて貰いたい」

はいというおいちの声は消えるように弱かった。高雄は硬《こわ》ばった肩つきで、妻のほうは見ずに玄関を出た。そのうしろへ大助の舌足らずな声が追って来た。

「たあたま、おちびよよ、よよ」

二

泰昌寺という妻の言葉が、反射的に彼の決心を促《うな》がしたようだ。城へあがるとすぐに支配へ届けをし、午《ひる》の弁当をつかわずに下城した。……決心はしたものの、心は重くふさがれ、刺すような胸の痛みは少しも軽くならなかった。帰る途中でなんども立停り、白く乾いて埃立《ほこりだ》った道のおもてを眺めながら、彼はふと無意識に頭を振ったり、思い惑うように溜息をついたりした。

おいちは家にいた。

「食事はいらない、おまえ大助と済ませたら居間へ来て呉《く》れ」

高雄は着替えをしながらこう云った。妻の顔を見ることができなかった。返辞を聞くのも耐えがたいようであった。

居間へはいった彼は、机に向って坐り、あけてある窓から外を眺めた。おちつかなければいけないと思った。……そこは東北《ひがしきた》に向いた横庭で、亡くなった父の植えた岳樺《だけかんば》が五六本あるほかは、袖垣《そでがき》の茨《いばら》が枝をのばしたのや矢竹《やだけ》の藪《やぶ》などが、手入れをしないので勝手に生えひろがっている。岳樺は寒い土地の木で、こんな処《ところ》では根づくまいといわれたのだが、植えたときからみると倍以上にもそだち、今も若枝にみずみずと、柔らかそうな双葉が出そろって、春昼《しゅんちゅう》の日光をきらきらと映していた。

「――おいち、……おいち」

高雄はそっと口のなかで呟やいて、そうして机に肱《ひじ》をついて、眼をつむった。

彼女は貧しい鉄砲足軽《あしがる》の一人娘だった。父親は幸助《こうすけ》といってたいそう好人物だったらしい。妻がながいこと胃を病んで、ずいぶん貧窮していたところへ、幸助がまた卒中で倒れた。母親がながいあいだ寝ていたので、おいちは八九歳のころから炊事や洗濯をし、かたわら近所の使い歩きや子守りなどもして家計を助けていた。父の倒れたのは十三歳の秋であったが、そのじぶんには糸針を持って巧みに繕《つく》ろい物をし、またしばしばよそから頼まれて、解《と》き物や張り物などの手伝いにいった。両親の世話をしながらのことで、どんなにか苦労だろうと思われるのに、そんなふうは少しも人にみせなかった。明るい顔つきではきはきして、いかにもすなおであった。背丈は小さいが縹緻《きりょう》はかなりいいし、気はしがきくので誰にも可愛がられた。

　幸助が倒れてからまもなく、まわりの人々がおいちに縁談をもって来はじめた。おいちはまだ十三であったが、一人娘だから形式だけでも婿を取って、いちおう相続の届けを出すのが常識である。そういう話しの出るのは当然なのだが、十三のおいちがそのことだけは固く拒んだ。

　――わたくしは一生ふた親の面倒をみてくらします。

たとえかたちだけでも親子三人の生活を変えたくないという気持らしい。父親の幸助もそれに同意とみえて、かなりいい縁談にもはかばかしい返辞をしなかった。

　――久尾《ひさお》の家名などといっても、しょせんは高の知れた小足軽のことだし、へんな者を婿にして、ゆくさきおいちに苦労させるのも可哀そうだから。

　卒中でよく舌のまわらない幸助は、そんなふうに云ってどの話しをも断わった。……その頃は世の中が一般に爛熟期《らんじゅくき》といったぐあいで、貧富の差もひどく、人情風俗も荒れていた。貧しい多数の人たちが餓《う》えているのに、富裕な者はその眼の前で贅沢三昧《ぜいたくざんまい》をして恥じない。武家でも富んだ町人から持参金附きの嫁や婿を入れて、それがさほど稀《まれ》なことではなくなっていた。……男女間の風紀などもとかく紊《みだ》れがちで、いろいろといやな噂《うわ》さが多かった。幸助が婿養子の話しに乗らなかったのは、こういう世相から推して、来て呉れる人間に信頼がもてなかったらしいのである。

　おいちが十五歳の春に幸助が死に、ほんの三月ほどして、あとを追うように母も亡くなった。その少しまえから、おいちは縫い物や解き物をしに、紀平の家へしばしば来た。高雄は知らなかったが、母の伊世《いせ》がひじょうな気にいりで、特別にひいきだったらしい。父の雄之丞《たかのじょう》もむろん同意のうえだったろうが、おいちが孤児になるとすぐ、母の実家の青野へ彼女を預け、そこで十八まで教育したうえ、青野を仮親にして高雄の嫁に迎えた。

　紀平へ来てから二年ばかりは、おいちは悲しそうな浮かないようすであった。この結婚が気に入らないのかとも思えた。母はいろいろ心配したようであるが、高雄は殆《ほと》んど無関心であった。

一年半ほどして父の雄之丞が亡くなり、その翌年の夏に、母も烈《はげ》しい痢病《りびょう》で死んだ。こんなにも母を慕っていた歎《なげ》きようは異常であった。そのときのおいちのかと、高雄が眼をみはるほど歎き悲しんだ。……あとで、思うとそのときおいちは身ごもっていたので、そんなことも影響したのかもしれない。そうしてそれを機縁のように、おいちは初めて高雄に心をよせてきた。性質もしだいに明るくなり、家事のとりまわしもきびきびするようになった。

大助を産んでから、おいちはさらに美《うつ》くしくなっていった。それは堅い木の実の殻が破れて新鮮な果肉があらわれたという感じである。膚は脂肪がのっていよいよ艶《つや》やかに、しっとりと軟らかい弾力を、帯びてきた。自信とおちつきを加えた眸子《ひとみ》は、ときに驚ろくほど嬌《なま》めかしい動きかたをする。生命《いのち》と若さの溢《あふ》れるような、みずみずしい妻の姿に、高雄は初めて女の美くしさをみつけたような気がした。

「――そのおまえが、……おいち、そのおまえが、おれの知らないところで……」

高雄は眼をつむったまま、そっとこう呟やいて、苦しさに耐えないかのように、喘《あえ》いだ。

廊下を妻の来るのが聞えた。

その足音はいつもの妻のものではなかった。弱々しく躊《ため》らいがちな、爪尖《つまさき》で歩くようにさえ聞えた。高雄は妻が坐るまで黙っていた。それから眼をあいて岳樺の枝を見あげ、薄く霞《かすみ》をかけたような空の青を眺めた。

「――おまえにききたいことがある」

彼は妻に背を向けたままで云った。

「――私もききにくいし、おまえも答えにくいだろうと思うが、とにかく、正直に返辞をして貰いたい」

おいちははいと云った。低くかすれた声ではあるが、すでに覚悟をきめたという響きがあった。高雄は挫《くじ》けそうになる自分に鞭《むち》を当てる気持で、思いきって妻のほうへ向きなおった。しかしそのとき、廊下をばたばたと大助が走って来た。

「たあさま、かあかん、ちばめよ、ちばめがおちかけたのよ、ちばめのおちよ」

まわらない舌で叫びながら、走って来て、母親の肩を摑《つか》み、昂奮《こうふん》して赤くなった顔で父を見て、せいせい息をきらして云った。

「ほんとよたあさま、いやっちゃい、ちばめがおちかけたのよ、早くよ、ねえかあかん」

「よしよしわかった」高雄は子供に笑いかけて頷《うな》ずいた、「――父さまはいま御用があるから、母さんと先にいっておいで、あとからすぐにゆくよ」

おいちはとびたつように立った。まるで囚《とら》われた者が解放されたように、大助を抱きあげて小走りに出ていった。

高雄は窓のほうへ向きなおり、机へ片手を投げだしながら溜息をついた。ふしぎなことに彼自身も救われたような気持だった、それは不決断でありみれんがあるかもしれない、単に時間を延ばしたにすぎないのであるが、彼はほっとして、もう少し待ってみようと思った。――人間はみなそれぞれの過去をもっている、ただ現在の事実だけで責任を問うわけにはいかない、男女関係は特に微妙なのだ、もう少しようすをみていよう、こう考がえたのであった。

おいちはまもなく戻って来た。大助を抱いたまま、廊下からおずおずと云った。

「脇玄関の中へ燕《つばめ》が巣をかけましたの、払わなければいけませんでしょうか」

「そのままでいいだろう」高雄はこう云いながら、振返って子供を見た、「――そうか、おちというのはお巣のことだったのか、大《だい》さんの云うことはわからないねえ」

「あのちばめだいたんのだね、たあたま」

「うん大さんのだ、そしてこれからはずっと毎年やって来るよ」

「だいたんのだかだだね」

「そうだ、大さんの燕だかだだ」

良人《おっと》の軽い口ぶりを聞いて、おいちは声をあげて笑いだし、大助に激しく頬ずりをしながら、そして噎《むせ》るように笑いながら去っていった。

三

もちろんそれで事が解決したわけではない、彼の胸にできた傷は絶えず痛み、時をきってするどい苦痛におそわれる。夜の眠りは浅いし、無意識に溜息をついたり、呻《うめ》きごえをあげたりした。ふとすると兇暴《きょうぼう》に妻を責める空想に耽《ふけ》っていることもあり、なにもかも投げだして山へでも逃げたいと思うこともあった。

　これらは生れて初めての経験であって、その苦痛の激しさと深さはたとえようのないものであった。

　――だがこの苦しさには馴れてゆけるだろう。

　彼はそう思った。人間はたいてい悪い條件にも順応できるものだ、辛抱づよいことでは彼は自信がある、自分が苦しむだけで済むなら、それで誰も傷つかずに済むなら、必らず耐えぬいてゆけると思った。

　――残る問題はおいちの気持だ。

　相手は森三之助だという。かれらがどうして知りあい、どこまで深入りしているのか、相手はとにかくおいちはどう思っているのか。それだけはどうしてもはっきりさせなければならないだろう。……だがそうだろうか、二人に逢う機会を与えないで、このままの状態で、時間が解決して呉れるのを待ってもよくはないか。

　燕が脇玄関に巣をかけた日から、高雄はこのように思い惑い、苦しい悩ましい時を送った。だがそれからちょうど四日めに、とつぜん思いがけない出来事が起った。

　その日は下城のあとで役所の支配に招かれていた。正満文之進《まさみつぶんのしん》というその支配は四十三になるが、結婚して十四年めに初めて男の子を儲《もう》けた。

「まるで大将首を拾ったような気持でね」

　彼は相手構わずそう云って喜こんだ。その出生祝いに招かれたのであるが、老職も三人ほど来て、酒宴は思いのほか長くなった。高雄は上役の人たちのあとから辞去したので、正満家の門を出たのは十時に近かった。……正満の家は三條丸にある、そこから下北丸《しもきたまる》の自宅まで帰るには、大手道《おおてみち》と的場跡《まとばあと》をぬけるのと二つある、的場跡の脇をぬけるのは裏道だが、そのほうが早い。下僕は先に帰らせたので、高雄は自分で提燈《ちょうちん》を持って、その裏道を帰途についた。

　的場跡は二万坪ばかりの広さで、今では石や材木の置場に使われている。周囲には古い椎《しい》の木や樫《かし》や楢《なら》などが、柵《さく》のように幹を接し枝をさし交わし、その向うに荒れた草原《くさはら》がひろがっていた。……そこは武家屋敷の西の外郭《そとぐるわ》に当る。道幅も六間ほどあって、ぐるっと的場跡を半周することができた。

月の冴えた晩であった。片側の樹立《こだち》の枝葉が、道の半ばまで鮮やかに影をおとしていた。あまり月が明るいので、高雄は提燈を消そうと思って立停った。そのときうしろに尋常でないもののけわいを感じ、反射的に振返るなり、あっと云って、持っていた提燈を投げながら、彼は横へ跳んだ。

うしろからはだしで跟《つ》けて来たらしい、覆面をした男の軀と、頭上へ襲いかかる刀の閃光《せんこう》とが、振返る高雄の眼いっぱいにかぶさったのである。

「なにをする、待て」

横っ跳びに道の一方へ避け、自分の顔を月のほうへ向けて彼は叫んだ。

「人ちがいするな、紀平高雄だ」

男は樹立の陰にいた。その二間ばかり左で、抛《ほう》りだされた提燈が燃えている。相手は誰とも見当はつかないが、覆面しているのと、はだしになった足袋《たび》の白さとが、烈しい殺気を表白するようにみえた。

「人ちがいではないのだな」

「――――」

「名を云え、誰だ」

高雄は危険を感じて刀を抜いた。そのとき相手はつぶてのように斬り込んで来た。少しも声をあげない、息を詰めて、殆んど捨て身の動作で、遮二無二《しゃにむに》斬り込み、斬り込み、そして斬り込んだ。

――あ、そうか。

高雄は樹立の中へとびこみながら、思わず心にそう叫んだ。そうだ、その人間のほかに自分を覘《ねら》う者はない、彼だ。こう思い当ると高雄はとつぜん激しい怒りにおそわれた。

「わかった、森三之助だな」

彼がそう叫ぶと、相手の軀が戦慄《せんりつ》するようにみえた。高雄は自分の声に自分で闘志を唆《そそ》られ、颯《さっ》と明るい路上へとびだした。

「卑怯者《ひきょうもの》、そんなにおいのちが欲しいならやってみろ、そうむざむざと斬られはしないぞ」

相手は呻きごえをあげた。絶体絶命と思ったらしい、やはり声はださなかったが、まるで逆上したように突込んで来た。

――斬ってやろう。

高雄はそう思った。だが、次の刹那《せつな》に、相手が激しくのめって、顚倒《てんとう》した。どこか骨を打つような音が聞え、刀が手から飛んだ。すぐはね起きるふうだったが、どうしたのか、そのままがくっと地面に伏し、苦しそうに足を縮めて喘《あえ》いだ。

そのみじめな姿を見たとき、高雄の怒りは水を浴びたように冷めた。

——逃げろ、今なら逃げられるぞ。

高雄は刀を持ったまま走りだした。

四

紀平高雄の弱気は知らない者はなかった。吉良節太郎とはごく幼ないころから、誰よりも親しくつきあい、互いに深く信頼しあっていたがその吉良でさえ彼の弱気にはしばしば疳《かん》を立てた。近ごろでは諦《あき》らめたようすで、そんなことがあっても、相変らず紀平らしいな、こう云って苦笑する程度だが、以前はよく怒って意見をしたものであった。

的場跡から家へ帰ったとき、彼はもうすっかりおちついていた。むしろ異常な昂奮のあとの、しらじらと哀しいような気持であった。けれども着替えをしたとき、脱いだ物をたたんでいたおいちが、あ、と低く叫ぶのを聞き、なにげなく振返って、おいちの手にある袴《はかま》を見た刹那に、再《ふた》たび怒りがこみあげてきた。

袴の腰下が横に一尺ばかり切れていたのである。高雄はやや乱暴に着物も取ってひろげてみた。着物もその部分が切れていた。

——なんというやつだ。

高雄は激しい怒りのために息が詰りそうだった。おいちも震えていた。およそ事情を察したのだろう。ひろげた袴の上へ手をついて、頭を垂れたまま震えていた。

「おれは闇討《やみうち》をかけられた、誰が闇討をしかけたか、おまえにはわかっている筈《はず》だ、おいち」彼はこう云ってそこへ坐った、「——おまえは今夜のことも知っていたのではないか」

おいちはうなだれたまま頭を振った。

「正直に云え、正満から帰る途中にやるとおまえは森から聞いていたのではないのか」

高雄の声は激しかった。おいちはその声にうち伏せられるかのように、ううと声をあげて前へのめった。前のめりに倒れると、片方の腕がぐらっと力なく投げだされて、そのまま動かなくなった。

「――おいち、おいち」

彼はすり寄って呼んだ。妻の顔は血のけを喪《うし》なって硬ばり、固く歯をくいしばっていた。悶絶《もんぜつ》したのであった。……高雄は茶碗に水を汲《く》んで来て、妻を抱き起して、くいしばった歯の間から口の中へ注ぎ入れてやった。

息をふき返したおいちは、ようやく身を起したものの、正しく坐ることができないとみえ、両手を畳につ いて、それでも不安定に半身をぐらぐらさせていた。

「今夜はきかなければならない、どうして彼と知りあったのだ、二人はどんな関係になっているんだ、正直に云って呉れ」

おいちは荒く息をついていた。だが悶絶するほどの苦しみを経て、覚悟はきまったのだろう、低くかすれた、うつろな声で、とぎれとぎれに云い始めた。

「――あの方に、松葉屋《まつばや》の飴《あめ》をさしあげました、それから、米屋《よねや》のお饅頭《まんじゆう》も……」

なにを云いだすのかと思ったが、それがおいちの告白の最初の言葉であった。

「――あの方は御三男で、そのうえ、ほかの御兄弟とは、お母様が違うのです、……あの方はみなさんとは別に育てられ、下男たちと同じ長屋に、独りで寝起きしていらっしゃいました、……あの方はいつも独りで、淋しそうに、悲しそうに、……窓から外を眺めておいででした」

森三之助が相右衛門の妾腹《しようふく》の子だということは、おいちは森家の下婢《かひ》から聞いた。そのころ十三になっていたおいちは、まえに記したような事情で、森家へもしばしば頼まれ物でゆくうち、三之助の不幸な身の上を知ったのである。……おいちは彼が哀れで堪《たま》らなかった。彼は小遣《こづかい》などは貰えないで、自分に宛《あて》がわれたその長屋のひと間で、なにかの写し物をしていたり、ぼんやりと窓から外を眺めたりしていた。

「あの方がどんなに淋しく、悲しい気持でいらっしゃるか、わたくしにはよくわかりました、わたくしも貧しく、苦しい辛いくらしをしていましたから、……あの方がどんなに不幸でいらっしゃるか、わたくしには自分のことのようにわかりましたの」

不幸を経験した者でなければ、不幸の本当の味はわからない。おいちは彼の上に自分の哀れさをみた、慰さめてやらずにはいられなくなった。そして或日《あるひ》、おいちは乏しい銭で松葉屋の飴を買って、彼に遣《や》った。

「あの方は初めてのときは、そんな物は要《い》らないと云って、怒ったように脇へ向いてしまいました、……あの方はからかわれたと思ったそうですの、……あの方が十九、わたくしが十三のときでございました」

三度まで彼は受取らなかった。三度めにはおいちは泣いて帰った、そして四度めに、初めて三之助はおいちの贈物を取った。

――これではあべこべだね、でも貰うよ、有難う。

彼はそう云って、泣くような笑い顔をした。そしてこっちの気持がわかったのだろう、それからはいつもおいちの持ってゆく物を喜こんで受取った。こちらの境遇が境遇なので、むろんそういつもというわけにはいかなかった。だがおいちは身を詰めるようにして小さい智恵を絞って、できるだけ彼を慰さめることに努めた。城下で名の高い米屋の饅頭なども、幾たびか持っていって彼を喜こばせた。

――美味《うま》かったよ、話しには聞いていたが喰べるのは初めてだ、やっぱり評判だけのことはあるね、有難う。

初めてその饅頭を喰べたときの、三之助の嬉しそうな顔は、おいちには長く忘れることができなかった。……高雄の母のとりなしで、青野へひきとられてから、おいちはもう三之助を訪ねることはできなかった。新らしい生活を身につけることでいっぱいだったし、時の経つうちにしぜんと忘れていった。そうしておいちは紀平家の嫁になったのである。

今年の一月の下旬、おいちは大助の虫封じに泰昌寺へ参詣をした。その帰りに三之助に呼びとめられ、彼に強《し》いられるままに、蘆谷《あしや》河畔の伊丹亭という料亭にあがった。

三之助はひどく痩せて、蒼白《あおじろ》い顔になり、しきりに咳《せき》をしていた。彼は初めから昂奮しておちつかないようすだったが、坐ってまもなく思い詰めたような表情で、意外なことを云いだした。

——私は今では逃亡者なんです。

彼はまずこう口を切った。前の年の暮に彼は婿の話しが定《きま》った、先方は江戸邸《やしき》の者で、五石三人扶持《ぶち》くらいの徒士《かち》だという。それもいいが話しの纏《まと》めかたが乱暴で投げやりで、下僕たちまでが「厄介ばらいだ」などと蔭口《かげぐち》をきいていた。そして正月になるとすぐ、若干の金を呉れ、殆んど着のみ着のままで、江戸邸のこれこれという者を訪ねてゆくようにと、命令するように云われたのであった。

三之助は江戸へはゆかなかった。ゆくとみせて城下にひそんでいた。二十七歳まで耐え忍ぶ生活をして来た彼は、そのとき初めて怒ったのである。その怒りがそのままおいちへの思慕に変った、彼はおいちに会って、自分の不幸を訴えたかった。おいちならわかって呉れるだろう、そしてあのころのように温たかく慰さめて、今後の相談相手にもなって呉れるだろう。……こう思ってひそかに機会を待ち、ようやくその日にめぐりあえたという。……彼の話しをおいちは泣きながら聞いた、そしてやはり江戸へゆくようにとすすめたのである。

——このままではゆけない、もういちど会って下さい。

三之助はそうせがんだ。おいちは拒むことができなかった。日を定《さだ》めてまた会い、そしてまた次の日を約束させられた。

——私に愛情をみせて呉れたのは貴女《あなた》ひとりだ、私に持って来て呉れたあの菓子が、どういう銭で買われたものか私はよく知っていた、私がどんなに嬉しかったか貴女にわかるだろうか、……持って来て呉れる菓子よりも、そうして呉れる貴女の気持が、私にとってどんなに嬉しかったか。

——このひろい世の中に、私には父も母もない、兄弟も友達もない、私には貴女だけだ、貴女は私のたった一人の人だ。

彼の言葉は会うたびに激しくなるばかりだった。

——もう貴女なしには生きてはゆけない、生きてゆきたくもない、どうか私のところへ来て下さい、紀平さんは身分もよし裕福で、あんな可愛い子供まである、紀平さんにとっては貴女が全部ではない、しかし私には貴女が全部だ、貴女に別れるくらいなら私は死ぬことを選ぶ、私のところへ来て下さい、貴女にはこの気持がわかる筈だ、どうか私をこれ以上不幸にしないで下さい。

おいちには彼を突き放すことができなかった。現在の満ち足りた生活が、彼に対して罪であるかのように思えた。

「あの方がどんなにお可哀そうか、わたくしにはよくわかりますの、わたくしも小さいときから苦労してまいりました。世の中の冷たさ、人々の無情さ、……苦しい辛い日々、云いようのない貧しさ、……おいちはそういうなかで育ちました、あの方を慰さめてあげ、あの方の支えになってあげられる者は、わたくしのほかにはございません、ほかには一人もいないのでございます」

おいちはこう云って、袂《たもと》をきりきりと噛《か》んで、声をころして泣きいった。高雄は眼をつむっていた。怒りは消えたが、怒りよりも耐え難い悲しさ、絶望といってもよいほどの悲しさが、彼の全身をひたし、呼吸を圧迫した。

「――わかった、それでよくわかった」

高雄はやがて口をきった。云いたいことが喉へつきあげてくる、思うさま声をあげて叫びたい、喚《わめ》き、どなって、胸にあるものを残らず吐きだしたかった。しかし彼には出来なかった。けんめいに自分を抑え、できるだけ平静な声で、静かに続けた。

「――私にも云いたいことはある、だが、それは云わなくとも、おまえにはわかっているだろう、……だから、ここでは、いちばん大事なことだけを話そう」

彼は眉をしかめ、ちょっと吃《ども》って、だがやはり穏やかに言葉を継いだ。

「――私が苦しんだように、おまえも、そして森も苦しんだろう、……私だけが苦しんだとは思わない、三人とも、お互いに苦しんで来た。おいち、……この苦しみを活かす法を考がえよう、今いちばん大事なのは、それだと思う……この苦しみをむだにしてはいけない、これをどうきりぬけるか、お互いが傷つかぬように、できることならお互いが仕合せになるように、……それをよく考がえてみよう、おまえそう思わないか、おいち」

「あなたの思うようになすって下さいまし」

嗚咽《おえつ》しながら切れ切れにおいちが云った。

「わたくしにはもうなにを考がえる力もございません、あなたがこうしろと仰《おっ》しゃるとおりに致します、どうぞどのようにでも、思いのままになすって下さいまし」

五

それから数日して、おいちは猿《さる》ケ谷《たに》の湯治場《とうじば》へ立っていった。衰弱した軀の療養という届けを出し、供には松助《まつすけ》という老僕を一人附けてやった。

供をさせる以上は秘密にはできないので、松助には事情をあらましうちあけた。すると初めはどうしても供はいやだと云って拒んだ。彼は父の代からもう三十余年も紀平に勤めている一徹で頑固で、人づきあいは悪いが正直な、いつもむっとふくれているような老人だった。

「さような不貞に加担するようなことはお断わり申します、私には勤まりません」

不貞に加担するなどという強い表現は、いかにも彼らしかった。高雄は彼に頭を下げた。いきさつの複雑さと、周囲の者に不審をもたせないためには、紀平家にもっとも古くからいて、親族や知友にも信用されている松助に供をして貰うよりほかにない。もしこの内情が漏れたら、紀平の家がどうなるかわからないのだから、こう云って頼んだ。

「なが生きをすると恥が多いと申します、こんなお役を勤めようとは夢にも思いませんでした」

松助は口惜《くや》しそうに涙をこぼした。

猿ケ谷は城下から東北へ十里ほどいった、隣藩の領内にある山の中の湯治場で、五種類の温泉《いでゆ》が湧《わ》くので名高く、ずいぶん遠くから病気療養の客が来る。しかし他領のことだから、この藩の武家でゆくものはごく稀である。雑多な客が絶えず出入りすること、家中《かちゅう》の者にみつかる危険の少ないこと。そういう点で、高雄はそこを選んだのであった。

おいちが立ってから三日ほどして、高雄はその報告をしに吉良へいった。

「療養で湯治にやったそうだね、聞いたよ」

節太郎はきげんよくそう云った。そして慰さめるつもりだろう、すぐに酒の支度をさせて、盃《さかずき》を交わしながら高雄の話しを聞いた。……はじめはきげんがよかったけれども、聞いているうちに吉良はむずかしい顔になりしまいには怒ったように高雄を睨《にら》んだ。

「では森もいっしょに猿ケ谷へいったのか」

「——彼には今おいちが必要なんだ」

「では紀平には必要ではないというのか」

「——こんどの事は誰が悪いのでもない」

高雄は眼を伏せて低い声で云った。

「——ただ不運なめぐりあわせだったんだ。誰にも責任はないし、誰を不幸にもしたくない、おれの考がえたことはそれだけだ」

吉良はそっぽを向いた。いかにも不服そうである、そしてそっぽを向いたまま、どういうふうに解決するつもりかときいた。

「二人は猿ケ谷に一年いて貰う」高雄はこう答えた、「——そのあいだに生活の手蔓《てづる》がみつかるだろう、みつからないばあいにも、一年経ったらおれはおいちが病死したという届けをする、……二人は二人の生活を始め、おれはおれで、……できるなら、新らしい生活を、始めようと思う」

「やりきれないな、そういう話しは」

吉良は突っ返すように云った。

「そこまでゆくともう弱気とか、善良などという沙汰《さた》ではないね、むしろ不徳義だし、人間を侮辱するものだ、森が男ならそういう恩恵には耐えられなくなるぜ」

「吉良ならほかに手段があるかね」

「森とは決闘するか追っ払うかだ、妻はきれいに赦《ゆる》すか離別するかだ、それがお互いを尊重することなんだ」

「——おれには自分に出来ることしか出来ない」

高雄は自分に云うように云った。

「——おれは人の苦しむのを見るより、自分で苦しむほうがいい、これがもし人間を侮辱することになるなら、おれは喜こんでその責《せめ》を負うよ」


日が経っていった。月にいちどずつ猿ケ谷から松助が来る、表《おも》て向《むき》は療養の経過を知らせるという意味で、そのとき二人に変ったことがあれば聞き、こちらからは滞在雑費を渡すのである。……だが二人には変ったことはないとみえ、松助はなにも云わず、高雄もそれには触れなかった。松助は来ると一夜泊って、またむっとした顔で戻っていった。

　大助はおいちの立っていった日から、ぷつっと母を呼ばなくなった。亡くなった母の実家の青野では、実際の内情はもちろん知らなかったが、高雄が不自由だろうというので、青野の遠縁に当る者を手伝いによこした。……勝江《かつえ》という名で二十六歳になり、いちど結婚したが、不縁になって戻ったのだという。それにしては少しも暗い翳《かげ》のない、解放的なひどく明るい性質で、一日じゅうどこかしらで笑い声の聞えないことはないというふうだった。

「大さん、さあ小母さんに乗んなさい、お馬どうどうしましょう、ほら、走るわよ」

　四《よつ》ん這《ば》いになって、大助を背中に乗せてばたばた騒ぐ。来る早々からそんなぐあいで、大助もたちまち懐《なつ》いていった。

六

　時は経っていったが、高雄の傷心は少しも軽くならなかった。

　おいちが自分にとっていかに大事な者であったかということを、彼はますます強く、ますます深く感ずるばかりだった。嫉妬《しっと》もあるかもしれない、慥《たし》かに、森とおいちとをひとつにした想像は、呼吸を止められ、胸を圧潰《おしつぶ》されるような苦しさだった。心理的であるよりも遥《はる》かに直接な、肉体的な苦悶《くもん》であった。……けれども、それにも増して、おいちがどんなに大事な存在であったかということ、彼女が自分を去ってからそれがわかったこと、そうして、それほど大事であったおいちを、自分がなおざりにしてきたことなど、こういう想いがいつも頭を離れず、とりかえし難い罪のように彼を苦しめた。

「もっと愛さなければいけなかった、もっと愛情と劬《いた》わりがなければいけなかった」

　彼はときどきそのように独り呟やいた。

「そうすれば、あの男に会っても、あんなに気持を動かされはしなかったかもしれない、……おいちの心を、おれの愛と劬わりでいっぱいにしていたとしたら、……悪いのはおれだ、おれは盲人で馬鹿だった」

しばしば彼は夜半に起きて、暗い庭の内を歩きまわったり、腰掛に倚《よ》って、なにを思うともなくじっと動かずに、ながい時間を過したりした。


雨のない暑い夏が過ぎていった。

或日の午後。大助の部屋を覗《のぞ》くと、勝江といっしょに午睡《ひるね》をしていた。勝江は上半身を大助のほうへ向け、下半身を仰向けにしていた。裾が乱れて、水色のふたのの絡まった太腿《ふともも》が、あらわに見えた。逞《たく》ましいくらい成熟した、こりこりと張切った豊かな腿であった、けれども膚の色は驚ろくほど黒かった。

高雄はすぐに眼をそらしてそこを去った。いま見たものは少しも彼を唆《そそ》らなかったが、その印象は新らしい苦痛を与えた。いくらか野蛮な勝江の太腿は、まったく違うおいちの軀の記憶をよびさました。

――おいちの肌はもっと美くしかった。


白くてなめらかで、そして吸いつくような弾力があった。しっとりと軟らかで、そして眼で見たことはなかった、感じとして記憶には残っているが……おいちは自分の妻であった、いつも自分の側にいた。いつでもその声を聞くことができたし、その姿は手の届くところにあった。

――そうだ、おいちはそのように自分の近くにいたんだ、この手はおいちを抱き、この肌はおいちの肌に触れたんだ。

だがはたして本当に彼女を抱き、本当に肌と肌を触れたろうか。……そうではなかった、自分はおいちを本当には見もせず、抱きもせず、肌を触れもしなかった。風が林を吹きぬけるとき、樹々の幹や枝葉の表てをかすめるように、ただ彼女の表面をかすめたに過ぎない。

「そうだ、おれはおいちという者を知らない、四年もいっしょに夫婦でいて、おれはおいちを少しも知ってはいないのだ」

高雄はその日は夕餉を摂らなかった。

或日、勝江が大助のいないときに云った。

「ふしぎでございますわね、大さん少しもお母さまのことを仰しゃいませんわ。お母さまはどこってききますといやな顔をなさいますの、そしてほかのことに話しをそらしてしまうんですの、……親に早く別れる子は親を慕わないと申しますけれど、もしやお母さまの御病気がお悪いのじゃございませんかしら」

悪意のないことは云うまでもない。結婚に失敗してもさして苦にしない、さばさばと割切った性質なので、感じたままを云ったのではあろうが、高雄には胸を刺されるほど痛い言葉だった。彼は叫びたい衝動を辛うじて抑え、そこを立ちながら哀願するように云った。

「どうか母親のことは云わないで下さい、できるなら母親を忘れるようにしてやって下さい、……ことによると、死別してしまうかもしれないのですから、どうかお願いします」

高雄はなるべく大助を見ないようにした。おいちが去った日から、大助はぷつっと母の名を口にしなくなった。それは知っていたけれども、まだ頑是《がんぜ》ない年のことでもあるし、まわりに人が多いので気がまぎれているのだろうと思った。母を恋い慕われるよりいいので、かくべつ気にとめてはいなかった。それだけよけいに勝江の言葉にまいったのである、……母のことをきかれると話しをそらすとか、いやな顔をするという。それは母の去った理由を感づいているのではないか、療養にいったのではなく、もう帰って来ないということを本能的に気づいているのではないか。

——親に早く別れる子は親を慕わない。

彼も耳にした言葉ではあるが、現実に自分の子に当てて考がえたことはなかった。しかし勝江の眼にはそれがわかったのだ、意識的であるか本能的であるか、ともかく大助がそんな幼ない年で、母のことに触れるのを避けようとするのはもう母には会えないと知っているために違いない。そう思うと高雄には大助を見ることができなかった、大助が独りで遊んでいる姿など眼につくと、胸がきりきりと鳴るようで、思わず顔をそむけずにはいられなかった。そしていつも勝江に向って、

「大助をみてやって下さい、ほかの事はなにも構わないでいいのです、大助の世話だけして呉れればいいの

ですから、どうかなるべくあれの側を離れないで下さい」

少し諄《くど》いほどこう繰り返し頼んだ。本当はそんなに云う必要はなかったであろう、勝江はいつも大助に附ききりだった。おいちはしなかったが夜は抱いて寝るらしい、大助を背に乗せて馬のまねをするとか、庭で砂いたずらとか、鬼ごっこや隠れんぼをするとか、自分が子供のように面白がって、さきだちになって遊ぶ。しばしば蘆谷川《あしやがわ》や亀丘山《かめおかやま》などへも伴《つ》れてゆくようすで、

「だいたんも、大きくなったや、およげゆね」

などと高雄のところへ突然やって来て云うことがあった。彼が登城するとき、玄関へ送って出ると、

「たあたま、ごちゅびよよちゅう」

と云う、春の頃はごちびよよよよだった。御首尾よろしゅう。この家中の定《きま》った挨拶であるが、舌が少しずつまわり始めたのだろう。勝江と脇玄関で話すのを聞いても、

「あのちばめ、おばたんちばめだね」

などとかなりはっきり云うようになった。

「あれだいたんのよ、だいたんのちばめね、こよぶの、こよぶのよ」

「あら、燕がころぶの、大さん」

「うん、こよぶの、ほんとよ、こよんで頭いたいいたいって、ここぶっちゅけて」

或日こんな問答も聞えた。

「大さん、あれが燕のお母さまよ」

不用意に云ったものだろう。ふっと声が絶えた。それから大助が怒ったように云った。

「ちばめ、かあかん、ないよ」

秋にかかるじぶん、高雄はしきりに家康の言葉をそっと眩やくことが多くなった。

――人の一生は重荷を負うて遠き道をゆくが如し、いそぐべからず。

少年時代に鵜呑《うの》みに覚えたのだが、いま口にしてみると、深い慰さめを感じることができた。森三之助も、おいちも、重い苦しい荷を背負っている、小さい大助でさえ、すでに心の中で重荷を負っているのだ。

「――いそぐべからず……」

彼は夜半の雨の音を聞きながら、じっと眼をつむって呟やくのであった。

「――みんなが重い荷を負っている。境遇や性格によって差はあるが、人間はみなそれぞれなにかしら重荷を負っている、……生きてゆくということはそういうものなんだ、そして道は遠い……」

互いに援《たす》けあい力を貸しあってゆかなければならない、互いの劬《いた》わりと助力で、少しでも荷を軽くしあって苦しみや悲しみを分けあってゆかなければならない。自分の荷を軽くすることは、それだけ他人の荷を重くすることになるだろう。道は遠く、生きることは苦しい、自分だけの苦しみや悲しみに溺《おぼ》れていてはならない。高雄はこう思うようになり、おいちを失なった苦痛から、ごく徐々にではあるが、少しずつ立直ってゆけるように思えた。

九月になってまもなく、吉良節太郎から夕食に招かれた。

にわかに秋めいた風の渡る宵で、吉良の庭はもう自慢の白萩《しらはぎ》もさかりが過ぎ、芒《すすき》の穂がいっせいに立っていた。高雄のほかに宮田慎吾《しんご》という相客があり、みなれない娘が吉良の妻女といっしょに給仕をした。宮田は吉良の役所の同僚だそうで、みなれない娘はその妹であり、名を雪乃《ゆきの》、年は二十になると紹介された。

――この娘をみせるために呼んだのだな。

高雄はすぐにそう察した。雪乃は五尺二寸ほどあるゆったりした軀つきで、立ち居のおちついた、口のききかたなども暢《のん》びりした娘であった。吉良の妻女にすすめられると、すなおに盃も受け、吉良や兄が話しかけると、羞《はに》かんだりしないで、ごく自然におっとりと受け答えをした。

「そろそろお手並を聞かして貰おうじゃないか」

少し酒がまわったとき吉良がそう云い、妻女が召使の者と琴を運んで来た。

「雪乃さんは琴では教授の腕があるんだよ」

吉良が高雄にこう云った。すると雪乃はほのぼのとした笑い顔で、「教授にもいろいろございますわね」と吉良の妻女に向って云った、「――わたくしのは、こう弾いてはいけませんという教授、……父も兄も酒が醒《さ》めると申しますわ」

「そのとおりなんですよ、聴いてみればわかります」

宮田慎吾が高雄にそう云った。

「家《うち》では酔醒《よいざま》しと折紙が付いているんです」

高雄は黙って苦笑していた。

彼にはまだ縁談などを受ける気は少しもなかった。それで娘の気持を傷つけないように、つとめてその座の空気から自分をそらすようにしていた。……雪乃の弾いたのは「老松《おいまつ》」という古曲で、きわめて優雅なものであった。

七

彼女の琴が終るのと殆んど同時に、高雄の自宅から使いがあった。いそぎの用事らしいので、中座の詫びをして帰ってみると、大助が急病で医師が来ていた。

大助は夕方から激しい発熱で、ひきつけたようになり、嘔吐《おうと》と下痢が続いた。

「九分まで助からぬものと思って下さい」

医師はそう云って、その夜は朝まで附いていて呉れた。明くる日になっても大助は昏睡《こんすい》状態で、吐く物のなくなった嘔吐の発作と、水のような下痢が止らず、高雄の眼にも望みはないように見えた。

一睡もしなかったが、役所にやむを得ない仕事があったので、早く登城して、午前中で帰ってみると、猿ケ谷から松助が戻っていた。例月より少し早いが、用事があったので来たということであった。……彼は大助が絶望だと知ったのだろう、蒼い顔で、眼を泣き腫《は》らしていた。そして高雄の昼食が済むと、声をひそめて、

「奥さまを御看病に呼んであげて下さいまし」

こう云った。高雄は驚ろいて彼を見た。充血した松助の眼は、思い詰めたようなけんめいな色を湛《たた》えていた。高雄は首を振った。

「――いけない、二度と云うな」

そしてすぐに病間のほうへ立った。

大助はびっくりするほど肉がこけ、皮膚は死んだような色になり、薄眼をあけて、小さく喘《あえ》ぎながら、絶えず頭をぐらぐらと左右に揺《ゆす》っていた。勝江もゆうべから眠っていないので、自分が代るからと云って、寝にゆかせ、彼は一人で子供の枕元に坐った。

「ちばめよ、たあたま……ちばめのおちよ」

大助は昨夜《ゆうべ》から頻《しき》りに同じうわ言を云った。

「痛い痛いって、だいたんの、ちばめ、ね、こよんで

痛いって、ほんとよ、……ねえ、たあたま、ちばめ、どこへもいかない、ね、……ちばめ、いっちゃ、いや、だいたんのちばめ、いっちゃいやよ、……いやよ」

高雄は歯をくいしばった。

——重荷を負うて、遠き道を……。

彼は眼をつむって、大助死ぬな、と心のなかで叫んだ。生きて呉れ、生きて呉れ、闘かうんだ、死ぬな、石に齧《かじ》りついても生きるんだ。苦しいだろうが頑張れ、……哀願するように、こう呼びかけていると、うしろで耐えかねたように噎《むせ》びあげる声がした。

「お願いでございます、旦那さま、爺《じい》が一生のお願いでございます」

松助の声であった。高雄はそちらへ背を向けたままで、囁《ささ》やくような声で云った。

「おまえが聞いていたら、わかるだろう、……大助は、うわ言《いい》にも、母の名を呼ばない、あれが出ていった日から、いちども母のことは口にしないのだ、……大助は、この小さな、幼ない心で、母を忘れようとして来たのだ、……このままがいい、……ここであれを呼ぶことは、大助をも含めて、四人がもういちど苦しむことになる」

「そこを押してお願い申すのでございます、一生のお願いでございます」松助は叩頭《こうとう》しながら云った、「——そしてこれは、奥さまを呼び戻して頂だくことは、いつかは爺からお願い申さなければならないことでございます」

高雄は静かに振返った。松助の云う意味がちょっとわからなかったのである。

「——あれを呼び戻すって」

「初めにお供を仰《おお》せつかったとき、爺がなんと申上げたかお忘れではございますまい、……召使の身で、不貞の加担はできませぬなどと申しました、なにも知らず、愚か者のいちずな気持から、ただもう前後もなく申上げたのでございます」

「——なにも知らないとは、どういうことだ」

「まるで違うのです、奥さまには不貞などはございません、爺は二百余日もお附き申していて、この眼でずっと見てまいりました、奥さまには決して不貞などはないのでございます」

「——松助、なにを云いだすのだ」

「お聞き下さいまし旦那さま、私の申すことをどうぞお聞き下さいまし」

松助は訥々《とつとつ》とした口ぶりで話しだした。片手で自分の膝を摑み、片手で涙を拭きながら、……高雄は聞きたくなかった、叱《しか》りつけようとさえしたが、松助がのっけに森三之助が重態であって、余命いくばくもないと云いだすのを聞くと、つい知らず話しにひきいれられた。

森三之助は数年まえから肺を病んでいた。自分でも気づかなかったが、あの夜、高雄に闇討をしかけて、顚倒したとき、ふいに喀血《かっけつ》したという。高雄が去ってから四半刻《しはんとき》も動くことができず、這うようにして宿所《しゅくしょ》へ帰った。……猿ケ谷へはおいちに七日ほどおくれていったが、着くとすぐにまた喀血し、そのまま寝たきりになったそうである。

おいちは三之助とはずっと離れた部屋で寝起きをした。三之助の部屋にいるときは、必らず障子をあけておいた。宿帳にはもちろん偽名であるが兄妹《きょうだい》と書いて、それが宿の者に少しも疑がわれずに来た。……紀平とはっきり縁が切れるまではそれが当然だろう、松助はそう思っていた。そのまえにもしふたしいなみなようすでもあったら、容赦なく面罵《めんば》してやるつもりでさえいた。しかし二人の態度はいつまでも変らず、松助の眼にもすがすがしくみえるようになった。かれらは殆んど話しをしなかった、同じ部屋にいるときでも、おいちは縫い物をしたり薬を煎《せん》じたりし、三之助は黙ってしんと寝ていた。ときどき短かい話しを交わすと、いつもお互いの小さい頃の思い出であった。

「そしてつい先夜のことですが、森さまは奥さまがお部屋へ去られてから、私をお呼びになって、泣きながらこのようにお話しなさいました」

松助は呻くような声で云った。三之助は自分とおいちとの関係を語ったのである、それは高雄がおいちから聞いたのと同じもので、彼は自分が庶子であることもうちあけた。……江戸へ養子にゆくことに定《きま》り、ゆくまえにひと眼だけ逢いたいと思い、逢うと一度では済まず、二度三度と重なるうちに、こんどは離れることができなくなったいきさつ、それも隠さずに語った。

——高雄の計らいで猿ケ谷へ来て、おいちと二人になったとき、自分はすぐに気がついた、自分の気持は恋ではなかった、母のように、姉のように慕っていたのである、愛情というものを知らなかった自分に、おいちが初めて、この世でたった一人、愛情を示して呉れた、……生れて初めて、愛情のあまやかさを知り、温かな心の喜こびを知った、そうしていかなる犠牲をはらっても、おいちを奪い取りたいと思ったのである、だがいざ望みどおり二人だけになったとき、自分にはおいちの手に触れることもできなかった。

三之助はこう云ったということだ。

「おいちどのは自分には母親であり姉である、おいちどのの気持も恋ではない、母が子を、姉が弟を、劬《いた》わり庇《かば》う愛情にすぎない、……ここへ来てから二百幾十日、おいちどののゆき届いた介抱を受けて、自分は初めて人間らしい、やすらかな、心あたたまる日を過した、初めて生れて来た甲斐《かい》があったと思った。……森さまはこう云ってお泣きなされました。医者も云うとおり、自分はせいぜい今年いっぱいの寿命だろう、おいちどのは潔白だ、あのひとは昔から自分の哀れさに同情していた、無法な懇願を拒むことができなかったほど深く、親身に同情していて呉れたのだ、不貞な気持などは塵《ちり》ほどもなかった、あのひとの潔白は神仏《かみほとけ》を証《あかし》に立ててもよい、……あのひとを頼む、自分が死んだら紀平家へ戻れるようにして呉れ、あのひとを不幸にしないように、……このとおりだ、……森さまは枕の上に顔を伏せて、泣きながら、この爺に頭を下げて、お頼みなされたのでございます」

高雄はすなおに感動して聞いた。三之助の執着は闇討をかけるほど激しいものであった、それがいざ許されてみると恋ではなかったという。彼の態度が異常といってもいいくらいだっただけに、それが恋でなくて、母や姉に対する愛情であったという告白は、高雄をすなおに感動させ、些《いさ》さかの疑念もなくうけいれていいと思った。

「爺は口がへたでございます、思うようには申上げられません、けれども奥さまのお気性は旦那さまがよくご存じでございましょう、……爺もこの眼で、奥さまの御潔白は拝見してまいりました、旦那さま」松助はぐしょぐしょに濡れた顔でこちらを見あげた、「――坊《ぼう》さまに万一のことがあっては取り返しがつきません、一日でも一夜でもようございます、どうぞ奥さまをお呼び戻し下さりませ、どうぞ奥さまに看病させてあげて下さりませ、一生のお願いでございます」

高雄は暫らく黙っていたが、やがて低い声で、しかしきっぱりと答えた。

「おれたちは苦しんだ、おれも、おいちも、森も、……お互いに苦しんで、ああいう方法をとってみた、その苦しみをむだにしないようにと思って、……それはまだ終ってはいない、二人の潔白は信じるが、その事にはっきり区切《くぎり》がつくまでは、おいちの戻ることは許せない」

そうしてさらに低く、呟やくように云った。

「そのときが来たら、おれが迎えにゆこう、もし助かったら大助を伴れて……猿ケ谷へ帰っても、これの病気のことは決して云うな、固く申しつけたぞ」

四五日して吉良が来た。はたして雪乃を貰わないかという話しであったが、高雄ははっきり断わった。そのときは大助も危うく峠を越して、これなら命はとりとめるだろうと医師も云い、高雄はようやく息をついたところだった。

「坊やがそんな病気になるのも母親がいないためだ、どうしたって頼んだ者ではだめなんだ」吉良はたいそう乗り気らしくこう云った、「――子供のためにも貰うべきだよ、宮田では約束だけでもいいと云ってるんだ」

「――おいちが戻るかもしれないんだ」高雄はそう答えた、「――湯治は病気によかったらしい。詳しいことはいずれ話すが、……たぶん戻ることになると思う、そういうわけだから」

吉良はむっと口を噤《つぐ》み、睨むようにこちらの顔を見て、そしてその話しにはもう触れずに去った。

それから七八日経った或朝。高雄は登城の支度を手早くしていた。大助がなにかひどくむずかっているので、勝江がけんめいになだめているが、彼はべそをかいて、足をばたばたさせてなにかせがんでいた。

「燕を見るんだと仰しゃってきかないんですの、まだ起きたりなすってはいけませんのに」

「よしよし、そのくらいならいいだろう」

元気な暴れようを見て、高雄は唆《そそ》られるような気持になり、夜具をはねて大助に手を伸ばした。

「玄関ぐらいならね、さあ抱っこして、おおこれは重くなった、大さんまた重くなったぞ」

「だいたん重たい、はは、重たいねえ」

勝江が背中を薄夜着《うすよぎ》でくるんだ。

「重たい重たい、きいきがよくなったから重たい重たい、さあいって燕にお早うをしよう、燕もねえ、大さんお早うって云うよ、お早うって」

「燕はもういませんですよ」うしろから勝江がそう云った、「――二三日まえからいなくなりましたの、もう南へ帰ったのでございますわ」

高雄ははっとした、燕は去ったという、うわ言にまで云っていた大助の燕が。

「どうったの、たあたま、ちばめどうったの」

「――うん、燕はね」

当惑しながら、高雄は脇玄関へ出ていった。差懸《さしか》けの梁《はり》に巣はあるが、そこはひっそりとして、見ただけでも棲《す》む主《ぬし》のいなくなったことがわかる。大助はべそをかいて、燕がいないと泣き声をあげ、父親の腕の中で身もだえをした。

「燕はねえ大助、よくお聞き、燕は寒くなると暖かいお国へ帰るんだよ、あっちの遠いお国へね」高雄は子の頰へ頰を寄せながら云った。

「――そして春になって、こっちが暖かくなると、また大さんのお家《うち》へ帰って来る、大さんが四つになると、燕はちゃんと帰って来るんだよ」

「――ちばめ、またくゆの、また」

「ああちゃんと帰って来るよ」

高雄の胸に熱い湯のようなものが溢れてきた、彼は殆んど涙ぐみながら、大助に向って囁やくように云った。

「暖かくなればね、燕も帰って来るし、大さんの母さんも帰って来る、……もう少しのがまんだよ、冬を越して、春になれば、……大さんが偉かったからね」


（〈講談倶楽部増刊〉一九五〇年九月）

追いついた夢

一

娘は風呂桶《おけ》から出るところだった。

「どうです、いい躰《からだ》でしょう旦那」

おかみは嗄《しゃが》れた声でそっと囁《ささ》やいた。

「あれだけきれいな躰は千人にひとりもありやしません、こんな商売をしているから、ずいぶんたくさん女の躰を見てますがね、ああいうのこそほんとの餅肌《もちはだ》とか羽二重《はぶたえ》肌とか云うんですよ、あれだけの縹緻《きりょう》だし肉《にく》附《づ》きもいいし、……まあよく見て下さい。これが気にいらなかったら罰《ばち》が当りますよ」

そう云っておかみは去っていった。此処《ここ》は行燈《あんどん》部屋のような暗い長四畳で、壁の一部に二寸角の穴が切ってあり、黒い紗《しゃ》が二重《ふたえ》に張ってある。向う側はそこだけ横に黒い砂ずりになっているから、こちらで燈《あかり》でもつけない限りまったくわからない。和助《わすけ》はその紗へ顔を押しつけるような姿勢で、風呂場の中をじっと見まもった。

娘の名はおけい、年は十七だという。小づくりの緊《しま》った躰つきで、着物を着ていたときとは見違えるほど肉附きがいい。殊に胸のふくらみと腰の豊かな線とは、年より遥《はる》かに早熟《ませ》た唆《そそ》るようなまるみをもっている。湯に温ためられた肌は薄桃色に染まり、それをぼうと光暈《こううん》が包んでいるようにみえた。

——いい躰だ。これまで見たなかでは慥《たし》かに群をぬいている。

彼はこの尾花屋《おばなや》でもう七人もこういう娘に逢った。こっちで出した條件がいいから相当よく選んだのだろう、なかに三人ばかりは惜《おし》いようなのがいた。しかし彼はいそがなかった。すべての点で自分の好みに合う者、これなら満足だといえる者がみつかるまでは折合わないつもりだった。……その八人めがおけいで、今日は二度めであるが、四五日まえ初めて逢ったとき、だいたい気にいって、今日こうして躰を見る段取りになったのである。

娘は糠袋《ぬかぶくろ》で頸《くび》から胸、腹から腿《もも》へと洗いながら、また湯を汲《く》みに立ったりして、前後左右いろいろな角度と姿勢をこちらへ見せた。ことによるとおかみに云い含められたのかもしれない、それともまったく無心にそうするのか、ともかく躰の緊張した線や、まるみや厚みや、豊かなふくらみが、伸びたり盛りあがったり、柔らかくくびれたりするのを残りなく見ることができた。そしていかにもそれは美《うつ》くしかった。立ち踞《かが》みのときなど、かなり不作法な線が現れるのだが、それが少しもいやらしさやみだらな感じを受けなかった。十七歳という年齢のためでもなく、男を知らないためでもなく、なにかまったく別な理由、……云ってみれば芯《しん》にある浄《きよ》らかさ、生れつきのつつましさがあらわれているようであった。いつまでも汚《けが》れることのない、単純で美くしい性質のためのようであった。

——千人にひとりもないというのは本当かもしれない、慥かにほかの女たちとは違う、ほかの女たちに無いなにかがある。

和助はこう思いながら、早くもそれを馴らしめざめさせてゆく空想に憑《つ》かれ、われ知らず深い溜息をついたが、やがてみれんらしくそっとそこを離れた。……彼はおかみの部屋へ寄って、二人だけで話すことがあるから、酒を持って来させて呉《く》れと云い、そのまま二階の元の小座敷で待っていた。

おけいはほどなくあがって来た。

「こっちへ来てお坐り」

和助は彼女が膳拵《ぜんごし》らえをすると、こう云って自分の側へ招いた。わるく遠慮するふうもなく、ほのかな含《はに》羞《かみ》をみせながら、おけいはすなおに来て坐った。

「私はぜひ世話をしたいと思うが、おまえの気持はどうだ、私の面倒をみて呉れるか」

「はい。こんな者ですけれど、お気に召しましたらお願い申します」

おけいは案外しっかりした声でそう答えた。

「支度料《したくりょう》や手当のことはこのあいだ云ったとおり、ほかにも必要があれば金のことなら出来るだけのことはするが、ただ、来て呉れるとすれば断わっておくことがあるのだ」

和助は酒には手を出さずにこう云った。

「それはおまえの家《うち》のほうと縁を切るつもりになって呉れることだ、毎月の定《きま》った物はきちんと送るし、おふくろさんにもしものことがあれば別だが、さもない限り往き来をして貰っては困る」

「はい、それは此処のおかみさんからうかがっています」

「つまり私は遁世《とんせ》したいのだ、おちついたらいずれ身の上話しもするが、世間からも人間からも離れたい、煩《わず》らわしいつきあいや利慾《りよく》に絡んだ駈引《かけひき》や、いっさいのうるさい事からさっぱりと手を切って、静かに、誰にも邪魔をされずに余生をおくりたいのだ」

おけいは俯向《うつむ》いたままそっと頷《うな》ずいた。

「それにはこんど一緒に住む家のところなんだが、これは私の身内の者にも知らせてないし、おまえの家のほうにも知らせないことにする、誰か一人にわかるとつぎつぎに弘《ひろ》まって、しぜんと人が出入りするようになるものだ、これもはっきり断わっておくが、いいだろうな」

和助の口のききかたは押しつけるような調子になった。おけいはこれにもすなおに頷ずいて、それから眼をあげてきいた。

「阿母《おっか》さんになにかあったときは、すぐわかるようにして下さるんでしょうか」

「それはむろんそうするし、おちついたらときどきみまいにも遣《や》ってやろう、ただところだけは決して知らせてはいけない、これだけをはっきり断わっておいて、それで承知なら世話をしよう」

「――はい、どうぞお願い申します」

「では一杯ついで貰おうか」

和助は盃《さかずき》を持った。それはそのときまで酒を待っていたことになにか意味があるとでも云いたそうな、かなり勿躰《もったい》ぶった手つきであった。

「この盃でおまえも一つ、これもまあかたちだから」

彼はおけいに盃を渡し、自分で酌をしてやりながら云った、「――そして、それを飲んだらおかみとその家主さんを呼んで来て呉れ、話しを定めて、渡す物を渡すとしよう、たぶん四五日うちに迎えの駕籠《かご》を遣ることになるだろうから」

おけいはひと息に飲んで、そしておかみを呼びに立とうとした。すると躓《つま》ずきでもしたように、よろめいて片方の膝《ひざ》を突いた。和助はすばやく手を伸ばして彼女を支え、

「しびれがきれたのだろう、危ないよ」

と云って起してやろうとした。

「済みません、いいえもう大丈夫です」

おけいはそっと和助の手から離れ、すり足をしながら出ていった。和助はそのうしろ姿を見おくりながら、いま摑《つか》んだ娘の手のしめっぽい柔らかな、しっとりと冷たい感触を慥かめるように右の手をじっと握り緊《し》めながら、唇のまわりに貪欲《どんよく》そうな微笑をうかべた。

二

尾花屋を出たおけいと万兵衛《まんべえ》は、蛤町《はまぐりちょう》まで殆《ほと》んど口をきかずに歩いた。背骨の曲りかけた万兵衛は、まるで重い荷物でも背負っているように、前踞《まえかが》みになって、ひどく大儀そうな足どりで歩き、なんどもはあと深い太息《といき》をついた。

「では、……なんだ、……慥《たし》かに預かったから」

別れるときに初めて万兵衛はこう云った。彼はこっちを見ることができないようだった。おけいは黙って微笑して、だがそのまま長屋の路次《ろじ》へはいっていった。

……家へ帰ってみると、医者の良庵《りょうあん》が来ていた。母親のおたみがまた発作を起したのだろう、隣りのおむらが世話をして呉れたとみえるが、母親はいつもの薬がもう効き始めたらしく、うとうと眠りかけているようすだった。

「やっとお金の都合がつきました」

医者を送りだしながら、おけいは低い声でこう云った。

「溜っているのもきれいにします、これからも決して御迷惑はかけませんから、どうぞお願いします」

医者は向うを見たまま頷ずいた。なにか云おうとするふうだったが、しかし黙って薬箱を持って、そして出ていった。

「お茶がはいってるよ、おけいちゃん」

おむらが病人を憚《はば》かるように、囁やき声でこう呼びかけた。おけいは母のようすを見た、唇を少しあけて、軽い安らかな寝息をたてている。おけいはそっと隣りの女房の側へ来て坐った。

「いつも済みません、おばさん」

「ぬるくなったかもしれないよ。良庵さんに出したあとだから……」

音を忍ばせて茶を注いでやり、自分のにも注いで、おむらはうかがうようにこっちを見た。

「どうだったの、話しは」

「ええ定《き》めて来たわ、すっかり」

「相手はどう、よさそうな人かえ」

「わからないけれど」おけいは湯呑《ゆのみ》を取って眼をそむけた、「——でもおっとりした人だったわ、少し肥っていて、丈夫そうな」

「どんな商売をしているの」

「それがわからないの、お店は大阪とこっちと両方にあるって云うし、かなり大きくやっているらしいんだけれど、そのお店がどこにあってどんな商売をしているんだか、尾花屋のおかみさんも知らないらしいのよ」

「そんなこと云っておけいちゃん、もしもその人が悪い事でもしている人間だったりしたら、いやじゃないの」

「しかたがないわ、あたしお金が要《い》るんですもの」おけいは微笑した。

「——たとえ相手が泥棒だって、兇状《きょうじょう》持ちだって、……でも大丈夫よおばさん、そんな人でないことは慥からしいから」

おむらは溜息をついた。それから衿《えり》へ掛けてある手拭《てぬぐい》の端で、なんとつかず口を押え、もういちど肩をおとして溜息をついた。

「あんたが女に生れて来たんでなければね、そうすればこんなとき悲しい思いをしなくてもよかったのに、でも女だからこれだけのことができるんだよ、おけいちゃん、これが男であんたの年であってごらん、それこそ阿母《おっか》さんに薬ひとつ満足に買ってやれやしないから」

「そんなこともないだろうけれど」

「だって宇之《うの》さんをごらんな、二十一にもなっていっぱしの職人でいて、弟の竹《たけ》ちゃんがあの大怪我をしたとき、やっぱりお医者にはかけきれなかったじゃないか、あのときすっかり治るまでお医者にかかっていたら、竹ちゃんも死なずに済んだかもしれないのに、……それを思えばおたみさんは仕合せだよ、あんたにしたってまだ年は若いし、縹緻《きりょう》はいいし、いまにこんなことも笑い話しにするようなときがきっとやってくるよ、生きているうちには悪いことばかりはないものさ、くよくよしないで、おけいちゃんらしく辛抱してお呉れよ」

「大丈夫よおばさん、あたしちっともくよくよなんかしてはいないわ、こうするよりほかにどうしようもないんだもの、恥かしいだの悲しいだの辛いだの、そんなこと思ってたら一日だって生きてゆかれやしないわ」

おけいはこう云って、きらきらするような眼でおむらを見て、明るく笑った。

「それよりあたし、おばさんに頼みがあるの」

「水臭いことお云いでないよ、なんて、啖呵《たんか》をきるほどのがらでもないが、なによ改まって」

「あたしが出ていったあとのことよ」

和助との約束をおけいはあらまし話した。

「そういうわけで、毎月の物を尾花屋へ取りにゆくとか、あっちの人との面倒な事は大家さんがして呉れることになったけれど、阿母さんの世話はやっぱりおばさんにお願いしたいのよ」

「わかりきってるじゃないかそんなこと、あたしはこの話しが出た初めから」

「そうじゃないの、それはいまさらお願いもなにもないんだけれど、そうじゃなく、これまでと違ってあたしがいなくなるでしょう。昼間はともかく夜なかまで世話をして頂だくわけにはいかないわ、それであたし考えたのよ」

おむらに松乃《まつの》という姉があった。本所《ほんじょ》の横網《よこあみ》に住んでいてときどき遊びに来る、おけいもよく知っているが、年はもう五十だろう。亭主は網舟の船頭であったが、去年の冬、十九になる息子の平吉といっしょに沖へ出て、突風に遭って二人とも死んでしまった。……それ以来は針仕事などして暮しているが、おけいはその人に家へ来て貰えまいかと云った。

「ああそうか、そういう手があるわねえ、だけどおけいちゃん、あの人ときたら知ってのとおりぐずだから」

「だっておばさんが隣りにいて呉れるじゃないの」おけいは賢《かし》こげに笑った、「――それから、あたしはっきり云うから怒らないでね、っていうのがお金のことなの、あたし阿母さんの世話をして貰うために人を頼みたいって云ったら、毎月《まいげつ》べつに一分ずつ呉れることになったの、それで横網のおばさんにがまんして貰いたいんだけれど」

「いいわ、それ貰うわ」

おむらは眼をふっとうるませた。

「おけいちゃんからお金なんて、一文だって貰うつもりはないけれど、断わればあんたの気の済まないのがわかるし、正直いえば姉さんだって助かるんだから」

「うれしいわ、あたしどなられやしないかと思ってびくびくものだったのよ」

「こんなときでなけりゃどなるくらいじゃ済まないよ」おむらも笑った、「――それじゃあ横網のほうへすぐに知らせておくからね」

こう云ってまもなくおむらは帰っていった。

三

母親は夕餉《ゆうげ》まで眼をさまさなかった。支度が出来たので起して喰べさせ、煎薬《せんやく》と頓服《とんぷく》をのませると、びっくりするほどの効きめで、すぐにまた眠りだした。

――こういう薬があってこんなによく効くのに、法外なお金を出さなければ手にはいらないなんて、どういうわけかしら。

おけいは母親の寝顔を見ながらそう思った。

おたみが病みついてから三年になる。もともと躰が弱かったらしいが、おけいを産んで以来は精をなくしたようで、続けて百日と丈夫でいたことがなかったという。おけいが覚えてからでも、煮炊きや洗濯などはたいてい父親の七造がやった。おたみの躰の調子がいいときでも、洗濯だけは決してさせなかった。……七造は山本町の「植芳《うえよし》」という植木屋の職人をしていたが、それはこの長屋へ移って来てからのことで、同じ路次うちにいた源次《げんじ》が口をきいたのだという。源次は子飼いからの植芳の職人で、ずいぶんいい仕事をするそうだが、宇之吉《うのきち》という長男のほかに子供が五人あり、また自分が底抜けの酒のみだったため、いつもひどい貧乏に追われていた。それで宇之吉などは十一二の年から父と一緒に植芳へ手伝いに出て、家計を助けなければならなかった。

――病気はおめえしようがねえ、にんげん病気にゃあ勝てねえ。

毎晩のように酔って来て、定《きま》ってそんなふうに云う源次の姿を、おけいは今でもよく覚えている。

――おれの酒は病気だ、こいつばかりは自分でどうにもならねえ、なあ七さん、おめえはおたみさんの病気で苦労するが、おめえに苦労させるおたみさんはもっと辛《つれ》えや、そうだろう、それが夫婦の情《じょう》てえもんだ、……おれも酒じゃあ女房子供に苦労させる、わかってるんだ、宇之の野郎なんぞ可哀そうでしようがねえんだ、こころもちは辛えんだけれども、しようがねえ、この酒はやめえなんだから、夫婦親子の情なんていったっておめえ、病気にゃあ勝てやしねえや。

こんなふうにくだを巻く源次の口から、おけいはほかにもいろいろなことを聞いた。父の七造がまえには京橋へんの質屋にいたこと、おたみはその店の養女で、いつか七造と愛しあっていたところ、婿を取ることになったので隠しきれず、結局は義絶ということで、二人とも身ひとつで逐《お》い出されたことなど、……もちろん断片的な、半分はふざけたような話しぶりだったが、おけいには強い印象として記憶に残った。

源次の話しがどこまで事実かということはわからない、父や母は決してそんな話しはしなかった。またこちらから問いただせることでもなかったが、不平らしい顔もせず煮炊き洗濯をする父のようすや、そういう良人《おっと》に寝床の中から喰べ物の註文をしたりする母の態度を見ると、質屋の養女とその店の者という関係を証明するようで、おけいはしばしば哀しいような切ないような気持を感じたものであった。

源次が四年まえに死んでから、宇之吉は七造と一緒に植芳へかよった。おけいと四つ違いの、そのときまだ十七だった彼の腕では、母と五人の弟妹は養ないきれず、妹の一人は子守りに出し、十二になる弟は日本橋石町《こくちょう》の太物商《ふとものしょう》へ奉公に遣《や》ったが、それで母親の手内職を入れても食うのがやっとのことらしかった。

――可哀そうに今日も宇之は弁当を持って来なかったよ。

父親がそんなふうに云うのも珍らしいことではなく、小銭や米などをそっと届けて遣るところなど、おけいの知っているだけでも五度《たび》や十度ではなかった。……それがおけいの身にまわって来たのである、酒も煙草も口にせず、なんの道楽もなく稼ぎとおしていた七造が、去年の冬のかかりに腸を病んで急死し、その日からすべてがおけいの肩にかかってきた。

母親はもう三年越し寝ついたきりだったが、自分で世話をするようになって、初めて病気の性質や薬の高価な意味がわかった。もとは単純な婦人科の疾患だったのをこじらせたのだそうで、激痛をともなったさしこみの発作が起り、それを鎮めるには一種の頓服しかなく、その薬は輸入品で、しかも表《おも》てむきには禁制になっているため、手に入れることからして非常に困難だというのであった。……おけいがそれを知ったのは三十日ほどまえのことである。このあいだ約半年、家主の万兵衛に金を借りたし、それこそ売れないような物まで売りつくした。

——お父つぁんは仕合せだった。

母親は独り言のようによくそう云った。

——少しもなが患《わず》らいをしないで、あんなに早く死ねて、……あたしが代れたらよかったのに、こんなふうでおまえにまで苦労をかけて、辛い思いをしてまだ死ねないなんて、……業《ごう》が深いっていうんだろうけど、つくづくお父つぁんが羨《うら》やましいよ。

宇之吉も苦しいなかでよくちからになって呉れた。口の重い性分で、いつもむっと怒ったような顔をしているし、して呉れることもたかの知れたものだったが、おけいにとっては大きな心の支えであり、頼りであった。そうして、急速に二人の思いが結びついていった。

——辛抱しよう、おけいちゃん、いまによくなってゆくよ、もう暫《しば》らくだよ、苦しいだろうが、きっといまになんとかなるからな。

宇之吉はそう云って励まして呉れた。しかしその彼自身がまた不幸にみまわれていた。いちばん下の弟の九つになる竹次が、この正月にひどい怪我をした。木登りをして遊んでいたのが落ちて、額《ほねっ》を割り右の太腿の骨を折った。すぐ医者にもみせ、骨接ぎにもかよわせて、いちおう治ったようにみえたのに、四十日ばかり経つと太腿の折れた部分が膿《う》みだし、それがみるまに脱疽《だっそ》というものになって、死んでしまったのである。

——骨接ぎがへたくそだったんだよ。

近所の者は口ではそう云ったが、治療が不充分だったのだとは誰もが察していた。貧乏人は医者にも満足にはかかれない、病気になったらおしまいだということは、それぞれが自分でよく知っていることであった。

……おけいは医者から母の病気と薬の性質を聞いて、そのときすぐに肚《はら》をきめた。医者の払いも溜り、借りも溜り、もう売る物も無くなっていた。

――宇之さんのためにもそうしたほうがいい。

そのままの状態では、見ている宇之吉も辛いだろう、こう思いきった。そして隣りのおむらの知人で、そういう方面に関わりのある人に頼み、尾花屋という家へでかけたのであった。

「――阿母《おっか》さん、早くよくなってね」

おけいは母親の寝顔に向って、口のなかでこう囁やいた。

「――あたしはいなくなるけれど、もう薬代にも困らないし、美味《おいし》い物も喰べられるわ、そのうちあの人に頼んで、できたら一緒に暮せるようにするし、そうでなくったって病気が治れば一緒になれるわ、……だからよく養生して早くよくなって頂戴ね、阿母さん」

おたみは痩《や》せているのにむくんだような蒼《あお》い顔で、唇の間から歯をのぞかせて、いい気持そうに熟睡していた。

夕餉のあと始末を終って、縫いかけた母の肌着をひろげたとき、あたりを憚かるように宇之吉が訪ねて来た。いつもとは違ったようすで、眼つきがきらきらし、頬のあたりが硬《こわ》ばっていた。

「ちょっとそこまで出て貰えないか、大島町の河岸《かし》で待ってる」

彼はそう云って返辞を待たずに去った。おけいは胸が騒いだ。彼は聞いたのに相違ない。

――どうしよう。

すぐには立てなかった。しかしやがて勇気をだした、母親はその薬の効いているあいだは眠っている。おけいは行燈を明るくして、そっと家をぬけだしていった。

大島町の河岸というのは深川《ふかがわ》の南の地はずれで、海に面してずっと荒地がひらけている。宇之吉はその荒地の端で待っていたが、おけいが来るのを見ると、黙って草のなかを海のほうへ歩きだした。空は曇っているのだろう、星も見えず、まだ宵のくちなのにきみの悪いほどあたりは暗かった。

「――怒ってるの、宇之さん」

おけいが先にこう云った。

「――なにか聞いたのね」

「ああ聞いた」宇之吉は立停った、「おふくろがおむらさんから聞いたんだ、本当なんだね」

「そうするよりしようがないの、そのほかにはどうしようもないのよ」

「――金はもう、受取っちまったのか」

　おけいはちょっと黙ってから答えた。

「四五日うちに迎えの駕籠が来るわ」

　宇之吉はふいにおけいをひき寄せた。両手で激しく抱き緊《し》め、自分の頬をぐいぐいとおけいのへすりつけた。おけいは頭が痺《しび》れたようになり、自分では知らずに、宇之吉を抱いて泣きだしていた。

「おれは放したくない、どこへも遣りたくない、おれは一緒になって貰いたかったんだ、おけいちゃんと一緒になれると思っていたんだ」

「うれしいわ、宇之さん、あたしもそう思っていたのよ、あたしも宇之さんのお嫁になりたかったのよ」

「そんなら、それがもし本当なら」

　こう云って宇之吉はおけいの肩を摑み、押し離すようにして顔を覗《のぞ》きこんだ。

「おけいちゃん、おれと一緒に逃げて呉れ」

「――逃げて、どうするの」

「二人で暮すんだ、おれには職がある、職が無くったってなんでもやる、おれもおけいちゃんもずいぶん辛抱してきた、もうたくさんだ、おれたちだって生きたいように生きていい筈《はず》だ、逃げようおけいちゃん、どこか遠いところへいって二人で暮そう」

「――待って、宇之さん、おちついて頂戴」

　おけいは彼を見あげて、静かな悠《ゆっ》くりした調子で云った。

「あたしもそう思ったことがあるの、いっそ宇之さんと一緒に逃げだして、どこかへいってしまおうかしらって、……でも考がえたの、あたしたちが苦しいのは貧乏だからでしょ、宇之さんのおじさんもあたしのお父つぁんもあんなに稼いで、それでお酒を飲むとか病人がいるとかすれば、もう満足に喰べることも着ることもできなくなるわ」

「だから逃げだすんだ、このままいればおれたちも同じことになってしまう、おれたちの一生もめちゃめちゃになってしまうんだ」

「そうじゃないわ、逃げたって同じよ宇之さん、親兄弟や蛤町の長屋からは逃げられるけれど、貧乏からは逃げられやしないわ、……あたしのお父つぁんや阿母さんだって、貧乏したくって蛤町へ来たんじゃない、二人で仕合せになろうと思っていたに違いないわ、あの長屋にいる人たちのなかにも、江戸へゆけばなんとかなると思って、どこかから逃げて来た人がいるでしょう、でもやっぱり同じことよ、運不運もあるだろうけれど、ただ此処を逃げだすだけでは決して仕合せにはなれやしないわ」

「それだっていい、おけいいちゃんとならおれはどんな貧乏だってするよ」

「そしてあたしたちの子供にも、あたしたちのようにみじめな辛い思いをさせるのね、宇之さん……いいえ、あたしはいやよ、あたしは自分の子供にはそんな思いはさせたくないわ、あんただってそんなことはできない筈だわ」

宇之吉は黙って頭を垂れた。おけいいは彼の手をそっと握り、怒りを抑えたような口ぶりで、云った。

「逃げちゃだめ、逃げるのは負けよ、ねえ、世の中はたたかいだっていうでしょ、宇之さん、……あたし五十両という支度金を取ったし、家のほうへも月々の物を取る約束をしたわ、向うへいってからもできるだけ詰めて、できるだけお金を溜めるつもりよ、……そしてこれならと思うくらい溜ったら、わけを話してひまを貰うわ、強がりを云うようだけれど、あたしきっと思うだけの物を溜めてみせる、きっと溜めてみせるわ」

怒りの宣言のようにおけいいはそう云った。だがそのあとから心はよろめき、むざんなほど声がふるえた。

「あんたも強くなって頂戴、やけになったり諦《あき》めたりしないで、辛抱づよく、一寸刻みでもいい貧乏からぬけるくふうをして頂戴、……そしていいお嫁さんを貰って、仕合せに」

「おれがいい嫁を貰うって」宇之吉はかすれ声で叫ぶように云った、「――じゃおけいちゃんは、おれに待っていろとは云わねえのか」

「だって宇之さん、あたしきれいな躰じゃなくなるのよ」

「そんなことがなんだ、それが悪いんなら罪の半分はおれにある、おれに甲斐性《かいしょう》があればおめえにそんな悲しい思いをさせずに済んだんだ、おれあおめえのほかに嫁なんぞ貰おうとは思わねえ」

「宇之さん」

おけいは握っていた彼の手を自分の胸へ押しつけ、喘《あえ》ぐように叫んで身をすり寄せた。宇之吉はその手を振放《ふりはな》し、おけいの肩をつぶれるほど抱き緊めて云った。

「待ってるぜ、おけいちゃん」

おけいは身もだえをした。

「それじゃあ済まない、あたしが宇之さんに済まないわ」

「泣いちゃあいけねえ、いま泣くんじゃあねえおけいちゃん」宇之吉は歯をくいしばった声で云った、「泣くのはもっとさきのことだ、いつかそういう日がきて、二人が晴れて一緒になれたらだ、……それまでは泣くのはよそう、おれも強くなる、精いっぱい稼ぐ、そして何年でも待っているぜ、いいなおけいちゃん」

「そんな、そんなこと云えば」

おけいはいやいやをしながら咽《むせ》びあげた。

「泣くまいと思ったって、泣けちゃうじゃないの、こんなに、しぜんに声が出てきちゃうわ」

咽びあげる声に笑いがまじった。そのおけいの顔へ、宇之吉がのしかかるような姿勢になり、うっと喉へ声の詰るのが聞えた。……汀《みぎわ》では頻《しき》りに波の音がし、闇《やみ》の向うに佃島《つくだじま》の燈《ひ》がちらちらとまたたいていた。

四

尾花屋を駕籠で出て、永代橋《えいたいばし》を渡ったところで下り、水天宮《すいてんぐう》の近くで辻駕籠に乗ったが、それも京橋八丁堀で下りた。こうして五度《たび》も駕籠を乗り替えたうえ、目黒から大山道《おおやまみち》を西へまっすぐにゆき、柿の木坂というところで、掛け茶屋へはいってひと休みした。

「遠いのでさぞ吃驚《びっくり》したろう」

茶店を出て、こんどは歩きだしながら、こう云って和助は振返った。おけいは淋しそうな微笑をうかべ、そっと首を振った。

「こっちのほうへ来たことがあるかね」

「いいえ、初めてです」

「下町の人間は出不精《でぶしょう》だからな」

和助はきげんのいい調子で笑った。

大山道を左へ曲り、丘へ登って、松林の中を二町ばかりいった。あたりはすっかり田舎の景色であった、どっちを眺めても林や草原《くさはら》や畑ばかりで、農家らしいものも稀《まれ》にしか見えなかった。……五度も駕籠を乗り替えたのは、駕籠舁《か》きなどに足取りを知らせないためであろう、そのうえ閑居《かんきょ》というにはあまりに土地が辺《へん》鄙《ぴ》すぎる。

——なにか悪い事でもするような人だったら。

おむらの云った言葉が思いだされて、覚悟をきめて来たものの、おけいはだんだん不安になるのを抑えることができなかった。

二町ほどいって右へ坂を下りた。小さな谷間といったふうな、二つの丘に囲まれたところに、その家はあった。南西へひらけた千坪ばかりの広さで、周囲に高い生垣をまわし、表て側だけは黒く塗った板塀《いたべい》で、あまり大きくはないが両開きの門が附いていた。

「あの川はなんというか知っているかね」

門のところで和助がそう云った。土地はそこから西へ段さがりになって、松林の向うに草原がひろがり、そこにゆるやかな川の流れているのが見えた。

「あれが玉川だ、名ぐらいは知っているだろう」

「ええ、聞いたことはあるようですけれど」

「これから鮎《あゆ》が獲れるんだが、ここのは味がいいので名高いんだ」

川魚は嫌いですと云おうとしたが、おけいはさりげなく頷ずくだけにした。

門をはいると老人夫婦が出迎えた。名は吾平《ごへい》にとみというのだが、爺《じい》や婆《ばあ》やと呼べばいいそうである。かれらはまえから聞いていたのだろう、おけいのことを御新造さんと呼び、とみが先に立って家へ案内した。

……さして広くはないが凝《こ》った造りの平家で、土蔵が附いていた。部屋は五つあり、おけいの居間には簞笥《たんす》二棹《ふたさお》と鏡台、長火鉢、小机など、すっかり道具が揃《そろ》っていた。

「あとで簞笥をあけてごらん、帯地や反物《たんもの》が夏冬ひととおり入れてある。私は今日は帰って五六日したら来るから、そのあいだに当座の着る物を仕立てさせるんだね」

和助は長火鉢の前へおけいを坐らせ、自分もさし向いに坐って、さも満足そうな口ぶりでこう云った。

「こんな処《ところ》に仕立屋さんがあるんですか」

「山奥へでも来たと思ってるんだね」和助はからかうように笑った、「――おちついたら下へいってごらん、仕立屋どころか料理屋もある、しかしまあ、私のいないときは出歩かないようにして呉れないと困るが」

「あたし外へ出るのは好きじゃありません」

とみが茶を持って来ると、和助は食事を取るように命じた。鈴半《すずはん》へいって――などと云ったところをみると、それが料理屋かもしれない。和助は茶を飲み終ると、おけいを伴《つ》れて家の中をみせてまわった。

「これが寝間、こっちが私の部屋だ、おちついたらこの向うへ茶室を建てようと思う、……これから茶や生花をならって貰うんだな、読み書きの師匠も呼んでやるよ」

土蔵をあけてはいると、なにが入っているのか長持《ながもち》や櫃《ひつ》や箱がぎっしり並んでいた。和助はおけいを用箪笥の前へ呼んで、

「この中に金や書附《かきつけ》が入れてある、これがこの鍵だ、預けて置くから気をつけて持っていて呉れ、それから……」

彼は鍵を三つ渡して、いちばん奥の長持を指さした。

「この中のは纏《まと》まった金だからな、用箪笥のはおまえに任せるが、これには手をつけないように、……いまに見せてやるが、あの長持や箱の中にはかねめの品がたくさん入ってるんだ、私が十年かかって集めたものだがね、おまえがよく面倒をみて呉れれば、いつかはこれがみんなおまえの物になるんだよ」

和助の声には一種の感慨がこもっていた。色の黒い逞《たく》ましい彼の顔は赤くなり、眼はおちつきなく光っていた。

――そうだ、これはおれの物だ、此処にあるすべてはおれの物だ。

彼はこう叫びだしたいくらいだった。

運ばれて来た食事は、山女魚《やまめ》の田楽《でんがく》に鯉《こい》のあらい、甘煮と鯉こく、卵焼などであった。おけいは箸《はし》をつけたが、川魚の匂いがどうしてもいやで、甘煮と卵焼しか喰べられなかった。

「此処へ来て川魚が喰べられないのは困ったな、まあそのうちに馴れるようにするんだな、鮎も食えないなんてそれこそ玉川が泣くぞ」

こんなことを云って、和助はおけいの残した物までみんな喰べた。

「お店はどちらに在るんですか」

帰るといって和助が立ったとき、おけいは送りだしながらそうきいた。和助はあたまからとりあわなかった。

「そんなことは知らなくってもいい、こんど来ればもう二度と往き来はしないんだから、……門まで送っておいで」

こう云って玄関を出た。

彼はおけいに庭をみせてまわった。かなり広い芝生があり松林があった。裏には少し畑もあった、吾平が勿躰《もったい》ないからといって、野菜を作っているのだそうである。

「こっちは見えねえし、あけて置くのはむだだからねえ」爺やは附いて歩きながらおけいにそう云った、「――これっぱかしでも旦那や御新造さんのあがるくれえは作れるだから、それにおらあも手がすいてるだからよ」

おけいは来たときから吾平ととみの人柄をみていた。口ぶりでは老夫婦はこの近くの者らしい、性質もわるぎのない朴訥《ぼくとつ》なようすで、ばあいによっては力になって貰えそうな、頼もしい感じがした。

「では五六日うちに」和助は門のところでこう云った、「――早ければ二三日のうちに来るから、じゃあ……」

そして彼は坂道を西へ下りていった。

五

それからまる三日、和助は最後の仕上げのために奔走した。すっかり手順がつき、用意がととのった。

その日は三軒ばかり客筋をまわって、昏《く》れ方《がた》に銀座の店へ帰った。主人の儀兵衛《ぎへえ》は町内の寄合にでかけたという、和助は自分の机でその日の帳締めにかかったが、途中でやめて、手代の増吉《ますきち》を呼んだ。

「どうも頭が痛くっていけない、風邪でもないらしいんだが、……どうにも気分が悪いから、おまえこれを締めといて呉れないか」

「へえよろしゅうございます」

「医者におどかされてから、頭が痛むとすぐ神経にこたえる、いやな心持だ」

和助はまえから、――医者に中気のけがあると云われた。ということを事実らしく云い、頭をやすめるために海へ釣りにゆくという理由で、ときどき店を休んだ。釣りにゆくのもまるっきり嘘ではないが、おもな目的は、誰にも知られてはならない必要な時間を取ることであった。そして今ではもう、彼に「中気のけがある」ということは、家でも店でも知らない者はなかった。

「明日はことによると休むかもしれない、旦那がお帰りになったらそう云って、それから……と」和助は片手で額を揉《も》んだ、「――島屋さんではこの十日に返済なさるということだったから、それも旦那に申上げといてお呉れ」

「かしこまりました、それだけでようございますか」

それだけだと云って、和助はさりげなく店の中を眺めまわした。……十二の年からあしかけ三十二年になる。みじめな、暗い、濁った日々、ふり返ってみれば屈辱と悲哀に塗りつぶされた月日のようだ。しかしそれも今日が終りである、もう二度とこの店を見ることはないだろう。

――これでおさらばだ、二三日うちにひと騒ぎ起るだろう、おれの置き土産《みやげ》だ、ちょっとしたみものだから悠《ゆっ》くり見て呉れ。

嘲《あざ》けるように心のなかで呟《つぶ》やいて、それから駕籠を呼ばせて店を出た。

新銭座《しんせんざ》の家へ帰った和助は、具合が悪いからと云って早く寝た。けれどもこれが最後と思うせいか、頭が冴えてどうにも眠れない、そのうちに十時の鐘が聞え、苛々《いらいら》してきたので起きあがって、妻に酒を云いつけた。

「お酒って、……いいんですか」妻のお幸《こう》は針を持ったまま良人を見た、「――お医者に止められてるっていうのに、なにか煎《せん》じ薬《ぐすり》でも」

「うるさい、持って来ればいいんだ」

お幸はしぶしぶ立っていった。和助はそのうしろ姿を憎悪の眼で見やった。ずんぐりと胴の太い肥えた躰、勘のにぶさ、動作ののろさ、げびた口のききよう、すべてがいやらしく、やりきれないほど醜かった。

――こんな女と十三年も暮したんだ。

彼は舌打ちをした。

——だがそれも今夜でおしまいだ。

隣りの部屋には寝床が二つ並んで、十一になる和市《わいち》と八歳のおさきが眠っていた。彼はその子供たちの寝姿を見てもなんの感情も起らないふうで、冷やかな一瞥《べつ》を投げるとすぐに眼をそらした。

——おまえたちはおまえたちで好きなようにやるがいい、おれも自分でやってきた、誰の世話にもならなかった、……七つの年に孤児《みなしご》になってから、ずっと自分で働らいて生きてきたんだ、おまえたちもそうすればいいんだ。

彼の顔に皮肉な嘲笑《ちょうしょう》するような表情がうかんだ。……お幸が盆の上へ燗徳利《かんどくり》と盃をのせて持って来た、彼は寝床の上に坐ったまま、独りで不味《まず》そうに酒を飲みだした。

——そうだ、ずいぶん辛い月日だった。

七歳で孤児になってから、親類さきを三軒も転々し、十二の年に銀座の両替商へでっち奉公にはいった。親類では厄介者として追い使われ、でっち奉公は過労と屈辱の日が続いた。——いつかこの取り返しはつけてやる、いまにみんなを見返してやる。寝ても起きてもそう思っていた、ほかのでっち小僧たちは屈辱を屈辱とも思わず、牛馬《ぎゅうば》のようにこき使われながら、笑ったりふざけたり平気だった。そのなかで和助だけはひそかに心で刃《やいば》を研《と》いでいた。……店は「近正《きんしょう》」と呼ばれ、金銀地金の売買と両替を兼ね、またかたわら高利の金融もやっていた。彼は辛抱づよかった、決していそがなかった。ひそかに覘《ねら》うもののために、彼は誰よりも勤勉に働らき、誠実に店の利益を守った。それは彼の復讐心《ふくしゅうしん》をさらに強くしたが、周囲の信用を集める効果もあげた。

彼は吝嗇《りんしょく》に銭を溜め、狡猾《こうかつ》にくすねた。二十一で手代になり、やがて番頭になった。店を持たせてやろうと云われたが断わり、嫁を貰えと云われたが断わった。そして三十の年には支配人になり、金融の仕事を任された。だがそれにはお幸を嫁に貰うという代価を払った……、なぜなら、お幸は主人儀兵衛の姪《めい》で、二十五になっても嫁入りぐちがなく、主人夫妻もてあましたかたちであった。それをこっちから望んで嫁に取ることが、どういう効果をあらわすか、和助は充分に知っていた。

和助は新銭座に家を持ち、店へかよい、客筋を自分でまわった。彼は確実に利益をあげ、顧客《とくい》を殖《ふ》やした。だがそのあいだに「近正」という背景を利用して、ひそかに彼がふところをこやしていることは、知る者がなかった。疑がうにはあまりに誠実であり勤勉であった、仕事の慥《たし》かさ、人柄の堅さ。……主人や店の者は云うまでもなく、関係のある人すべてが彼を信じた。

——だがいまにわかるだろう、いまに、おれがどんな人間だったかということが。

彼は心のなかでいつもそう嘲笑していた。彼のあいそ笑い、揉《も》み手《で》、追従《ついしょう》、跼《かが》める腰、卑屈な低頭。その一つ一つが復讐の誓いを強くし、決心に執拗《しつよう》さを加えた。……十年まえ、三十四の年に荏原郡調布村《えばらごおりちょうふむら》に土地を買った。それから今日まで周到に狡猾に、そして極めて用心ぶかく事を運んだ。家が建ち土蔵が建った、書画骨董《こっとう》、茶器、必要なあらゆる道具が揃い、土蔵の中には八千両余りの現銀が溜った。彼のめあては壱万両である、もうひと息というところへ来ていた、しかし、そのときふと危険な予感がし始めた。……そんな理由はない筈である、万が一にも尻尾《しっぽ》を摑まれる筈はない、そんなへまなことは決してしてはいなかった。にも拘《かか》わらずその予感はかなり強かった。……そうだ、満つれば欠けるということもある。和助はこう思って、きっぱりと打切る決心をした。

「——なにか云いましたか」

お幸が向うから声をかけた。和助はとびあがるほど吃驚《びっくり》した。回想でわれを忘れていたらしい、あという声さえあげた。

「——どうかしたんですか」

だらけたような無神経な妻の調子に、彼は激しい怒りを唆《そそ》られた。けれどもそれを抑えつけて、冷やかに燗徳利を指した。

「もう一本つけて呉れ、熱くして」

お幸はのそのそと立って来た。

——こんな女と十三年も暮してきたんだ。

彼は妻のほうへ侮蔑《ぶべつ》の眼をやりながらそう思った。それはすぐにおけいの姿へつながった、あの美くしい従順な、みずみずしい娘、これまで見たこともなく、形容しようもないきれいな、若さと命のあふれるような躰。

——だがお幸、おまえも不幸ではなかった筈だぞ、おれが貰ってやらなければ一生おとこの味も知らずに済むところだった、それが嫁になって、子供も二人できたんだから、……おまけに、あとのことは近正の叔父がなんとかして呉れる、おれはおまえからつりを取ってもいいくらいだ。

勝手で妻が酒の音をさせていた。和助は満足そうに、うす暗い家の中を眺めまわした、冷酷な、嘲弄《ちょうろう》するような眼つきであった。

六

「頭をやすめにいって来る、もう鱚《きす》が出ているかもしれない」

彼はそう云って、釣道具を持って、まだほの暗いうちに家を出た。

金杉《かなすぎ》の「梅川《うめかわ》」というのがゆきつけの舟宿であった。預けてあった包を持って舟を借り、川を下って海へ出た。和助はかなり巧みに櫓《ろ》を使うことができる、海へ出ると西へ向って漕《こ》ぎながら、もう決してうしろへは振返らなかった。

「——とうとう今日という日がきた、夢のような望みだったが、とうとうその夢がおれのものになる」

独りでこう呟やきながら、夢の実現と、世間に対する復讐の完成のために、彼は声をあげて喚《わめ》きたいような衝動を感じた。

品川の沖で日が昇った。海の上では日光は暑い、たちまち汗がふきだした。和助は着物を脱ぎ、次には半身裸になった。強い日光と、休みなしに漕いでいるためか、頭が痛くなり、ときどき眼がかすむように思えた。

——もうひと息だ、松が見えるまで、それですべてが済むんだ。

鮫洲《さめず》へかかると遠く松並木が見えた。鈴ケ森であろう、頭の痛みは時をきって強くなり、かなり烈《はげ》しく痛む。そして汗をかいているのに、それが熱いのか冷たいのかはっきりしない。気分も重苦しく、胸がむかついてきた。

「ひと休みしよう、それに着替えをしてもいいじぶんだ」

和助は櫓をあげて休んだ。

日並がいいのでかなり釣舟が出ていた。しかしみんな遠かった。初夏の凪《な》いだ海は小波《さざなみ》も立たず、砥《と》のように平らな浅黄色《あさぎいろ》に、空の白い雲がはっきりと映っていた。……釣道具をあけ、遺書を出して、それを餌箱《えさばこ》を押えにして舟底へ置いた。遺書には「店の金を遣いこんだので申しわけのために死ぬ」という、詫びの文句が書いてある。……次に梅川から持って来た包をひらいた、紬《つむぎ》のこまかい縞《しま》の単衣《ひとえ》に、葛織《くずおり》の焦茶色無地の角帯《かくおび》、印籠《いんろう》、莨入《たばこいれ》、印伝革《いんでんがわ》の紙入、燧《ひうち》袋、小菊の紙、白足袋《たび》に雪駄《せった》、そして宗匠頭巾《そうしょうずきん》などをそこへ並べた。

遠い釣舟にも気をくばりながら、用心ぶかく着替えをした。潮のぐあいで、舟はしぜんと西南へ流されてゆく。彼は家から着て来た物をひと品ずつ、舟べりから海の中へ捨てた。そして立って櫓を使いだした、もういそぐことはない、彼は悠《ゆっ》くりと静かに漕いだ。

金杉を出てから約四時間、和助は六郷川の川口に近い海岸へ舟を着けた。そこは若い蘆《あし》がいちめんに伸びていて、舟を入れると陸からも海からも見えなくなる。彼は満潮線をよく慥《たし》かめた、今は潮の退くさかりだから、あげて来るのは夕方であろう、満潮になれば舟が浮くように、そして川の流れに乗って沖へもってゆかれるように、およその見当をつけてから舟を下りた。

「なるべく遠くへいって呉れ、少なくとも明日まではみつからないようにな、……ではお別れだ、頼むぞ」

和助は舟に向ってこう云い、踵《かかと》ほどの水を渡って岸へあがった。

濡れた足を拭き、足袋をはいた。そのときまた胸がむかつき、ぐらぐらと眩暈《めまい》がした。暫らくじっとしているとおさまったので、雪駄をはいて立ちあがった。……湿地や水溜りの間を、拾い拾い街道のほうへ歩きだした。東海道の往還は見えていた。松並木の間をちらほらと馬や人が往来している、車の音も聞えてくる。

「おけいが待っているだろう、今夜は風呂をたてさせて、鈴半から肴《さかな》を取って……」

突然、和助は眼がくらんだ、地面が斜《ななめ》になり、耳の奥でがあっと凄《すさ》まじい音が起った。彼はなにかに掴まろうとして、両手をおよがせながら、若い蘆の中へ前のめりに倒れた。

和助は眠りからさめた。

「まあそっとしとくよりしようがない、まちがいなし卒中だよ」

すぐ側でそう云う声がした。

――夢をみているんだな。

和助は可笑《おかし》くなった。みんなが自分に中気のけがあると信じている、ばかなやつらだ、しかし誰だろう。

「とんでもねえものを拾っちゃったな」こんどは違う声が聞えた。「――紙入の中にあ二両ばかりへえってるが、名札もところ書もねえんで、まるっきり身許《みもと》がわからねえ」

「妝《なり》でみると相当な店の隠居らしいがな」

「それにしちゃあぶっ倒れてた処がけぶですぜ、六郷の川っぷちを海のほうへ、三十間もいった蘆ん中だからね、なんだってあんな処へ踏んごんだものか、わけがわからねえ」

和助はあっと思った。六郷川、蘆の中、ぶっ倒れていた。これらの言葉がなにを意味するか、初めて彼にわかったのである。

――これは夢ではない。

総身《そうみ》を恐怖がはしった。とび起きようとしたが、躰は岩にでもなったように重く無感覚で、声のするほうへ顔を向けることもできなかった。

――中気、……まさか。

彼は笑おうとした。だがすぐに、今そこに聞えた声を思いだした。

「まちがいなし、卒中だよ――」そして彼は息が詰りそうになり、われ知らず絶叫した。絶叫、いやそうではない、それは哀れな、いやらしい呻《うめ》き声に過ぎなかった。

「また唸《うな》りだしたぜ、いやな声だなこいつは」

こう云って誰かが覗きこんだ。三十五六になる髭《ひげ》だらけの男だった。眉の太い唇の厚い、色のまっ黒な、けれども眼だけは好人物らしくみえた。

「眼をあいてますぜ先生、やれやれ、涙と涎《よだれ》でぐしょぐしょだ」

「おまえさん動いちゃあいけないよ」

もう一人の顔が見えた。五十四五になる男で、頭を総髪《そうはつ》に結い、ひどく瘦せていた。もちろん医者に違いない、彼は和助の手首を取り、脈をみながら云った。

「卒中で倒れなすったんだ、全身の痺《しび》れるいちばん重いやつだから、動かないでじっとしていなくちゃいけない、むりするとそのまんまになりますよ、脅かしではないんだから、静かに寝てなくちゃいけませんよ」

「口もきけねえのかね、先生」

「そんな声でものを云っちゃあいけない、耳は聞えるんだから」

そして二人は向うへいったが、話す声はかなりはっきりと聞きとれた。

「すると治るみこみはねえのかね」

「いけないね、すぐ死ぬほうが病人のためなんだが、……そのほうがいいんだが、命は助かってもこのままで寝たっきり、まあ、……この診《み》たてには間違いはないだろう」

「だってそんな、それじゃどうすればいいんだ」

「二両という金があるんだから、これも因縁《いんねん》だと思って世話をしてやるんだね、金が無くなっても引取り先がわからなかったら、まあそのときは村の御救い小屋へでも入れるさ」

「どっちにしてもよくは云われねえ、まったくこいつはとんだことをしたもんだ」

和助は呻いた。彼は調布村の家を思い、土蔵の中の金品を思い、そしておけいを思った。玉川の流れを見おろす閑静な土地、それは彼のものである、ぎっしり詰った書画骨董、八千余両の金、それも彼のものだ。緻密《ちみつ》に計画し、執拗に狡猾に、十年のあいだ営々と、用心に用心して作りあげたものだ。そしてあのおけい、……風呂場で見たあの裸。横からも前からもうしろからも、立ったり跼《かが》んだり、まるさもなめらかさもふくらみも、残りなく見たあの唆《そそ》るような若い躰。それも彼のものである、そしてこれらはすべて彼を待っている、殆んど手の届くところに、……もう半日、いや二時間早ければそこへいけた、仮に倒れたとしても、そこまでゆけば安心できた。

——いやだ、此処では死ねない、死んでなるものか、おけい、……あの家屋敷、みんなおれのものだ、おれの。

七

それから二年余の月日が経った。

調布村の家はすっかり空気が変っている、おたみが引取られて寝ているし、宇之吉と妹のなほも来ていた。……おけいの母親は、おけいがこっちへ来て半年めに引取ったのだが、宇之吉となほはつい数日まえに移って来たのである。彼の母は去年の夏に死に、弟の一人は本所の質屋へ奉公にやった。

これはみんな吾平夫婦のすすめたことであった。五六日うちに来ると云った主人が、それっきり姿をみせない、使いもないし信《たより》も来なかった。

——いったいどうしたんだろう。

おけいは云うまでもないが、吾平たちも主人についてはなにも知らなかった。江戸と大阪にあるという店の所在も、商売も、……わかっているのは土地を買うとき、証文に書いた名前だけであるが、それも「喜右衛門」という名だけで、ところ書は此処になっていた。

——まあそのうちにはおいでなさるだろう。

こう云って待ったが、半年しても音も沙汰《さた》もない。それで吾平は、母親を引取るようにとおけいにすすめた。

——病人を放りっぱなしにして置けないからな、それに半年もなんの知らせもないんだから、旦那もまさか怒りはなさるまい。

もし怒ったら自分たちが詫びを入れる。こう云ってすすめるので、不安ではあったが、おけいもそうすることにした。そのとき母を送って来たのは宇之吉であった、半年ぶりにお互いの顔を見て、却《かえ》って話しもできなかったが、吾平の妻は二人のようすからなにか感づいたらしい、宇之吉が帰るときに、畑から野菜を抜いて持たせ、暇があったら訪ねて来るようにと云った。……それから彼はときどきやって来た、月にいちどくらいの割であったが、また訪ねて来てもおけいとはあまり口をきかなかったが、このあいだに、主人を待つ気持はだんだん薄くなっていった。

——やっぱり悪い事をした人で、それがわかって牢《ろう》へでも入れられたのではないだろうか。

おけいはそういう不安につきまとわれ、宇之吉にも相談した。彼は尾花屋へいって慥かめたが、そこでも身許は知れないし音信はないという、……一年経ち、とうとう二年経ってしまった。

——宇之さんもお呼びなさいまし。

まる二年めの夏になると、吾平夫婦が頻《しき》りにそう云いだした。

——この辺はこんなに空地があるんだから、こっちへ来て植木屋をやったらいいでしょう、地面やなんかは私が心配しますよ。

おけいは心が動いた。自分のものではないが金はある、買うのが土地であるから、金をただ費消したことにはならない。云いわけは立つと思って、宇之吉を半ばくどきおとすようなかたちで、妹と一緒に移って来させたのであった。今、——おけいと宇之吉が、家のうしろにある丘の、松林の中に坐っている。

「ふしぎだなあ、まるで夢のようじゃないか、こんなことって聞いたこともないぜ」

「——あたしはもう心配じゃなくなったわ」

おけいは玉川の流れを見やりながら、感動をひそめた自信のある声で云った。

「——あの人はもう来ない、決して来ないという気がするの、決して、……どうしてだといわれてもわからない、自分でもこれがこうとは云えないけれど、でもあの人が二度と来ないということは慥かだと思うわ」

「そうなればますます夢だ、しかしそんな大きな夢でなくってもいい、此処へ地面を借りて、おけいちゃんの側で暮すことができれば、おれはそれだけでも充分だ」

「——ねえ、泣いてもよくって、宇之さん」

宇之吉の言葉には構わず、おけいはこう云って、彼の眼を見あげながらすり寄った。

「泣くって、だって、急にどうしたんだ」

「——いつか大島町の河岸で云ったじゃないの、こんど二人が一緒になれたときは泣けるだけお泣きって」

「それあ、けれどもそいつは、二人が晴れて……夫婦になれたときっていう」

「ゆうべね」おけいはそっと宇之吉の胸に凭《もた》れかかって、あまく囁やくように云った、「——ゆうべ、あたし聞いちゃったの、爺やと婆やが、……十月になったらあたしたちを一緒にさせようって、……宇之さん」

おけいは両手でしがみついた。

「阿母さんを引取ったのも、あんたを呼んだのも、あの二人よ、いやだと云ったって、あたしたちきっと一緒にされちゃうわ、……宇之さん、あたしたちよく辛抱したわねえ」

　そして激しく泣きだした。宇之吉はその背中へ手をまわし、黙って頬をすりつけた。おけいは咽《むせ》びあげながら、とぎれとぎれに彼の耳へこう囁やいた。

「とうとうこうなることができたわね、あたしうれしい、……うれしいわ、宇之さん」

　かれらはもうなにも恐れる必要はなかった。なぜなら、和助は五十日もまえに、六郷在《ざい》の御救い小屋で、身許不明のまま死んでいたのである。

（〈面白倶楽部〉一九五〇年十一月号）

ぼろと釵《かんざし》

一

深川材木町《ふかがわざいもくちょう》の丸太河岸《まるたがし》に、「川卯《かわう》」という居酒屋がある。酒が安いのと、川魚を肴《さかな》につかうほかに特徴はない。それにいまわりが寂しい裏河岸のことで、昏《く》れがたから宵のうちの、ちょっとたて混む時刻がすぎると、あとは殆《ほと》んど常連の客だけになってしまう。

その男はちょうど燈《あかり》をいれるじぶんに来て、いちばん隅のところで、独りで酒を飲みだした。

まったく知らない男だった。年は三十七八だろう、頬の黒い、かなり骨太のがっちりした軀《からだ》つきにも、色のこけたおもながの顔つきにも、ひどく疲れて、がっかりしたような色があらわれていた。じみな唐桟縞《とうざんじま》の袷《あわせ》に羽織、きちんと角帯《かくおび》をしめた恰好は、商人《あきんど》のようでもあるし、職人のようにもみえた。その男は黙ってゆっくり飲んでいた。味わって飲むようではなく、なにか思いあぐねているらしかった。どこかをぼんやり眺めたり、ふと眼をつむって、口の中でぶつぶつ独り言を呟《つぶ》やいたりした。そして思いだしたように、盃《さかずき》を口へもっていった。店の中は夕飯《ゆうめし》の客でいっぱいだった。

帳場に近いところでは、桶屋《おけや》の源兵衛《げんべえ》と、その伜《せがれ》の文吉《ぶんきち》がいて、まわりの客たちにはお構いなしに、いつもお定《きま》りの問答を交わしていた。

「おれの胃の腑《ふ》はぼろぼろだ、わかってらあ、腎《じん》の臓も、肝の臓も、百ひろ（腸）も心《しん》の臓もよ、みんなぼろぼろだあ」

彼は五十くらいで、軀も手足も固肥りに肥えている。酒でやけた顔も（酔っているためかもしれないが）いい血色で、叩けば音のしそうなほど、張りきっている。左の肱《ひじ》を飯台《はんだい》に突き、その手首をふらふらさせながら、自信のつよい人間に特有の、嘲《あざ》けるような口ぶりで話し、そして休みなしに飲んでいた。

「そんなこたあねえよ、父つぁん、それはおめえがそう思ってるだけだよ」

「まあやんねえ、盃を置くことたあねえや」

「いま飲んだんだよ、父つぁん、おらあいま飲んだばかりなんだよ」

伜の文吉は二十六七だろう、軀の小さな、痩《や》せた、貧相な男である。色の蒼白《あおじろ》い顔に、おどおどした表情をうかべて、まるで腫物《はれもの》にでも触るように、父親を劬《いた》わっていた。

「本当のところ」と文吉は続けた、「――そんな心配はよして呉《く》んなよ、父つぁん、決してそんなこたあねえんだから、お医者だってああ云ってるくれえで、ただその、酒さえもうちっと」

「ばかばかしい、よさねえか、医者がなんでえ、医者が、医者なんてもなあなんにも知っちゃいやしねえ、酒はな、酒てえものは、人間の拵《こし》れえた物の中で第一等だ、さればこそ神さまにもあげるし、酒がおめえ悪いもんなら、神さまにあげるわけあありゃしねえ」

「そうだよ、おめえの云うとおりだよ、父つぁん、ほんとうにそのとおりだと思うよ」

「おらあもう五十四だ」と桶屋は続ける、「――おぎゃあと生れてから今日まで、親から貰ったこの軀を、この軀のまんまで生きて来た、胃の腑も腎の臓も肝の臓も百ひろも、使い放題に使って来た、修繕もしねえし取替えもしねえ、五十四年だぜおめえ、もうぼろぼろになるのがあたりめえじゃあねえか」

隅にいたその男が、ふと顔をあげた。

源兵衛と文吉の問答を聞いたのかと思ったが、そうではなく、すぐ前にいる老人に向って、ちょっと躊《ため》らいながら、「おまえさんこの土地の人ですかい」と訊《き》いた。老人は酒を一本置いて、それをさも大事そうに啜《すす》りながら、鯉《こい》こくで飯を喰べていたが、こう云われて顔をあげ、銀のように白い髯《ひげ》の、疎《まば》らに伸びた顎《あご》を撫でた。

「わっしは向う河岸ですよ、松平和泉《まつだいらいずみ》さまのお下屋敷の向うでね、平野町の蓆《むしろ》長屋てえところです」

「古くから住んでおいでですか」

「さようさ、もうこれ、どのくらいになるか、まあずいぶん古いほうでございましょうね」

「この並びに」その男は手をあげた、「――いま柏屋《かしわや》という質屋がありますね、もと相模《さがみ》屋といってたんだが、御存じじゃありませんか」

「さあてね、聞いたようにも思うが、……ぜんたいいつごろのことですかえ」

「十五六年くらいまえなんだが」

老人はすぐに手を振った。

「それはいけねえ、わっしは平野町へ来てせいぜい八九年、いや八年そこそこですかね、下谷《したや》のほうから越して来たんで、そんな古いことは……」

男は頷《うな》ずいた。やっぱりそうか、といったふうに頷ずいて、自分の盃に酒を注いだ。

飯台は帳場の近くに一つ、それと直角に長いのが二つ、それで土間はいっぱいだったが、土間の脇に、小座敷ともいえない、畳三畳ばかりの、坐れるところが造ってある。土間の飯台のほうは、まだ食事を主とする客たちで占められていたし、その三畳では、二人づれの中年の客が、酒を飲んでいた。……この「川卯」は夫婦だけでやっている。主人の卯之助《うのすけ》が板前をやり、客のほうは女房のお近《ちか》が受持である。どっちも今が忙しいさかりであったが、例の三畳の客が帰るというので、お近が勘定にゆくと、「向うにいるあの男はなんだい」こう片方の客が、低い声で訊いた。

「知らないんですよ」お近が答えた、「――初めてのお客さんです」

「岡《おか》っ引《ぴき》かなんかだぜあれは」客は銭を払いながら云った、「一刻《いっとき》ばかりまえには、角の土屋（壁土や砂などを売買する店）であの質屋のことを訊いてたし、つい、さっきはその荒物屋でも訊いてた、気をつけるほうがいいぜ」

「有難うございます、毎度どうも」

女房は銭を受取り、こう云って頷ずきながら、二人の履物を直した。

隅のその男は、酒の代りを命じた。

まもなく、三味線を抱えた女が一人はいって来た。年はちょっとわからない、三十から四十のあいだであろう、おもながで、眼鼻だちはいいが、皮膚は乾いて皺《しわ》だらけだし、色は悪いし、いやな病気でもあるのか、口の片方の端に腫物ができている。

「今いっぱいだよお鶴《つる》さん」女房のお近がすぐに云った、「飲むお客さんもまだみえないからね、またあとにしてお呉れ」

お鶴と呼ばれた女は、黙って、髪の根を指で搔《か》きながら、いやな眼で店の中を見まわした。

着物はひどい洗いざらしで、すっかり褪《さ》めた色柄が思いきって派手であるだけ、よけいにうらぶれてみえた。帯もよれよれ、片端折《かたはしょ》りの下に、模様も染め色もわからなくなった長襦袢《ながじゅばん》が、だらりと前下りに出ていた。垢《あか》だらけの素足に、藁草履《わらぞうり》を突っかけていた。

「桶屋の親方、いいごきげんですね」

女は源兵衛のほうへ、よろよろと客の間を縫うように、近よっていった。しゃがれたいやな声だ。飢えているのか、酔っているのか、それとも病気でもしているのか、足の地面に着かない、不安定な歩きぶりであった。

「済みませんが親方、一杯おごって下さいな」

「おごるなあいいが少し離れて坐んな」源兵衛は自分で軀を脇へずらせた、「――おめえしまい湯ぐれえ貰ってへえったらどうだ、そう臭くっちゃあ嫌われるばかりだぜ、おっといけねえ、その盃で飲まれて堪《たま》るものか、おい、おかみさん、このひとに一本つけてやって呉んねえ」

「だから親方は好きさ、ひと晩ゆっくり可愛がってみたいねえ」

女は源兵衛の隣りへ割込んで坐った。

客が少しずつ減り始めたとき、番小屋の寅次《とらじ》があらわれた。もう年も六十あまりになるし、手足もよく利かないが、癇持《かんも》ちで我儘《わがまま》で、人との折合が悪いから、親しくつきあう者がない。酒も好きで強いし、「川卯」では常連の一人であるが、いつも隅のほうで、独りで飲むのが例であった。

寅次の来るのがいつもの時刻で、この前後から、ぽつぽつ客が入れ替り、常連の客が多くなる。

隅にいるその男のまわりもいつか顔が変った。鯉こくで飲みながら、飯を喰べていた老人はもう去り、代りに三十二三の職人ふうの男が、(仕事の帰りとみえて)道具箱を脇に置き、小鮒《こぶな》の焼いたので飲んでいた。……差向いにいるその男は、やっぱり同じことを訊いたらしい。

「相模屋ってなあ知りませんね」

職人はこう云って首を振ったが、相手が欲しいようすで、あいそよく男のほうを見た。

「いまの柏屋で知ってやしませんか」

「訊いてみたんだがね」その男は箸《はし》を取って云った、「柏屋で買い取るまえに、三年も空家だったそうで、あの土蔵も表《おも》ての廻船《かいせん》問屋で使っていたというし、ずいぶんこのいまわりを訊いてみたんだが」

「江戸は火事が多いからな」職人は酒の代りを命じた。「――この辺も二度か三度、大きく焼けたことがあるし、十五六年もまえだとすると、詳しい人はもういねえかもしれませんね」寅次がひょいとこっちを見た。

　飯台は同じであるが、老人はこの二人とは反対の端で飲んでいた。話し声を聞いて、こっちを見たらしいが、またすぐに、むっつりと渋い顔をして、飲み続けた。

「おや安《やす》さん、待ってましたよ」

　お鶴という女は、こう叫びながら、ひょろひょろと源兵衛の側を立った。三味線が倒れて絃《げん》が鳴った。女はそれを拾って、三畳の小座敷へ置き、入って来た二人伴《づ》れの客のほうへと、よろめいていった。

二

「いや、話しはその相模屋じゃあねえ、相模屋にも縁のねえことじゃあねえが」

　その男は職人にこう云っていた。さっきからずっとその話しをしていたらしい、職人は聞き上手とみえ、手酌で飲みながら、ひきいれられるように、熱心に聞いていた。

「おらあ相模屋の裏の長屋にいた。千住《せんじゅ》のほうから移って来たらしいが、覚えてからはずっとその長屋だった」

　その男はこう続けた。

　父親はぼてふり（担ぎ魚屋）だったが、ひどい道楽者で、稼ぎは殆んど自分が遣ってしまう、気の強い母親は、いつも両方のこめかみに梅干を貼付《はりつ》けて、他人の洗濯や縫い物や、ときには河岸の荷揚げにまで出た。

　その男も五つか六つになると、遊んではいられなかった。よその子守りをし、使い走りをした。母親にほかの仕事がなくて、紙袋《かんぶくろ》を貼るときには、その手伝いをしたり、問屋への往き来もした。

「知れたことだが、貧乏人の子に生れればおればかりじゃあねえ、みんな誰でもすることった」

　その男は唇を歪《ゆが》めて、ぐっと酒を飲んだ。

　隣り近所が同じような生活だから、べつに恥かしいとも思わず、悲しくもなかった。

　しかしやがて、適当にずるけたり、貰った駄賃を母親に渡さず、うまくごまかして、遣うことを覚えた。それは友達がみんなすることだし、同じようにしなければ仲間から除外された。

「案外おれが先達《せんだつ》だったかもしれねえ」その男は苦《に》が笑いをした。

「――七つ八つから、おらあたいへんな悪たれで、よく近所の子供を泣かせたし、自分の軀にもなま傷の絶えたことがなかった、……この近くで子供が泣きだすと、そこのおふくろがとび出して来て、また魚屋の竹《たけ》ちゃんかえ、ってえのがお定りだった」

その男はふっと眼をつむり、なにやら思い耽《ふけ》るようであったが、やがてまた話し続けた。

冬ちかい或る日。彼は長屋の裏で、蚯蚓《みみず》を掘っていた。ひと側《かわ》裏に長屋があり、間に竹の四つ目《よめ》垣《がき》が結ってある。それには朝顔が絡んでいて、夏のあいだは毎朝みごとに花を咲かせるが、もう季節すぎで、すっかり枯れた蔓《つる》が、実のはぜた殻を付けたまま、さむざむと絡んでいた。

彼が蚯蚓を掘っていると、手もとに人の影がさした。見ると、垣根のすぐ向う側に、六つばかりになる女の子が立っていて、彼が眼をあげたとたんに、にっと微笑しながら云った。

――あたしつうちゃんよ。

筒袖《つつそで》の着物は短かく、裾から脛《はぎ》が出ていた。両手はやつくちから、ふところへ入れていた。まる顔で色が白く、笑うと眼尻が下るし、えくぼが深く両頰に出た。そうして、前歯に二本、みそっ歯があった。

「こうやって、両手を脇からふところへ入れて、こんなふうにこっちを見た」その男はうたうような口ぶりで云った、「可愛かった、なんとも可愛かった、今でも眼に見えるが、揉《も》みくちゃにしたいほど、可愛かった」

職人は頷ずいた。よくわかるというふうに頷ずいて、それから独りで微笑した。

悪たれは意地がわるかった。そっぽを向いて、なお蚯蚓を掘り続けた。女の子は垣根の向う側を、いっしょに横へ動いた。そして、彼がふと眼をやると、その視線をすばやくとらえ、またしてもにっと笑いながら、云った。

――あたしつうちゃんよ。

あとでわかったのだが、彼女は越して来たばかりで、友達が一人もなかった。遊んで貰おうと思って、まず自分の名を云ったのであった。だがこっちの悪たれは、女の子などには興味がなかった。うるさくなったので、いま掘った泥を投げつけて、悪態をついた。

——やかましいやい、あっちへゆきやがれ。

泥は女の子の顔に当り、女の子は泣きだした。彼は蚯蚓の入っている欠け茶碗を持って、いっさんにそこから逃げだした。

番小屋の寅次が、横眼でまたこっちを見た。

お鶴は二三人の客たちに挟まれて、調子も甲《かん》外れたみだらな唄をうたい、湯呑《ゆのみ》で酒を飲まされていた。

「いいかい安さん、あとできっといっしょに来るんだよ」お鶴は喚《わめ》くように云った、「——なにを云うのさ、病気なんかあるものかね、これは烏《からす》のお灸《きゅう》がとがめただけだよ」

桶屋は伜の文吉に云っていた。

「五十四年もおめえ、使いっきり使って来た軀だ、そうじゃねえか、それでどこにもあんべえの悪いところがねえとすれば、そのほうがよっぽど奇天烈《きてれつ》だ、そいつは鬼か魔物くれえのもんだ」

「そうだとも、父つぁんの云うとおりだよ」伜はおとなしく頷ずいていた、「——そんなやつは人間じゃありゃしねえよ」

隅にいるその男には、これらの話しは耳に入らないらしい。彼は酒の代りを命じ、肴を二つ取って、一つを前の職人のほうへ押しやった。相手はわるく遠慮せず、ちょっと目礼しただけで、話しの続きを待った。

「その明くる日、またその女の子と、河岸《かし》っぷちで会った」

その男はこう言葉を継いだ。

つうちゃんは彼を見ると、昨日のことは忘れたように、愛嬌《あいきょう》よく笑って、また同じことを云った。そして一日じゅう、彼の側から離れようとしなかった。どうしても、……思いきって意地わるをすると、泣きだして、泣きながらあとからついて来た。

「なん度も泣かした、突きとばしたり、髪毛《かみのけ》を引っぱったりした、女の子は悲しそうに泣きだす、大きな涙をぽろぽろこぼしながら、それでも側から離れない、べそをかいて泣きじゃくりをしながらついて来る、そして、おれがそっちを見ると、……そのべそをかいた顔で、笑ってみせるんだ、両方の頰にえくぼをよらして、みそっ歯を出して、……堪らなかった」

その男は音をたてて盃を置き、眼をつむってうなだれた。

おつうは八丁堀から移って来た。父はなかった。母親は門前町のほうの、なにがしとかいう料亭に勤めていた。かよいだから、ひるごろにはでかけるし、夜はおそかった。

——お道《みち》さんは客を取るそうだよ。

長屋の女房たちが、そんな蔭口《かげぐち》をきくのを、しばしば耳にした。じっさいにも、早朝のまだうす暗いじぶんに、おつうの家からこっそりと、妙な男の帰ってゆくことがあった。

二人は仲良しになった。彼はおつうのために、隣り町の誰彼と喧嘩《けんか》をし、相《あ》い長屋の友達の軽蔑《けいべつ》にも耐えた。

——いまにおつうを嫁に貰おう。

彼はそう空想するようになった。男の子の十一。彼は左官になろうと思った。貧乏に育つと、考がえることが現実的だった。江戸は火事が多い、仕事が絶えずあり、みいりもいいのは、まず大工と左官である。どちらも出入りのお店《たな》が付くし、土蔵は当時の防火建築で、いざというとき目塗りをするため、こまえ掘りといって、それ用の泥を定った日にこねにゆく、という仕事もある。大工ほどはでではないが、ゆくさき収入が確実なので、彼はその職を選んだ。

幸い母親の同意も得て、まもなく彼は永代河岸《えいたいがし》の丸五という頭領のところへ、手伝いにかよい始めた。

職業というものは、それを身につけるまでは、なんでも辛いが、そのことを記す必要はないだろう。手伝いに三年かよって、それから丸五へ徒弟に入った。そのじぶんから、おつうに対する感情が、はっきりしてきた。おつうのほうも同じ気持だったろうか、同じ気持だった、と云ってもまちがいはないと思う。彼が十七、おつうが十四の年に、蜆河岸《しじみがし》へさそって、そのことを慥《たし》かめてみた。

「向うもうんと云った、赤くなって、俯向《うつむ》いたまま、うんと頷ずいた」その男はそっと囁《ささ》やくように云った、「内気でおとなしくって、口もあんまりきけない、というふうな娘だった、けれども年も十四になり、縹緻《きりよう》もぐんとよくなって、……ませていたのかもしれないが、すっかり娘らしくなっていた、慥かだったんだ、慥かだというのはそのときの返辞ばかりじゃあねえ、おらあわれ知らず抱きよせた、そして……」

　おつうは拒まなかった。

　蜆河岸はひっそりとしていた。早朝のことだった、川の向うは白い朝霧でかすみ、地面には霜がおりていた。河岸の材木の上も、枯れてちぢかんだ草も、まっ白に霜をかぶっていた。……稚《おさ》ないくちづけに上気した、おつうの呼吸《いき》が、白く冰《こお》るのを彼は見た。泣くかと思ったが、おつうは小さな袂《たもと》で顔を掩《おお》って、くるっと向うむきになった。

　おつうは激しく喘《あえ》いでいた。

「おらあ勢《きお》い立ったが、それはたった三年のあいだだった」

　その男はこう云って、なにか思いだしているようだったが、ふと手酌で三杯ばかり、たて続けに呷《あお》った。

「十七になったおつうは、きれいだった、掃溜《はきだめ》の鶴、なになに小町、といったって及ばねえくらいの娘になった、そのうえおとなしくって、ちょいと人に見られても、まっ赤になって逃げだしてしまう、口もろくろくきけねえという性分だ、眼につかねえわけがねえ、……表ての相模屋という、質屋の息子にみそめられた」

「それがまた」と前にいる職人が云った、「——甘やかされた一人息子という寸法か」

「妹があったが、わるく甘やかされて、我儘な伜だったよ」

　このとき向うでひと騒ぎ始まった。

　お鶴という女が泥酔して、客に抱きついたり、喚きたてたり、しまいには、土間へ大の字なりにぶっ倒れたりした。それはなんとも卑しい、あばずれた、やりきれない騒ぎだった。

「しょうがねえ、暫《しば》らくそこで寝かしてやるか」

　三人ばかりが立ってゆき、女を抱えあげて、三畳の小座敷へ横にしてやった。女は苦しそうに寝返りをうち、みだらなことを叫び、妙な唄をうたったりしたが、やがて手足を縮めて、静かになった。

「相模屋の息子が、おつうを嫁に欲しがっているということを、おらあ脇から聞いた」

その男はこう続けて云った。

三

おつうはこっちのもの、とたかを括《くく》っていたが、相手はおつうの母親をまるめ、たちまち縁談が纏《まと》まってしまった。息子は死ぬの生きるのという、のぼせかたであった。おつうの性質には、相模屋の親たちも惚れていた。

そのことを彼はおつうから聞いた。

「くち返答などのできる娘じゃあなかった、おふくろにこれこれだと云われれば、黙って俯向《うつむ》くだけの、じれってえほど気の弱い、すなおな娘だった、どうしようがあるものか、聞いたときはもう、なにもかも手後《ておく》れだ、……こっちは二十《はたち》、どうやらいちにんめえの稼ぎはできる、おらあ二人で逃げようと云った、どこへいったって食える、二人で逃げだそう……」

その男は盃をぎゅっと握り緊《し》めた。

おつうは泣きながら頷ずいた。そして、これだけは持ってゆきたいからと、いかにも年ごろの娘らしく、髪道具を一《ひ》と揃《そろえ》、（むろんみんな安物だったが）包にして、彼に渡した。

――大丈夫だね、いっしょにゆくね。

――ええ、きっと。

――じゃあ明日の夜明け前に。

抱きよせると、眼をつむった。温たかくて、綿のように柔らかい肩だった。緊めつけた胸の、乳房のあたりで、おどろくほど激しく、ことことと、動悸《どうき》が打っていた。

「そのときの合図はこうと、うちあわせをして、別れてっから、おらあ考がえた」

その男はふっと黙った。それは高まってくる感情を鎮めるためのようであったが、やがてまたゆっくりと続けた。

「世間は甘かあねえ、そいつは骨身にしみるほどよく知ってる、まして馴染《なじみ》のねえ土地へゆけば、それだけ苦労も一倍だ、そんなおもいをさせるには、おつうはあんまりいじらしすぎた、あんまり可哀そうすぎると思った」

悪たれであった彼は、二十歳の若者の、意地と分別をもっていた。

おつうを可愛いと思う気持が、強いみれんに勝った。望まれた相模屋の嫁になれば、暑さ寒さの厭《いと》いもなく、生涯、安穏に暮すことができる。もし自分が男なら、好きな相手をしあわせにしてやるのが、ほんとうではないか。

「おらあ預かった包の中から、ひさごのかんざしを一本、抜き取った、かたみに貰ったつもりで……、そしてあとを包み直して、おつうの家の勝手口へ、そっと入れておいて、そのまま、江戸をとびだしちまった」

「別れも云わずにかい」

「二度と逢う気はなかったんだ」

向うの飯台では、桶屋の源兵衛が、もう頭のぐらぐらするほど酔いながら、もつれる舌で、なお酒を註文し、飽きもせずに、自分の内臓がぼろぼろだという主張を、続けていた。

番小屋の寅次は、(酔うといつもそうだが)すっかり皮肉な顔になって、唇の端に冷笑をうかべたり、ふんと鼻を鳴らしたりしながら、ときどき、こっちの、その男のほうへ、刺すような視線を投げていた。……客はもう常連だけになり、気の合う者同志、二人か三人ずつ、それぞれの席におちついて、いかにも和《なご》やかに、楽しそうに、話したり笑ったりしながら、盃や箸の音をさせていた。

「尾張《おわり》の名古屋で五年、それから大阪で三年ばかり稼いだが、また名古屋へ戻って、そこで松杉を植える気になった」

その男は話しを続けた。

「運がよかったんだろう、ひいきのお店《たな》も殖《ふ》え、家を持ち、職人の八九人も使うようになった、が、どうしても女房を貰う気になれねえ、……遊ぶことは遊んだ、深く馴染んだ女もなんにんかある、けれども、どの一人も、女房にしようとは思わなかった、大事なお店からぜひとすすめられても、……どうしてもおつうのことが忘れられなかった、どうしても、おつうのほかに女房を持つ気にはなれなかったんだ」

「それではるばる、尋ねて来たんですね」

「よそながら姿も見てえ、噂《うわ》さぐらいは聞きてえと思ってね」彼は溜息をついた、「——おふくろに仕送りをするので、初めのうち二三年は、こっちのようすもおぼろげにわかった、おふくろが人に頼んで書いて来る手紙だったが、……そのおふくろも、おれがとびだして三年めに死に、親父はますます呑んだくれて、まもなく大川へはまって溺《おぼ》れたと、いつもおふくろが手紙を頼んでいた人から、知らせて来た、……申し訳ねえが、こっちはまだ若かった、それにおつうのこともひっかかっていたから、葬《とむら》いに帰る気も起らねえ、豊《と》島《しま》のほうに親父の実家があって、そっちで二人の骨を拾って呉れたそうだが、……こんどはその始末もしてゆきてえと思ってね」

「そいつは、いろいろ」と職人が太息《といき》をつきながら云った、「――しかしそのひと、どうにか行衛《ゆくえ》が知れねえもんかねえ」

するとそのとき、飯台の向うの端から、寅次がせせら笑うように、云った。

「そいつは知れねえほうがいいだろうぜ」

颯《さつ》と冷たい風でも吹きこんだように、職人とその男とは、口をつぐんで、声のしたほうへふり返った。

四

こちらが沈黙したので、隣りの飯台の話し声が、急にはっきりと聞えだした。お鶴という女に「安さん」と呼ばれた男である。四十六七になるだろう、長絆纏《ながばんてん》にひらぐけを締めて、肩に手拭《てぬぐい》をひっかけている。色の黒い、四角ばった顔の、いかつい眼鼻だちであるが、話す調子はやさしく、一種の情がこもっていた。

「――それだけのこった、往還から岐《わか》れた径《みち》が、向うの百姓家の裏口へ続いている、白っぽく乾いた、小石まじりの、砂地の細い平らな径だ、両側は桑畑なんだが、それもひねたような小さな桑の木で、黄色く枯れた葉が、少しばかり散残《ちりのこ》って、疎《まば》らに並んでるんだ、そんなような、白っちゃけた細い径、というだけなんだ、それが、……そいつが、今でもはっきり眼に見える、どういうわけだかわからねえが……」

その男の沈黙はごく短かい時間だった。もちろん安さんの云うことなど、耳にもはいらなかったろう、寅次の顔をじっと見まもっていたが、静かな声で訊いた。

「知らないほうがいいとは、どういうわけだね」

「話しがあんまり違いすぎるからよ」

寅次の上《う》わ唇が捲《まく》れたように見えた。その男はなお静かに返問《へんもん》した。

「違うとはどう違うんだ」

「どうもこうも、おまえさんの話しはね、こっちでずっと聞いていたけれども、みんなでたらめだ、みんな嘘っぱちだよ」

寅次は荒っぽく盃を呷った。

「嘘でねえところも、あるにゃあある」と彼は続けた、「——娘の親が、かよいで茶屋奉公していた、客をてめえの家《うち》へくわえ込んだ、そいつあほんとうだ、それからその娘が、相模屋へ嫁に貰われたってこともよ、……だがほかのこたあみんな話しが違ってらあ」

その男は低い声で、(眼は相手を見つめたまま)なにかを探るように訊いた。

「おめえおつうを知ってるのか」

「まるぼちゃの、おとなしい娘だってね」寅次は面白そうに云った、「すなおで、口もあんまりきけねえほど、おとなしい娘だってね、縹緻もよくって掃溜の鶴、なになに小町といっても、及ばねえくれえだそうだが、へ、冗談じゃねえ、笑わしちゃいけねえ、この界隈《かいわい》にだって、あのくれえの娘は五人や七人ざらにいたぜ」

寅次はまた手酌で飲み、身を乗出すようにして、ずけずけと云った。

「なるほど、色が白くてまるぼちゃで、おとこ好きのするお面だった、眼つき口もとが、小さいじぶんから色っぽかった、おふくろ譲りさ、だがおとなしいどころか、舌っ足らずなような口で、ずいぶん凄《すご》いような啖呵《たんか》もきったし、近所の子と絶えず荒っぽい摑《つか》みあいをやったもんだ、どうせ貧乏長屋のがきだから、そんなこたあまあいいや、よくねえのは身持《みもち》よ、十二三になるともう妙な眼をし始め、そこらの男の子なんぞにちょっかいをする、河岸の繫《つな》ぎ船ん中で、友達れんじゅうに悪い遊びを教える、どうにもしようのねえやつだと、近所合壁《がっぺき》の鼻っ摘《つま》みだった」

その男は頭を垂れ、眼をつむって、黙っていた。寅次はなめらかな、しかし毒のある調子で、云い続けた。

「相模屋へ嫁にいったんだって、親たちは望みゃあしなかった、息子にしたって自分のほうからみそめたんじゃあねえ、娘のほうでひっかけたんだ、世間知らずの若旦那を、うまくひっかけて、身ごもったなんぞと脅かして、むりむてえに押掛け嫁に入ったんだ、それでもおちついて女房になる気ならいいが、一年もしねえうちに番頭とまちげえを起す、それがばれて、番頭が暇を出されると、こんどは町内の若い者から出入りの御用聞き、手当りしでえの御乱行だ、……身ごもったなんてなあ、もとより嘘だし、おふくろはおふくろで、仕送りをして貰っていながら三日にあげずせびりに来る、可哀そうに、息子はやけになって、身をもち崩して、五年と経たねえうちに、相模屋の店をつぶしちまって、親子わかれわかれに、この土地からどっかへ出ていってしまった。……みんなその娘のおかげさ、おまえさんのなになに小町とかいう娘の、これが掛け値のねえ正体なのさ、そうじゃあなかったかい、頭領」

その男は顔をあげた。怒るかと思ったが、悲しそうな眼つきで、むしろ頼むようにこう云った。

「おめえ此処《ここ》の人だったのか、とっさん」

「おらあ川筋の水売り（註）よ、十年の余もこの近辺へ水売りに来ていた、今じゃあ平野町の番小屋にいるが、この界隈のことならてえげえ古いこっても知ってらあ、なかでもあの娘のこたあな……」

「そうかもしれねえ、おめえの云うとおりかもしれねえ」その男は呻《うめ》くように云った、「人間にはそれぞれ見かたがあり、考がえかたがある、馬鹿を馬鹿とみる者もあるし聖人だという者もある、まして貧乏人の子に生れれば、五つ六つのじぶんから、生きるための苦労をしなけりゃあならねえ、黙っていたんじゃあ菓子一つ、草履一足、自分のものにゃあならねえ、食うためにはそれこそ、親子きょうだいの仲でいがみあいだ、そうしなくちゃあ生きてゆくことができねえんだ、……とても、表て通りの人間のように、きれいごとにゃあいかねえんだ」

「みんな汚れちまうさ」とその男は面を伏せて続けた、「——そういう育ちかたをすれば、汚れちまうのが当りめえだ、とっさんだってそれはわかるだろう」

彼はぐいと顔をあげて、寅次を見た。

「水売りをするくれえなら、おめえだって貧乏の味は知ってるだろう、貧乏人の暮しがどんなに辛《つれ》えか、苦しいものか、おめえだってちっとは知ってる筈《はず》だ、……どんな因縁《いんねん》があるかしらねえが、あの娘のことをそんなに云うこたあねえ、おつうはお乳母《んば》日傘で育ったお嬢さんじゃあねえんだぜ」

「そいつあ話しが違うだろう」

寅次は冷笑しながらそっぽを向いた。

「おらあほんとうのことを云ったまでだ、あの娘がどんな娘だったかということをよ」

「口で云うだけなら富士山を潰《つぶ》すこともできるぜ」

「証人でも欲しいてえのかい」

調子が高くなったので、ほかの客たちも黙って、そっとこの問答に聞き耳を立てていた。寅次は（残忍な）あいそ笑いをし、ゆっくりと盃を口へもってゆきながら、

「欲しいなら証人をおめにかけるぜ、頭領」

こう云って、その盃を呷った。そうして、その男は返辞をしなかったが、盃を持った手でぐいと向うをさした。

「あの小座敷にのびている女、いってみねえ頭領、あれがおまえさんの捜しているおつうさんだ」

その男の軀がびくっとひきつった。

「はおり芸妓《げいしゃ》から吉原、なにが恋しいか古巣へ戻って、今ぁあのとおり……」

その男は立ちあがった。盃と小皿が土間へ落ちた、彼は飯台をまわって、小座敷のほうへいった。近くにいた二人伴れの客が、びっくりして立って除《よ》けた。その男は草履をぬいであがり、女の顔を覗《のぞ》きこんだ。

「よく見てみな」と寅次がこっちから云った、「——面変《おもがわ》りはしているが、右の眼の下の、泣き黒子《ぼくろ》に覚えがあるだろう、違うかい頭領」

「そうだ、おめえの云うとおりだ」

その男の声はふるえていた。

「この女は、おつうだ」

彼はじっと女の顔を見つめた。かなりながい間だった。息をひそめるように、じっと見つめていたが、やがて独り言を呟やくように云った。

「この女は悪性《わるしよう》かもしれねえ、こんなに汚れて、世間から嗤《わら》われ、鼻っ摘みにされてるかもしれねえ、けれども、この女はやっぱりおつうだ、この女が、まだこんな小さいときに、枯れた朝顔の蔓の絡まった、竹の

垣根の向うに立って、ふところ手をして、おれの眼を見てにこっと笑ったんだ、そして云ったんだ、——あたしつうちゃんよ、……おらあ今でも忘れねえ、この女がそう云ったんだ、これはおれのおつうだ」

　その男はふところをさぐって、平打《ひらうち》で「ひさご」を彫った釵《かんざし》を出し、そっと女を抱き起した。

「さあ起きるんだ、おつう、おれといっしょにゆこう」

　女は死んだように力がなかった。

「起きて呉れ、おつう、おれだ、この釵を見て呉れ、あれからずっと肌に付けて、誰にも見せずに持っていたんだ、ようようおめえにめぐり逢えた、もう苦労はさせやしねえぜ」

「うるさいね、酒をお呉れ」女はまわらない舌で喚いた、「——酒だよ、酒をお呉れってんだよ、畜生、殺してやるぞ」

　その男が勘定を払ううちに、（話し相手になっていた）職人が、気をきかせて駕籠《かご》を呼んで来た。それから、女を乗せるまで、黙って手伝ってやった。

　こうして、その男は去った。

　職人も熱燗《あつかん》で一本、飲み直して去り、店の中は静かになった。いまの出来ごとについては、誰も触れようとはしなかった。みんながなにやら身にしみたふうで、酒も話しもはずまない、というようすだった。

「みんなぼろぼろよ、胃の腑も腎の臓も、わかってらあな」桶屋の源兵衛だけはまだ続けていた、「ふざけるねえ、医者になにがわかる、五十四年だぞ、べらぼうめ、酒がどうしたってんだ、この、ぼろぼろの肝の臓が、おめえ……」

「そうだとも、そのとおりだよ父つぁん」

伜の文吉はこう云って、欠伸《あくび》をした。

　このとき隅のほうで、寅次が飯台に突っ伏して、ううと泣き始めた。客たちは聞きつけて、そっちを見たが、誰もなにも云わなかった。

（註）舟へ飲用の水を満たして、河岸沿いに売ってまわる。深川あたりは井戸水が悪いので、多くはこれを買って使った。

（〈キング〉一九五二年四月号）

女は同じ物語

一

「まあ諦《あきら》めるんだな、しようがない、安永《やすなが》の娘をもらうんだ」と龍《たつ》右《え》衛門《もん》がその息子に云った、「どんな娘でも、結婚してしまえば同じようなものだ、娘のうちはいろいろ違うようにみえる、或る意味では慥《たし》かに違うところもある、が、或る意味では、女はすべて同じようなものだ、おまえのお母さんと、枝島《えだじま》の叔母さんを比べてみろ、――私は初めはお母さんよりも、枝島の、……いや、まあいい」と龍右衛門は云った、「とにかく、私の意見はこれだけだ」

二

梶《かじ》龍右衛門は二千百三十石の城代家老である、年は四十七歳。妻のさわは四十二歳になり、一人息子の広《こう》一郎《いちろう》は二十六歳であった。梶家では奥の召使を七人使っていた。これは三月から三月まで、一年限りの行儀見習いで、城下の富裕な商家とか、近郷の大地主の娘たちのうち、梶夫人によって、厳重に選ばれたものがあがるのであった。――その年の五月、梶夫人は良人《おっと》に向って、新らしい小間使のなかのよのという娘を、広一郎の侍女にすると云った。龍右衛門は少しおどろいた、未婚の息子に侍女をつけるというのは、武家の習慣としては新式のほうであるし、従来の妻の主義からすれば、むしろ由《よし》ありげであった。

「しかし」と龍右衛門は云った、「それは安永のほうへ聞えると、ちょっとぐあいが悪くはないかね」

「どうしてですか」

「むろんそんなことはないでしょうが」と龍右衛門は云った、「一郎はもう二十六歳であるし、若い娘などに身のまわりの世話をさせていると、万一その、なにかまちがいでも」

さわ女《じょ》は「ああ」と良人をにらんだ。

「あなたはすぐにそういうことをお考えなさるのね」と彼女は云った、「きっとあなたはいつもそんなふうな眼で侍女たちを眺めていらっしゃるんでしょう、若い召使などがちょっと秋波《ながしめ》をくれでもすると、あなたはもうすぐにのぼせあがって」

「話しをもとに戻そう」と龍右衛門は云った、「なにかそれにはわけがあるんですか」

「わたくしが仔細《しさい》もなくなにかするとお思いですか」

「それもわかった」

「広《こう》さんは女は嫌いだと云い張っています」とさわ女は云った、「安永つなさんという許嫁者《いいなずけ》があるのに、女は嫌いだといって、いまだに結婚しようとはしません、これはわたくしたちがあまり堅苦しく育てたからだと思います」

「そういうことですかな」

「そういうことですかって」

「あとを聞きましょう」と龍右衛門は云った。

「どうか話しの腰を折らないで下さい」

「そうしましょう」

「それで、つまり――」とさわ女は云った、「ひと口に申せば、きれいな侍女でも付けておけば、広さんももう二十六ですから、女に興味をもつようになるかもしれないでしょう、いくら堅苦しく育っても男はやはり男でございますからね」

龍右衛門は心のなかで「これは奸悪《かんあく》なるものだ」と呟《つぶ》やいた。

「なにか仰《おっ》しゃいまして」

「いやべつに」と龍右衛門が云った、「あとを聞きましょう」

「あとをですって」

「それでおしまいですか」

「わからないふりをなさるのね」

「いやわかるよ」と龍右衛門は云った、「しかしですね、もしも広一郎がその侍女に興味をもって、まちがいでも起したばあいは」

さわ女は「まあ」と良人をにらんだ。

「あなたはすぐそういうことを想像なさいますのね」と彼女は云った、「広さんはあなたとは違います」

「はあそうですか」

「そうですとも、広さんは純で温和《おとな》しくって、それで女嫌いなんですからね」と彼女は云った、「それともあなたは反対だとでも仰しゃるんですか」

「とんでもない、おまえの意見に反対だなんて」

「なすったことがないと仰しゃるのね、そうよ」とさわ女は云った、「そうしてなにかあれば、みんなわたくしの責任になさるのよ、あなたはそういう方なんですから」

「その、――どうして障子を閉めるんですか」

「ちょうどいい折です」と彼女は云った、「わたくしあなたに申上げたいことがございます」

さわ女は障子をぴたりと閉めた。座敷の中はそのまま、長いこと静かになっていた。

その日、広一郎が下城したのは午後七時すぎであった。彼は役料《やくりよう》十五石で藩の文庫《ぶんこ》へ勤めているが、十九歳から五年間、江戸邸《やしき》で昌平坂《しようへいざか》学問所へ通学したというほかに、さしてとびぬけた才能があるわけではない。二十六歳にもなる城代家老の息子を遊ばせておくわけにもいかないので、せいぜい城中の事に馴れる、というくらいの意味のようであった。

広一郎が居間へはいると、母親が小間使を一人つれてはいって来た。

「今日はおさがりがたいそうおそいようですね」

「はあ」と広一郎は云った、「帰りに村田で夕餉《ゆうげ》の馳走になりました」

「村田さまってどの村田さまですか」

「三郎助《さぶろうすけ》です」

と広一郎は云った。よりみちをするときは断わらなければいけません、とさわ女は云った。母さんは夕餉をたべずに待っていたんです。それは済みませんでした。そういうときはいちど帰って断わってからゆくものです。そう致しましょう、と広一郎は云った。さわ女はそこで召使をひきあわせ、今日からこれが身のまわりのお世話をします、と云った。

「私のですか」と広一郎は母を見た、「――というとつまり」

「あなたの侍女です」

「どうしてですか」

「あなたはやがて御城代になる方です」とさわ女が云った、「もう少しずついろいろな事に馴れなくてはいけません」

「いろいろな事って、どういう事ですか」

「いろいろな事ですよ、あなたも諄《くど》いのね」とさわ女は云った、「これは城下の茗荷屋《みようがや》文左衛門《ぶんざえもん》という呉服屋の娘で、名はよの、年は十七です、うちでは紀伊《きい》と呼びますから、あなたもそう呼んで下さい」

広一郎は「はあ」と云った。

「では紀伊、――」とさわ女は云った、「おまえ若旦那さまに着替えをしてさしあげなさい」

侍女は「はい」と云った。

広一郎は渋い顔をしてそっぽを見た。昼のうちに（さわ女から）教えられたのだろう、よの、否、――紀伊という侍女は簞笥《たんす》をあけ、常着をひとそろえ出して、広一郎に着替えさせた。さわ女は側で見ていて、二三注意を与えたが、概して紀伊の態度に満足したようであった。広一郎は始めから終りまで、侍女のほうへは眼も向けず、着替えが済むのを待ちかねたように、父と共同の書斎へはいってしまった。

龍右衛門はなにか書きものをしていた。たいへん熱心なようすで、息子がはいって来ても黙って書き続けていた。

「あれはどういうわけですか」と広一郎が囁《ささ》やいた、「私に侍女を付けるなんて、いったいどういうことなんですか」

「おれは知らないね」

「御存じないんですって」

「知るわけがないさ」と父親は云った、「済まないが行燈《あんどん》をもう少し明るくしてくれないかね」

広一郎は行燈の火を明るくした。龍右衛門は書きものに熱中していた。少なくとも、そうやって息子の質問を避けようとしていることだけは慥からしい、広一郎はそれを理解し、唇で微笑しながら、父とは反対のほうに据えてある（自分の）机の前に坐った。

やがて、紀伊が茶道具を持ってはいって来た。彼女はおちついた動作で煎茶《せんちゃ》を淹《い》れ、広一郎の脇へ来て、それをすすめた。

「お茶でございます」と紀伊が云った。

広一郎は壁のほうを見たままで「ああ」と云った。

三

六月になった或る朝、広一郎は侍女の軀《からだ》つきを見て好ましく思った。

――温雅《おんが》な軀つきだな。

彼はそう思った。温雅という言葉の正しい意味はべつとして、彼にはそういう感じがしたのであった。ちょうど薄着になったときで、彼女の軀のしなやかさや、弾力のある軟らかなまるみやくびれが、美《うつ》くしくあらわれていた。それまで眼を向けたこともなかったので、広一郎には特に新鮮で好ましくうつったようであった。

それからまもなく、彼は紀伊の肌が白いのに気づいた。非番の日で、彼は机のまわりの掃除をし、筆や硯《すずり》を洗うために、紀伊に水を持って来るように命じた。彼女は金盥《かなだらい》と筆洗《ひっせん》を運んで来たが、そのとき襷《たすき》をかけていて、両方の袖が高く（必要以上に）絞られ、殆《ほと》んど腕のつけねまであらわになっていた。

広一郎は眩《まぶ》しそうに眼をそらした。薄桃色を刷《は》いたような、あくまで白いそのあらわな腕の、溶けるような柔らかい感じは、たとえようもなく美しく、つよい魅力で広一郎をひきつけた。彼は眼をそらしながら、自分の胸がときめいているのを感じた。

七月になると、彼は紀伊の声がやわらかく、おちついて、きれいに澄んでいることを知った。そして、彼女のきりょうのよさ、――彼女が縹緻《きりょう》よしなことを発見したとき、広一郎はわれ知らず眼をみはった。

――初めからこんなにきれいだったのだろうか。

と彼は心のなかで自問し、同時に軀の内部が熱くなるのを感じた。

梶夫人はこの経過をひそかに注視していたらしい。ときどき彼にさりげなく問いかけた、紀伊はちゃんとやっているか、気にいらないようなことはないかどうか、などと息子に訊《き》くのであった。広一郎はあいまいに答えた。ええよくやっているようです、まあよくやるほうでしょう、かくべつ気にいらないようなことはありません、などと答えた。

八月にはいってから、彼は紀伊と話しをするようになった。ふしぎなことに、紀伊に話しかけるとき、彼は赤くなるのを抑えることができなかったし、紀伊もまた同じように、赤くなったり、軀ぜんたいで嬌羞《きょうしゅう》を示したりした。

或る夜、――父と共同の書斎で、父と彼とが読書をしていた。八月中旬だから、季節はもう秋であるが、残暑のきびしい一日で、夜になっても気温が下らず、縁側のほうの障子も窓もあけてあるのに、微風もはいってはこなかった。龍右衛門は読みながら、団扇《うちわ》で蚊を追ったり、衿《えり》もとを煽《あお》いだりした。息子のほうを見ると、息子は机に両肱《りょうひじ》をつき、じっと書物を読んでいた。蚊を追うようすもなく、風をいれるようすもなかった。

「——一郎」と龍右衛門が云った、「おまえ暑くはないのか」

広一郎は「はあ」といった。

「なにを読んでいるんだ」

「三代聞書《さんだいききがき》です」

龍右衛門は「うん」といった。

「父さん」と広一郎が云った、「あの娘は誰かに似ていると思いませんか」

「——どの娘だ」

「私の侍女です、紀伊という娘です」

「——誰に似ているんだ」

「わからないんですが、誰かに似ているような気がしませんか」

「——しないね、私はその娘をよく見たこともない」と龍右衛門が云った、「おまえその娘が好きになったんじゃないのか」

「冗談じゃありません」

「それならいいが」と龍右衛門が云った、「男でも女でも、相手が好きになると誰かに似ているように思うことがよくある、——人間は性分によって、それぞれの好みの型がある、だから、好きになる相手というのは、どこかに共通点があるんだろう、……おまえいつか好きになった娘でもあったんじゃないのか」

「冗談じゃありません、よして下さい」

「それならいいさ」と龍右衛門が云った、「おまえには安永つなという、許婚者《いいなずけ》がいるんだからな、ほかの娘なんか好きになっても、母さんが承知しないぞ」

広一郎は「大丈夫です」と云った。ひどく確信のない、気のぬけたような調子だった。そして書物の頁をはぐり、熱心に読み続けた。龍右衛門ははたはたと団扇を動かし、それからとつぜん、自分の読んでいる書物を取り、表紙を返して題簽《だいせん》を見た。

「一郎、——」と彼はいった、「おまえはいまなにを読んでいるとか云ったな」

「三代聞書です」

「ほう」と龍右衛門は云った、「そんな本が面白いかね」

「ええ、面白いです」

龍右衛門は微笑しながら、「そうかね」と云い、また自分の書物の題簽を見た。そこには「三代聞書全」としるしてある。それは戦乱や凶事を予知する禁厭《きんえん》の法を撰《せん》したもので、広一郎のような青年にとって、決して「面白い」筈《はず》のものではなかったし、梶家の蔵書ちゅうにも一冊しかないものであった。

「気をつけるがいいぞ、一郎」と龍右衛門は云った、「その娘を好きにならぬようにな、気をつけないと辛《から》き事にあうぞ」

広一郎は黙っていた。

——ばかな心配をする人だ。

一人になってから、広一郎はそう思った。あの娘を、そんな意味で好きになるなんて、おれにできることかどうかわかる筈じゃないか。尤《もつと》も父さんは懲《こ》りているからな、と広一郎は思った。父は枝島の娘と縁談があったのを、自分からすすんでいまの母を娶《めと》った。枝島の娘はときといい、縹緻はさわ女ほどではないが、気だてがやさしく、琴の名手として評判だった。父がさわ女を娶ったあと、枝島では長男が死んだので、さわ女の弟で甚兵衛という人が入婿《いりむこ》した。それから三年、その二人の若い良人たちは、お互いに自分の家庭生活について語り、結婚まえにその娘がどうみえようと、——気が強そうにみえようとやさしそうにみえようと、——結婚してしまえばみな同じようなものである。色情と物欲《ぶつよく》と虚栄と頑迷の強さにおいて、すべて男の敵とするところではない。という結論に達し、両人相共に、歎《なげ》いたということであった。

「おれはそんなふうにはならない」と広一郎は独りで呟やいた、「おれはまた、そんな意味であれが好きだと云うのではない、おれはただ、……ただあの娘が、単に、——」

彼はそこで絶句し、渋いような顔をした。

九月になった或る夜、寝間で着替えをしているとき、紀伊がひどく沈んだようすをしているのに気づいた。広一郎は「どうかしたか」と訊いた。彼女はなかなか答えなかった。どうも致しません、なんでもございません、と云うばかりであった。

「正直に云ってごらん」と広一郎は声をひそめた、「ごまかしてもわかるよ、なにがあったんだ」

するとき、紀伊は泣きだした。

四

紀伊はそこへ坐り、両手で顔を掩《おお》って、声をひそめて咽《むせ》びあげた。広一郎も坐った。すでに夜具がのべてあるので、低い声で話すためには、紀伊の側へ坐るよりしようがなかった。彼は紀伊の側へ坐った。

「云ってごらん、母が叱《しか》りでもしたのか」

「いいえ」と紀伊は頭を振った、「わたくし、おひまを頂くかもしれませんの」

広一郎はどきりとし「え」といった。

「それは」と彼は吃《ども》った、「それはなぜです、どうして、なにかわけがあるのか」

「申上げられません」

「なぜ、なぜ云えないんだ」

「それも申せません」と紀伊は云った、「いつかはわかることでしょうけれど、わたくしの口からは申上げられませんの」

広一郎はまた吃った。

「それは、縁談ではないか」

紀伊は答えなかった。

「縁談なんだね」と彼は云った、「云ってくれ、そうなんだろう」

紀伊は頷《うな》ずいて、もっと激しく泣きだした。広一郎はのぼせあがった。そんなにも近く坐っているので、彼女のあまい体臭や、白粉《おしろい》や香油のかおりが彼を包み、咽びあげる彼女の声は、じかに彼の胸を刺すようであった。

広一郎はのぼせあがって訊いた。そんなに泣くのは相手が嫌いだからか。はい、と紀伊は答えた。それだけで泣くのではないが、相手は好きではない、自分は「いやだ」とはっきり断わったのである、と云った。それで相手は承知しないのか。そうのようです。しつっこいやつだ、と広一郎は云った。相手はなに者だ。お武家です。家中《かちゅう》の者か。そうです、御中老の佐野さまの御長男です。すると要平《ようへい》だな。そうです。あの平《へい》家蟹《けがに》め、と広一郎は云った。よし、彼のことは引受けた。でも、紀伊が云った。乱暴をなすっては困ります、あの方はお強いそうですから。いや大丈夫、私は暴力は嫌いだ。本当ですか。大丈夫だ、あいつのことは安心していい、と広一郎が云った。もう一つの理由を聞こう、泣いた理由はほかにもあると云った筈だ。ええ申しました、でもそれは、……と紀伊は眼を伏せた。云えないのか、縁談のことさえ云ってしまったのに、もう一つの理由は云えないのか、と広一郎は問いつめた。

紀伊はますます頭を垂れた。見ると耳まで赤くなり、呼吸《いき》も深く大きくなっていた。広一郎は恐怖におそわれた。

「おまえ、――」と彼は乾いた声で云った、「ほかに好きな人がいるんだな」

紀伊は肩をちぢめ、袂《たもと》で顔を掩った。

「そうか、――」と彼はふるえ声で云った、「それは知らなかった」

紀伊は掩った袂の下から「でも望みはないんです」と云った。その方とは身分が違うし、その方には許嫁者がいるんです、わたくしはただ一生お側にいるだけで本望なんです、と云った。――袂に掩われた含み声で、はっきりしなかったが、広一郎はちょっと息を止めた。

「だって紀伊は、いま、――」

「はい」と彼女は云った。

「すると、おまえは」

「はい」と彼女は云った、「わたくし、若旦那さまとお別れするのが、辛くって、……」

そして彼女はまた泣きだした。

広一郎はとつぜん、彼女を抱き緊《し》めたいという衝動にかられた。むろん不純な意味ではない、泣いている紀伊の姿があまりにいじらしく、消えいりそうなほど可憐《かれん》にみえたからである。だが、彼は衝動をこらえ、ぐっとおちつきながら、頷ずいた。

「わかった」と彼は云った、「もう泣くことはない、私がいいようにしてあげよう」

「お側にいられるようにですの」

広一郎は「うん」といった。

「若旦那さま」と紀伊が云った、「――うれしゅうございます」

こんどは彼女が、広一郎にすがりつきたいような身ぶりをした。すでにとびつきたいような姿勢をみせたが、広一郎は唇をへの字なりにし、じっと宙をにらんでいた。

――あの平家蟹め。

と広一郎は心のなかで云った。

――どうするかみていろ。

その翌日、――広一郎は登城するとすぐに、佐野要平のところへいった。要平は中老伊右衛門の長男で、国もと小姓組に属している。年は二十八になるが、酒のみのぐうたらべえで、娘を嫁に遣《や》ろうという者がなく、いまだに独身のまま呑んだくれていた。

佐野は貧乏で有名だった。要平をかしらに子供が十三人いるし、妻女は派手好みであり、伊右衛門が浪費家であった。そのため四百七十石の家禄《かろく》はいつも足らず、八方借りだらけで、要平の呑《の》み代《しろ》など出る余地がなかった。そこで要平は友人にたかり、到るところに勘定を溜めた。彼は剣術がうまいし、腕っぷしが強かった。酒のために破門されたが、精心館道場では師範代の次席までいったことがある。したがって暴れだすと手に負えないから、たいていの者が泣きねいりということになった。

要平は詰所でごろ寝していた。酔っているのだろう、綽名《あだな》の「平家蟹」がよく似あう角ばった顔がまっ赤で、肱を枕に、口の端《はた》から涎《よだれ》をたらしながら、鼾《いびき》をかいて眠っていた。広一郎は乱暴にゆり起した。要平は眼をさましたが、起きあがるまで呼び続けた。

「起きたよ」と要平は云った、「ちゃんと眼をさまして、このとおり起きてるじゃないか、なんの用ですか」

広一郎は用件を云った。要平はどろんとした眼で、訝《いぶか》しそうに彼を見た。

「わかった」と要平は云った、「しかしなんの用ですか」

広一郎は「そのとき話すよ」と云い、そこを去った。

午後五時すぎ、城下町の北にある陣場《じんば》ケ岡《おか》で広一郎と村田三郎助が待っているところへ、佐野要平がやって来た。

「おそいぞ」と広一郎が云った、「必らず五時にと云った筈だ、支度をしろ」

そして彼は襷《たすき》をかけ汗止めをし、袴《はかま》の股立《ももだち》をしぼった。要平はあっけにとられ、ぽかんと口をあいて見ていた。「支度をしろ」とまた広一郎が云った。なんのためだ、と要平が云った。いいから抜け、勝負だ。わけを云わないのか。そっちに覚えがある筈だと広一郎が云った。要平は当惑した。

「原田を殴った件か」と要平が云った、「それならあやまる、おれは酔っていたんだ」

「そんなことじゃない」

「では茶庄《ちゃしょう》のおしのを裸にした件だな」

五

広一郎は首を振り「違う」と云った。

「すると駕籠辰《かごたつ》から金をまきあげた件か」と要平は云った、「あれなら悪いのはおれじゃない、駕籠辰はいつも茶庄で飲むが、勘定というものを払ったためしがないんだ、いや、おれだって少しは溜ってるさ、しかしやつのはまるで無法なんだよ、それでおれは茶庄の代理として」

「たくさんだ、支度をして抜け」と広一郎が云った、「理由は勝負のあとで云ってやる、早くしろ」

「どうしてもか」

「村田が立会い人だ」

要平はにっと笑った。軽侮と嘲弄《ちょうろう》のこもった、いやな笑いである、彼は広一郎と三郎助をじろっと見た。

「ふん」と要平は唾《つば》を吐いた、「城代の伜《せがれ》だから下手《した》に出てやったが、おまえさん本当におれとやる気なのか」

「諄《くど》いぞ、抜け」

「斬られても文句はないんだな」

「村田が証人だ」

要平はそっちを見た。三郎助は「そうだ」と頷ずいた。

「よしやってやろう」と要平は云った、「おまえさんは江戸へいっていて知らないだろうが、おれは家中でもちょいと知られた腕になってるんだ、そのつもりでかかれよ」

「支度はいいのか」

「相手がおまえさんではな」要平はまた唇で笑った、

「——いざ」

要平が「いざ」と云った刹那《せつな》、広一郎の腰から電光が閃《ひら》めいた。もちろん、電光ではない、閃めいたのは刀である。要平は「あ」といってとびさがった。三間ばかりとびさがったが、とたんに袴と帯がずるずると下り、着物の前がはだかってしまった。要平は仰天し、片手でずり下った袴を押えながら「待った」と叫んだ。

「いや待たん」と広一郎が云った、「真剣勝負に待ったはない、ゆくぞ」

要平はうしろへしさった。広一郎は刀を上段にあげ、一歩、一歩とつめ寄った。

「待ってくれ」と要平が云った、「これでは勝負ができない、これでは」

「勝負はついたぞ」

「頼むから待ってくれ、あっ」

うしろへさがろうとした要平は、ずり落ちた袴の裾を踏んで、のけざまに顚倒《てんとう》した。広一郎は踏み込んでゆき、上から、要平の鼻さきへ刀の切尖《きっさき》をつきつけた。

「どうだ」

要平は口をあいた。

「斬ろうか」と広一郎が云った。

要平は「まいった」と云った。


「慥《たし》かだな」

「慥かだ」と要平が云った、「しかし、おれにはわけがわからない、まず聞かせてくれ、いったいこの勝負はなんのためだ」

「茗荷屋の娘だ」と広一郎が云った。

要平はぽかんと彼を見あげた。

「きさまからの縁談を、娘ははっきり断わった筈だ」と広一郎は云った、「にも拘《かか》わらずきさまは諦めない、たぶん中老という家格と、自分の悪名にものをいわせようというんだろう、しかしそうはさせぬ、おれがそうはさせないぞ」

「ちょっと、ちょっと待ってくれ」

「手をひけ、佐野」と広一郎は云った、「おとなしく手をひけば、きさまの呑み代はおれが月々だしてやる」

「なんだって」要平はごくりと唾をのんだ。

「多くは遣《や》らない、月に一分ずつ呑み代をやる、それできっぱり手をひくか、どうだ」

「そっそれは慥かでしょうな」と要平は云った、「た、慥かに一分ずつ、呉《く》れるでしょうな」

「手をひくか」

「慥かに貰えるなら、——承知します」

「おれは武士だ」

「よろしい、私も武士です」

向うで三郎助がにっと苦笑した。要平は眼ざとくそれを見「笑いごとじゃないぜ」と渋い顔をした。

「笑いごとじゃない」と要平は云った、「いまの契約にも、村田は証人だぞ」

三郎助は「いいとも」と頷ずいた。広一郎は刀をよくぬぐって、鞘《さや》におさめた。それから身支度を直し、ふところから紙入を出して、一分銀を懐紙に包んで要平に渡した。

「今月の分だ」

「いやどうも」と要平は頭を下げた、「——慥かに、……して、あとはどういうぐあいに呉れるんですか、こっちから訪ねていっていいんですか」

「月の五日に来れば渡す」

「五日ですな、わかりました」

「ひとつ注意しておく」と広一郎は云った、「これからは行状を慎むこと、もし不行跡なことをすれば、呑み代はむろん停止するし、公《おお》やけの沙汰《さた》にするからそのつもりでいろ、それから、今日の事は決して他言するな」

「おれだって自分の恥をさらしはしないさ」

「そこに気がつけば結構だ、忘れるな」

そして広一郎は三郎助と共に去っていった。

要平はそれを見送りながら、いかにも腑《ふ》におちないという顔つきで、首を傾《かし》げたり、片手で頭を掻《か》いたりした。もう一方の手は、まだずり下った袴を押えたままである。

「おかしなやつだな」と彼は呟やいた、「茗荷屋のはなしは去年のことだし、断わられてからおれはなにもしやしない、手をひくもなにも、おれはまるっきり忘れていたくらいじゃないか、……わけがわからねえ」と彼は首を振った、「化かされたような心持だ」

広一郎と三郎助は坂をおりていった。三郎助は要平のことを笑いながら、「袴の帯を切ったのはみごとだ」と云った。梶が剣術をやっているとは知らなかったし、あんなすばらしい腕があるというのは意外だ、と云った。広一郎は苦笑した、おれだって侍の子だから、剣術ぐらい稽古《けいこ》するさ、江戸邸ではやかましいんだ。流儀はなんだ。江戸邸へ抜刀流の師範が来るので、三年ばかりやったよ。なるほど、いまのは居合《いあい》か。いや、あれは見て覚えたんだ、と広一郎は云った。江戸にいたとき寛永寺へ参詣《さんけい》した、その途中で浪人と浪人の喧嘩《けんか》があったが、片方が抜き打ちに相手の胴をはらった、するとこう袴の紐と帯が切れてずり下り、相手は動けなくなった、おれはそのまねをしただけさ、と広一郎は云った。なるほどね、と三郎助は云った。江戸にいるといろいろな学問をするものだ。

「だが、それにしても」と三郎助が云った、「どうしてまた、茗荷屋の娘などのために、こんなおせっかいなことをしたのかね」

「うん、——」広一郎は顔をそむけた、「その娘が三月から、おれの、……家の小間使に来ている。母の気にいりで、おれはよく知らないが、——母に頼まれたんだ」

「毎月一分ずつの呑み代もか」

六

広一郎はますます顔をそむけた。さもなければ、当惑して赤くなったところを、三郎助に見られるからであった。

「佐野にしたって、——」と広一郎は云った、「呑み代があればばかなことはしないさ」

「どうだかな」

「ここで別れよう」と広一郎が云った、「わざわざ済まなかった」

「今日の事は黙っているよ」

と三郎助は笑いながら云った。

その夜、——広一郎は紀伊に「もう大丈夫だよ」と囁やいた。紀伊は怯《おび》えたような眼をした。しかし彼がごく簡単に話して聞かせると、さも安心したというふうに微笑し、急に熱でも出たような眼で彼を見あげて、嬉しそうにこっくりをした。

二人は親しくなるばかりだった。

陣場ケ岡の事は二人の秘密であった。その秘密な事が、二人を他の人たちから隔て、密接にむすびつけるようであった。——すると、十月になった或る夜、寝間の世話をしながら、紀伊は「明日いちにちお暇がもらえます」と云った。祖父の七年忌なので、梶夫人に頼んで暇をもらった、というのである。広一郎はそうかと云った。紀伊はなにか訳ありげな眼つきで、微笑しながら彼を見た。

「若旦那さまも、明日は慥か御非番でございましたわね」

「そうだったかね」

「御非番の日ですわ」と紀伊は云った、「わたくし本当は、法事にはゆきたくないんですの」

「だって自分で頼んだのだろう」

「それはお願いしたんですけれど」

「しかもいやになったのか」

紀伊は含み笑いをし、斜交《はすか》いに、広一郎を見あげた。彼は眩しそうに眼をそらした。しかし眼をそらしたとたんに、ひょいと天井を見あげ、その唇を尖《とが》らせた。

——明日はあなたも非番だ。

あなたも、の「も」という一字に、彼女の暗示があったのだ。つまり、二人はどこかへいっしょにゆける、ゆくことができる、という意味にちがいない。彼は振向いて紀伊を見た。

「紀伊は赤根《あかね》の湯を知っているか」

「はい、存じております」

「うん」と広一郎は口ごもった。どうきりだしたらいいかわからない、そんなことを云うのは不作法かもしれないし、断わられるかもしれない、「うん、——」と彼は云った、「あそこは閑静でいい、温泉《いでゆ》も澄んでいるし、大きな宿も五六軒あるし」

「そうでございますね」と紀伊が云った、「それに御領分の外ですから、あまり知った人にも会いませんわ」

「そうだ、赤根は松平《まつだいら》領だ」

「まだ紅葉がみられますわね」と紀伊が云った、「わたくしゆきとうございますわ」

「私もいってみたいな」

紀伊は待った。広一郎の胸はどきんとなったが、どうにも勇気が出てこない。彼は赤くなって、急にそっぽを向きながら云った。

「私は明日いってみる」

紀伊は彼を見た。

「私は、――」と彼は不決断に続けた、「私は、東風《とうふう》楼《ろう》という宿で、半日、保養して来よう」

「東風楼なら存じていますわ」

「あれはいい宿だ」

「でも武家のお客さまが多いようでございますね」と紀伊が云った、「平野屋《ひらのや》という宿は小そうございますけれど、すぐ下に谷川が見えますし、静かでおちついていて、わたくし好きですわ」

「それなら、平野屋にしてもいい」

紀伊は待った。

「平野屋にしよう」と広一郎は云った、「――私は、私はもう寝ることにする」

彼は寝衣《ねまき》に着替え、そして夜具の中へ（まるで逃げ込むように）もぐってしまった。

明くる朝早く、広一郎は両親に断わって、赤根の湯へでかけた。紀伊はなにも云わなかったし、変ったそぶりもみせなかった。

赤根はその城下から二里ほどのところで、佐貝川《さかい》の渓流に臨んだ、小高い丘の中腹にあった。広一郎は歩いていった。その途中、彼はしきりに気が沈んだ。独りで保養にいってどうするんだ、温泉に浸ったり出たり、谷川を眺めたってしようがないじゃないか、「いっそやめにするか」と彼は呟やいた。二度ばかり立停って、引返そうとした。しかし、ことによると紀伊が来るかもしれない、と彼は思った。平野屋をすすめた口ぶりだと、あとから追って来るつもりかもしれないぞ。いやそんなことはない、娘が一人で湯治場《とうじば》へ来るなんて、そんなことができる筈はないじゃないか、ばかな空想をするな、と彼は思った。

平野屋はすぐにわかった。一と筋道の左右に、宿や土産物《みやげもの》の店などが並んでいる、そのいちばんさきの、川に面したほうに、平野屋はあった。彼は渓流の見える座敷へ案内された、建物は古いが、がっちりとおちついた造りで、ほかには客がないのか、渓流の音だけが、静かに座敷へながれいって来るだけであった。

女中が茶道具と着替えを持って来て、「すぐ湯へおはいりになるか」と訊いた。

彼はあとにしようと云い、茶を啜《すす》ってから、縁側へ出て外を眺めた。対岸は松林で、楓《かえで》がたくさんあるのだが、季節が過ぎたのだろう、みんなもう葉が落ちていた。

「お湯へいらっしゃいませんの」

と脇で女の声がした。あまり突然だったから、広一郎はとびあがりそうになった。

振向くと紀伊がいた。

「ああ、——」と彼は云った、「紀伊か」

彼女は大胆に彼をみつめ、媚《こ》びた笑いをうかべながら頷ずいた。

広一郎は眼をみはった。彼女はもう湯あがりで、肌はみずみずと艶《つや》っぽく、まるで光りの暈《かさ》に蔽《おお》われたようにぼうとかすんでみえた。着物も屋敷にいるときとは違って、色彩の嬌《なま》めかしい派手な柄だし、町ふうに結んだ帯もひどくいろめいてみえた。

「きれいだね」と彼は云った、「——じつにきれいだ」

「うれしゅうございますわ」

「眼がさめるようだ」

広一郎はしんけんにそう云った。紀伊はそれをすなおにうけとり、すなおによろこんだ。

だが、いつのまに来たのか、と広一郎が云った。はい、駕籠をいそがせて、おさきに来ていました。では途中で会ったんだな。はい途中でおみかけ致しました、と紀伊が云った。大榎《おおえのき》のところで立停っていらっしゃいましたわ。うん、——引返そうかと迷っていたときだ、と彼は心のなかで思った。

「お湯へいっておいであそばせ」

「いや」と広一郎は云った、「湯はあとだ、少し話しをしよう」

「わたくしもうかがいたいことがございますわ」

「なんでも話すよ」と彼は云った、「座敷へはいらないか」

七

二人は坐って話した。

紀伊が訊いた。世間ではあなたが女嫌いだと噂《うわ》さしている、自分にはそう思えないが、なにかわけがあるのか。広一郎は「ある」と答えた。聞かせて頂けますか。いいとも。どういうわけですの。正直に云ってしまう、それは或る一人の娘のためだ。そうだと思いました、と紀伊が云った。それはあなたの許婚者《いいなずけ》で、安永つなさんと仰しゃる方でしょう。なんだって、――広一郎は吃驚《びっくり》した。どうして紀伊はそれを知っているんだ。わたくしあの方とお稽古友達ですの、お琴、お茶、お華、みんな同じお師匠さまでしたわ、と紀伊が云った。それに、二人は姉妹《きょうだい》のようによく似ているって、みんなからよく云われました。そうかな、私にはそうは思えないがな、と広一郎が云った。親しくはなかったろうな。どうしてですの。あれは気の強い意地わるな娘だった。あら、そうでしょうか、わたくしたいへん仲よくして頂きましたわ。あれは気の強い意地わるな娘だった。どんなふうにですの、と紀伊が訊いた。

「私はいまでもよく覚えているし」と広一郎は云った、「それを思いだすたびに、口惜《くや》しいような憎らしいような気持になることが幾つかある」

「うかがいとうございますわ」

「私は蛇が嫌いだ」と広一郎は云った、「蛇を見ると、いまでも私は軀じゅうが総毛立つくらいだ」

　十二歳の年だった。彼が安永の家へ遊びにいったとき、つなが「面白いものを見せるからいらっしゃい」と云って、彼を庭へさそいだした。安永の庭は広くて、林や草原《くさはら》があったり、小さな池もあった。なにげなくついてゆくと、ひょいと草むらの中にしゃがんで、「ほら此処《ここ》よ」と云う。そして、彼が近よっていって、覗《のぞ》いて見ようとしたら、「わあ」と叫びながら、一疋《ぴき》の小蛇を摘《つま》んで、彼の眼の前へつきつけた。

「私は気絶しそうになった」と広一郎は云った、「たぶん悲鳴をあげたろう、気が遠くなったようで、われに返ったら、自分は草履《ぞうり》をはいたまま、いつのまにか座敷の中に立っているし、母はおそろしく怒っているし、あの娘はげらげら笑っていた」

「あの方はお幾つでしたの」

「私が十二だから六つの年だ」と広一郎は云った、「そのまえの年だったと思うが、安永と梶と、両ほうの家族でこの赤根へ来たことがあった」

　宿は東風楼だった。親たちが話しをしているうちに、あの娘が「いっしょに湯へはいろう」と云った。彼が渋っていると「男のくせにいくじなしね」と云った。

彼はつなといっしょに湯へはいった。湯壺《ゆつぼ》へはいると、つなは潜りっこをしようと云った。

——髪毛《かみのけ》が濡れるからいやだ。

——あとで拭けばいいわよ。

——母さんに怒られるからいやだよ。

——男のくせにお母さまが怖いの。

へええ弱虫ね、とつながあざ笑った。そこで彼は承知した。二人は潜りっこをしたが、どうしても彼は負けてしまう、三度やって、三度めには死ぬかと思うほどねばったが、つなは彼より十三も数えるほどよけいに潜っていた。

「あの娘は大自慢で、さんざん私のことをからかった」と広一郎は云った、「それから湯を出て髪を拭き、お互いに髪を結いあったあと、髪毛がよく乾くまで遊ぼうと云った」

「そこでですか」と紀伊が訊いた。

「裸のままでだ」と広一郎が云った、「そして、まず自分のからだの自慢を始め、白くてすべすべしてきれいでしょう、よく見てごらんなさい、と云うんだ」

事実まっ白できめのこまかい、ふっくらとしたきれいな肌であった。つなは軀をすっかり眺めさせたうえ、あたしには「三つ星さま」があるのよと云い、足をひろげて、右の太腿《ふともも》の内側を見せた。薄桃色の、腿のつけ根に近いところに、黒子《ほくろ》が三つ、三角なりにあるのを、彼は見た。ほんの一瞥《いちべつ》、ちらっと見ただけであるが、彼はなにか悪いことでもしたように、胸がどきどきし、ひどく気が咎《とが》めた。つなは平気な顔で、こんどは二人の軀の比べっこをしようと云い、「あたしにぴったりくっつきなさい」と命令した。彼は狼狽《ろうばい》し、いやだと云って逃げた。するとつなは顔をしかめて軽蔑《けいべつ》し、またしても「男のくせにいくじなしね」とからかった。

「そういうことは誰にもありますわ」と紀伊が云った、「そのくらいのじぶんは、なんとなく軀に興味があって、お互いに軀を見せあいたくなるものですわ」

「紀伊もしたのか」

「あら、——」と彼女は赤くなった、「いまは若旦那さまが話していらっしゃるのでしょう、わたくしのことはあとで申上げますわ」

「うん」と広一郎は云った、「だがかんじんなのはそのことじゃない」
躯の比べっこを逃げたあとで、つなが「いいことを教えてあげましょうか」と云った。いいことってなんだ、彼は警戒した。つなは肩をすくめ、くすくすと笑った。そして、潜りっこをあんなふうにしては負けるにきまっている、途中で頭を出して息をするのだ、と云った。あたしなんか二度も三度も頭を出して息をした。あなたはばか正直で「お智恵がないのね」と云うのであった。

「私は口惜しかった」と広一郎は云った、「いつかはやり返して、こっちで笑ってやろうと思った、ところがいつもやられてしまう、笑われるのはいつもこっちなんだ」

或るときやはり安永の庭で、つなが木登りをしていばっていた。例のとおり「あなたにはできないでしょう」という。そこで彼が登ると、あたしはもっと上まで登った、「あたし海が見えたわ」という。彼はさらに登った、すると海が見えなかったばかりでなく、枝が折れて墜落し、背中を打って気絶してしまった。

或るときは草の中の小径《こみち》で、ここをまっすぐに歩いてみろという。蛇がいるんだろう。蛇なんかいないわ、もう冬じゃないの「臆病《おくびょう》ねえ」と笑う。それでまっすぐに歩いていったら、落穴《おとしあな》があっておっこち、左のくるぶしを捻挫《ねんざ》した。

「おまえ笑うのか」と広一郎が云った。

「わたくし笑いませんわ」

「いま笑ったようだぞ」

「笑ったりなんか致しませんわ、わたくし」

「数えればまだ幾らでもある」と広一郎は云った、「袋撓刀《ふくろしない》のこととか、背中へ甲虫《かぶとむし》を入れられたこととか、暴れ馬のこととか、お化粧をされたのを忘れて、そのまま帰って土蔵へ入れられたこととか、――なんだ」広一郎は話しをやめて、向うを見た。縁側へ女中がやって来たのである。「こちらは梶さまか」と訊くので、そうだと答えると「お客さまがみえました」と云った。広一郎はぎょっとした。

――客の来る筈はない。紀伊もちょっと色を変えた。

「その、――」と広一郎は女中に訊いた、「客というのは、どんな人間だ」

「お武家さまでございます」

広一郎は「う」といった。

八

「お名前をうかがいましたけれど」と女中は続けた、「なんですか怒っていらっしゃるようで、会えばわかる、ぜひとも会わなければならない、と仰しゃるばかりでございます」

「よし、――」と広一郎は云った、「ではすぐにゆくから、ほかの座敷へとおしておいてくれ」女中は承知して去った。

「どなたでしょう」紀伊がおろおろと云った、「わたくしどうしましょう、みつかったのでしょうか」

「とにかく会ってみる」

「わたくし帰りますわ、お会いになっているうちに帰るほうがいいと思いますわ」

「うん、――」と広一郎が云った、「そのほうがいいかもしれない、そうするとしよう」

　紀伊は立った。駕籠が待たせてあるから、いそげば祖父の法事にまにあうだろう、と紀伊は云った。では晩に、と広一郎が云った。紀伊はすばやく出ていった。

　広一郎は冷えた茶を啜った。紀伊が支度をしてしまうまで、と思って坐っていた。やがて気持もおちついて来、時間もよさそうなので、わざと無腰のまま出ていった。女中が案内したのは、隅のほうの、暗くて狭い部屋であった。その、なんの飾りつけもない、古畳の、まるで行燈部屋のように陰気なところで、一人の侍が蝶足《ちょうあし》の膳《ぜん》を前にして、酒を飲んでいた。広一郎はあっけにとられた、盃《さかずき》を持って「よう」と振向いたのは、佐野要平であった。

「よう、これはどうも」と要平は云った、「御馳走になってますよ」

「なんの用があるんだ」

「御挨拶ですね、今日は五日ですよ」

　広一郎は思いだした。なんだ、そのために来たのか。約束ですからな、約束の第一回から忘れられては困りますよ、と要平は盃を呷《あお》った。お宅へ伺ったら赤根だというので、すぐさまあとを追って来たわけです、ひとつどうですか、と要平は云った。

「奢《おご》ってくれるのか」

「冗談でしょ、貧乏人をからかっちゃいけません」

広一郎は坐った。紀伊がいたことは知らないらしい、罪ほろぼしに少しつきあってやるか、と思ったのであった。

その夜、――広一郎は「なんでもなかったよ」と云い、要平のことを話した。紀伊は頷ずいて、楽しゅうございましたわと囁やいた。そして、二人きりの時間（それはいつもごく短かいものであったが）には、赤根の楽しかったことを、よくお互いに囁やきあった。

赤根の湯から、二人の心はもっとぴったり触れあうようになり、しばしば、ちょっと眼を見交わすだけで、互いの気持が、ごく些細《ささい》なことまでも、通じあうようになった。そして、十一月中旬の或る午後、――ちょうど広一郎の非番の日であったが、二人は庭の奥で少しながく話す機会があった。そこは北斗明神《ほくとみようじん》といって、梶家代々の氏神《うじがみ》の祠《ほこら》があり、若木ではあるが杉林に囲まれていた。北斗明神は梶家がどこへいっても祭るもので、十幾代もまえからの氏の神だということである。

「わたくし、うかがいたいことがあるのですけれど」と紀伊が云った、「このまえ赤根の宿で、つなさまのことを仰しゃってましたわね」

広一郎は頷ずいた。頷ずきながら、紀伊は日ましに美しくなるな、と心のなかで思った。縹緻《きりよう》もよくなるばかりだし、こんなにやさしい、気だてのいい娘はない、なんという可愛い娘だろう、と思った。

「若旦那様はそのために、つなさまとも御結婚なさらないし、女嫌いになっておしまいなすったのでしょうか」

広一郎は「ん」と紀伊を見、それから自分が質問されていることに気づいた。

「うん、いや、それもあるけれど」と彼はちょっと口ごもった、「ついでに正直に云ってしまうと、――私の母のこともあるんだ」

「奥さまのことですって」

「紀伊だから云ってしまうが、母がどんな性質の人かわかるだろう」と広一郎は云った、「私はずっと父と母の生活をみて来た、そして、いつも父を気の毒に思った、……表面は旦那さまと立てている、父はいかにも家長の座に坐っている、しかし」と彼は首を振った、「じっさいはそうじゃない、城代家老としては別だが、私生活では母の思うままだ、すべての実権は母が握っている、父には、母のにぎっている鎖の長さだけしか自由はないし、その鎖で思うままに操縦されている」

「それはお言葉が過ぎますわ」

「父だけではない、どうやらたいていの男がそうらしいよ」

「あんまりですわ、それは」

「猿廻しは猿を太夫《たゆう》さんと立てる、そして踊らせたり芝居をさせたりして稼がせる、――よく似ていると思わないか」

「でも、――」と紀伊が云った、「ぜんぶの女がそんなふうだとは限りませんわ」

「たとえば紀伊のようなね」

「あら、わたくしなんか」

「私は紀伊となら結婚したいと思う」

紀伊は「まあ」といって赤くなった。広一郎も自分の言葉に自分でびっくりした、深い考えもなく、すらすらと口から出てしまったのである。彼は狼狽したが、云ってしまってから、それが自分の真実の気持であり、ここではっきりさせるべきだ、ということに気がついた。

「紀伊は私の妻になってくれるか」

「うれしゅうございますわ」紀伊は赤くなったまま眼を伏せた、「若旦那さまのお気持はよくわかりますの、本当にうれしゅうございますけれど、身分が違いますし、なにより奥さまがお許しなさいませんわ」

「それは私が引受ける、来てくれるか」

「わたくしにはお返辞ができません」紀伊は顔をそむけた、「だって、それはできることではないのですもの」

「いますぐに話す、これから話して、きっと承知させてみせるよ」

「いけません、若旦那さま」

「あとで会おう」と広一郎は云った、「今夜その結果を知らせてやるよ」そして彼は卒然と、紀伊の手を握った。彼女の軀はぴくっとし、呼吸が深く荒くなった。そして、広一郎に握られた彼女の手は、冷たく硬《こわ》ばったまま動かなかった。

心配しないでいい、きっとうまくゆくよ、と広一郎は云った。紀伊は黙って顔をそむけていた。続けさまの感動で、ものを云う力もない、というようすであった。

広一郎は母の部屋へいった。そこには鼓の師匠が来て、母の稽古をみていた。彼は鼓の音が聞えなくなるのを待って、改めて訪ねた。――梶夫人は、広一郎の言葉を、黙って聞いていた。眉も動かさなかったし、かくべつ感情を害したようすもなかった。しめたぞ、と広一郎は話しながら思った。これは案外うまくゆくかもしれない、母は紀伊がお気にいりだからな、とも思った。――聞き終ったさわ女は、平生の声で「お父さまにお訊きなさい」と云った。広一郎は、母上の御意見はいかがでしょうか、と訊いた。

「母さんは女ですから、そういうことに口だしはできません」とさわ女は云った、「お父さまが梶家の御主人ですからお父さまに訊いてごらんなさい」

広一郎は「ではそうします」といった。

九

父の龍右衛門は首を振った。そうして、この話しの第一章に記したとおり、彼自身の女性観を述べ、諦めるほうがいいと云った。

私は諦めないつもりです、と広一郎は主張した。私は紀伊が好きですし、紀伊はよい妻になると思います、と云った。だめだね、母さんがおれに訊けと云ったのが、すでに不承知だという証拠だ、そうだろう、おまえだって母さんの性分は知っている筈だ。しかし母さんは、「お父さまが梶家の主人だから」と云われましたよ。おまえもそう思うか。ええまあ、――それに相違ないんですからね、と広一郎が口ごもった。龍右衛門は苦笑し、その詮索《せんさく》はよしにしよう、と云った。

「まあ諦めるんだな」と龍右衛門は続けた、「それにおまえは、たいそうあの娘が気にいったらしいが、さっきも云ったように、結婚してしまえば、女はみんな同じようなものだ、安永の娘だって紀伊だって、――おれは紀伊のことはよく知らないがね、しかし結婚して妻になれば、どっちにしても同じようになるものだよ」

「しかし父さんは反対ではないのですね」

龍右衛門は頷ずいて、「母さんがよければね」と云った。

広一郎は母の部屋へいった。

こんどは問題がはっきりした。母は「いけません」と云った。

「あなたには安永つなさんという許婚者があります。そのうえ、あなたはやがて城代家老になる身ですから、町人の娘などを娶ることは許されません」とさわ女はきめつけた、「二度とそんな話しは聞かせないで下さい」

「ですけれど、——」と彼は云った、「父上はいいと云われましたよ」

「お父さまにはあとでわたしが話します」とさわ女は云った、「——まだほかに、なにか仰しゃりたいことがおありですか」

広一郎はひきさがった。

よろしい、それならこっちも戦術を考えよう、と彼は思った。父はこれからしぼられるだろうし、相当お気の毒さまであるが、それは御自分の茨《いばら》を御自分で苅《か》るわけである、「よろしい」と彼は呟やいた、「戦術を考えるとしよう」

だがその暇はなかった。彼が両親と交渉しているあいだに、紀伊は屋敷から出ていってしまった。それがわかったのは、彼が寝間へはいったときである。夕餉のときも紀伊がみえず、書斎へ茶を持って来たのも、べつの小間使であったし、寝間の支度は安芸《あき》という小間使がした。——広一郎は不吉な予感におそわれ、「紀伊はどうした」とその小間使に訊いた。すると、まるでその質問を待っていたように、母がはいって来て、「今日からこの安芸があなたのお世話をします」と云った。広一郎はかっとなった。

「母上が暇をおだしになったんですね」

「紀伊は自分でいとまを取ったのです」とさわ女は云った、「あなたまさか、母を疑うほど卑屈におなりではないでしょうね」

広一郎は頭を垂れた。彼もそこまで卑屈になりたくはなかった。紀伊は同じ城下町にいるのである、会おうと思えば茗荷屋へゆけばよいのだ。「おやすみなさい」と彼は云った。さわ女も「おやすみなさい」と云い、寝間から出ていった。

安芸は用が済むと、一通の封じ文をそこに置き、挨拶をして出ていった。安芸はなにも云わなかったが、もちろん紀伊の手紙であろう、広一郎はすぐに取って封をあけた。

――わたくし必ずあなたのところへ戻って来ます、とその手紙に書いてあった。神仏に誓って、必ず戻ってまいりますから、それを信じてお待ち下さい。どぞわたくしを呼び戻そうとしたり、会いにいらしったりなさらないようにお願い致します。

会いに来ても自分は決して会わない、その代り半年以内に必らず、「あなたのところへ」戻る、とその手紙は繰返していた。

「わかった」と広一郎は呟やいた、「私はおまえを信じよう、紀伊、――待っているよ」

そして彼は待った。十二月になり、年が明け、二月になり、三月になった。梶家では毎年の例で、七人の小間使が出替《でかわ》ったが、すぐあとで、広一郎の結婚が行なわれることになった。

「安永さんを五年ちかく待たせました、これ以上お待たせすることはできません」とさわ女は云った、「広さんの女嫌いもなおったようだし、だって誰かを嫁に欲しいと仰しゃったくらいですからね」とさわ女は註を入れた、「こんどこそお式を挙げることにします」

事は決定した。梶夫人がはっきり宣言した以上、誰に反対することができるだろう。梶家と安永家の往来が復活し、たちまち祝言の日どりがきまった。広一郎は祈った、「戻ってくれ紀伊、戻ってくれ」彼は空に向い壁に向い夜の闇《やみ》に向って呼びかけた、「どうしたんだ、紀伊、いつ戻って来るんだ」そしてまた云った、「おれは待っている、おまえを信じて、最後のぎりぎりまで待っているぞ」

紀伊は戻って来なかった。祝言の日が近づき、ついにその当日になった。紀伊はまだ戻って来ない、だが彼は望みを棄《す》てなかった。梶家には客が集まり、彼は着替えをさせられた。花婿姿を鏡に写しながら、やはり彼は待った。紀伊は必らず戻って来る、紀伊は誓いをやぶるような女ではない、必らず戻って来るに相違ない。――そのうちに時刻が迫り、花嫁が到着した。仲人《なこうど》は次席家老の海野《うんの》図書《ずしょ》夫妻である、定刻の七時が来、式が始まった。

白無垢《しろむく》に綿帽子をかぶった花嫁と並び、祝言の盃を交わしながらなお広一郎は紀伊を待った。紀伊はまだあらわれない、盃が終り祝宴に移った。賑《にぎ》やかで陽気な酒宴が続き、花嫁は仲人に手をひかれて座を立った。

——紀伊、どうしたんだ、どうしたんだ。と広一郎は心のなかで叫んだ。どうしたんだ、もうすぐ最後のぎりぎりだぞ。

そして、その「最後のぎりぎり」のときが来た。花嫁が立っていってから約半刻《はんとき》、仲人の海野図書がおひらきの辞を述べ、広一郎は席を立って寝間へ導びかれた。晴《はれ》の寝衣に着替えながら、「紀伊、——」と彼は心のなかで呼びかけた。海野夫人は彼を新婚の閨《ねや》へ案内し、彼を屏風《びょうぶ》の内へ入れてから、そっと襖《ふすま》を閉めて去った。

花嫁は夜具の上に坐っていた。

六曲の金屏風に、絹行燈の光りがうつっていた。華やかな、嫣《なま》めかしい夜具の上で、雪白《せっぱく》の寝衣に鴇色《ときいろ》の扱帯《しごき》をしめ、頭をふかく垂れて、花嫁は坐っていた。

——広一郎は決心した、すべてを花嫁にうちあけよう。いいなは気は強いしいじわるな娘だった、しかし、うちあけて話せばわかってくれるだろう、彼はそう思って、そこへ坐った。

すると初めて、静かに花嫁が顔をあげた。

「あ、——」と広一郎が云った、「おまえ」

花嫁は両手をついた。

「どうぞ堪忍《かんにん》して下さいまし」と花嫁が云った、「わたくしがどのように変ったか、みて頂きたかったのです」

広一郎は「まさか」と呟やき、茫然と眼をみはった。

「お側に仕えてみて、それでもお気にいらなかったら諦めるつもりでした。決してお騙《だま》し申したのではございません、あなたのお眼で、つながどう育ったかをみて頂きたかったばかりでございます」そして花嫁は嗚《お》咽《えつ》した、「——堪忍して下さいますでしょうか」

「夢を見ているようだ」と広一郎は云った、「——すると茗荷屋の娘というのは」

「よのさんは稽古友達ですの」

「母は知っていたのか」

「はい、——」と花嫁は啜りあげた、「どうぞ堪忍して下さいまし、わたくし、あなたの妻になりたい一心だったのですわ」

広一郎はあがった。すっかりあがってしまい、どう

答えていいかわからなくなった。そこで鼻が詰ったよ
うな声で云った。
「おまえは誓いをやぶらなかった、つまり、私のとこ
ろへ戻って来たわけだな」そして、すばやく指で眼を
拭いて、ばかなことを云った、「——三つ星さまはま
だあるだろうね」

十

「もう一と月になるな」と龍右衛門がその息子に云っ
た、「もう一と月になる、うん、——どうやら無事に
おさまったらしいな」
「ええ」と息子が答えた、「無事にいっています」
「おれの云ったことが思い当ったかね」と父親が云っ
た、「結婚してしまえば、女はみな同じようなものだ、
ということがさ」
「さよう」と広一郎がおちついて云った、「仰しゃる
とおりでした、女は同じでしたよ」

（〈講談倶楽部〉一九五五年一月号）

裏の木戸はあいている

一

その道は狭く、両側には武家屋敷が並んでいた。内《く》蔵《ら》町《まち》の辻から西へ数えて一町ばかりのあいだは、その屋敷が両側とも裏向きなので、道は土塀《どべい》と土塀に挟まれるが、北側の中ほどにある一棟《ひとむね》の屋敷だけ、土塀ではなく、黒い笠木塀《かさぎべい》をまわしてあり、その一隅《いちぐう》に木戸《きど》が付いていた。――その道は昼のうちも殆《ほと》んど人通りはない。夜はもちろん、月でもない限りまっ暗であるが、しばしば人が（あたりを憚《はば》かるように）忍んで来て、その笠木塀の屋敷の裏木戸をあける。木戸には鍵が掛かっていない、桟を引けばこいとっと軽い音がするだけで、すぐに内側へ開くのであった。……男も来るし、女も、老人も来る。みんな足音をぬすむように来て、その木戸をあけ、庭へはいって、しばらくなにかしていて出て来ると、静かに木戸を閉め、来たときと同じように、足音を忍んで去ってゆくのであった。

二

お松は立停って、うしろへ振返った。

十月はじめの夜、もう十時を過ぎた時刻で、細い上弦の月が中空《なかぞら》にあり、初冬にしてはやや暖かい風が吹いていた。そこは内蔵町の辻から裏通りへと曲ったところで、あたりに人影はなかった。お松は歩きだした。彼女は桶町《おけまち》の「巴屋《ともえや》」という料理茶屋のかよい女中で、いま店からの帰りに、そこへまわって来たのであった。

土塀に沿って半町ばかりいったとき、お松はまた立停り、振返って、「どなた――」とうしろの暗がりへ呼びかけた。

「どなた」とお松は云った、「どうしてあとを跟《つ》けたりするんですか」

すると暗がりから一人、ふらふらと出て来た者があった。着ながしに草履《ぞうり》で、腰の刀がずり落ちそうにさがっている。

「勘のいいやつだ」と男が近よりながら云った、「跟けているのがよくわかったたな」

「藤井さんね」とお松は云った、「なんの用があるんですか」
「それはこっちで訊《き》きたいことだ、おまえこそこんな処《ところ》へなんの用があって来たんだ」
「あなたの知ったことじゃありません」
「見当はつくさ」と藤井十四郎は云った、「おまえは金に困っている、そこで誰かの家へその金を作りにゆく、というわけだろう」
「それがどうしたんです、あなたには関係のないことだわ」
「相手は誰だ」と十四郎は云った、「店では男嫌いと堅いので評判だが、やっぱり男があったんだな、誰だ、河本か」
「あなたらしい邪推ね、ほんとに藤井さんらしいわ、いけ好かない方よ、あなたは」とお松は云った、「仰《おっ》しゃるとおりあたしはお金に困ってるわ、おっ母さんは長患《ながわずら》いで寝たっきりだし、やくざな弟はいるし、いろんなとこに借《かり》は溜っているし、……でもあたし、そのために身を売るほどおちぶれやしませんよ」
「そうむきになるな」と十四郎は笑った、「おまえが身を売ったなんて云やあしない、こんな夜なかに忍んでいって、金を貰う相手は誰だと訊いているだけだ」
「それが藤井さんになにか関係でもあるんですか」
「おまえはおれに金の無心をしたことがある筈《はず》だ」
「あなたは貸してやろうと仰しゃったわ、でもお金は貸してくれもしないで、いやらしいことをなさろうとしただけよ」
「おれは三男坊だからな、いつもふところに金が唸《うな》ってるというわけにはいかないさ、しかしそのつもりになれば五両や十両くらいの金は作ってやるよ、これからだってさ、――」と十四郎は云った、「但《ただ》し、金を払ったら品物を受取るのが世の中の定《きま》りだからな」
「御重役の御子息らしいお言葉ですね」
「世間は甘くないということだ」
「人間も甘くみないで下さい」とお松はやり返した、「あたしはばかかもしれないけれど、あなたのことはもうすっかり知ってるんですから」
「なにを知ってるって」
「たいていのことは聞きました、云えと仰しゃるなら云ってもようございますよ」

「嘘っぱちさ、ふん、世間の噂《うわ》さなんてでたらめなもんだ」と十四郎は云った、「おまえそんな世間の噂さなんかを信用しているのか」

「どっちでもありません、あたしには縁のないことですからね」とお松は云った、「どうぞお願いします、もうあたしのあとを跟《つ》けまわしたりしないで下さい、あたしはたとえ殺されたって、あなたの自由になんかなりゃあしませんから」

「そろそろいったらどうだ」と十四郎が云った、「向うでも来るのを待っているんだろう」

「跟けないで下さいってお願いしているでしょう」

「おれに相手を知られたくないんだな」

「勝手になさるがいいわ」とお松は歩きだした、「あたしだって相手の方を存じあげてはいないんですからね、御身分に恥じなかったら跟けて来てごらんなさるがいいでしょ」

「おまえが相手を知らないって」

お松は黙って歩いた。十四郎は不決断な口ぶりで、「おれをごまかそうというのか」とか「もういちど相談をしよう」など云いながら、うしろからついていった。

「おい、そこは高林《たかばやし》だぞ」と十四郎はお松が立停るのを見て云った、「そこは高林喜兵衛《きへえ》の家だぞ」

お松は黙って、笠木塀の端を手でさぐり、桟をみつけて右へ引いた。十四郎が近よって来て、お松の肩を押え、「相手は喜兵衛か」と囁《ささ》やいた。お松は返辞をしないで、肩の手を振り放し、木戸をそっと内側へ押した。木戸があくと、向うに高窓が見え、障子にぼっと燈火《あかり》が映っていた。――お松は木戸から中へはいった。十四郎はうしろから、首だけ入れて覗《のぞ》いた。お松はすぐ右手の、塀の内側にある箱のところへゆき、その蓋《ふた》をあけた。箱は縦五寸に横一尺ばかりの大きさで、前面の板が蝶番《ちょうつがい》で前へあくようになっている。お松は蓋をあけ、それから箱の中を手でさぐった。

「此処《ここ》だったのか」と十四郎が低く喉声《のどごえ》で囁やいた、「すると、あの噂さは本当だったんだな」

箱の中で小さな物音がした。そしてなにかをつかみ出し、窓からさして来る仄《ほの》かな光りで、掌の中にある物を数えた。そこには小粒銀と南鐐《なんりょう》が幾つかあり、文銭《ぶんせん》もあった。おどろいたな、本当だったのか、と十四郎が呟《つぶ》やいた。おれは根もない噂さだと思ったし、このせち辛い世の中にそんなばかなことがある筈はないと思っていた、それがなんと、――と十四郎は頭を振り、肩をすくめた。それがどうやら本当らしいうえに、高林喜兵衛のしごととはおどろきだ、と十四郎は云った。お松は掌の上から幾らかを数えて握り、残ったのを箱へ戻して、蓋を閉めようとした。すると十四郎がすばしこく寄って来、お松の手を押えて「待て」と云った。

「ちょっと待て、ついでにおれも借りてゆこう」

「手を放して下さい」とお松が云った、「そんな冗談をなさるものじゃありませんわ」

「困っている者なら、誰でも借りていいんだろう、おれの聞いた噂さではそういうことだったぜ」

「冗談はよして下さい」とお松は云った、「これはその日の食にも困るような貧乏人だけが貸していただけるお宝ですよ、茶屋酒や博奕《ばくち》に使うお金とは違うんですから」

「それは高林喜兵衛のきめることだ」

「大きな声をだしますよ」

「聞きたいね、さぞいい声だろう」

お松は突然「誰か来て下さい」と高い声で叫んだ。十四郎はびっくりして、「おいよせ」と手を振りながら、殆んど横っとびに木戸の外へとびだした。――向うの窓の障子があき、一人の侍が立ちあがって、こちらを覗いた。

「誰だ」とその侍が云った、「どうしたんだ」

「お金を拝借にあがった者です」とお松が云った、「お騒がせ申して済みません、有難うございました」

お松は低くおじぎをした。窓の侍は黙って立っていた。

三

藤井十四郎はかしこまって、袴《はかま》の膝《ひざ》に両手を突っぱり、すくめた肩の間に頭を垂れていた。幸助《こうすけ》というのは四十がらみの、体の小さな、実直そうな男であるが、いまは十四郎に対する不信のために、容赦のない眼つきをしていた。彼は浜田屋の手代で、浜田屋は藩の御《ご》用達《ようたし》だから、高林喜兵衛も彼とは面識があった。喜兵衛は納戸方《なんどかた》頭取で、いま郡代《ぐんだい》取締りを兼務しているが、死んだ父はながいこと勘定奉行を勤めたので、幸助とは父の代のときのほうが近しかった。

「人の名が出るから、詳しいことは話せないけれど」と十四郎が頭を垂れたまま云った、「酒色に使ったわけじゃないんだ、どうしてもそれだけ必要だったし、期限までには返せる筈だったんだ」

幸助が咳《せき》をした。十四郎は言葉を切り、横眼ですばやく幸助を見て、それからまた「期限までには返せる筈だった、本当なんだ」と続けた。喜兵衛は穏やかな眼つきで、頷《うな》ずき頷ずき聞いていた。それは話しを理解するというよりも、聞くことによって相手を慰さめている、というふうにみえた。

「だからもう一と月待ってくれと頼んだんだが、だめだというんだ」と十四郎は云った、「すぐに返済しなければ、屋敷へ来て話して、兄から返してもらうと云うんだ」

「話しますとも」と幸助が云った、「私はもう信用しませんせん、貴方《あなた》にはなんど騙《だま》されたかしれないんですから」

喜兵衛は手をあげて、「大きな声を出さないでくれ」と云った。

「失礼ですが貴方は藤井さんという人を御存じないんです」と幸助が云った、「この人は大きな声ぐらいに驚ろくような人ではございません」

「そうかもしれないが」と喜兵衛は襖《ふすま》のほうを見た、「家の者に聞えるといけないからね、たのむよ」

「それで、――」と十四郎は続けて、「家へ来て話されれば、まえにもしくじりをやっているし、兄はあのとおりの性分だから、こんどは放逐《ほうちく》されるにきまっているんだ」

幸助はまた咳をした。

「そちらは」と喜兵衛は幸助を見た、「どうしても待てないんですね」

「はい」と幸助は頷ずいた、「高林さまが保証して下さるなら、二日や三日はなんとか致しますが、それ以上お待ち申すことはできません」

喜兵衛は立って居間へゆき、まもなく戻って来て、紙にのせた金を、幸助の前に置いた。十四郎はうなだれたままだったが、その顔には安堵《あんど》の色があらわれ、唇には微笑さえうかべた。

「ここに半分だけある」と喜兵衛は幸助に云った、「あとは明日か、ことによると明後日になるかもしれないが、私が店のほうへ届けることにします」

「いや店は困ります」と幸助は首を振った、「これは店には内密で御用立てしたのですから、店ではお屋敷からのお断わりで、十四郎さまには一銭もお貸ししないことになっているのです。あんまり哀れそうな話しをうかがったので、私はつい騙されてしまったのですが」

「まああ」と喜兵衛が遮ぎった、「金が返れば騙されたということはないだろうから、——ではどこへ届けようか」

幸助は「私が来る」と答えた。喜兵衛はこちらから届けると云い幸助は「それでは私の住居《すまい》へ来ていただきたい」と云った。自分は店へかよっているので、住居は川端町二丁目の裏である、と幸助はその道順を詳しく述べ、来てくれるなら早朝か夜がいい、と云った。

彼は金を数えて包み、ふところから大きな古びた革財布を出して、金包をその中へしまった。その財布には紐《ひも》が付いていて、その紐はまた彼の首に掛けてあった。

「こう申すと失礼ではございますが」と幸助は云った、「金が返っても騙されたことには変りはございません、十四郎さまは私をお騙しなすったのです、話しを聞いて私はもらい泣きを致しましたが、しらべてみるとまるで根も葉もない、口から出まかせの嘘でございました」

「ばかなことを云うな」と十四郎がどなった、「きさまそんなことを云って、きさま自身はどうだ、きさまは店の金で利を稼いでいるじゃないか、知ってるぞ」

「もういい」と喜兵衛が制止した。

「なんですって」と幸助がひらき直った、「私が店の金でどうしたんですって」

「もういい、よしてくれ」と喜兵衛が手を振った、「十さんもよして下さい、加代《かよ》に聞えるとよけいな心配をさせるだけですから」

幸助は怒りの眼で十四郎を睨《にら》み、やがて、喜兵衛に挨拶をして去った。

「あいつは悪人ですよ」と十四郎は去っていった幸助のほうへ顎《あご》をしゃくった、「私に貸したのも慾得《よくとく》ずくです、金は店の金でちゃんと利息を取るんです」

「そういう話しはよしましょう」

「本当です、ほかにも貸しているし、利息は自分のふところへ入れることもわかっているんです」

「その話しはよしましょう」と喜兵衛は穏やかに云った、「それよりも、浅沼との縁組のはなしはどうしました」

「気乗りがしないんだ」と十四郎は気取った口ぶりで云った、「娘が年をとりすぎてるし、いちど会ったんだけれど縹緻《きりよう》もよくないもんでね、私は気乗りがしないんですよ」

喜兵衛はかなしげに微笑し、「まあよく考えることですね」と云った。

その翌日、——喜兵衛は隣り屋敷の和生久之助《にぎゆうきゆうのすけ》を訪ねた。和生は重職の家柄で、久之助は寄合肝煎《きもいり》を勤めている。喜兵衛より二つ年上の三十二歳であるが、少年時代から（互いに）誰よりも親しくつきあっていた。

「いいとも」と喜兵衛の話しを聞いて、久之助はこころよく頷ずいた、「——このところ多忙でみまいにゆかなかったが、松《まつ》さんのぐあいはどうだ」

「ああ、もういいらしい」と喜兵衛は柔和に眼で頷ずいた、「自分では起きたがっているが、加代があのとおり神経質なんでね」

久之助は頷ずいて、立っていった。彼はすぐに、紙に包んだ物を持って戻り、「では」と云って、喜兵衛に渡そうとして、ふと疑わしげな眼をした。

「ちょっと訊くが、藤井の三男に貸すんじゃあないだろうね」

喜兵衛は眩《まぶ》しそうな眼をした。

「やっぱり十四郎か」

「それは訊かないでもらいたいんだ」

「十四郎ならおれはいやだ」

「だって」と喜兵衛はかなしげに云った、「これは和生には関係のないことだから」

「いやだ、十四郎ならおれは断わる」

喜兵衛は穏やかに久之助を見た。

四

「その金は私が借りるんだよ」と喜兵衛がゆっくり云

った、「どう使うかは私の自由だと思うんだが」

「ものには限度がある」と久之助が云った、「これまでにも、高林は幾たびも彼のために手を焼いている、御妻女の兄だから、或る程度まではしかたがないとしても、これでは際限がないし却《かえ》って当人のためにもならない、もう放っておくほうがいいよ」

「放っておくわけにはいかないんだ」

「現に彼のきょうだいが匙《さじ》を投げているじゃないか」と久之助は云った、「彼のやることはたちが悪い、侍らしからぬ噂さがいろいろ耳にはいる、もうよせつけないほうがいいな、さもないとどんな迷惑を蒙《こうむ》るかわからないぞ」

「しかし、私が放っておけば、彼は良くなるだろうか」

「彼には三郎兵衛《さぶろうべえ》という長兄もいるし、岡島へ婿にいった次兄もいる、父は亡くなったが母親だってまだ健在な筈だ」

「それがみな匙を投げているって、いま云ったばかりじゃないか」と喜兵衛は微笑した、「しかも家中《かちゅう》ではもうつきあう者もないようだし、このうえ私までがよせつけないとしたら、彼がどうなるか想像はつくと思う」

「樹が腐りだしたら根から伐《き》るがいいさ」

「彼は樹じゃあない、人間だよ」

「だからなお始末が悪い」と久之助は眉をしかめた、「樹ならはたに迷惑は及ぼさないが、腐った人間はまわりの者までも毒する」

「藤井十四郎は人間だし、他の人間と同じように、悩みも悲しみも苦しみもある、あると私は思う、いろいろな失敗や不始末をするが、そのたびに苦しんだり悩んだりするだろう、私は幸いにしてまだ、彼のように不始末や失敗をしないで済んでいるが、それでも彼の傷の痛みや、どんな気持でいるかということは、推察ができるよ」

久之助は「ああ」と溜息をつき、片手で膝を力なく打った。いかにも「やりきれない、もうたくさんだ」とでも云いたげな身振りであった。

「いつも思うんだが」と久之助は云った、「高林のそういう考えかたは、人を力づけるよりもなまくらにする危険が多い、ことに彼のような男はそうだ、同情や劬《いた》わりや、しりぬぐいをしてくれる者がいるあいだは、決して彼の行状は直らないし、ますます深みにおちこむだけだ」

喜兵衛は頷ずいて、「そうかもしれない」と口の中で云った。慥《たし》かに、そうかもしれないと思う。彼はそう呟やいて、久之助を見た。

「だが、どうしてだろう」と喜兵衛はかなしげに（まるで訴えるように）云った、「彼にはいま同情や劬わりや助力が必要なんだ、ぬきさしならぬほど必要なんだ、しかも、そうすることが、逆に彼の堕落をたすけるかもしれないということは、なぜだろう、和生、どうしてだろう」

「それは十四郎自身の問題だ、十四郎がそういう人間だというだけのことだ」

「わからない、私にはそれだけだとは思えない」と喜兵衛は頭を垂れた、「人が不幸になってゆくということは、単にその人間の問題だけではなく、環境や才能やめぐりあわせなど、いろいろな条件の不調和ということもある――彼は傷ついた人間だし、私は幸いにして傷ついてはいない、私は自分が無傷でいて、傷ついた人間を突き放すことはできない、それは私にはできないことだ」

久之助は紙包を渡しながら、「わかった、その話しはもうよそう」と云った。それからふと喜兵衛を見て、ときに、――となにか云いかけたが、すぐに首を振り、「いや、なんでもない」と咳をしながら、云いかけたことをうちけした。喜兵衛は包をしまって、役目の用件について暫《しば》らく話し、まもなく和生家を辞去した。

日が昏《く》れてから、喜兵衛は川端町までいって来た。すると、妻が待っていて、「松之助がまた発熱した」と告げた。

「いま長玄《ちょうげん》さまが帰ったところです」と加代は云った、「これから薬を取りにやるのですけれど」

そして良人《おっと》の顔を見た。喜兵衛は「どうした」という眼つきで妻を見返した。

「お薬礼《やくれい》が溜っているんです」と加代は云った、「もう三月も溜っているんですから、お金を持たせなければ薬を取りにはやれませんわ」

「しかし」と喜兵衛は訝《いぶ》かしそうに云った、「まだ薬礼ぐらいはある筈じゃないか」

「あればこんなことは申上げません」

妻の云いかたがあまりきついので、喜兵衛はちょっと答えに詰り、黙ってわが子の寝ている部屋へいった。松之助は眠っていて、部屋の空気は（熱の高い）病児に特有の、物の饐《す》えるような匂いがこもっていた。

——子供は五歳になるが、生れつき弱く、ちょっと風邪をひいても、半月くらいは治らないというふうで、今年は夏に寝冷えをして以来、下痢と発熱がしつこく続き、九月の中旬から殆んど寝たきりという状態であった。

——子供はもう少し自由にさせておくほうがいい、こちらでは神経質にかまい過ぎる。

藩医の村田研道《けんどう》はたびたびそう忠告した。妻の加代はそれが気にいらず、町医者の氏家《うじいえ》長玄を頼むようになった。長玄は六十に近く、小児科では良い評判をとっていたが、薬礼の高いことでも知られていた。

喜兵衛はそっと子供の枕許《まくらもと》に坐り、暗くしてある行燈《あんどん》の光りで、その寝顔を覗いた。松之助は妻に似た神経質な顔だちで、眉が際立って濃く、鼻が尖《とが》っている。繰り返す下痢のため、栄養が付かないから、いまはかなり痩《や》せていて、その寝顔は熱で（発赤《ほっせき》しているにもかかわらず）まるで老人のようにみえた。……加代は良人のあとから来て、その脇に坐ると、「あなた」と囁やいた。

「よく眠っている」と喜兵衛が云った。

「お薬をどう致しますか」

「薬だって」と彼は振返った、「まだ取りにやらないのか」

「ですからお金をお願い申しましたわ」

「いま急に云われても困るよ」

「頂だけないのでしょうか」

喜兵衛は妻の顔を見て、「困るね」と云い、立ちあがって、自分の居間へ去った。机の前に坐り、行燈の燈《ひ》を明るくして、火桶《ひおけ》の火に炭をついでいると、加代が来て坐った。喜兵衛は眼を向けなかったが、それでも妻の顔が蒼《あお》ざめて硬《こわ》ばり、唇の歪《ゆが》んでいるのが見えるようであった。

家計はどこでも予算どおりにはゆかないものである、と加代は云った。ことに松之助が弱くて、半年と医者の手をはなれたことがないのだから、それだけでもよけいな出費があると思ってくれなければならない、薬礼がとどこおって、薬も取りにやれないようではあまりに悲しいことだ、と加代は云った。喜兵衛は太息《といき》をつき、机の上へ写本の支度をひろげた。彼はもう二年あまりも、古書を筆写してそくばくの賃銀を稼いでいるが、それも加代にとっては、「外聞が悪い」といって不満のたねであった。

「家計は予算どおりにはいかないだろう」と喜兵衛は静かに云った、「しかし、松之助のことがあるから、急の場合の用意をしておくように云ってあるし、雑用《ぞうよう》もこのまえは余分に渡した筈だ」

「わたくし帯を買いました、それは申上げましたわ」

「帯を、買ったって、——」

「慥かに申上げた筈です、お忘れになったのですわ」と加代は云った、「十一月には実家《さと》の父の三年で、法事にまいらなければなりません、親類縁者がみんな集まるんですから、せめて帯くらい新調しなければ、わたくし恥かしくって出られはしませんわ」

喜兵衛は硯《すずり》の蓋をあけた。

五

喜兵衛はくたびれたような気分で、墨をすった。彼は帯のことは聞かなかった。むろん帯を買う買わないは問題ではない、「薬礼を持たせなければ薬を取りにやれない」とか、「古い衣裳《いしょう》では、（恥かしくて）法事にも出られない」などという妻の考えかたが、——藤井家とは禄高《ろくだか》が違うのだから、といくら云い聞かせても、あらたまるようすがない。それがつねに喜兵衛を悩ませ、重荷になっているのであった。加代はなお不満を並べていた。喜兵衛は墨を措《お》いて、「わかった」と云い、では私がいって来よう、と立ちあがった。

「どこへいらっしゃるんですか」

「もちろん医者へだ」

「うちには下男がおりますわ」

「しかし、金を持たせなければやれないんだろう」と喜兵衛が云った、「それなら私が取りにゆくよりしようがないじゃないか」

「あなたは」と加代は声をふるわせた、「わたくしに当てつけをなさるんですね」

「私がそんなことをする人間かどうか、わかっている筈じゃないか」と彼は穏やかに云った、「医者の払いは年に二回ときまっている、氏家は町医者だからというが、町医者だってかかりつけになれば同じことなんだ、むろん手許に金があれば払うほうがいいさ、しかし金がないのに無理をして払うことはないし、そういうみえはもう棄《す》てなければ困るよ」

「わたくしのすることがみえで、あなたのなさることはみえではないのでしょうか」

「私のすること、――」と彼は妻を見た。

「知らないと思っていらっしゃるんですね」と加代は云った、「裏の木戸の箱もそうですけれど、家計のほうは詰めるだけお詰めになって、他人には幾らでもお金を用立てていらっしゃる、たった一人の子供の薬礼にも不自由しながら、人に頼まれれば幾らでもお金の都合をしておあげになる、それはみえではないのでしょうか」喜兵衛はかなしげに首を振り、そこへ膝をついて、妻の手を取った。そして妻の手をやさしく撫でながら、「その話しはまたのことにしよう」と云った。

「おまえは疲れて気が立っているんだ」と喜兵衛はなだめるように云った、「今夜はいいねに代らせて寝るほうがいい、薬を取って来たら、私が松之助に飲ませてやるよ」

「あなたは少しも」と加代は涙声で云った、「あなたはわたくしの申上げることを、少しもまじめに聞いては下さいませんのね」

「もういい、おやすみ」と彼は静かに妻の手を撫でた、「私は薬を取って来る、おまえはもう寝るほうがいいよ」

「医者へは与平をやりますわ」

「私がいって来よう、そのほうが早いからね」と彼は立ちあがった、「みえなどと云って悪かった、あやまるよ」

加代は眼を押えながら微笑し、喜兵衛も微笑を返して、そして部屋を出ていった。

松之助の熱は朝になるとおさまった。

それから五六日のちのことであったが、夜の九時過ぎに、裏の木戸で妙なことが起った。その年はじめての冷える晩で、写本をしていた喜兵衛が、火桶へ炭をつぎ足していると、裏木戸のあくかすかな音がした。

喜兵衛は手を止めて耳をすました。

——返しに来たのか、借りにか……。

そこへ銭を借りに来る者は、たいていは黙って、おじぎをしてゆくだけであるが、返しに来た者は、必らず低い声で礼を述べる。この部屋の（燈の映っている）窓に向って、囁やくような声で礼を云うのが、ときには、かなりはっきり聞えるのであった。

——借りに来たのだな。

喜兵衛は眉をひそめた。「必要だけ箱にあってくればいいが」そう思っていると、ふいに人の争そう声が起った。裏木戸のあたりで、暴《あら》あらしく揉《も》みあうけはいと、平手打ちの高い音と、「きさま、恥を知れ」という声が聞えた。喜兵衛は驚ろいて机の前を立ち、窓の障子をあけた。

「誰だ」と彼は呼びかけた、「どうしたんだ、なにごとだ」返辞はなかった。誰かの逃げてゆく足音がし、すぐに、誰かが木戸を閉めて、ことっと桟を入れる音がした。

「どうしたんだ」と喜兵衛は呟やいた、「なにがあったのだろう」

暫らくようすをうかがっていたが、もうなにも聞えないし、人のいるけはいもないので、喜兵衛は障子を閉め、机の前へ戻った。

十一月になってまもない或る日、城中の役所で事務をとっていると、「細島《ほそじま》どのがお呼びです」といって来た。細島左内《さない》は寄合で、馬廻《うままわり》支配を兼ねている。平常《ふだん》は寄合役の部屋にいるので、喜兵衛はすぐにそっちへいった。そこには細島左内だけでなく、脇谷《わきや》五左衛門、藤井三郎兵衛、そして和生久之助がいた。

「表《おも》て向《むき》の話しではないが、少し訊《たず》ねたいことがあって、——」と左内が云った、「御用ちゅうだから簡単に云うが、そこもとが隠れて金貸しめいたことをしている、という訴文《そぶん》が、目安箱《めやすばこ》の中に投げ入れてあった、十数通も入れてあったので、念のために事実かどうかを訊きたいのだが」

喜兵衛は「事実無根である」と答えた。左内は藤井三郎兵衛に振向いた。三郎兵衛は無表情に喜兵衛をみつめながら、「それだけでは判然としない」と云った。この、喜兵衛は戸惑ったような眼で三郎兵衛を見た。

妻の長兄に当る人物は、潔癖《けっぺき》と頑《かた》くななことで、親族じゅうに知られていた。

「私はそこもとと妹の縁でつながっているから、こういう忌わしい問題は明白にしておきたいのだ」と三郎兵衛は云った、「訴文は十数通に及んでいるし、ただ事実無根というばかりでは納得がゆきかねる、なにか思い当るようなことがあるのではないか」

喜兵衛は眼をつむった。

——裏木戸のことだろうか。

そうかもしれない、「金貸しめいたこと」といえば、意味は違うけれども、そのほかに思い当ることはない。だが、もしもそうだとすると話すことはできない、絶対に話してはならない、と喜兵衛は思った。

「いや」と喜兵衛は首を振った、「私には思い当るようなことはありません」

「慥《たし》かにか」と三郎兵衛が云った。

「よけいな差出口かもしれないが」と和生久之助が云った、「高林には、そういう中傷のたねになるようなことが一つある筈だ」

喜兵衛は久之助を見た。他の三人も久之助に振向き、あとの言葉を待った。久之助はさりげない顔で、静かに喜兵衛を眺めていた。

「私から云おうか」と久之助が云った、「裏の木戸のことだ」

喜兵衛は「あ」と口をあけた。待ってくれというように、手をあげて制止しようとしたが、その手は膝から二寸ほどあがったばかりで、久之助はもう言葉を続けていた。

六

「私から云いましょう」と久之助は三人に向って云った、「高林の家《うち》の裏木戸の内側に、金の入っている箱が掛けてある、金額は知らないが、たいした額ではないでしょう、その木戸はいつもあいているし、窮迫している者は誰でもはいっていって、箱の中から欲しいだけ持ってゆくことができる、そして、返すときも同様に、黙って木戸をはいって、その箱の中へ戻しておけばよい、——これはかなり長い期間ずっと続けて来たらしいし、訴文はこのことをさすのだと思われます」

「それは事実か」と三郎兵衛がするどく喜兵衛を睨んだ、「いま和生どのの云われたことは事実か」

喜兵衛は弁明しようとして義兄を見た。すると三郎兵衛の顔が急に赤くなり、片膝を進めながら、「それが事実とすれば、金貸しめいたことではなく、金貸しそのものではないか」とたたみかけた。

「それは違います」と久之助が遮ぎった、「それは藤井どののお考え違いです」

「しかし現にいまそこもとが」

「まあお聞き下さい」と久之助はゆっくり云った、「金貸しというものは、人に金を貸して利を稼ぐものでしょう、高林は利息などは取りません、窮迫した者が必要なだけ持ってゆき、返せるときが来たら返せばよい、借りるのも返すのも自由だし、返せなければ返さなくともよい、誰がどれだけ借りたか、誰が返し、誰が返さないかもわからない、——高林はただその箱をしらべて、金があればよし、無くなっていれば補給するだけです、これが些《いさ》さかでも金貸しに似ているというなら、私が御意見をうけたまわりましょう」

細島左内は脇谷五左衛門を見た。五左衛門は藤井三郎兵衛を見、それから喜兵衛に向って、「それに相違ないか」と念を押した。喜兵衛は当惑したように、眼を伏せながら、「相違ない」と答えた。

「どうしてだ」と五左衛門は訊いた、「どういう事情でそんなことを始めたのだ」

「それは——」と喜兵衛は低い声で云った、「その日の食にも窮している者たちに、いちじの凌《しの》ぎでもつけばよいと思いましたので」

「小人《しょうじん》の思案だ」と三郎兵衛が云った、「それは人に恵むようにみえるが、却って人をなまくらにする、貧窮してもそんなふうに手軽に凌ぎがつくとなれば、そうでなくても怠けたがる下人《げにん》たちは、苦労して働くという精神を失うに違いない、十人が十人とはいわない、十人のうち一人でも二人でも、そういう人間の出ることは慥かだと思う」

「それに」と五左衛門が云った、「返してもよし返さなくともよしとなると、借りたまま口をぬぐっているという、狡《ずる》い気持をやしなう危険も考えられる」

「これについてどう思うか」と三郎兵衛は喜兵衛に云

った、「そういう安易な恵みが、逆に害悪となるという点を考えたことがあるか」

喜兵衛は暫らく黙っていたが、やがて「そういうことは考えなかった」と答えた。三郎兵衛は左内の顔を見た。左内は咳をし、膝の上で扇子をぱちっと鳴らし、それから三郎兵衛に向って「どうぞ」と云うように頷ずいてみせた。

「それでは寄合役の意見を述べる」三郎兵衛は改まった調子で云った、「いずれお沙汰《さた》があるまで、ただちにその木戸を閉め、その箱を取払っておくがよい」

喜兵衛は静かに、「いや」と云って、眼をあげて三郎兵衛を見た。

「それはお受けができません」

「なに、——不承知だというのか」

「お受けすることはできません」と喜兵衛は穏やかに云った、「箱の中の僅《わず》かな銭を、たのみにする者が一人でもある限り、私はその箱を掛け、木戸をあけておきます」

「寄合役の申しつけでもか」

「それは、——」と喜兵衛は口ごもったが、頭を垂れながら、呟やくように云った、「いや、私にはお受けは、できません」

三郎兵衛が眼を怒《いか》らせ、なにかどなりだそうとしたとき、「まあ暫らく」と久之助が静かに云った。

「これはそう簡単な問題ではない」と久之助は続けた、「領内に窮民があれば、藩で救恤《きゅうじゅつ》の法を講ずるのが当然で、高林はそれを独力でやって来たわけです、したがって廃止を命ずるまえに、その実際の状態と、なにか者が目安箱へ訴文を入れたか、ということを調べるべきだと思いますが、いかがでしょうか」

他の三人は顔を見交わした。久之助は寄合役肝煎《きもいり》だから、三郎兵衛も（不満そうではあったが）敢《あえ》て反対はしなかった。

「ではまた沙汰があろう」と久之助は喜兵衛に眼くばせをした、「今日はこれでさがられるがよい、御用ちゅう御苦労であった」

喜兵衛は感謝の眼で久之助を見、それから会釈をして立ちあがった。

その日、——下城の太鼓が鳴ってから、喜兵衛の役部屋へ久之助が来た。彼は他の者が帰るのを待って、

「頑張ったな」と微笑した。お受けはできない、と二度まで云いきったのはさすがだ、「しかし、あの箱をたのみにする者がいるということを、なぜもっとはっきり云わなかったのか」と久之助は訊いた。

「しかし、それを云ったところで」と喜兵衛はかなしげに微笑した、「あの人たちにはわからないだろうからね、自分で現実に飢えた経験がなければ、飢《うえ》がいかに辛いかということはわからないものだ」

「だが高林にはわかるんだろう」

「あの人たちは云ったね」と喜兵衛は歎《なげ》くような口ぶりで続けた、「そんなふうに手軽に凌ぎがつくとなれば、苦労して働く精神が失われる、金を借りたまま口をぬぐうような、狡い気持をやしなうって、――あの人たちは知らないんだ、知ろうともしないんだ、下人どもは怠けたがるものだって、ああ」と彼はかなしげに首を振った、「貧しい人々がどんなふうに生き、どんなことを考えているか、貧窮とはどんなものか、あの人たちはまったく知ってはいないんだよ」

「だが高林は知っているじゃないか」

「もう十五年ちかく経っているが」と喜兵衛は低い声で続けた、「――和生などはもちろん知らないだろう、家に出入りの吉兵衛《きちべえ》という桶屋がいたが、貧窮のあまり、妻子三人を殺して自分も自殺した、ということがあった」

「その話しは覚えている」と久之助が云った、「桶屋の吉兵衛はおれの家へも出入りしていた、慥か可愛い娘がいたと思う」

「なおという名だった」

「名は知らないが、十三四になる縹緻《きりよう》のいい子だった、――そうだ」と彼は頷ずいた、「父親が足をどうかしたといって、その娘が桶を取りに来たり届けに来たりしたようだ」

喜兵衛は「うん」と頷ずいて、遠くを見るような眼つきで、じっと襖の一点を見まもった。久之助は「そうか」という表情をし――喜兵衛はその娘が好きだったのか、と心のなかで問いかけた。

七

「私は吉兵衛の家へいってみた」と喜兵衛はやがて言

葉を継いだ、「父には隠して、経料《きょうりょう》を届けるように母から云われたんだ、そして事情を聞いたんだが、吉兵衛が足を挫《くじ》いてから不運つづきで、借財や不義理が重なった結果、どうにもならなくなって一家で自殺したという話しだった」

喜兵衛にその話しをしたのは、家の差配をしている老人だったが、「吉兵衛は正直で気の弱い、まことに好人物であった」と云い、子煩悩だから「娘を茶屋奉公に出す」気もなかったのだろう、「ちょっと相談してくれれば、少しくらいの金は都合してやったものを」などと云った。

「その晩か次の晩だった」と喜兵衛は続けて云った、「父のところへ客があって、その話しが出た、客は、よく覚えているが、藤井兄弟の父の図書《ずしょ》どのだった、二人は吉兵衛の一家自殺を評して、——銀の一両か二両あれば死なずとも済んだであろう、そのくらいの金なら誰に頼んでも都合ができたであろうに、ばかなことをする人間もあったものだ、……二人はそう云った、誇張ではない、殆んどこのとおりに云ったのだ」

「私はそのとき思った」と喜兵衛は少しまをおいて云った、「差配の老人もそう云い、父や図書どのも同じように云う、だが、はたしてそうだろうか、銀の一両や二両というけれども、それは吉兵衛一家が死んだあとだからで、もし生きているうち借りにいったらどうだ、こころよく貸す者があるだろうか、——いや私にはわかっている、かれらはおそらく貸しはしない、少なくともそういうことを云う人間は、決して貸しはしないんだ」

久之助は同意するように頷ずいた。

喜兵衛はそのとき「裏の木戸」のことを思いついた、と云った。かなしいことに、人間は貧乏であればあるほど、金銭に対して潔癖になる。施こしや恩恵を、かれらほど嫌うものはない。しかし顔も見られず、証文や利息もなしに、急場を凌ぐことができたら、かれらもたぶん利用しに来るだろう。喜兵衛はそう考えたのであった。

「実際に箱を掛けたのは、父が死んで家督相続をしてからだ」と彼は続けた、「——初め吉兵衛の差配だった老人に相談をして、小金町と山吹町《やまぶきちょう》の、裏店《うらだな》の人たちだけに限り、よほど困った場合にはといって知らせた、半年くらいは誰も来なかったが、やがて来るようになった、……差配の老人は、返すような者はないだろう、と云った、藤井や脇谷どのも云ったように、借りる者はあっても返す者はないだろうって、——慥かに、二年ばかりのあいだは、箱はからになることのほうが多かったし、その補給にはかなり苦労をした」

「やめようと思ったことはないんだな」

「うん、——」と喜兵衛は頷ずいた、「そう思ったこともある、ずいぶん苦しいときがあったからね、しかし、そういうときには、いつも吉兵衛の娘のことを思いだした、あのなおという娘のことを、……あのなおがどんな気持で死んだかということをね」

久之助は眼をそらしながら、「それほどあの娘が好きだったんだな」と心のなかで合点した。喜兵衛は「それがいつも自分を支えてくれた」と云った。死んだ娘のことを考えれば、彼の苦労などはさしたることはない、「続けられるだけ続けよう」といつも思い返した。

「そのうちに返す者が出はじめた」と喜兵衛は云った、「箱がからになるときより、余っているときのほうが多くなった、しかも、ときによると元金より多く入っていることさえあるんだ」

「高林が勝ったんだ」と久之助は顔をそむけながら云った、「——貧しい者ほど金銭に潔癖だという、喜兵衛の信頼が勝ったんだ」

喜兵衛は急に息をひそめて、久之助を見た。そむけている久之助の横顔を、じっと見まもっていて、それから「ああ」と声をあげた。

「そうか」と喜兵衛は云った、「和生も入れていてくれたんだな」

「おい、よしてくれ」

「いやだめだ、裏木戸のことを知っているのは、小金町と山吹町界隈《かいわい》の者たちだけだ、それを和生はさっきの席で云いだしたし、——そうか、そうだ、思いだしたよ」と喜兵衛は云った、「先月中旬の或る夜、裏の木戸で人を殴る音がし、恥を知れ、という声が聞えた、そのときは気がつかなかったが、いまは思いだすことができる、あれは和生の声だった」

「十四郎のやつが来たんだ」と久之助は銜《て》れたように云った、「十四郎のやつが来て、箱の中からつかみ出そうとしたんだ」

「和生は金を入れに来ていたんだな」

「おれはかっとなった」と久之助はそらすように云った、「どうして木戸のことを知ったかわからないが、彼などに一文だって手を付けさせたくなかったからな、思わず捉《つか》まえて平手打ちをくれてやったよ」

喜兵衛は俯向《うつむ》いて、「有難う」と囁やくように云った。

「だいぶなが話しをしてしまった」と久之助は立ちあがった、「よかったらいっしょに帰ろうかね」

喜兵衛は机の上を片づけながら、「寄合役の意見はどうなるだろう」と訊いた。大丈夫だおれが引受けるよ、と久之助が云った。目安箱へ訴状を入れた人間も、およそ見当がついてるんだ。見当がついているって。

「うん」と久之助は頷ずいた。小金町あたりの連中に日金を貸しているやつの仕事さ、やつらは貧乏人の生血を吸って肥えるんだから、裏の木戸は大敵なんだ。

へえー、と喜兵衛は眼をみはった。和生はいろいろなことを知っているんだな。そうでもないさ、じつを云うと町奉行の意見を聞いたんだ、と久之助は苦笑した。

「むずかしいものだ」と喜兵衛は太息《といき》をついて云った、「――こういうことでさえも、どこかへ迷惑を及ぼさずにはいないんだな」

久之助は「帰ろう」と云った。

数日ののちに藤井で法事があった。亡くなった図書の三年忌で、加代は松之助を伴《つ》れて寺へゆき、喜兵衛は下城してから、藤井の家へいって焼香した。そのとき三郎兵衛が、「木戸のことは構いなしになるようだ」と告げたが、あまり機嫌のいい顔ではなかった。――加代は「松之助を夜風に当てたくない」と云って日の昏れるまえに帰り、喜兵衛は残って、二十人ばかり集まった親類縁者たちと、精進の接待を受けてから辞去した。

まだ宵のくちだったが、もう霜でもおりたかと思われるほど寒く、やや強い風が北から吹きつけていた。供の提灯《ちょうちん》の光りを踏みながら、内蔵町《くらまち》の辻へかかろうとすると、ふいに横のほうから、藤井十四郎が出て来て呼びとめた。

「済まないが」と十四郎は供のほうへ手を振って云った、「内密で話したいことがあるんだが」

「家へゆきましょう」

「いや」と彼は首を振った、「いそぐんだ、非常にいそぐんです」

喜兵衛は供の者から提灯を受取って、「先へ帰れ」と命じた。

八

二人きりになると、十四郎はせきこんで、金を五両ほど都合してくれと云った。

「騙《だま》されて博奕場《ばくちば》へ伴れこまれた」と十四郎はふるえながら云った、「もちろんいかさま博奕で、五十両という借《かり》ができた、――半月ばかり延ばしてもらっていたんだが、今夜かぎり待てないと云って来た、かれらはいま内匠町《たくみまち》の神明《しんめい》の境内で待っている、時刻までに来なければ、屋敷へいって兄に談判するというんだ」

「それで」と喜兵衛は訊いた、「五両の金でどうするんです」

「おれは、私は逃げる」と十四郎は云った、彼の荒い息が、寒さのために白く凍った、「とても五十両などという金は作れないし、博奕の貸しは殺しても取るというから、もう逃げるほかに手段はないんだ」

「相手は神明の境内にいるんですね」

「頼む、これが最後だから」

「いや、私がいって話してみましょう」と喜兵衛は云った、「博奕場のしきたりがどんなものかは知らないが、事情を話せばなんとか方法があるでしょう」

「だめだ、それはもうだめなんだ」と十四郎は殆んど泣くように云った、「相手は海松徳《みるとく》といって、兇状持《きょうじょう》ちの博徒だし、これまで延ばしたのを騙したといって、怒っているんだから」

「とにかく話すだけ話してみましょう」と喜兵衛は歩きだした、「相手がそういう人間なら、逃げたところで必らず捜し出されるでしょう、こんなときには当って砕けるというじゃありませんか」

喜兵衛は道を引返して、大手筋を横切っていった。十四郎はなお「それはむだだ、かれらは話しなど聞きはしない」と繰り返しながら、それでも喜兵衛のあとからついて来た。

――おそらく嘘だろう。

五両という金を借りるために、そんな話しを拵《こしら》えたのだろう、と喜兵衛は思った。しかし内匠町にかかると、十四郎は急に黙って、喜兵衛の蔭《かげ》に隠れるようにして歩いた。——神明社は武家町の端に近く、境内はさして広くないが、古い杉林があり、石の玉垣のすぐ内側に、大きな池があった。喜兵衛は鳥居のところで、「此処ですね」と十四郎に念を押した。十四郎は頷ずいた。彼のふるえているのが喜兵衛によくわかった。

喜兵衛は鳥居をくぐっていった。

「海松徳の人はいますか」と喜兵衛は呼びかけた、「藤井十四郎のことで話したいのだが」

すると右手の杉の木蔭から、「やっちまえ」という声とともに、四五人の男がとびだして来て、一人がいきなり喜兵衛に体当りをくれた。脇腹へ火を当てられたように感じ、喜兵衛は「うっ」といった。提灯がはね飛んで、地面へ落ちて燃えあがり、喜兵衛は手で脇腹を押えながら、くたくたと膝をついた。

「待て」と喜兵衛は喉で云った、「待て、話しがある」

そのとき、「いけねえ、こいつは大変だ」という声がした、「高林の旦那だ、大変なことをした、誰か医者へいってくれ」そう叫ぶのを聞いたまま、喜兵衛は気を失ってしまった。

医者が来て、手当てをされたとき、痛みのためにわれに返った。そこには十四郎と、見知らぬ若者が二人いて、その一人（まだ十七八とみえた）がふるえながら、「とんでもねえことをした、とんでもねえことをしちゃった」と伴れの男に囁やいていた。おれの姉さんが旦那の御恩になったんだ、おふくろの病気が治ったのも旦那のおかげなんだ、暗くってわからなかったし、まさか旦那が来ようとは思わなかったんだ。「もういい、諄《くど》いことはよせ」と伴れの若者が云った。

——この若者の姉とは、誰だろう。

喜兵衛は手当てをされる痛みのなかで、ぼんやりと思った。十四郎はまっ蒼《さお》に硬ばった顔で、医者の手許を見まもっていたが、やがて喜兵衛のほうへ振向き、「勘弁してくれ」と低い声で云った。

「済まなかった、高林、勘弁してくれ」

喜兵衛は眼で頷ずいた。

——それでも彼は逃げなかった。

おれを置いて逃げるほど、彼も卑怯《ひきょう》ではなかったんだな、と喜兵衛は思った。

「わかってるよ」と喜兵衛は喉で云った、「もののはずみだったのさ、心配することはない、たぶんこれで、あの話しもうまくいくだろう、——私は大丈夫だから、もう家へ帰るほうがいいよ」

十四郎は泣きだした。十四郎の眼から、涙のこぼれ落ちるのを、喜兵衛は見た。まもなく、——他の二人の若者が、戸板（喜兵衛を運ぶための）を持って走って来た。

「もう帰って下さい」と喜兵衛が十四郎に云った、「今夜のことは私がうまくやります、どんなことがあっても、決して他言しないように頼みますよ」

九

雪の降る夜の十時ころ、——五十年配の老人がひとり、頭からやぶれ合羽《がっぱ》をかぶって、内蔵町の裏道を歩いて来る。彼は口の中で絶えずぶつぶつ呟やいている、「だめかな、だめだろうな」などと云う。風がないので、雪はまっすぐに降り、老人のまわりだけでくるくると舞う。老人はぶるぶるとふるえ、「旦那はけがをなすったそうだからな」と彼は呟やく、「けがをして半月も寝ておいでだというからな」そっと首を振り、それでも歩き続けながら、「きっとだめだろう、むだ足だろうな」と呟やいた。

老人は笠木塀の処で立停り、（雪明りで）木戸を捜し当てた。彼はそこでためらった。その家の主人が、半月ほどまえにけがをした。刀の手入れをしていて、誤って自分でどこかを傷つけた。という噂さを聞いていたのである。——老人は溜息をつき、救いを求めるようにあたりを眺めまわした。それから、不決断に木戸へ近より、おそるおそる桟へ手をかけた。その手は見えるほどおののいていたが、桟はことっと動き、木戸はかすかにきしみながらあいた。

木戸はやはりあいていた。木戸があくと、積っていた雪が落ち、向うに燈の映っている窓の障子が見えた。老人はその窓に向って、低く三度おじぎをした。

「旦那——」と老人は囁やいた、「また拝借にあがりました、どうぞお願い申します」


（〈別冊講談倶楽部〉一九五五年十一月）

こんち午《うま》の日

一

おすぎは塚次と祝言して、三日めに家を出奔した。祝言したのが十月八日で、出奔したのは十一日の午《ひる》すぎ、――塚次が売子の伊之吉と、午後のしょうばいに出たあとのことであった。

娘が「出奔」したことに気づいたのは、母親のおげんであった。夜になってもおすぎが帰らないので、田《た》原町《わらまち》二丁目の伊能屋へいってみた。伊能屋は仏具師で、おもんという娘がおり、おすぎと仲よしで、よく泊りにいったり来たりしていた。婿を取って三日めに、まさか泊って来はしまいが、娘の性分ではやりかねないとも思ったのである。だが伊能屋では知らなかった。

「御婚礼の晩に会ったきりよ」とおもんは云った、「おすぎちゃんどうかしたんですか」

「お午すぎに出たっきりなんだけれど」とおげんは途方にくれて云った、「――こんなじぶんまでどこにひっかかっているのか、おもんちゃんに心当りはないかしら」

おもんは知らないと云った。なんとなく当惑したような顔つきで、自分はこの夏あたりからあまり会っていないし、ほかに仲の好い友達があるとも聞かない、と答え、「もういまごろ家へ帰ってるんじゃありませんか」と云った。なにか云いたいことを隠している、という感じだったが、それ以上は訊《き》けずに、西仲町《にしなかちょう》の家へ帰った。おすぎはまだ戻らず、婿の塚次が独りで、明日の仕込みをしていた。――おげんは、彼の眼を避けるようにして、部屋へはいった。そして初めて、金や品物がなくなっているのを発見した。

かくべつ疑ったわけではなく、ひょっと調べてみる気になったのであるが、おすぎの箪笥《たんす》が殆《ほと》んど空になっているし、髪飾りや小道具類もなかった。そればかりではない、用箪笥の中も金も、重平やおげんの物まで、衣類や小道具などで金目な品は、選《よ》りぬいたように、きれいになくなっていた。――おげんは足が竦《すく》みそうになり、がたがたと震えた。これだけ思いきったことをする以上、ただごとではない。単に帰りがおそくなったとか、どこかで泊って来るなどということではない。おそらく帰っては来ないだろう、「家出したに違いない」とおげんは思った。

「どうしよう」とおげんはのぼせあがって呟《つぶ》やいた、「どうしたらいいだろう」

良人《おっと》の重平は寝ていた。

重平は秋ぐちに軽い卒中で倒れ、それから大事をとって寝たままであった。塚次との婿縁組も、そのために繰りあげたくらいで、いまこんな出来事を話していけないことは、(医者にも禁じられたが)よくわかっていた。——おげんは思い惑った。これまでおげんは、なにもかも良人まかせでやって来た。しょうばいの事はもとより、三度の食事の菜《さい》から、季節の移り変りには、着物や夜具のことまで、すべて良人に云われてからする習慣であった。

「どうしよう」とおげんは自分に呟やいた、「他人に相談できることではないし、うちの人に話せば病気に障るだろうし、それに、婿になったばかりの塚次という者がいるし」

塚次には隠せない、同じ家にいることだし、三年もいっしょに暮して、内情もよくわかっているから、塚次を騙《だま》すことはできない。——それならいっそあれに話してしまおう、とおげんは思った。塚次は気のやさしい男である。おすぎは蔭《かげ》で「うちのぐず次」などと云っていたが、田舎そだちの朴訥《ぼくとつ》さと、どんな事でも、黙って先に立ってやるまじめさと、そして疲れることを知らない働らき者であった。——彼は重平と同郷の生れで、三年まえ奉公に来るまでは、田舎でずっと百姓をしていたが、きまじめで口べたなわりに客受けもよく、またしょうばい物の豆腐や油揚なども、自分でくふうして、いろいろ変った味の物を作るというふうであった。

「塚次に話すとしよう」とおげんは自分を励ますように呟やいた、「あれなら肚《はら》を立てるようなこともないだろうし、きっと相談に乗ってくれるに違いない」

明日の仕込みを終って、塚次があがって来ると、おげんはその話をした。

塚次はええと口をあいたが、それほど吃驚《びっくり》したようすはなく、「どこかで泊って来るのではないか」と云った。そこでおげんは金や品物のなくなったことを話した。それらはみな昨日まであったものである。衣類や小道具は祝言に使ったし、金も祝言の入費を払ったばかりで、残高もわかっている。いつのまに、どうして運び出したかわからないが、殆んどあらいざらい持出しているし、僅《わず》かな時間に、それだけのことが独りでできる筈《はず》もない。誰か手を貸した者がいるに相違ないと思う、とおげんは話した。塚次は暫《しば》らく考えていたが、「おとっさんに知らせましたか」と訊き、まだだと聞くと、「ちょっと心当りがあるから、おとっさんには知らせないで待っていてくれ」と云い、着替えもせずに出ていった。

――なにかあるのかしら。

おげんは重平の薬を煎《せん》じながら思った。

重平夫婦は娘をあまやかして育てた。おすぎは縹緻《きりよう》よしで、小さいじぶんから人に可愛がられたし、可愛がられることに慣れていた。人にあいそを云われたり、構われたりすることを嬉しがり、そうされないときには、侮辱されたような不満をもった。友達と集まったり、芝居を見たりするのが好きで、娘にしては金使いも荒かった。……小さいうちはそれでもよかったが、十四五になると事情が変ってくる。若者たちが付きまとうようになり、いろいろな噂《うわさ》が立ちはじめた。

――おすぎちゃんは凄腕《すごうで》だ。

などというたぐいの蔭口がしばしば夫婦の耳にはいった。

重平もおげんも信じなかった。おすぎは「みんなやきもちよ」とすましていたし、夫婦もそうだろうと思った。下町もこの浅草界隈《かいわい》の横丁などは口のうるさい人たちが多く、金まわりのいい家とか、縹緻のいい娘や若妻など、根もないことを好んで噂のたねにされる。自分たちの娘もその例だと思い、夫婦はべつに疑ってみる気もなかった。

「でも塚次はいま、心当りがあると云った」とおげんは呟やいた、「そしてすぐに出ていったところをみると、なにかあって、塚次はそれを知っていたのに違いない」

おげんは頭が痛くなり、首を振りながら両のこめかみを強く揉《も》んだ。

――いったいなにがあったんだろう、塚次はなにを知っているんだろう。

同じことを、ただうろうろ思い惑っていると、隣りの部屋で重平の呼ぶ声がした。おげんはとびあがりそうになり、「いま薬を持ってゆきますよ」と云いながら、湯気の出はじめた土瓶《どびん》を火の上からおろした。

二

塚次は寒かった。まだ十月の中旬にはいったばかりで、その夜は風もなく、むしろ例年より暖かいくらいだったが、塚次はしんまでこごえるほど寒かった。肩をちぢめ、腕組みをして、前跼《まえかが》みに歩きながら、彼は力なく頭を振ったり溜息をついたりした。

「こういうことなのか」と塚次は口の中で呟やいた、「いつもこういうことになるのか、これじゃあ、あんまり可哀そうじゃないか」

彼は中村喜久寿を訪ねていった。

猿若町《さるわかまち》の芝居で住居《すまい》を訊き、それから山谷《さんや》へまわっていった。喜久寿は中村座の役者で、年は三十二歳、古くから女形《おやま》を勤めているが、いまだに役らしい役は付かず、番付《ばんづけ》などでは名もはっきり読めないくらいだった。――八月ごろまで三軒町《さんげんちょう》の裏店《うらだな》にいたが、女出入りのため絶えずごたごたするので、店《たな》だてをくって山谷のほうへ移ったのであった。

喜久寿の住居はすぐにわかった。どこからか下肥《しもごえ》の匂って来る、暗くてじめじめした長屋の、端のほうにあるその住居には、年のいった女たちが五六人集まって、酒を飲みながら陽気に騒いでいた。喜久寿のほかにもう一人、これも芝居者らしい男がいて、なにかの狂言の濡場《ぬれば》と思われるのを、みだらに誇張した身振りと声色とで、汗をかきながら演じてみせていた。――塚次は黙ってはいり、ちょっと声をかけて、すぐに障子をあけた。おすぎを隠されるかと思ったので、さっと障子をあけ、そこにいる女たちを眺めまわした。

「どなた」と喜久寿がこっちを見て云った、「だあれ、……山城屋さんかえ」

そして立って、こっちへ来た。もう一人の男も、女たちもこっちを見た。部屋の中にこもっている安酒の匂いと、膏《あぶら》ぎったような、重たく濁った温気《うんき》とが、むっと塚次の顔を包んだ。

「知りませんよ」と喜久寿は云った、「おすぎちゃんなんて、このところ半年以上も逢ったことはないわ」

四十くらいにもみえる渋紙色の、乾いた皺《しわ》だらけの顔や、しなしなした身振りや、つぶれたような作り声など、塚次には胸がむかつくほどきみ悪く、いやらしく思えた。

「隠さないで下さい、知ってるんです」と塚次は云った、「おまえさんとの、一年まえからのことを知ってるんですから」

「それはそんなこともあったけれど、あたしは半年以上も逢っちゃいないわ、ほんとよ」と喜久寿は女言葉で云った、「嘘だと思うんなら、あがって家捜《やさが》しをしてちょうだい」

　向うから女たちが囃《はや》したて、喜久寿はおすぎの悪口を並べたてた。おすぎが吝嗇《りんしょく》でやきもちやきで、自分勝手な我儘者《わがままもの》であること、彼はおすぎに髪の毛を毟《むし》られたり、ひっ掻《か》かれたり嚙《か》みつかれたりして、いつも生傷の絶えたことがなかったし、そのために大事な贔《ひい》屓《き》筋《すじ》を幾人もしくじったこと、しかもたまに南鐐《なんりょう》の一枚も呉《く》れれば、小百日も恩に被せられることなど、——恥じるようすもなくべらべらと饒舌《しゃべ》った。すると向うから女の一人が、「嚙みつかれたのはあのときのことだろう」とからかい、さらにみんなが徹底した露骨さで、塚次にはよくわからないような、卑猥《ひわい》なことを喚《わめ》きあい、ひっくり返るように笑った。だが喜久寿はそこで初めて気がついたように、「ちょいと」と塚次に手を振った。

「ちょいとあんた」と喜久寿は云った、「おすぎちゃんがどうかしたの、なにか間違いでもあったの」

　塚次はあいまいに首を振り、「帰りがおそいので親たちが案じている、どこにいるか心当りはないだろうか」と訊いた。喜久寿は極めて単純に「そうね」と首を傾《かし》げた。

「なにしろあの人は達者だから、そうだわね」と喜久寿は顎《あご》を撫で、それからふいとまた手を振った、「そうだわ、ことによると長二郎かもしれませんよ、それは」

「やっぱり芝居の人ですか」

「まえには芝居の中売りをしていたの」と喜久寿は云った、「今年の夏までは中売りをしていたけれど、義理の悪いことが溜って逃げだしたっきり、いまどうしているか知らないわ、でもおすぎちゃんはまえっから長二郎におぼしめしがあったようだし、相手のほうでもへんなそぶりをしていたから、なにかあったとすればきっと長二郎ですよ」

住居がどこか自分は知らないが、森田座に伝造という楽屋番がいる。その爺《じい》さんに訊けばわかるかもしれない、と喜久寿は云った。そして、塚次が礼を述べて去ろうとすると、彼はうしろから「にいさん」と作り声で呼びかけた、「どうぞ御贔屓に」それからしゃがれた声であいそ笑いをした。

塚次は歩きながら唾《つば》を吐いた。あばずれた女たちの笑いや、喜久寿の媚《こ》びた身振りや言葉などが、べったりと軀《からだ》じゅうにねばり付いているようで、いつまでも胸がむかむかし、彼は顔をしかめながら、幾たびも唾を吐いた。

「もうおそすぎる」と塚次は呟やいた、「森田座は明日にしよう」

彼は疲れていた。もう寝る時刻を過ぎていた。朝の三時に起きて、明日の朝も三時に起きなければならない。午後に一時間ほど横になるほかは、軀を休ませる暇がないので、この時刻になると、抵抗できないほど寝たくなるのであった。


「田舎へ帰るんだな」彼は立停って、脇にいる（もう一人の）自分に云った、「こういうことになって、まさか居坐ってるわけにもいくまいし、田舎へ帰るほかはないじゃないか、そうだろう、——帰れば帰ったで、また、なんとか……」

だが塚次は（もう一人の）自分が首を振るのを感じた。彼は田舎の家と、そこにある生活を思いうかべ、帰っていっても、そこには自分の割込む席のないことを認めた。——彼の家は中仙道《なかせんどう》の高崎から、東北へ三里ほどいった処《ところ》で、重平の故郷の隣り村に当っていた。そこには塚次の母と、継父と、継父の母と、九人の弟妹たちがいる。塚次の実父は早く病死して、そのあとへ継父がはいり、八人の弟妹が生れた。去年の春、また妹が生れた、という知らせがあったが、これだけの人数が僅か六七反歩の田畑に、しがみつくようにして生きているのである。それは「生きている」というほかに云いようのない生活であった。——塚次は三年まえ、二十一歳のとき江戸へ出て来た。隣り村に住んでいる重平の兄の世話であったが、江戸へ出たのは、父親の違う弟妹たちとの折合が悪かったためだけではなく、そこにいては、満足に食ってゆけなくなることが、わかってきたからであった。

「洗い場の胡桃《くるみ》、――」と塚次は呟やいた、「あれは今年もよく生《な》ったろうな、あの胡桃はよく実がついた、おれが出て来る年には一斗五升も採れたからな」

三

田舎の家の前に小川があり、農具や野菜などを洗う、小さな堰《せき》が作ってある。その傍《かたわ》らに大きな胡桃の木が枝を張っていて、夏には洗い場を日蔭にし、秋になるとびっしり実をつけた。その実が小川へ落ちて流れるのを、塚次はよく親たちに隠れて拾って喰べたものである。胡桃は値がよく売れるから、隠れてでも喰べなければ、彼などの口には入らないのであった。

「胡桃、――」と塚次は首を傾げた、「そうか、あれは胡桃だな、あの蒲鉾《かまぼこ》豆腐は、そうだ、あの味と香りは慥《たし》かに胡桃だ、ふん、それであの胡桃の木のことなんか思いだしたんだな」

暗い刈田を渡って来る風が、塚次の着物にしみとおり、その膚《はだ》を粟立《あわだ》たせた。彼は身ぶるいをし、もっと肩をちぢめて歩きだした。

西仲町の家へ戻ったが、おすぎはやはり帰っていなかった。塚次はおげんに、「明日もういちど捜しにゆく」と云った。おげんはなにか訊きたそうだったが、「おとっさんには伊能屋に泊ったと云っておいたから」と囁《ささ》やいただけであった。

翌日、――朝のしょうばいに出た戻りに、金剛院の台所へ道具を預けておいて、塚次は森田座の楽屋を訪ねた。伝造という老人はいた。老人はいま寝床から起きたというようすで、眼脂《めやに》の溜った充血した眼をしょぼしょぼさせ、小さな痩《や》せた軀からは、鼻をつくほど酒が匂った。

「あいつはずらかったよ」と老人は首筋を掻きながら云った、「不義理の仕放題をしやがって、ひでえ畜生だ、もうちっとまごまごしていたら、誰かにぶち殺されたところだろう、おめえ長二郎のなかまかい」

塚次は「そうじゃない」と首を振った。

「すると騙されたくちか」と老人はまた首筋を掻いた、「もしあいつにひっかけられたのなら諦《あき》らめるこった、あいつはもう二度と江戸へ帰りゃしねえから」

「なにか女のことは聞きませんでしたか」

「女だって、——おめえの女でもどうかされたのかい」

塚次はまた首を振り、「自分の知っている家の娘が昨日から帰らないが、長二郎という人といっしょではないか、という噂があるので訊きに来たのだ」と云った。

「ふん、——」と老人は鼻を鳴らした、「あいつの女出入りは算盤《そろばん》を置かなくちゃわからねえが、そうさな、そういえば夏じぶんから、あいつにのぼせあがってる娘がいる、っていうようなことを聞いた覚えがあるぜ」

だが詳しいことは知らない、と老人は云った。誰に訊いても長二郎のことはよくわからないだろう、中村座を逃げだしてからは、寝場所も定《きま》っていなかった。博奕《ばくち》打ちのなかまにでもはいっていたらしいが、自分のことは決して話さない人間だし、親しい友達というものもなかった。したがって、その女のことも、どこへずらかったかということも、知っている者はおそらく一人もないだろう、と老人は云った。

——おかみさんにどう話したらいいか。

楽屋口で老人に別れてから、塚次は思い惑って溜息をついた。伝造の話によると、長二郎という男はよほどせっぱ詰っていたようだ。そうすると、おすぎが金や品物を（殆んど）あらいざらい持出したことと符が合っている。おそらく長二郎と逃げたのであろうが、はっきりそうと定《き》めることもできなかった。

——いずれにしても、まもなく帰って来るだろう。

塚次はそう思った。彼の気持の奥には「まもなく戻るに相違ない」という、漠然とした予感があった。おすぎはそういう娘であった。おそらく平気で帰って来て、きまりの悪い顔もせずに、ずけずけと自分に用でも頼むだろう、と塚次は思った。

「そうなったとき、おれはどうするだろう」と歩きながら彼は呟やいた、「黙って云うなりになってるだろうか、それとも、……いや、たぶんなにも云えないだろう、云えやしないさ、あの女の顔をまともに見ることさえできやしないさ、——どう転んだっておれはおれだ、たいしたことはないや」

塚次はぼんやりと溜息をついた。

預けておいた道具を取りに、金剛院へ寄ると、老方《ろうほう》丈《じょう》が庫裡《くり》の縁側から呼びとめた。塚次は鉢巻を外しながらそっちへいった。もう七十三歳にもなるのに、老方丈の小さな軀は固太りに肥え、顔などは少年のような色艶《いろつや》をしていた。

「どうだ塚公」と老方丈が云った、「このあいだの物はわかったか」

「へえ、まあだいたい見当がつきました」

「いや口で云わなくともいい、見当がついたら作ってみろ」と老方丈は云った、「上方《かみがた》の物で、こっちではまだ作らないようだ、うまくゆけば売り物になるぞ」

「へえ」と塚次は云った、「やってみます、二三日うちに作って、持ってあがります」

「どうした」と老方丈が云った、「ばかに元気がないようだが、どうかしたのか」

塚次は「へえ」と苦笑し、ふと眼をあげて老方丈を見た。彼は方丈さんに話してみようか、と思ったのであるが、しかし、すぐに首を振って、「いいえべつに」と口を濁し、二三日うちに持ってあがります、と云ってそこを去った。

西仲町ではおげんが待ちかねていた。塚次は「だめでした」と囁やいた。喜久寿や長二郎のことに触れずに、心当りの処にはいなかったし、ほかにもう捜す当《あて》もない。とにかく、暫らく放っておいて、ようすをみるほかはないだろう、と云った。店では売子の伊之吉が、せっせと焼豆腐を作っていた。彼はもう、おすぎになにかあった、ということを勘づいたらしく、こっちへ向けた背中に、聞き耳を立てていることが(明らかに)うかがわれた。おげんは塚次を眼で招き、臼台《うすだい》の蔭へまわって、「うちの人にどう云おう」と囁やいた。一ト晩はごまかせたが、今日はもうだめだろう。病気に障るのが心配だが、知らせないわけにはいかない。どういうふうに話したらいいだろうか、という事である。塚次は当惑して、自分にはわからない、と答えた。もう二三日待ってみて、勘づかれてから話してもよくはないか、それとも、「伊能屋の娘たちと身延《みのぶ》か成田山《なりたさん》へでもでかけた」と云ってみてはどうだろう。急のはなしで、重平が眠っているうちにでかけたと云えば信じるかもしれない、と塚次は云った。

「とてもだめだと思うよ」とおげんは溜息をついた、「あたしうちの人には嘘がつけないんでね、うちの人にはすぐみやぶられてしまうんだから、――でもやってみようかね、みやぶられたらみやぶられたときのことにして、とにかくそう云ってみることにするよ」

そして、もういちどやるせなげに溜息をついた。

その夜、塚次が仕込みを終ったとき、おげんが来て「うちの人に話したよ」と云った。塚次の教えたとおり、身延山へいったと云うと、重平はそっぽを向いたままで、「そうか」と頷《うな》ずいたきり、なにも云わなかったということであった。

「すぐに話を変えたけれどね」とおげんは云った、「いまにもどなられやしないかと思ってあたしはびっしょり汗をかいちゃったよ」

四

中二日おいて、冷たい雨の降る午後（横になる時刻）に、塚次は金剛院の方丈を訪ねた。前の晩に作った蒲鉾豆腐を、方丈のところへ持っていったのであるが、老方丈は一と口喰べてみて頷ずいた。

「よくわかった」と老方丈は云った、「少し脂っこいようだが、どういう按配《あんばい》で作った」

「豆腐一丁に剝《む》き胡桃を十の割です」と塚次は答えた、「豆腐の水切りをしまして、煎《い》った胡桃をよく磨《す》ったのへ、塩を加えて、もういちど豆腐と混ぜて磨りあげ、この杉のへぎ板へ塗って形を付けてから、蒸しました」

「胡桃の割が多いようだな」と老方丈は頷ずいて、もう一と口喰べてみた、「塩のせいかもしれないが、ともかく少し脂気が強いようだな」

塚次がふいに「あ」という眼つきをした。そして、思いついたことがあるから、明日もういちど味をみてもらいに来ると云い、すぐにそこを立とうとした。すると老方丈は呼びとめて、「まあ坐れ」と云い、不審そうに坐り直す塚次を、じっとみつめた。

「話してみろ」と老方丈は云った、「家付きの嫁が逃げたそうだが、どうしたんだ」

「誰が」と塚次は吃《ども》った、「誰が、そんなことを」

「伊之という売子が、昨日来て権助にそう云ったそうだ、どういうわけだ」

塚次は「へえ」と俯向《うつむ》き、暫らく黙っていたが、やがて、こぼした粟粒でも拾うような調子で、これまでの出来事をゆっくり話した。老方丈は塚次の顔を見ながら、しまいまで黙って聞いていた。重平がおげんの作り話を聞いたとき、なにも云わなかった、という点が気になったものか、いちど聞き直してから、「ふん」と妙な顔をした。

「知っていたんだな」と老方丈は云った、「寝たっきりの人間には、家の中で起ることはよくわかるものだ、家は広いのか」

「いいえ、奥は六帖《じょう》が二た間に、長四帖の納戸だけです」と塚次が云った、「納戸は、田舎の人ですから、あとから造り足したんですが」

人の数も少ない、夏のあいだは売子も三人になるが、寒いうちは伊之吉だけで、彼も住込みではなく、裏の長屋に母親と住んでおり、夕方の仕事が終ると帰ってしまう。——それに、おげんや塚次はそれぞれ分担の仕事があって、塚次は売りにも出るし、おげんは店にいるほうが多いから、おすぎがそれだけの金や品物を運び出すのを、気づかなかったというのも（迂闊《うかつ》ではあるが）頷ずけないことはない、しかし、寝たっきりの病人が、まったく知らなかったとすれば却《かえ》って不自然である。

「塚公だって」と老方丈は云った、「その役者のことを知っていたんだろう」

塚次は「へえ、まあ——」とあいまいに口ごもった。

老方丈はじれったそうに、知っていてどうして婿になる気になったんだ、と訊いた。それはまあ、そんな人間となが続きがするわけはないと思ったし、自分が眼をつぶって結婚すれば、それでおちつくかもしれないと思った、と塚次は答えた。

「娘に惚れてたというわけか」

「私がですか」と塚次は吃驚《びっくり》したような眼つきをし、それから、苦笑しながら首を振った。「私はあの人に、うちのぐず次、って云われていました」

老方丈はつくづくと塚次の顔を見た。そして、なにやらどなりたそうな表情をしたが、艶のいい顔を手で撫でながら、「ふん」といい、えへんと大きな咳《せき》をした。

「すると、なにか」と老方丈が云った、「塚公はこのままあの家にいるつもりか」

「出るにしても、当《あて》はなし」と塚次は俯向いて云った、「いられるだけは、まあいるつもりです」

「出るんなら相談に乗るぞ、よその店へ替りたいんなら、世話もしようし請人《うけにん》にもなる、また自分で店を持つという気があれば」

「いいえ、それは」と塚次は遮ぎった、「それは有難うございますが、いまの主人には恩がありますし、いったん婿入りの盃《さかずき》をして、親子にもなったことですし、またそうでなくとも、寝たっきりの主人をみすてて出るということは、……」

「うん、それは理窟《りくつ》だ」と老方丈は頷ずいたが、さらにだめ押しをするように云った、「それは正《まさ》しく理窟だがな、塚公、――もしもその娘が戻って来たらどうする」

塚次は「へえ」と俯向いたままいった。

「おまえの話を聞いてると、そいつは桁外《けたはず》れのわがまま娘のようだ、いまにきっと戻って来ると思うが、そのときおまえはどうする」

「それは、――」と塚次は低い声で云った、「それは、そのときのことにしようと思います」

老方丈は庭のほうへ眼をやり、かなり長いこと黙って、なにか考えているふうだったが、やがて、塚次のほうは見ずに、「それはそうだ」と頷ずき、ではそのときのぐあいで、また相談しよう、と云った。

「へえ、済みません」と塚次が云った、「――ではこの蒲鉾豆腐を、もういちどやり直して伺がいますから」

「うん、やってみてくれ」と老方丈は頷ずいた、「二十一日に檀家《だんか》が三十人ばかり集まる、よければそのとき註文することにしよう」

塚次は礼を述べて立ちあがった。彼は広縁から庫裡のほうへゆきながら、ごつごつした指で、すばやく眼を拭いた。

その夜、――塚次は蒲鉾豆腐をやり直した。豆腐一丁に剝き胡桃五個の割で、蒸しあげるまでは同じだったが、最後に火で炙《あぶ》って、外側に焦目《こげめ》を付けた。もう夜の十一時ころで、奥は寝しずまっていたが、出来あがったのを一ときれ切り、味をみようとしたとき、上り框《がまち》の障子のあく音がした。――塚次が振返って見ると、そこに重平が立っていた。

「――おとっさん」と塚次は口をあいた。

重平は「黙って」というふうに、ゆっくりと手を振った。彼は四十八になる、痩せた小柄な軀つきだが、膚はたるんで、蒼白《あおじろ》くむくんだような、いやな色をしていた。緊《しま》りのない唇や、乾いた眼や、寝乱れて顔へ垂れかかる髪毛など、暗がりの中で見ると、いかにも頼りなげに、弱よわしく見えた。

「塚次、――」と重平は云った。わなわなふるえる、力のない、低くしゃがれた声でもういちど「塚次」と云い、焦点の狂ったような眼で、じっと塚次を見つめた。塚次はそっちへゆき、ふらふらしている重平の軀へ、手を伸ばして支えようとした。重平は片手で障子につかまっていたが、塚次が伸ばした手を（首を振って）拒み、それからおそろしく重たそうに、両手をゆっくりとあげて、合掌した。

「たのむ」と重平は合掌した手を塚次に向けながら云った、「たのむよ、な、――」

塚次は「おとっさん」と云った。

重平の眼からしまりなく涙がこぼれ、合掌した手をだらっと垂らしながら、よろめいた。塚次はとびあがって、重平の軀を両手で支えながら、「おとっさん」ともういちど云った。重平の軀は婿の腕の中へ凭《もた》れかかり、う、う、と呻《うめ》き声をあげた。

五

「大丈夫です、おとっさん」と塚次は重平の耳もとで云った、「私がちゃんとやってゆきます、おすぎさんもすぐに帰って来ます、大丈夫だから心配しないで下さい」

「おすぎとは、親子の縁を、切った」と重平はもつれる舌で喘《あえ》ぐように云った、「おまえだけが、頼りだ、塚次、よく聞いてくれ、おまえだけが、頼りだぞ」

「わかってます、わかってますから寝にゆきましょう」

「たのむ」と重平は云った、「――たのむぞ」

塚次は舅《しゅうと》を寝床へ伴《つ》れていった。暗くしてある行燈《あんどん》の光りにそむいて、おげんが鼾《いびき》をかきながら眠っていた。

――方丈さんの云ったとおりだった。

店へ戻りながら、塚次はそう思った。

「だがあの夫婦は、娘と縁は切らない」と彼は呟やいた、「あんなに底なしに可愛がっていた娘だ、口ではああ云っても、いざとなれば親子の縁を切ることなどできやしない、わかりきったことだ、できるものか」

そして塚次は力ない溜息をついた。

おすぎからなんの消息もなく、行方も知れないままで二年経った。このあいだに、重平は妻と相談して故郷の家から姪《めい》のお芳を呼んだ。兄の重助の三女で、重助が弟のみまいを兼ねて、自分で娘を伴れて来た。重助は一と晩だけ泊って帰ったが、弟夫婦となにか話があったらしく、帰りがけに塚次を呼んで、「よろしく頼む」と云った。

「おまえの田舎の家も相変らずだが」と重助は付け加えた、「まあ田舎は田舎でやってるからな、おまえはここの婿になったことだし、ひとつ腰を据えてやってくれ」

塚次は黙って、眼を伏せながら、おじぎをした。

お芳は縹緻《きりょう》はあまりいいとはいえなかったが、軀の丈夫な、はきはきとよく働らく娘で、十七という年にしては、仕事ののみこみも早かった。お芳が役に立つようになると、おげんは掛りきりで良人の看病をした。けれども重平の容態にはさして変りがなく、むしろ、手足の痺《しび》れなどは、まえよりひどくなるようであった。

「寝たっきりでいるからだ」と重平はもどかしがった、「これからは少しずつ起きて、歩く稽古《けいこ》をしてみよう」

だが医者は厳重に禁じたし、重平がむりに試みようとすると、おげんは泣いて止めるのであった。二人のあいだでは、おすぎのことは決して話されなかった。「身延へいった」という嘘も、嘘のまま忘れられたようで、重平がそのことに触れないのを幸い、おげんも黙って、なりゆきに任せていた。

塚次はよく働らいた。焦目を付けた蒲鉾豆腐が好評で、顧客《とくい》さきにもよく売れたし、寄合とか、祝儀や不祝儀に、しばしば大量の註文があった。このほかにも「胡麻揚《ごまあげ》」とか、「がんもどき」などにも、よその店とは違ったくふうをし、「絹漉《きぬご》し豆腐」なども作った。

――こういうものは、たいがい金剛院の老方丈に教えられるか、意見を聞くかしてやったものである。塚次はこれらの品を、客にはっきり覚えてもらうため、軒の吊《つ》り看板に「上州屋」という屋号を入れた。豆腐屋の看板は単に「豆腐」と書くのが一般で、屋号を付けるのはごく稀《まれ》だったが、彼は売子たちにも「上州屋でござい」と云わせ、自分もそう呼んでまわった。

——へい、上州屋でござい、自慢の蒲鉾豆腐にがんもどき、胡麻揚に絹漉し豆腐。

という呼び声であった。

おすぎの出奔がわかってから、塚次はしょうばいに出たさきでよくからかわれた。よその店の売子たちにも、意地の悪い皮肉を云われたし、顧客さきでもたびたび笑い者にされた。田原町二丁目の裏店に、亀造という馬方がいたが、これは真正面から嘲弄《ちょうろう》した。

「おめえが嫁に逃げられたってえ豆腐屋か」と初めに亀造は云った、「嫁が男をこしらえて逃げたのに、おめえ平気な面《つら》で居坐ってるのか、へ、野郎のねうちも下ったもんだな」

「おっ、おめえまだいたのか」と二度めに亀造は云った、「へえ、そりゃあたいした度胸だ、おめえんとこのがんもどきはよそのより厚いってえが、おめえの面の皮もよっぽど厚いとみえるな」

「よう色男」と三度めに亀造は云った、「どうだ、もう嫁さんは帰ったか」

「よさないかね、この人は」と亀造の女房がそのとき奥からどなった、「人の世話をやくより、自分でかみさんに逃げられない用心でもおしよ」

「笑あしゃあがる、かみさんたあ誰のこった」

「自分で自分のかみさんもわからないのかい」と亀造の女房がまたどなった、「わからなければ見ているがいい、そのうちに逃げだしてやるから、いなくなれば誰がかみさんだったかわかるだろうよ」

そして亀造がなにかやり返すより先に、平気な顔で勝手へ出て来て「賽《さい》の目にして一丁」と云い、「うちのはとんだ兵六玉《ひょうろくだま》だから勘弁しておくれよ」と詫びた。塚次は涙がこぼれそうになり、「へえ、なに、——」と口ごもりながら豆腐を切った。

亀造の女房はおみつといい、千住《せんじゅ》の遊女あがりだそうだが、思いきった毒口をきくわりには、さっぱりした、飾りけのない性分で、その後はまえよりも塚次を贔屓にしてくれた。

おすぎが出ていってから、まる二年に近い秋のことだったが、塚次が午後のしょうばいに出ると、田原町のところで、妙な男に呼びとめられた。古びた桟留縞《さんとめじま》の素袷《すあわせ》に平《ひら》ぐけをしめ、草履《ぞうり》ばきで、肩に手拭《てぬぐい》をひっ掛けていた。年は二十七八だろう、博奕打ちかやくざと、一と眼で見当のつく、いやな人相の男であった。道のまん中だが、塚次は「なにをあげます」と答えて荷をおろした。

「買おうってんじゃねえ」と男は云った、「眼障りだからこの辺へ来るなってんだ」

塚次は男の顔を見た。酒に酔っているらしい、赤い顔をして、口に妻楊枝《つまようじ》を銜《くわ》えていた。塚次はあいそ笑いをし、「御機嫌ですね、親方」と云いながら、おろした荷を担ごうとした。すると男は、塚次の浮いた腰を力まかせに蹴《け》った。冗談とは思えない、力いっぱいの蹴りかたで、塚次は担ぎあげた荷といっしょに転倒した。荷は毀《こわ》れて、水は飛び、豆腐や油揚など、しょうばい物が道の上へすっかりうちまけられた。

「なにをするんです」と塚次はあっけにとられ、怒るよりも茫然として、起きあがりながら男に云った、「私がお気に障ることでもしたんですか」

「この辺をうろつくなってんだ」と男は銜えていた楊枝を吐きだした、「よく覚えておけ、こんど来やあがったら足腰の立たねえようにしてやるぞ」

忘れるなよ、と男は喚いた。

場所がらのことで、すぐまわりに人立ちがした。しかし誰も口をきく者はない、男はみんなを凄《すご》んだ眼で見まわしてから、本願寺のほうへと、鼻唄をうたいながら去っていった。

六

塚次は口惜《くや》しさで、涙がこぼれそうになり、集まって来た人たちは、——なかには顧客もいたのだろう、彼に同情したり暴漢を罵《のの》しったりした。塚次はうわのそらでそれらに答えながら、拾える物は拾おうとして、「いや、それではしょうばいに障るぞ」と気がついた。がんもどきや蒲鉾豆腐などは、土を払えば汚なくはない。しかしそこに集まっている人たちは、道の上から拾うのを見るし、「上州屋ではこういう物を売る」と云うかもしれない。

——こういうときが大事なんだな。

塚次はそう思った。そこで、向うの箒屋《ほうきや》の店で草箒を借り、ちらばっている物を掃き集めて捨て、空になった荷を担いで、出直すために西仲町へ帰った。そのときは口惜しかったが、酒癖の悪い酔っぱらいに会って、災難のようなものだと諦らめた。けれどもそうではなく、明くる日の朝も、田原町の二丁目で、べつの男から同じように威《おど》かされた。

「やい豆腐屋、眼障りだぞ」とその男も喚きたてた、「これからこの辺をうろつくな、まごまごすると腰っ骨を踏折《ふみお》っちまうぞ」

その男は三十がらみで、めくら縞の長袢纏《ながばんてん》に鉢巻をしめ、ふところ手をしたまま、塚次の前に立塞《たちふさ》がった。塚次は黙ってあとへ戻り、そのまま伝法院のほうへ廻った。——午後には雷門のところで、翌日は正智院のところで、そのときによって場所も相手も違うが、同じような文句で威しつけ、抗弁でもすれば、すぐにも殴りかねないようすだった。

——しょうばい敵《がたき》のいやがらせだな。

塚次はそう思った。それというのが、その少しまえから、特に裏店の方面で顧客が減りはじめ、一日おきに買ってくれた家が、三日おき五日おきになるし、ときたまの家では呼ばなくなるという例が、(売子のほうはそれほどでもないが)しだいに眼立って来たのである。——おそらく他の豆腐屋が邪魔をするのだろう、えたいの知れない男たちの乱暴も、しょうばい敵に頼まれたものだろう、と塚次は推察し、「それならこっちにも覚悟がある」と思った。

九月下旬の或る日、——午後のしょうばいに出た塚次は、花川戸《はなかわど》の裏でまた威かされた。相手は初めに田原町で会った男で、よれよれになった双子唐桟《とうざん》の袷を着、月代《さかやき》も髭《ひげ》も伸び放題の、ひどくよごれた恰好をしていた。相手があのときの男だと知ると、塚次はすばやく荷をおろし、「なんです」と云って天秤棒《てんびんぼう》を手に持った。

「私はちゃんと組合にはいってしょうばいをしているんです」と塚次は云った、「人に文句をつけられる覚えはありません、おまえさんはいったいどなたですか」

「天秤棒を持ったな」と男は云った、「野郎、やる気か」

男は腕捲《うでまく》りをした。塚次は恐怖におそわれ、救いを求めるように左右を見た。道の上や家並の軒先に、もう七八人立っていたが、誰も出て来るようすはなかった。

「そっちが先に天秤棒を持ったんだぞ」と男は喚いた、「片輪になっても罪はてめえが背負うんだ、野郎やってみろ」

塚次は「待って下さい」と云った。

「やってみろ」と男は喚いた、「やれねえのか、このいくじなし」

男は塚次にとびかかった。殴りあいなどはもちろん、塚次はこれまで口争そいをしたこともないが、相手は喧嘩《けんか》に馴れているようすで、とびかかるなり天秤棒を奪い取った。塚次は逃げようとしたが、男はそれよりすばやく、天秤棒で塚次を撲《なぐ》りつけた。肩、腰、足、背中と、容赦なく撲りつけ、塚次が倒れたまま、身をちぢめて動かなくなると、おろしてあった荷を、両方とも蹴返し、道の上にちらばった油揚やがんもどきなどを、草履ばきの足で踏みにじった。

「これで懲《こ》りたろう」と男は云った、「てめえで招いたこった、恨むんならてめえを恨め」

「なぜだ」と塚次は倒れたままで、苦痛のために喘ぎながら訊いた、「わけを云ってくれ、なんの恨みがあってこんなことをするんだ」

「眼障りだと云ったろう、てめえは眼障りなんだ」と男が云った、「いいか、命が惜しかったら消えてなくなれ、田舎へいったって豆腐屋はできるんだ、早く逃げだすのが身のためだぜ」

塚次は「あ」と声をあげた。男は「こんどこそ忘れるな」と云い、塚次の前へ天秤棒を放りだした。塚次は苦しげに呻いて、また地面に突伏《つっぷ》し、男は、遠巻きに立っている人たちに、冷笑を投げながら去っていった。

――違う、しょうばい敵ではない。

と塚次は思った。しょうばい敵のいやがらせにしては度が過ぎる、あまりに度が過ぎるといってもいい。これは違う、これはそんなことではない、もっとほかにわけがある筈だぞ、と塚次はもう一人の自分に云い聞かせた。——男が去るのを待っていたように、二人の辻番《つじばん》と、顔見知りの者が三人ばかり近よって来た。かれらは塚次を助け起し、道具や天秤棒を拾い集め、そうして、辻番の老人のほうが道具を持って、西仲町まで送ってくれた。

　塚次は跛《びっこ》をひきひき、ようやくのことで帰ったが、帰り着くまでに、顔の左半分が眼もふさがるほど腫《は》れあがった。

「あの男に構いなさんな」と送って来た辻番が云った、「あいつはか
いまいたちの長といって、博奕で二度も伝《てん》馬町《まちょう》の飯を食ってるし、喧嘩で人を斬ったことも三度や五たびじゃあきかない、いま人殺しの疑いで駒形《こまがた》の小六親分が洗っているというはなしだ」

「かまいたちの……長ですって」

　辻番の老人は耳が遠いらしく、「ああ」と頷ずいて、小六という目明《めあか》しが腕っこきであること、あの親分ににらまれたら、どんな兇状持《きょうじょうもち》でも遁《のが》れっこはないこと、などを、自分で合槌《あいづち》をうちながら、饒舌《しゃべ》るだけ饒舌って帰っていった。塚次の顔を見ると、お芳はいきなり笑いだした。眼もふさがるほど腫れあがった顔が、よほど可笑《おか》しく見えたに違いない、塚次は「かぼちゃの化物かね」と顔をそむけながら、敷居を跨《また》ぐとたんに、あっといって、店の土間へ転げこんだ。丸太を倒すように転げこんで、そのまま苦痛の呻き声をあげた。

「塚次さん」とお芳が駈けよった、「どうしたの、塚次さん」

「騒がないで」と塚次が制止した、「足を挫《くじ》いただけだから、大きな声をださないで下さい」

「またやられたの」とお芳は覗《のぞ》きこんだ、「また田原町のときのように乱暴されたのね」

　塚次は顔をするどく歪《ゆが》め、痛む足を庇《かば》いながら、ようやくのことで立ちあがった。お芳が背中へ手をやると、彼は「痛い」といって身をよじった。肩も背中も腰も、ちょっと触られるだけで、刺すように痛んだ。お芳は初めて唯事《ただごと》でないと感じたらしい、「医者を呼んで来る」と云って駈けだそうとしたが、塚次は激しく遮ぎった。

　そんな大げさなものではない、膏薬《こうやく》を出して来てくれれば自分で手当をする、決して騒ぐほどのことでは

ないから、と云って塚次はお芳をなだめた。

七

塚次はそれから七日ほど寝ていた。

医者が重平のみまいに来たので、お芳がおげんに告げ、むりに診察させた結果、「打身だからそう心配することもないが、十日くらいは休むがよかろう」と云われたのである。実際のところ、片方の足と肩の痛みだけでも、すぐには動きがとれなかったし、二日ばかりは相当に高い熱が出た。

そのあいだ、仕込みはお芳が手伝って、伊之吉にやってもらった。外廻りもべつに売子は雇わず、仕込みを減らして、伊之吉ひとりだけに廻らせた。

膏薬は日に一度、夜の仕込みを終ってから、お芳の手を借りて取替えた。うしろ腰と背中は、手が届かなかったからであるが、お芳は全部を自分でやってくれた。——

或る夜、お芳は膏薬を替えながら、「かんにんしてね」と塚次に囁やいた。塚次はお芳を見た。

「あのときいきなり笑ったりなんかして」とお芳は囁やき声で云った、「でもあたし、可笑しかったんじゃないのよ」

「あの面《つら》を見れば誰だって笑いますよ」

「あたし可笑しかったんじゃないの」とお芳は云った、「あんまり吃驚《びっくり》して息が止りそうになったの、そうしたら知らないうちに笑いだしていたのよ、自分でも知らないうちに、……でも本当は笑ったんじゃないわ、可笑しいなんてこれっぽっちだって思やしなかったわ」

「もうたくさんですよ」と塚次が云った、「私はべつになんとも思っちゃいないんですから」

お芳は「ごめんなさい」と云い、塚次の背中から寝衣を着せかけると、そこへ坐って嗚咽《おえつ》しはじめた。塚次は三尺《さんじゃく》をしめながら、「どうしたんです」と振返った。お芳は袖で口を押えているが、襖《ふすま》の向うには重平夫婦が寝ているので、もし聞えたら、と思うとはらはらした。

「ねえ塚次さん」とお芳は嗚咽を抑えながら囁やいた、「あんたもう、この家を出るほうがいいんじゃないの」

「この家を、出るって、——」

「あたし金剛院の方丈さまに聞いたわ」とお芳は続けた、「この家を出るなら、どんな面倒でもみてやるって、小さい店くらい持たせてやってもいいって、方丈さまはあたしにそう云ったわ」

「そんなことを、どうしてまた」

「いつか田楽《でんがく》を届けにいったとき、方丈さまに相談することがあったの、そうしたら方丈さまは、まえにこういう話をしたことがある、って仰《おっ》しゃったのよ」

塚次は首を振った。そういう話はあったが、重平があのとおりだし、自分は夫婦に恩があるから、いまさら出るなどということはできない、と塚次は云った。

「恩とはどんな恩、——」とお芳が訊いた。

「あんたこの家にどんな恩があるの」

「お芳さんにはわからないでしょう」

「五年のあいだ世話になったっていうんでしょ、それがどれほどの恩なの、あんたは遊んでたんじゃない、働らいてたじゃないの」とお芳は云った、「あたしお父っさんに聞いて知ってるわ、定った給銀もなく、叔父さんのお古ばかり着せられて、芝居ひとつ見もしずに人の倍も働らくって、それはあたしが自分の眼で、二年もちゃんと見て来たわ」

「お芳さんにはわからない、私が田舎でどんな暮しをしていたか、お芳さんにはわからないんだ」

「あたしだって同じ田舎で育ったのよ」

「違うんだ」と塚次は首を振った、「お芳さんには、私の家がどんな暮しをしているか、わかりゃあしない、決してわかりっこはないんだ、私はこの家へ来て、初めて、人間らしい暮しというものを味わった、初めて、——私のこの気持は、お芳さんばかりじゃない、誰にもわかりゃしないんだ」

「ほんとのこと云ってちょうだい」とお芳は彼の眼を見つめた、「あんたおすぎちゃんが好きなんでしょ」

塚次はぼんやりとお芳を見た。

「そうなんでしょ」お芳はたたみかけた、「おすぎちゃんが忘れられなくって、いつかおすぎちゃんが帰って来るだろうと思って、それで辛抱しているんでしょ」

塚次は首を振った。それから暫らく黙っていて、やがて「そうじゃない」と悲しげに首を振った。そのとき襖の向うで、重平の寝言を云うのが聞えたが、あとはすぐにまたしんとなった。

「そうじゃないんだ」と塚次は云った、「あの人は私のことを、ぐず次といって嗤《わら》い者にしていたし、私もあの人が好きじゃなかった、そのうえ私は、あの人にいろいろ不行跡のあることも知っていた、男も一人や二人じゃあなかったし、どの男もまともな人間じゃあなかった、あの人はそういう人だったんだ、——いくら私がいくじなしでも、そういうことを知っていて、よろこんで嫁にもらうほど腑抜《ふぬ》けじゃあない、それほど腑抜けじゃあないよ」

お芳は袖で眼を拭いた。塚次はなおひそめた声で、「私は考えた」と続けた。婿縁組のはなしがあったとき、よく考えてみた。重平は倒れて、再起のほどもおぼつかない、もしおすぎが男でも伴れ込んだらどうなる。相手はまともに稼ぐような人間ではない、たちまち二人でこの家を潰《つぶ》してしまうだろう。もしも自分が婿に（たとえ名だけにしろ）入れば、そうはさせない、ことによるとそれでおすぎがおちつくかもしれないし、そうでなくともこの家を潰すようなことはさせない、それだけは防ぐことができる、と塚次は思った。

「それで、おすぎさんが承知なら、——と答えた」と彼は続けた、「おすぎさんは承知だった、というのは、そのときもう男と駈落ちをする手筈《てはず》ができていたんだろう、盃をして三日めに逃げだしてしまった」

「わかったわ、よくわかったわ」

「私はこの家を守る」と塚次は云った、「金剛院の方丈さんにも云われたが、私はやっぱりこの家を守りとおすよ」

お芳はまた嗚咽しはじめたが、袖で口を押えたまま「もしおすぎちゃんが帰ったらどうするの」と云った。持出した金や品物がなくなり、暮しに困れば帰って来るだろう。叔父や叔母は「親子の縁を切った」と云っているけれども、帰って来れば家へ入れるに違いない。自分にはそれがはっきりわかっている、その証拠がある、とお芳は云った。

「塚次さんはまだ聞かされていないでしょ」とお芳は俯向いて続けた、「あたしが二年まえにこの家へ来たとき、あたしのお父っさんとここの叔父さん叔母さんとで、塚次さんとあたしをいっしょにして、この家の跡取りにする、っていう約束をしたのよ」

塚次は口をあいて、吃驚したような眼でお芳を見た。

「こんなこと女のあたしが云うのは恥かしいけれど」とお芳は顔をあげた、「あたしはそこにいて聞いたの、この耳でちゃんと聞いたことなのよ」

八

それから二年も経つのに、夫婦はまだ塚次にその話をしない、「あんたまだ聞かないでしょ」とお芳は彼を見た。そして、いつ結婚させるというようすもない。つまり重平夫婦はおすぎを待っているのだ、おすぎが帰って来れば、この家へ入れるつもりなのだ。塚次さんはそう思わないか、とお芳は云った。

「いや、――」と塚次は静かに答えた、「私もそう思う、おすぎさんはいつか帰って来るだろう、あの人はそういう人だし、帰って来れば家へ入れるに違いないと思う」

「じゃあそのとき、塚次さんはどうするの」

「それは、そのときになってみなければ、いまここではどう云いようもありません」

「よければ婿でおちつくのね」

「私は婿じゃあない」と塚次は云った、「まだあの人とは夫婦になっていなかったし、これからだってそうなりっこはありません、だから、もしも、――」

「もしも、なに」とお芳が訊いた。

「もうおそすぎる」と塚次が云った、「朝が早いんだからもう寝て下さい」

お芳は「塚次さん」と云った。塚次は横になり、夜具を眼の上までかぶった。隣りの六帖で、また重平が寝言を云うのが聞えた。

塚次は七日めに起きて、まだ荷は担げなかったが、顧客《とくい》さきをずっとひと廻りまわった。休んだ詫びを兼ねて、ちかごろ買ってくれないわけを（できることなら）聞きだしたいと思ったのである。あの暴漢が他の豆腐屋のいやがらせかどうか、――花川戸のとき、彼はそうではないと直感したが、――どちらであるかわかるかもしれない、そうしたら今後の考えようもある、と思ったのであるが、いざ当ってみると、「どうしてこのごろ買ってくれないのか」と訊くわけにもいかず、休んでいて済まなかったことと、「これまでどおり贔屓にしてもらいたい」と頼むよりほかはなかった。

　田原町二丁目の裏店へまわっていったとき、亀造の女房に呼びとめられた。おみつというその女房は、勝手で洗いものをしていたが、塚次の挨拶を聞き終ると、洗いものをやめて振返り、「よけえなことを云っていいかい」と呼びとめた。

「おまえさんとこは勉強するし豆腐もいいけれど、いつも贅沢《ぜいたく》な物を持ってるのがいけないよ」とおみつは云った、「よけえなことだけれど、あたしにはそれがしょうばいの邪魔になると思うんだがね、わかるかい」

　塚次は「へえ」と頭へ手をやった。

「いつも蒲鉾豆腐とか、がんもどきとか胡麻揚なんぞを持って来る」とおみつは云った、「貧乏人には貧乏人のみえがあるから、持って来られれば三度に一度は買わなければならない、その日ぐらしの世帯で、とんでもない、そんな贅沢ができるものかね。どうしたってみえを張らずに済むほうを呼ぶよ」

　塚次は「あ」と口をあいた。

「ふだんは豆腐だけにして」とおみつは活溌《かっぱつ》に続けた、「値の高い物は月になん度と、日を定めて売るほうがいいじゃないか、表て通りは知らないけれどね、さもなければ裏店なんぞ当《あて》にしないほうがいいよ」

「わかりました、おかみさん」と塚次はおじぎをした、「うっかりして、ついうっかりしていたもんで、ええ、仰しゃるとおりです、おかげでよくわかりました」

　おみつは「礼なんかよしとくれよ」と手を振った。塚次はなん度もおじぎをし、繰り返し礼を述べてその路次《ろじ》を出た。

「そうだ、そうだろう」と歩きながら、塚次はもう一人の（脇にいる）自分に云った、「てめえが食うや食わずで育っていながら、そこに気がつかなかったという法があるか、あるもんか、迂闊だ、とんでもねえしくじりだ、しかし有難《ありがて》え、有難え人がいてくれた、あのかみさんはいつかもおれのことを庇ってくれたっけ、おれを庇って、亭主をやりこめてくれたっけな」

　彼は節くれた指で眼を拭いた。

　まあいい、これでわかった、と歩きながら塚次は思った。云われたとおり日を定めて売ろう、ふだんは店だけで売る、そして定った日だけ外廻りに持って出る。「今日は冬至《とうじ》だから」とか「今日は甲子《きのえね》だから」とか、そうだ、もの日《び》に当てて売ることにしよう。そうか、もの日がいいか、と彼は首を捻《ひね》った。

「待てよ、まあ待て」塚次は立停って、もう一人の自分に云った、「——お稲荷《いなり》さまにはよく油揚があがってるが、お稲荷さまの縁日はどうだ、お稲荷さま、……あれはなんの日だ、田舎では初午《はつうま》のお祭りが賑《にぎ》やかだったが」

初午とはその年初めての午の日であろう、午の日、「初午は年に一度だが、午の日は月のうち二度はある、三度ある月もある」と塚次は呟やいた。

「そうだ、お稲荷さまと油揚、午の日」と彼は声に出して云った。「これがいい、午の日にしよう、こんち午の日、油揚に、——」

塚次ははっとわれに返った。そこは伝法院の脇で、眼の前に老人が立っており、「おまえさんいつかの若《わけ》え衆じゃないか」と呼びかけていた。古びた布子《ぬのこ》で着ぶくれ、耄碌頭巾《もうろくずきん》をかぶって、寒そうに腕組みをしていた。

「おれだよ、森田座にいたじじいだ」と老人は云った、「道のまん中に立ってぶつぶつ独り言を云ってるから、へんな男だと思ってみたらおめえだった、忘れたかい」

塚次は「ああ」とおじぎをしながら、相手が森田座の楽屋番で、伝造という老人だということを思いだし、慌ててそのときの礼を述べた。老人は森田座を去年やめて、いま娘の婚家へ引取られていると云った。娘の亭主は人間はやくざだが自分を本当の親のように大事《だいじ》にしてくれる。寝酒も欠かさず飲ませてくれるし、小遣《こづかい》も呉れる。自分のような者にこんなごしょうらくが廻って来ようとは思わなかった。家は元鳥越《もととりごえ》の天文台のそばだから、「よかったら遊びに来てくれ」と云った。いかにもうれしそうな話しぶりであったが、別れようとしたとき、ふと思いだしたように、「おめえ長二郎を捜していたっけな」と云った。

「慥《たし》かあいつを捜してたと思うが、もう会ったかい」

「いいえ」と塚次は首を振った、「こっちにいるんですか」

「秋ぐちに帰って来たそうだ」と伝造は云った、「なんでも上方へずらかったが、そっちにもいられねえで帰って来たんだろう、よくわからねえが人をあやめたってえ噂もある、よっぽど悪くなってるようだから、会ったら気をつけるほうがいいぜ」

塚次は膝《ひざ》がふるえだした。老人は「いちど遊びに来てくれ」と云ってたち去った。

——あれだ、やっぱりあの男だ。

塚次は西仲町のほうへ帰りながら思った。花川戸でやられたとき、辻番が「なんとかの長という男だ」とあの男には手を出すな、と云った。それではっきりとした、塚次は思った。

九

そうとすればわかる、男は「てめえは眼障りだ」とか、「田舎でも豆腐屋はできる」とか、「早く逃げだすほうが身のためだ」などと云った。つまるところ、塚次を逐《お》い出したかったのだ。たぶんおすぎもいっしょだろう、塚次を上州屋から逐い出して、そのあとへおすぎと二人で入るつもりなのだ。

「そうだ」と塚次は頷ずいた、「それでわかった、あれは長二郎だ」

彼は激しい怒りと、それより大きい恐怖におそわれた。田原町と花川戸で、現に自分がやられているし、辻番の老人や伝造の話では、どんな無法なことをするかわからない。辻番の老人は「人殺し兇状の疑いで、駒形の小六親分が洗っている」とさえ云っていた。

「やれるか、あいつを相手に、やれるか」と塚次は（もう一人の）自分に云った、「あのならず者と、やりあえるか」

塚次はもう一人の自分が首を振るのを感じた。とてもだめだ、できっこはない。あっというまに天秤棒を奪い取られたときの、相手のすばしこさと腕力とが、ありありと思いだされる。かなうものか、と塚次は思った。こんどこそ片輪にされるか、へたをすると殺されるだろう、とても、だめだ、と彼は首を振った。

塚次は西仲町へ戻った。

店先にお芳がいて、二人の客の相手をしており、売子の伊之吉は焼豆腐を作っていた。塚次がはいってゆくと、客を帰したお芳が手招きをし、「おすぎちゃんよ」と囁やいた。

塚次はそこへ棒立ちになり、大きくみひらいた眼で、もの問いたげにお芳を見た。

「いましがた来たの」とお芳は囁やいた、「叔母さんは泣いてよろこんでたわ」

「一人か」と塚次は吃りながら訊いた。

「一人よ」とお芳は頷ずいた、「いま叔母さんと話してるわ」

塚次は上へあがった。のめるようなかたちで、お芳が「塚次さん」と呼んだが、振向きもせず奥へとびこんだ。

おすぎはこっちの六帖で、火鉢を挟んでおげんと話していた。そこには茶と菓子が出してあり、おすぎは煙草をふかしていた。――古くなった鼠色《ねずみいろ》の江戸小紋に、くたびれた黒繻子《くろじゅす》の腹合せをしめている。軀は肥えてみえるし、顔も肉づいて、そのくせとげとげしく面変《おもがわ》りがしていた。

「あら塚次さん」とおすぎはしゃがれた声で云った、「暫らくね。あんたまだいてくれたんだってね」

塚次はふるえながら坐った。

「よく辛抱していてくれたわね」とおすぎは云った、「あたしまた、とっくに出ていかれちゃったかと思ってたの、いまおっ母さんと話してたんだけれど」

「出てって下さい」と塚次が遮ぎった、軀もふるえているし、声もふるえていた、「この家から出てって下さい。たったいま」と彼はひどく吃った、「たったいま出てって下さい」

「どうしたの、なにをそんなに怒ってるの」とおすぎは煙管《きせる》を火鉢ではたき、女持の（糸のほぐれた）莨入《たばこいれ》を取って粉になった葉を詰めながらおちついて云った、「それはあたし親不孝なことをしたわ、それは悪かったと思うことよ、でもあたしはこの家の娘だし、いまもおっ母さんとよく話して」

「いや、だめだ、そんなことは、できない」と塚次はぶきように遮ぎった、「そんな、いまになってそんなことは云えない筈だ」

「あら、なにが云えないの」

「お父っさんが」と彼は吃った、「病気で、お父っさんが倒れてるのに、それをみすてて、家の物をあらいざらい持って、ならず者なぞと駈落ちをしておきながら、いまになって」

「いいじゃないの」とおすぎが云った、「あたしはこの家の娘だもの、よそさまの物を持出したわけじゃなし、親の物を子が使うのにふしぎはないでしょ、それでも悪かったと思えばこそ、こうしてあやまりに来たんだもの、他人のあんたに文句をつけられる筋はないと思うわ」

「他人の、……私が他人だって」

「他人でなければ、なによ」とおすぎは煙草をふかした、「あたし親に責められて、あんたと盃のまねごとはしたわ、でも一度だっていっしょに寝たわけじゃないんだから、あんたまさかあたしの婿だなんて云うつもりじゃないでしょうね」

　塚次はおげんを見た。おげんは肩をちぢめ、小さくなって、ふるえながら顔をそむけていた。それは、怯《おび》えあがった、無抵抗な、小さな兎といった感じだった。その頼りなげな、弱よわしい姿を見たとき、塚次は急に、自分のなかに力のわきあがるのを感じた。

「私は、おまえさんの、亭主じゃない」と塚次は云った、「慥かに、おまえさんとは夫婦じゃあない、けれども、私はこの家の婿だ、それはちゃんと人別《にんべつ》に付いてる」

「そんなら人別を直せばいいわ」

「また、――おまえさんは、この家の娘だって云うが、そうじゃあない、おまえさんはこの家の娘じゃあない」と塚次は云った、「お父っさんがはっきり云った、おまえさんとは親子の縁を切るって、それは田舎の伯父さんも、お芳さんも知ってることだ」

「あらいやだ」とおすぎは笑った、「そんならおっ母さんがそう云う筈じゃないの、あたしさっきから話してるけど、おっ母さんは一と言だってそんな薄情なこと云やあしなかったわ、そうでしょ、おっ母さん」

　おげんは塚次を見た。悲しげな、救いを求めるような眼で、――塚次は頭がくらくらした。二年まえ、同じような眼で見られたことがある。重平が手を合せて、同じような眼で塚次を見ながら、「たのむ」と云った。舌のもつれるたどたどしい口ぶりで、おまえだけが頼りだ、たのむよ、と云った。

　――そうだ、おれは頼みにされてるんだ。

　塚次はこう思った。重平もおげんも、現におすぎが帰ってみれば強いことは云えない。隣りの六帖に寝ているのに、重平がひと言も声をかけないのは（おげんと同様に）すっかり気が挫《くじ》けて、娘をどう扱かっていいかわからなくなっているのだ。ここでおれが投げれば、夫婦は娘を家へ入れるだろう、おすぎには長二郎という者が付いている。おれが投げだせば、二人でこの家を潰してしまうに違いない。それはできない、重平夫婦のために、それを見逃すことはできない、「おれはこの家を守る」と塚次は肚《はら》をきめた。

「おふくろさんに構わないでくれ」と塚次は云った、「おふくろさんは女のことだし、お父っさんは病人だ、いまこの家の世帯主は私だから、家内の事は私がきめる、それが不服なら町役へでもなんでも訴えるがいい、はっきり云うがおまえさんはこの家と縁が切れた、おまえさんはもうこの家の人間じゃあないんだ」

おすぎは煙管をはたき、「そうかい」と云いながら莨入へしまった。

十

「わかったよ」とおすぎは云った、「そっちがそうひらき直るなら、あたしのほうでもそのつもりでやるよ、但《ただ》し断わっておくけれど、あたしも昔のおすぎじゃあないからね」

そして立ちあがって、「おっ母さん出直して来ますよ」とやさしく云った。彼女は素足で、その爪が伸びて垢《あか》の溜っているのを、塚次は見た。おすぎが出てゆくと、おげんは泣きだした。そして、泣きながら「ねえ塚次」とおろおろ云った。塚次はそれに答えようとしたが、ひょいとなにか気がついたふうで、店へとびだしてゆき、伊之吉を呼んで耳うちをした。駒形に目明しで「小六」という親分がいる、そこへいってこれこれと頼んで来てくれ、と囁やいた。そうして、伊之吉が駈けだしてゆくと、すぐに六帖へ引返して、おげんの前に坐った。

「お願いだよ塚次」とおげんは泣きながら云った、「あれも悪かったとあやまって来たことだし、おまえはさぞ憎いだろうけれどね」

「そうじゃない、そうじゃないんです、おっ母さん」と塚次は手を振った、「おすぎさんが本当にあやまって来たのならべつです、本当に悪かったと思い、まじめになって帰ったんなら、私だってあんな無情なまねはしません、けれどそうじゃあない。あの人には長二郎という悪い人間が付いてる、人殺し兇状の疑いさえある人間が付いてるんです」

おげんは眼をすぼめて塚次を見た。

塚次は吃り吃り話した。長二郎が自分を逐い出そうとしたこと、田原町の乱暴から始まって、その後も人を使っては自分を威し、花川戸ではあのとおり兇暴なまねをしたこと、そして、長二郎は博奕で牢《ろう》にいってるし、喧嘩で人も斬った、上方を食い詰めて江戸へ戻って来たが、そのあいだに人をあやめた疑いがあり、いま駒形の目明しが洗っている、ということなど、吃りながらではあるが、塚次には珍らしくはっきりと云った。

「そういうわけですから、もう少しがまんして下さい」と塚次は云った、「おすぎさんがその男と手を切り、まじめになって帰るなら、私はこの家をおすぎさんに返します、この家をおすぎさんに返して私は出てゆきます」

「出てゆくなんて」とおげんが云った、「あたしはそんなこと云やしないよ、あたしはただおすぎが」

そのとき店のほうで「塚次さん」というお芳の声がした。異様な声なので、塚次が振向くと、おすぎとあの男があがって来た。

——かまいたちの長。

塚次はその異名《いみょう》を思いだし、恐怖のためにちぢみあがった。男は花川戸のときと同じようなしけた恰好で、ただもっとうす汚なかったし、尖《とが》った顔には冷酷な、むしろ狂暴な表情がうかんでいた。——彼はふところ手をしたまま、六帖の敷居のところに立って、「おふくろさんですか」とおげんに呼びかけた。

「私はおすぎの亭主で、長二郎という者です」と男は云った、「これがお初ですが、今後はよろしくお頼み申します」

塚次は店のほうを覗いた。伊之吉がいるかと思ったのだが、そこにお芳がいて、まっ蒼《さお》な顔で「いません」というふうに首を振った。おすぎは長二郎の脇に立って、「そいつだよ」と塚次に顎をしゃくった。

「この家を横領しようとして、おまえのことをならず者だなんて、おっ母さんに告げ口をしたのはその男だよ」

「おや、てめえ、――」と長二郎はわざとらしく塚次を見た、「てめえまだいたのか」

塚次は反射的に腰を浮かせた。

「おらあ消えてなくなれと云った筈だ」と長二郎は云った、「てめえは眼障りだから、命が惜しかったら出てうせろと云った筈だ、野郎、なめるな」

長二郎は右手をふところから出した。その手に九寸五分がぎらっと光った。すると、――唐紙《からかみ》がそろそろとあいて、次の六帖から重平が顔を出した。寝衣の裾をひきずり、あけた唐紙の片方へつかまって、やっと身を支えながら、「おまえさん誰だ」ともつれる舌で云った。おげんはとびついてゆき、「お父っさんだめですよ」と抱きとめた。おすぎはあいそ笑いをしながら、「あたしですよお父っさん」と重平のほうへ寄っていった。

「さっき来たんだけれど、お父っさんはちょうど眠っていたもんで」

「触るな」と重平はふらっと手を振った、「おまえのような女は、おれは知らない、出ていってくれ」重平の眼から涙がこぼれ落ち、口の端から涎《よだれ》が垂れた、「おまえとはもう、親でも子でもない、顔も見たくない、たったいま出てゆけ」

「なんだい父っさん、おめえ病人だぜ」と長二郎が云った、「病人はでしゃばるもんじゃあねえ、そっちへ引込んで寝ているがいい、おれがいまこの家をきれいに掃除して、これからはおすぎと二人で孝行してやるから」

「出ていけ」と重平がどなった、「この悪党、この」と重平は手をあげた、「この、人でなし、出ていけ」

塚次が店へとびだしてゆき、天秤棒を持って戻った。その僅かなまに、長二郎は重平のところへいって、おげんを突きとばし、重平の寝衣の衿《えり》をつかんでいたが、おすぎが戻って来た塚次を見て、「おまえさん」といって知らせると、振返って、重平の衿をつかんだまま、右手の九寸五分を持ち直した。店からお芳が「塚次さん」と叫び、塚次は天秤棒を槍《やり》のように構えながら「放せ」とどなった。

「またそんな物を持出しやがって」と長二郎が云った、

「てめえまだ懲りねえのか」

「その手を放せ」と塚次がどなった、「放さないと殺すぞ」

「殺す、——」と長二郎が云った。彼の唇が捲《まく》れて、歯が見えた、「笑あせるな、それあおれの云うせりふだ、このどすはな、伊達《だて》でひけらかしてるんじゃあねえ、もうたっぷり人間の血を吸ってるんだ」

「手を放せ」と塚次が叫んだ。

「このどすは人間をばらしたこともあるんだぜ」と云って長二郎は重平を突き放した、「——野郎、生かしちゃあおかねえぞ」

重平は棒倒しに転倒し、おげんが悲鳴をあげながら抱きついた。塚次は逆上した、もう恐怖はなかった。彼は眼が眩《くら》んだようになり、天秤棒を斜に構えて相手に襲いかかった。——おすぎが憎悪の叫びをあげ、長二郎が脇のほうへとびのいた。塚次は「殺してやる殺してやる」と思いながら、夢中で天秤棒を振りまわした。すると店のほうから三人ばかり、見知らぬ男たちがとびあがって来、塚次はうしろから頭を撲《なぐ》られて昏《こん》倒《とう》した。おすぎがのし棒で撲ったのである、——昏倒する瞬間に、塚次は「ああ殺される」と思ったが、そのままなにもわからなくなった。

十一

家の中のざわざわするけはいで、塚次はわれに返った。すぐそばにお芳がいて、仰向きに寝た彼の頭へ、濡れ手拭を当てていた。お芳は彼が眼をあいたのを見ると、硬《こわ》ばった微笑をうかべながら、頷ずいた。

「大丈夫よ」とお芳は云った、「もう大丈夫、すっかり済んだわ」

塚次は左右を見ようとして、頭が破れるほど痛んでいるのに、初めて気づいた。

「お父っさんは」と塚次が訊いた。

「まだ口をきいちゃあだめ」お芳はそっと眼をそらした、「あの男とおすぎちゃんは捉《つか》まったわ、伊之さんが呼んで来た、駒形のなんとかいう親分に捉まったの、二人とも縄をかけて伴れてゆかれたわ」

塚次は眼をつぶった。撲られて昏倒するまえに、店から、男が三人ばかり、とびあがって来るのを塚次は見た。

——そうか、あれが小六親分だったんだな。

と塚次は思った。

その目明しは二人の子分と来て、裏からはいり、店の隅に隠れていた。塚次が助けを求めて店を見たとき、お芳が首を振ったのは、それを知らせたかったためだという。隠れて待っているうちに、長二郎が「人間をばらした」と云った。それで小六は「泥を吐いたな」と叫びながら踏み込んだということだが、塚次にはそれは聞えなかった。

「自分でいばって啖呵《たんか》を切ったのが、人を殺した証拠になったんですって」とお芳が云った、「いまのせりふを忘れるな、もう遁《のが》れられないぞって、親分が十手で、縛られたあの男の肩を打ったのよ」

「私は誰に撲られたんだ、長二郎か」

「おすぎちゃんよ、おすぎちゃんがうしろからのし棒で撲ったの」とお芳が云った、「あの人すごかったわ、駒形の人たちにも、引っ搔いたりむしゃぶりついたり、縛られるまでに大暴れに暴れたわ」

「線香の匂いがするな」と塚次が云った、「お父っさんやおふくろさんは無事でしたか」

お芳は「ええ」と口を濁した。

塚次はふと耳をすませた。ざわざわしていると思ったのは店のほうで、おげんと伊之吉が、誰かよその人と話しているらしい。塚次は「あの長二郎」と思った。いちどこの手で殴ってやりたかった、いちどだけでいい、あいつの頭をいやっというほど、——しかし、塚次は（もう一人の）自分が首を振るのを感じた。だめだ、できるものか。できやしないし、殴ることもない。あいつは捉まった、あいつだって可哀そうなやつなんだ、そうだ、可哀そうなやつなんだ、塚次は思った。

店先ではおげんが泣き腫らした眼をして、みまいに来た近所の人に挨拶していた。

「ええ、その男に突きとばされて、倒れたときにもうだめだったんです、お医者の話では、倒れるのといっしょだったろうということでした」とおげんは云っていた、「——でもそのほうが仕合せでしたよ、娘のいやな姿を見ずに済んだんですからね、これからだってお調べやなんか、いやな事があるでしょうしね、ええ、死んだほうがよっぽど仕合せですよ」

みまいの人たちがなにか云い、おげんは涙を拭きながら首を振った。

「いいえ折角《せっかく》ですけれど」とおげんはその人に云っていた、「縄付きを出したばかりですから、みなさんに御遠慮を願ってるんです、お騒がせして済みませんけれど、どうかなんにも構わないで下さい、有難うございました」

　こちらの六帖では、塚次がお芳に話していた。——彼にはおげんの挨拶は聞えなかったし、重平の死んだこともまだ知らない。彼はお芳に向って、亀造の女房の云ったことを話していた。しょうばいのむずかしいこと、良い品を作るばかりでなく、売りかたにも按配のあること、「貧乏人には貧乏人のみえがある」というおみつの言葉で、自分の迂闊さに気がついたことなど、頭の痛みに、ときどき眉をしかめながら、訥々《とつとつ》と語っていた。

「ああ、よかった」と彼は太息《といき》をついた、「しょうばいのこつも一つ覚えたし、いやな事もひとまず片がついた、お芳さん」

「あんまり話しすぎるわ」とお芳が濡れ手拭を替えた、「あたし行燈をつけなくちゃならないの、少し眠ってちょうだい」

「お芳さん」と塚次は眼をあげた、「私はいま、聞いてもらいたいことがあるんだ」

　そして、つと右手をさし出した。お芳はそれを両手で握った。お芳の手が、ひきつるようにふるえるのを塚次は感じた。お芳は息を詰め、彼はぶきように口ごもった。

「云ってちょうだい」とお芳がふるえ声で囁やいた、「なあに」

「お芳さん」と塚次は吃り、それから突然、妙な声でうたうように云った、「——こんち午《うま》の日、蒲鉾豆腐に油揚がんもどき……」

　お芳はあっけにとられた。

「これからこういう呼び声で廻るんだよ」と塚次は、「午の日だけね、いいかい、——こんち午の日、蒲鉾豆腐に油揚……」

　お芳はぎゅっと塚次の手を握りしめた。


（〈オール讀物〉一九五六年三月号）

ひとでなし

一

本所石原町《ほんじょいしわらちょう》の大川端《おおかわばた》で、二人の男が話しこんでいた。すぐ向うに渡し場があり、対岸の浅草みよし町とのあいだを、二はいの渡し舟が往き来しており、乗る客やおりる客の絶えまがないため、河岸《かし》に二人の男がしゃがんだまま話していても、かくべつ人の注意をひくようすはなかった。――十一月の下旬、暖たかかった一日の昏《く》れがたで、大川の水面《みずも》はまだ明るく、刃物のような冷たい色に波立っているが、みよし町の河岸に並んだ家並は暗く、ぽつぽつと燈《あかり》のつき始めるのが見えた。

男の一人は小柄で痩《や》せていた。女に好かれそうな、ほっそりした柔和な顔だちで、なめらかな頰と、赤くて小さな唇が眼立ってみえた。他の一人は背丈が高く、骨太で肉の厚い軀《からだ》つきや、よく動くするどい眼や、ときどき唇をぐいと一方へ歪《ゆが》める癖などに、ありきたりではあるが陰気で残忍そうな感じがあらわれていた。年はどちらも三十四五であろう、二人とも黒っぽい紬《つむぎ》縞《じま》の素袷《すあわせ》を着、痩せた男のほうは唐桟縞《とうざんじま》の袢纏《はんてん》をはおっていた。

「すみのやつは手が早《はえ》えからな」と痩せた男が云った、「あいつの手の早いのにかなう者あねえだろうな」

「すみは手も早えが端唄《はうた》もうめえ」と大きいほうの男が云った。ぶっきらぼうな、苛《いら》いらしたような口ぶりだった、「まるっきりでもねえが、端唄をうたってるときのすみのやつは人間が変ったようになる、おらあすみのうたうのを聞くのが好きだ」

痩せた男が喉で笑った。人をこばかにするというよりも、可笑《おか》しくてたまらないといったふうな笑いかたであった。

「あいつの端唄には泣かされるぜ」

「どうして笑うんだ」と大きいほうの男が云った。唇が片方へ曲り、眼の奥で火がちかちかするようにみえた、「すみの端唄のどこが可笑しいんだ」

「おちつけよ、人が立つぜ」と痩せた男が云った。彼はその伴《つ》れのほうへは眼も向けず、しゃがんだまま、地面から小石を五つ拾い、それを片手で握って振っては、ぱらっと地面に投げ、また拾い集めて、握って振っては投げる、という動作をくり返していた。

大きいほうの男はそれを横眼に睨《にら》んでいて、それから立ちあがり、着物の裾を手ではたいた。瘦せた男はぐいと顔をそむけた。砂埃《すなぼこり》でもよけるような、神経質な身ぶりであった。

「おい」と瘦せた男が云った、「もういいじぶんだぜ、なにを待ってるんだ」

「すみに云っておきたいことがあるんだ」

瘦せた男はしゃがんだまま、首だけねじ向けて伴れを見あげた、「どうせいっしょに旅へ出るんだ、云いたいことを云う暇はたっぷりあるぜ」

「いっしょに旅ができればな」

「おちつけよ」と瘦せた男が云った、「なにをそう気に病むんだ、手順はちゃんとできてる、万事うまくはこんでるんだぜ」

「木は伐《き》ってみなくちゃあわからねえさ」

「なにがわからねえんだ」

大きいほうの男はちょっと黙って、それから不安そうに云った、「見つきは大黒柱になりそうな木でも、伐ってみると芯《しん》はがらん洞になってる、そんなことがよくあるんだ」

瘦せた男はまた喉で笑った。彼のほっそりした顔はやさしくなり、小さな、赤い唇のあいだから、きれいな歯が見えた。

「おい、よせ」と大きいほうの男が唇を動かさずに云った、「おめえのその笑いかたにはがまんができねえ、その笑いかただけはよせ」

瘦せた男は黙った。彼の顔は無表情になって、急に疲れたような色を帯びた。そうして、握っていた小石を川のほうへ投げ、ゆっくりと立ちあがった。

「もういちど云うが」と彼はやわらかい、ふくらみのある声で云った、「もう店はあいてるじぶんだぜ、いくのかいかねえのか」

大きいほうの男は眼をそむけ、困ったように、片手を意味もなく振った、「女なしでやりてえんだ、女なしでもやれると思うんだ、女がはいって事がうまくいったためしはねえんだから」

瘦せた男は面白そうに、やさしい眼つきで伴れを眺めていた。相手がうまい洒落《しゃれ》でも云うのを待っている、といったような、さも興ありげな眼つきだった。

「わかったよ」と大きいほうの男は顔をそむけながら云った、「じゃあ、おれはいくが、すみのほうは大丈夫だろうな」

「あとで会おう」と痩せた男が云った。

大きいほうの男は伴れの顔をちょっと見て、そしてふところ手をしながら歩きだした。大川につながる、堀に沿った道をはいると、片側町で横丁が三筋ある。どの横丁もゆき止りになっているが、それぞれに飯屋や居酒店《いざかや》が幾軒か並んでいた。この附近は大名の下屋敷や、小旗本の家が多く、そこに勤めている仲間《ちゅうげん》とか小者《こもの》などが、そういう店のおもな客のようであった。

——男は二つめの横丁へ曲り、こちらから家数をかぞえていったが、五軒めの家の前で立停り、訝《いぶ》かしそうに首をかしげた。それは九尺間口の、小料理屋ふうの家であったが、まだ軒行燈《のきあんどん》も出ていないし、のれんも掛かっていず、格子も閉ったままであった。

「おかしいな」

男はそう呟《つぶ》やいた。そして、その閉っている店の向うに、源平《げんぺい》と大きく書いた提灯《ちょうちん》の出ている居酒店があり、客が出入りしているのを見ると、なにか口の中で独り言を云いながら、その店へとはいっていった。

二

おつねは長火鉢にかけてある真鍮《しんちゅう》の鬢盥《びんだらい》の中から、湯気の立つ布切《ぬのぎれ》をつまみあげ、ふうふう吹きながらざっと絞ると、おようの解《と》いた髪毛《かみのけ》へ当てては、結い癖を直した。それをくり返しながら、おつねは休みなしに話していた。

長火鉢にはよく磨いた銅《あか》の銅壺《どうこ》があり、燗徳利《かんどくり》が二本はいっている。その部屋は帳場を兼ねた六畳の茶の間で、徳利や皿小鉢や盃《さかずき》などを容《い》れる大きな鼠不入《ねずみいらず》と、茶簞笥《ちゃだんす》、鏡台などが並んでいる。長火鉢の脇に、白い布巾《ふきん》を掛けた蝶足《ちょうあし》の膳《ぜん》が二つあり、また、酒の一升徳利が七本と、燗徳利や片口《かたくち》などが置いてあった。——およう は手を伸ばして、銅壺の中の燗徳利に触ってみ、それから障子の向うへ呼びかけた。

「おみっちゃん、お燗がいいようよ」

障子の向うは店で、はあいと高い返辞が聞え、すぐにおみつがはいって来た。

「まだお二人」とおようが訊《き》いた。

「いいえ、いまなべさんがいらっしゃいました」とおみつが答えた。

「みっちゃん」とおつねが梳櫛《すきぐし》を使いながら云った、「失礼よ、なべさんだなんて」

「失礼なもんですか」おみつは云い返した、「そばをとおるたんびにひとのお尻へ触るんですもの、いまだってゆだんをみすましてこうよ」とおみつは手まねをし、客の口ぶりを巧みにまねて云った、「そして、どっちりしてるなあ、だって、いけ好かない」

「あんまり気取らないの」とおつねが云った、「忠《ちゅう》さんか伝《でん》さんならこっちから押しつけるくせに」

「あらいやだ」おみつはつんとした、「あたし誰にだってお尻なんか触られるの嫌いよ」

おみつは銅壺から燗徳利を出し、布巾の掛けてある膳から摘《つま》み物の小皿を二つ取り、それを盆にのせて店のほうへ出ていった。おようはまた燗徳利を二本、銅壺の中へ入れ、おつねは話しを続けた。

「そう、あんた水戸《みと》だったの」とおようが云った、「それにしては訛《なま》りがないわね」

「十のときから江戸へ奉公に来てましたからね、十八の年に嫁にゆくんで水戸へ帰ったんですけれど、そんなわけで世帯《しょたい》を持ったのは五年そこそこ、子供が一人っきりだからまだ助かったほうでしょうが、やくざな亭主を持つとほんとに女は苦労しますわ」

「そうすると、子供さんはもう十くらいになるのね」

「いいえ、二十一の年の子ですからまだ七つですわ」

「あたしも亭主では苦労したわ」とおようが云った、「ほんとに、女の一生は伴れ添う者の善《よ》し悪《あ》しできまるのね」

「おかみさんはこれからじゃありませんか、三代も続いた津《つ》ノ正《まさ》という、立派な老舗《しにせ》のごしんぞさんになるんですもの、これまでどんな苦労をなすったにしろ、苦労のしがいがあったというもんですわ」おつねは髪《か》毛《み》に水油を付け、櫛を変えて梳《す》きながら云った、「あたしこちらへ置いてもらった初めから、津ノ正の旦那がおかみさんを好きだってこと、ちゃんとわかっていましたわ」

「それはあんたの勘ちがいよ」

「勘ちがいなもんですか、旦那の眼顔《めがお》にちゃんと出ていたんですもの」
「それは勘ちがいよ、もしあの人にそんな気持があったんなら、あたしにだってわからない筈《はず》はないし、そうとしたらあの人のお世話にはなりゃあしなかったわ」
「あらどうしてですか」
「だってあの人にはちゃんとおかみさんがいたんだもの、御夫婦になって半年ばかりすると寝ついたまま、今年の二月に亡くなるまで七年も寝たきりだったのよ、そういう人がいるのに、そんな気持でお世話になれる道理がないじゃないの、あの人にだってそんな薄情な気持はなかったし、あたしにはどうしたってそんな罪なことはできやしないわ」
おつねは首を振って、さも驚いたように云った、
「七年も寝たっきりですか、へえ、そのあいだ旦那はどうしてらっしたんでしょう、七年もおかみさんに寝ていられたら、男はとても辛抱ができないんじゃありませんか」
「人にもよるんでしょ、あの人だってつきあいで遊ぶくらいのことはあったろうけれど、どこに馴染《なじみ》がいるなんていう話しはいちども聞いたことがなかったわ」
「とても本当とは思えませんわ」とおつねは元結《もとゆい》を取りながら、また首を振った、「もしそれが本当だとすれば、ここにおかみさんという人がいたからじゃないでしょうか、たとえそんないやらしい気持はなかったとしても、ここへ来て、おかみさんのお酌で飲んだり、話したりすることが、楽しみでもあり気が紛れたんですわ、きっと」
「そうね、そのくらいのことはあったかもしれないわね」およう(はどこを見るともない眼つきで、壁の一点を見まもりながら、ふと溜息をつき、「人間の気持っておかしなものね」と云った、「あの人とは古い知合なのよ、幼な馴染といってもいいくらいよ、それでも、もしあの人に浮気めいた気持があったとしたら、あたしお世話にはならなかったわ、そう、五年まえの夏だったわね、あたしはまえの人のことでにっちもさっちもいかなくなり、いっそ死んでしまおうかと思っていた、尤《もっ》とも死のうかと思ったことは二度や三度じゃなかったけれど、そのときはもう生きているのがいやになってしまったのよ」

「そこへ津ノ正の旦那が」

「いいえ、あたしのほうからよ」およう は自分の傷を見せるような口ぶりで、「あたしのほうからいったの」と云った、「やましい気持がちょっとでもあったらいけやしない、そんな気持は少しもなかったの、それまでにもたびたびお世話になったことがあるから、死ぬまえにひと眼会いたいと思っただけなのよ」

おつねは髪毛《かみ》の根をたばね、元結でしめながら、このくらいでどうかと訊いた。もっときつくして、とおようが云った。

「こんどあの人から話しがあったときは、あたしちっとも迷わなかった、いちにち考がえただけで承知したわ」

「いやと仰《おっ》しゃったって、旦那のほうであとへはひかなかったでしょうよ」

「それはわからないわ」

「あたしにはわかってました、旦那のそぶりでちゃんとわかってました」とおつねは元結をしめながら云った、「初めっからですよ、旦那はしんそこおかみさんが好きだったし、口にこそ出さないけれど、好きだということを隠そうともなさいませんでしたわ、それでいてちっともいやみなところはないし、おれがという顔もなさらない、だから、そうらしいなと勘づいたお客もいたけれど、一人だって悪く云ったためしはありませんでしたわ」

障子をあけて、おみつがはいって来た。

「与兵衛さんがいらっしゃいました」とおみつは長火鉢のそばへ寄りながら云った、「それから太田さんやなべさんが、おかみさんはまだかかってせっついてますわ」

「みんなが揃《そろ》ってからよ」とおつねが云った、「今夜はお祝いなんだから、みなさんの顔が揃ったらおかみさんも出ますって」

「いいのいいの」とおようが遮ぎった、「いま髪を解いてますから、ちょっとたばねたらまいりますって、そう云っといてちょうだい」

おみつは燗徳利を代えて去った。

「まえの旦那——お亡くなりになった旦那も、津ノ正さんとお親しかったんですか」

「親しいっていうほどじゃないけれど」とおようが答

えた、「そうね、三年ばかりは親しく往き来したことがあったわ、あたしは津ノ正さんと同じ町内で、お父っさんは餝屋《かざりや》をやっていたのよ、まえの人の家は隣り町にあって、十四の年からうちへ奉公に来たの、それがお父っさんにすっかり気にいられて、とうとうあたしはいっしょにさせられてしまったのよ」

「餝屋さんだったんですか、それでね」とおつねは櫛を使いながら頷《うな》ずいた、「それで袋物や髪道具をやっている津ノ正さんとお知合だったんですね」

「そうじゃないの、あたしあの人の姉さんに可愛がられていたのよ」とおようは云った、「姉さんていう人はあたしより三つ年上で、同じお師匠さんのところへ長唄のお稽古《けいこ》にかよっていたんだけれど、妹のように可愛がってくれて、しょっちゅう呼ばれて遊びにいっていたし、二日も三日も泊りっきりのこともあったわ」

そしておようは羞《はに》かんだような眼つきで、くすっと忍び笑いをもらした。

「いやだわおかみさん、思いだし笑いなんかなすって」

「そんなんじゃないの」とおようは髪へ手をやりながら云った、「泊るときはいつもその姉さんという人に抱かれて寝たんだけれど、あとで考えるとその人ませてたのね、あたしはなんにも知らないから、ただ可愛がられてるんだとばかり思っていたのよ」

「だって、そうじゃなかったんですか」

「可愛がられていたことはいたの、その人も可愛いという気持だったんだろうけれど、いっしょに寝ることがたび重なるうちに、——そうよ、あの人ませていたんだわ」

「たび重なるうちにどうしたんですか」

「いやだわそんなこと、口で云えやしないわ」とおようは話しをそらした、「それからあたし怖くなって、遊びにいっても決して泊らなくなったし、姉さんという人もはなれるようになっていったの、それから三年ばかりして、その人は十八でお嫁にいったけれど、子供を一人産んで亡くなったわ、お産のあとですぐに亡くなったんですって、きれいな人だったわ」

おつねは櫛を置き、半身を反らせて眺めながら、どうでしょうかと訊いた。おようは両手をあげ、つかね髪にした頭に触ってみた。袖が捲《まく》れて、両の肘《ひじ》があらわれ、きめのこまかな、白い、脂ののった艶《つや》つやしい二の腕が覗《のぞ》いた。ええ結構よ、有難う、とおようは云った。おつねは櫛を拭き、自分の手を拭きながら、三年の余も御厄介になっていて、こんな話しをうかがうのは今夜が初めてですね、と云った。

「でもうかがってみると、おかみさんは苦労なんかなすってないようじゃありませんか、餝屋さんの一人娘に生れて、大事にかけて育てられて、津ノ正の方たちに可愛がられて、そうしてこんどは津ノ正のごしんぞさんになるんですもの、苦労なすったにしてもあたしなんぞの苦労とは段も桁《けた》もちがいますよ」

「みんなそう思うんじゃないの」

「とんでもない、ほんとにあたしなんぞの苦労とは桁ちがいですわ」

「ひとはみんなそう思うのよ」おようは蒔絵《まきえ》の細い櫛を取って、たばねた髪の根に差しながら云った、「自分は誰よりも仕合せだとか、世の中でいちばん苦労したのは自分だとかって、――他人のことはわかりゃしない、いくらひとの身になって考がえたって、その人の傷の痛さまではわかりゃしないでしょ、一生涯つれそった夫婦でも、しんそこわかりあうということはないようよ、それでおさまっていくんだろうけれど、人間てそういうもんだと思うと、悲しくなるわね」

「くわばらくわばら」とおつねは鬢盥や櫛箱を片づけながら云った、「おめでたい晩にこんなしめっぽい話しなんて縁起でもない、さあ、もう着替えて下さいましな」

店のほうから大きな声が聞えた。「どうしたんだおかみ、幕が長いぞ」

三

石原町から川上のほうへ三丁ばかりゆくと、右手に法現寺という寺がある。俗に「ばんば」といわれる処《ところ》だが、まわりは武家の小屋敷ばかりで町家はない。土塀《べい》をまわした寺の境内はかなり広く、山門こそ小さいが、本堂とはべつに、経堂と講堂を兼ねた建物があり、方丈、庫裡《くり》、鐘楼、下男長屋などが並んでいる。そして、これらはすっかり荒れはてており、人のけはいもなく、まるで無住の廃寺のようにみえるが、それは半年まえ、法現寺がところ替えになったにもかかわらず、檀家《だんか》の関係で移転の費用がととのわず、さりとてところ替えを命ぜられた以上、ここで寺務《じむ》を執ることもできないため、捨て寺同様になっているのであった。

もう日はすっかり昏《く》れていた。山門の扉は閉っているが、蝶番《ちょうつがい》も釘もゆるんでいるし、ただ両方から押しつけてあるばかりなので、人ひとり出入りするくらいの隙間《すきま》は、ぞうさなくあけることができる。——いま背の高い男が、その扉をずらせ、すっと、山門の中へ身をすべりこませた。それは「源平」という居酒店へはいった、あの大きいほうの男であった。彼は扉を元のように押しつけてから、用心ぶかい足どりで庫裡のほうへ歩きだした。すると、鐘のおろしてある鐘楼のところで、「ここだ」という声がし、小柄な、黒い人影の立ちあがるのが見えた。石原の河岸にいた、ほっそりした顔だちの、あの伴れの男であった。

「おそかったな」と瘦せた小柄な男が云った、「待ち草臥《くたび》れたぜ、どうだった」

「だめだ、店は閉ってる」

「閉ってるって」

大きいほうの男は近よって、石垣に腰をおろした。鐘楼は二尺ほど土を盛り、まわりを石垣でたたんである。彼がそこへ腰をおろすと、瘦せた男も同じようにした。

「あの店は今夜限りやめるそうだ」と大きいほうの男が云った、「それで店を閉めて、ごく馴染の客だけ集めて、祝いの酒をふるまうんだということだ、

「じゃあ、はいらなかったのか」

「すぐ向うの店で飲みながら聞いたんだ、源平っていう店で、いわばしょうばいがたきだろうが、ひどくかみさんのことを褒めていた、よっぽどできてる女らしい、自分のことのようによろこんで褒めていたぜ」

瘦せた男は喉で笑った。しかし相手が気づくまえに笑いやめ、あっさりした調子で訊き返した、「自分のことのようによろこんで褒めたって、なにをどうよろこんで褒めたんだ」

大きいほうの男はちょっと黙っていた。

「あの店は五年まえに始めたんだそうだ、堀留《ほりどめ》の津ノ正という、袋物屋の主人の世話だそうだが」

「そいつはわかってる」

「標緻《きりよう》もいいし気だてもやさしい、店も繁昌して馴染の客もたくさん付いた、だが五年このかた浮いた話しはいちどもない、津ノ正は五日にいちどぐらいの割で来るが、これも店で飲んで帰るだけで、奥へあがるとか、人眼を忍んで逢う、などということは決してなかった、それが、——」と云いかけて、彼は伴れのほうを見た、「おい、こいつはよそう、おらあ女にかかりあうのは気がすすまねえ」

「おめえ忘れたんだな」と痩せた男が沈んだ声で遮ぎった、「すみの拵《こし》らえる旅切手は二枚、おれの分は女房伴れだぜ、江戸をぬけるためには女が必要だ、夫婦者なら関所も安心してとおれる、そのためにこういう手筈《てはず》を組んだんだ、そうじゃねえのか」

「それはそうだが、しかし女はほかにだっているぜ」

「おめえは知らねえからよ」と痩せた男は軽く云った、「女は幾らでもいるが、しんから役に立つ女はあいつ一人だ、万が一、関所でいざをくうようなことがあっても、あいつならきっと役に立つし、大阪へ着いてからだって、急場を凌《しの》ぐもとでぐらいにはなるぜ」


大きいほうの男はまた黙った。

「あとを云えよ」と痩せた男が促《うな》がした、「五年間きれいでいて、それからどうしたんだ」

「あさって嫁にゆくそうだ」

痩せた男は静かになり、それからゆっくりと振向いた、「あさって、どうするって」

「嫁にゆくんだ」と大きいほうの男が云った、「津ノ正にはかみさんがいたが、七年病んだあげく今年の二月に死んだ、そのあとへはいることになったというんだ」

痩せた男はじっとしていて、それから音もなく立ちあがった。彼は腕組みを、つぎに右手で顎《あご》を撫でながら、二三歩いったり来たりした。麻裏《あさうら》をはいているためでもあるが、足音もさせず、呼吸《いき》も聞えなかった。腕組みをした片手で顎を撫で、地面をみつめて、ときどき首を振りながら、やや暫《しば》らくいったり来たりしていたが、やがて立停り、そして笑いだした。初めは喉の奥で、低く山鳩《やまばと》の鳴くような声がもれ、それがくすくす笑いになり、こんどは声をあげて、顔を仰《あお》にしながら笑いだした。

「よせ」と大きいほうの男が云った、「その笑いかただけはがまんがならねえ、おい、よさねえか」
瘦せた男は笑いやめた、「おちつけよ」と彼はなだめるように云った、「そいつはいい話しだ、あれが津ノ正の後妻にはいるとは、いや、笑やあしねえ、いまちょっとこう思ったんだ、捉《つか》まえてみたら鴨《かも》が葱《ねぎ》を背《し》負《よ》ってたってな、吉《きち》の字、おれたちはいい旅ができるぜ」
「どういうこった」
「津ノ正の康二郎《やすじろう》は昔からあいつが好きだった、あいつのためならどんなことでもするだろう、おれが石川《いしかわ》島《じま》の寄場《よせば》へ送られるまえ、まだあいつと世帯《しょたい》を持っていたときにも、津ノ正はおよう《・・・》のやつにひかされて、ずいぶんおれの無理をきかずにはいられなかったもんだ」
「おめえ津ノ正の主人てのを知ってたのか」
「そうか」と瘦せた男は伴れの問いには構わず、独りで頷きながら云った、「こいつは二重の拾いものだ、そうだろう、康二郎は用心ぶかいうえに辛抱づよくって、どんなことにも大事をとる男だ、それがあいつを後妻にするというのは、おれが死んじまったものと思ってるからだ、もしかして生きてるかもしれないという疑いが、これっぽっちでもあったら、決しておよう《・・・》に手だしなんぞする人間じゃあねえ、そうだ、おれたちのしまぬけはやっぱりうまくいったんだ」
「うまくいかなかったとでも思ってたのか」吉の字と呼ばれた男が云った、「もう三年もまえのこったぜ、品川へあがった二つの死骸《しがい》が、おれとおめえだと認められたことは、あのときちゃんとわかってたじゃあねえか」
「おめえはものを考がえねえからな」と瘦せた男が云った、「さあいってくれ、ふるまいが終ったら女を呼びだして来るんだ」
「津ノ正というのをどうする」
「女をこっちへ取ってからの話しだ」と瘦せた男はさも面白そうに云った、「およう《・・・》のためなら、あいつはどんなことでもするからな、おれたちはいい旅ができるぜ」
吉の字と呼ばれた男は立ちあがった、「おれはどうも気がすすまねえ、おめえは少し頭が切れすぎる、おめえは相棒には向かねえ人間だ、すみのやつだってわけを聞けば首を振るかもしれねえぜ」

痩せた男はくすっと笑った。吉の字と呼ばれる男は急におどかされでもしたように、くいと振向いて、暗がりのそこにいる伴れの顔をじっとみつめた。

「おい、すみはどうした」と彼は低い声で聞いた、「すみに会ったのか」

痩せた男は顎をしゃくった、「向うの庫裡で仁兵衛《にへえ》が賭場《とば》をやってる、すみは約束どおり来ていたよ」

「それで、まだ会わねえのか」

「すみのことは心配するな」

「会ったのか会わねえのか」

「大きな声をだすなよ」痩せた男はふところを手で押えた、「旅切手は二枚、おれたち夫婦とおめえのと、ここに持ってるから安心しろ」

「すみは賭場へ戻ったのか」

痩せた男は黙って歩きだした。大きいほうの男がついてゆくと、鐘楼の向う側へゆき、そこで痩せた男は立停って、そこに転げているものへ顎をしゃくった。

「こいつはまったく手の早い野郎だ」と痩せた男が云った。

吉の字と呼ばれる男は身を踞《かが》めた。そこに転がっているのが人間であり、血の匂いのするのに気づいた。その人間は俯向《うつむ》きにのびており、すっかり息が絶えているようであった。

「ひでえことを」と彼は口の中で呟やいた、「ひでえことを――」

「そいつは慾《よく》をかきゃあがった、十両だなんてふっかけたうえに、ふところへ手を入れやがった」と痩せた男がものやわらかに云った、「こいつは手の早い野郎だからな、おれがやらなければおれのほうでやられるところだったんだ」

吉の字と呼ばれる男は、口の中で低く呟やいていた、「なんてえひでえことを、――」

四

津ノ正の康二郎は珍らしく酔っていた。

祝いに招いた客はみんな帰り、おつねもおみつもいなかった。この店をしまうので、おつねは水戸へ帰ることになり、おみつは浅草のほうに勤め口をみつけていた。それで、おつねは業平《なりひら》のほうにいる遠い親類の家へ泊りにゆき、おみつは浅草の新らしい店へ移っていったのである。康二郎は酔った眼で、店の中をゆっくりと眺めまわした。店は片づいていた。おつねとおみつとが、客たちの飲み食いしたあとを、ざっと片づけていったから、その四畳の小座敷には、かれら二人の膳が並んでいるだけであった。

「おつねは水戸へ帰ったら髪結《かみゆい》をするんですって」とおようが話していた、「あたしもこの一年ばかりはずっとあの人に結ってもらってたんですよ、小さいときから髪をいじるのが好きだったっていうし、きようだからきっとやっていけますよ」

「酔ったようだが、もう少し飲みたいな」

「わる酔いをなさりゃしないかしら」

「大丈夫だ、こんなにいい心持に酔ったのは初めてだ」と康二郎は云った、「あさって堀留の店へはいってしまえば、こんなことはもうできゃあしない、初めての終りで、今夜は飲めるだけ飲んでみたいんだ」

「わる酔いさえなさらなければいいけれど、ふだんあまり召上らないから」

「今夜はべつだ」と康二郎が云った、「いいからあとをつけて来てくれ」

おようは立ちあがって、茶の間へゆき、まもなく戻って来て、坐りながら頬を押えた、「あたしも少し酔ったようよ」

「いい色だ、眼のまわりがいい色に染まっているよ、きれいだ」彼はおようの顔を見まもった、「およう」と彼は感情のこもった声で云った、「ずいぶん遠廻りをしたな」

おようはそっと眼を伏せた。

「おまえが初めて堀留のうちへ来たのは、九つか十のときだったろう、姉はおまえを妹のように可愛がっていた、同じ町内なのによく泊らせて、着物を着せ替えたり、髪を結い直したり、お化粧をしてやったり、まるで人形かなんぞのように可愛がっていた」

「いまでもよく覚えている」と彼は酒を一と口啜《すす》って続けた、「おまえはちんまりと坐って、髪をおたばこぼんに結ってもらい、口紅をつけてもらいながら、いっぱしな顔つきでつんとすましていた、姉はおまえを独り占めにして、私をそばへ寄せつけなかった、私はそばへ寄れなかったが、おまえが本当の妹だったらなあ、とよく思ったものだ、ずっとあとで、嫁に欲しいと思いだしたが、初めのうちは妹だったらどんなによかろうと思ったものだ」

「そうかしら」とおようは酌をしながら彼を見た、「あたしぼんやりだからよく覚えていないけれど、あなたはいつもあたしのことを、怒ったような顔で見ていらしったようよ」

「ああ」と彼は溜息をつき、おようにも酌をしてやった、「飲んでくれ、今夜はおまえも酔ってくれ、古いせりふだが、酔ったらおれが介抱してやる、うん、私のこの手でな、ずいぶん遠廻りをしたが、とうとうここまで漕《こ》ぎつけた、自分のこの手で、おまえを介抱してやれるようになったんだ、——十六年、まる十五年以上だ」

　おようは立ってゆき、燗徳利を持って戻って来た。康二郎はそれにも気がつかないようすで、酒を啜り、そして話し続けていた。

「私はおようを嫁にもらいたかった、覚えていることが慥《たし》かなら、十七の年だ、浜町《はまちょう》の河岸の石垣を直していたときで、私はそれをぼんやり眺めながら、おっ母さんにそう云おうかどうしようかと考がえていた。まさか云いだせやしない。そのときおまえはまだ十三か十四だったからな」

「あなたが十七なら、姉さんがお嫁にいった年でしょう」とおようが云った、「それならあたし十五になってましたわ」

「云えばよかったんだな、十五ならそういう話しをだしてもふしぎはなかったんだ」

「でもあたし、一人っ子でしたから」

　康二郎は黙った。

「それにお父っさんがあんな気性でしたから」とおようが云った、「津ノ正さんて聞いただけで、釣合わないって断わるにきまってたと思いますわ」

「そうか、ひとり娘だったんだな」彼は盃をみつめてい、それを啜ってから云った、「それじゃあやっぱり、どっちにしろ婿を取らなくっちゃあならなかったのか」

　おようは康二郎に酌をし、康二郎はおように酌をした。おようは舐《な》めるように啜って、すぐに盃を置いた。

「しかし、それならそれで」と彼は下を見たままで云った、「婿を取るなら取るで、もっと人の選びようがあった筈だ、仲人口《なこうどぐち》に乗せられたわけでもなし、子飼いからの職人じゃあないか、同じ家にいて、しょっちゅう見ていたんだからな、あの男がどんな性分か、ゆくさき望みがあるかないかくらい、わかりそうなもんじゃないか」

「お父っさんはあの人に惚れこんじゃったんですよ」

「そうだとしてもさ」

「おっ母さんでも生きていたら、また違った意見が出たかもしれませんけれど」とおようは酌をしながら云った、「それにあの人があんなになったのは、お父っさんが死んだあとのことで、それまではごくまじめに稼いでいたんですから」

「僅《わず》か二年そこそこだろう」と彼は乱暴に云い返した、「まじめに稼いだと云ったって、僅か二年そこそこだ、おやじさんが亡くなるとすぐに正体をあらわした、亡くなるとすぐだ、それこそ百ヵ日も待たずにだ、そして、一周忌のときにはもう店をたたんで、裏店《うらだな》へひっこんでいたじゃないか」

「私はみんな知ってるよ」と彼は続けた、「女房をもらってからも、おまえのことが頭からはなれなかった、いまだから云うが、噂《うわさ》を聞くたびに私は、はらわたが煮えるような思いをしたものだ、あいつは、——あの男は悪党だ、骨の髄からの悪党だ」

おようは盃を取って飲んだ。康二郎は酌をしてやり、おようはそれも飲んだ。

「そうよ、仰しゃるとおりよ」

おようはそう云って立ってゆき、燗徳利を二本持って戻った。それから、静かに康二郎に酌をし、自分も手酌で飲んだ。

「悪党っていうより人でなしだわ」とおようは続けた、「お父っさんが死ぬとすぐに道楽が始まった、酒こそ一滴も飲まなかったけれど、博奕《ばくち》と、女、うちの店をつぶし、あたしを裸にして博奕と女、——あたし自分にも悪いところがあるんだろうと思って、ずいぶん辛抱しました、きっとあたしにも悪いところがあったんでしょう、男というものは、誰でもいちどは道楽をするっていうから、あたし、泣き泣き辛抱していたんです」

「そうだ、云ってしまえ」と彼はおようにに酌をしてやった、「みんな云ってしまうがいい、そしてさっぱりするんだ」

「こんなこと、初めて云うんだけれど、いちどなんかあたしの軀を、人に売ろうとしたことがあるんですからね」

「おまえの軀を、人に売るって」

「博奕のかたにしたんですって」とおようはきれいに飲んで云った、「あたし死のうと思って庖丁《ほうちょう》を持ちだしました、そのまえにも、それからあとでも、死のうと思ったことはたびたびあるけれど、そのときこそ死ぬつもりだったんでしょう、そう聞くなり勝手へいって庖丁を持ったんです」

「なんというやつだ」と彼は呻《うめ》いた、「なんというひどいやつだ」

「あの人、しんからの人でなしよ」おようは一と口飲んで云った、「それに比べれば、あなたは仏さまだわ、そうよ、まったく仏さまといってもいいくらいよ、病気のおかみさんを七年もみとってあげて、そのあいだいちどだって不実なことはなさらない、お店は立派にやってらっしゃるし、あたしのような者にもいろ恋ぬきで気をくばって下すった、あの人でなしが、——あの人でなしがあたしを枷《かせ》に、お金をねだりにいったということは、あとで聞きました、あなたはいやな顔もなさらずに貸して下すったって、あの人は平気であたしにそう云いましたわ」

「金なんぞ」と彼は首を振った、「おまえの苦労に比べれば、少しばかりの金なんぞなんでもありゃあしないよ」

「あの人が石川島の寄場へ送られてから、この店を持たせて下さり、五年ものあいだ、面倒をみて頂き、そうしてこんどは、こんなおばあさんになったあたしを、おかみさんにして下さる、——話しに聞くだけならほんとにする者はないでしょ、現にこのあたしが、まだ半分は夢のようにしか思えないくらいですもの」

おようは手酌で飲んだ。その手つきを見て、康二郎はちょっと眉をしかめた。

「そう続けさまでは酔ってしまうよ」

「あなたは仏さまみたようよ」とおようは構わずに云

った、「あなたはきっとおかみさんを大事になさるでしょう、着たい物を着せ、喰べたい物を喰べさせ、芝居見物、ものみ遊山《ゆさん》、なにひとつ不自由をさせずに、可愛がってあげるでしょう、それを仕合せだと思うような、おとなしい人をおかみさんにするのね、あたしはだめだわ」
「ちょっと」と彼はおようが手酌で飲もうとするのを止めた、「そう飲むのは乱暴だ、おまえもう酔っている、もう少しゆっくり飲まないか」
「済みません、怒らないで下さい」
「怒りゃあしない、私がすすめたんだ、ただもう少しゆっくり飲むほうがいいよ」
「怒らないで下さるわね」とおようはやさしく云った、「どうぞ、あたしのこと諦《あき》らめて下さい、あたしあなたのおかみさんになれるような女じゃありません」
「おまえ酔っちまったんだ、その話しはもうやめにしよう」
「ええやめます、でもこれだけは云わせて下さい」とおようは続けた、「あなたにはわからないでしょうけれど、女っていうものは、真綿でくるむように大事にされても、それで満足するもんじゃありません、あの人でなしのために、あたしは死ぬほど辛いおもいをし、涙の出なくなるまで泣かされました、けれども、しんそこ泣かされるということがどういうものか、あたしにもだんだんわかってきたんです」
　おようはまたきれいに飲み、すぐに手酌で注いでから云った、「あの人は悪党だったわ、でも、なにをするにも本気だった、あたしをよろこばせることなんかごくたまにしかなかったけれど、そのときはみえも外聞も忘れて、ありったけの手をつくしてよろこばせてくれたわ、辛いめにあわせるときはもちろん、遠慮も会釈もありゃあしない、人によく思われようなんて考がえはこれっぽちもなく、自分のしたいことをしたいようにしたわ、そうよ、——あの人は悪党の人でなしよ、その代り自分も泥まみれになったわ、泥まみれ、傷だらけになって、そうして品川の海へ死骸になってあがったのよ」
「三年まえの夏でしたっけ」とおようは続けて云った、「品川でお仕着《しきせ》を着た死体が二つあがって、石川島から牢《ろう》ぬけをした二人だとわかり、すっかり腐っていたけれど、一人はあの人だったって、あなたが知らせて下すったでしょう、そのときあなたは、これでおまえの苦労も終った、これからは仕合せになることを考がえようって、——あたしはほっとしたような顔をしたでしょう、ええおかげさまでと云って笑ったと思うわ、でもね、あなたが帰ったあとで、あたしひと晩じゅう泣きあかしたのよ、可哀そうな人、可哀そうな人って」

　康二郎がなにか聞きつけたようすで、立ちあがって茶の間を覗き、障子を閉めて戻ると、おようの手から燗徳利を取りあげた。

「もうよせ、話しもたくさんだ」

「ええよします、話しもやめます」とおようは眼を据えて云った、「その代りあなたも帰って下さい、あたしは津ノ正の奥に坐れるような女じゃありません」

「その話しはまたにしよう、床をとってやるから寝るほうがいい」

「帰って下さい」とおようはひそめた声で叫んだ、「資産があって旦那旦那とたてられて、どこに一つ非の打ちどころもない人には、泥まみれ傷だらけになった人間の気持はわかりゃしません、あたしのこの軀にも、あの人でなしの泥や傷が残っているんだから、津ノ正のごしんぞだなんてとんでもない、あたしはお断わり申しますよ」

「わかったよ、そのことは明日また話そう、いま床をとるから横におなり」

　おようは激しく首を振った、「お願いだから帰って下さい、あたしが悪口《わるくち》を云いださないうちに帰って下さい」

「だっておまえ、そんなに酔っているものを」

「帰って下さいな」とおようは囁《ささ》やくように云った、まるで憐《あわ》れみを乞うような口ぶりであった、「どうぞお願いします、このまま帰って、そしてもう二度と来ないで下さい」

　康二郎はおようをじっと眺めていて、それから静かに立ちあがった。するとおようは、機先を制するように、手を振りながら「なにも仰しゃらないで」と云った。

「どうぞなにも仰しゃらないで、そのままお帰りになって下さい、どうぞ」

康二郎は蒼《あお》ざめた顔をそむけ、茶の間へいって衿巻《えりまき》を持って来ると、それを首に巻きながら、黙って土間へおりた。およう、、、は見向きもせずに、燗徳利を取り、手酌で盃に注ぎながら云った。

「さようなら、お大事に」

五

康二郎は大川端へ出た。時刻は十時をまわったらしい、こっちの河岸もまっ暗だし、対岸の浅草のほうも燈《ともしび》はまばらで、遠くかすかに、夜廻りの拍子木の音が聞えた。

「渡しはもうないな」と彼はふるえながら呟やいた、「駕籠《かご》をひろうにしても、両国までゆかなくちゃあなるまいな」

風はないが気温は低く、雲があるのだろうか、星も少ししか見えなかった。両国橋のほうへ向って歩きだし、舟渡しのところまで来ると、うしろから「もし旦那」と呼ぶ声がした。康二郎は歩きながら振返った。するとすぐそこに、頬かぶりをした背の高い男がいるのを認めた。

「私ですか」と彼は訊いた。

「津ノ正の旦那ですね」と男が問い返した。

康二郎は立停り、男も立停った。康二郎はおちついて相手を見、相手はちょっと頭をさげた。

「うろんなまねはしません、旦那に話しがあるんです」と男は云った、「送りながら話しますから、どうか歩いておくんなさい」

「おまえさんどなたです」

「どうか歩いておくんなさい」と男は云った、「話しているうちにわかりますよ」

康二郎は歩きだし、男もその左側に並んで歩いた。

「いい人ですね、あのおよう、、、さんという人は」と男が云った、「旦那には悪かったが、いまの話しをみんな聞きました、ええ、勝手にいて聞いたんです、旦那の仰しゃることも、おかみさんの云うこともみんな聞きましたよ」

「どうしてまた、勝手なんぞに」

男は康二郎を遮ぎって云った、「そいつもあとで云いますが、さきにこっちから訊かして下さい、旦那は、あの人を諦らめやあしないでしょうね」

康二郎はなにか云おうとしたが、思い直したように口をつぐんだ。

「あの人はわるく酔ってましたよ、あいそづかしみたようなことを云ったが、あれは本心じゃねえ、あれが本心じゃあないということは、旦那にもわかってたでしょう」と男は康二郎を見た、「あの人をおかみさんにするという気持に変りはないでしょうね、旦那、きめたとおり津ノ正のごしんぞにお直しなさるんでしょうね」

「聞いていたのなら、おわかりだろうが」と彼は答えた、「それは私よりおようの心しだいですよ、あれは慥《たし》かに酔っていました、けれども、おようは、どんなに酔っても、心にないことを云う女じゃあありません、私は昔から知っているが、酔って心にもないことを云うような女じゃあ決してありません」

「じゃあ旦那は」と男は云った、「旦那はあの人を放りだすおつもりですか」

康二郎は黙って十歩ばかり歩いた。

「このままみすてるんですか」と男は問い詰めるように云った、「あの人をこのまま放りだしちまうつもりですか、旦那」

康二郎は立停って、男のほうへ振向いた、「おようがこう云ったのを聞いたでしょう、――資産があって、旦那旦那とたてられて、どこに一つ非の打ちどころもない者には、泥まみれ傷だらけの人間の気持はわからない」

男は唇をひきむすんで呻《うめ》いた。殆《ほと》んど声にはならなかったが、まるで搾木《しめぎ》にでもかけられたような、呻きかたであった。

「正直に云うが私は胸のここを」と康二郎は続けた、「刃物かなにかで抉《えぐ》られたように思いました、おようの云うとおりです。私には力造《りきぞう》を悪く云う資格はない、力造が悪いことをし、おようが苦労するのを、私はただはたから見ていただけです、ふところ手をして、向う河岸の火事を眺めるように、――私は自分がどんな人間かということを、今夜はじめて悟りました」

「そんならなおさら、あの人を仕合せにしてやるのが本当じゃあねえでしょうか」

康二郎はまた振向いた。振向いて、いま初めてその男に気づいたような調子で訊いた、「おまえさんはいったいどういう人だ、なにかおようにかかわりでもあるんですか」

「かかわりがあるとすれば」と男はくいしばった歯のあいだから云った、「もしかかわりがあるとすれば、それはあの人よりも旦那のほうですよ」

　康二郎は眼を凝《こ》らして相手を見た。

「力造は生きてる」と男が声をひそめて云った、「あいつは死んじゃあいない、生きて、すぐ向うの法現寺で待ってるんです」

　康二郎はなにも云わなかった。

「ぶちまけて云いますが、あっしは野郎といっしょに牢ぬけをした吉次《きちじ》という者です」と男は続けた、「すみというなかまの者としめし合せて石川島をぬけ、入《いれ》墨者《ずみもの》を二人水に沈めたうえ、腐るのを待って海へ放した、それが品川の浜へあがってあっしたち二人ということになったんだが、それから三年、野郎もあっしも悪いことをし尽しました、どうにも江戸にいられなくなって、上方《かみがた》へずらかろうということになったんです」

「あの男が、――力造が」と康二郎はかすれた声で訊き返した、「本当に生きている、っていうんですか」

「この吉次が野郎の相棒です」と男は云った、「男二人ではお上の眼が危ない、おようさんを伴《つ》れだして、野郎が夫婦者になってゆけば関《せき》役人の眼もごまかせるだろう、そういうわけで、あっしが伴れだし役になったんです」

　康二郎は唾《つば》をのんだ。そして、なにか云おうとしたが、吉次という男のほうが続けて、ところが津ノ正の名が出た、と云った。あの人が津ノ正へはいると聞いて慾をだし、あの人を伴れだすばかりでなく、あの人を枷《かせ》にして津ノ正から金をゆするつもりになった、自分があのうちの勝手へ忍びこんだのはそのためだ、と男は云った。

「勝手へ忍びこんだのは、旦那の帰るのを待つためだったが」と吉次は続けた、「二人の話しを聞いていて、あの人の云うことを聞いて、あっしは気持が変ったんです、あんな悪党のことを可哀そうな人って、――旦那のようないい方にあいそづかしみたようなことを云ってまで、あの人でなしの畜生の肩を持った、泥まみれ、傷だらけになった、可哀そうな人だって、――旦那、あっしも兇状持《きようじよう》ちだ、まともなことの云える人間じゃあねえが、おようさんのような人を、これ以上いためるなんてこたあできません、おねげえだ、旦那、あの人をごしんぞにしてやっておくんなさい、力造のほうは片をつけます、野郎はあっしが片づけるから、どうかおようさんのことを頼みます」

吉次という男は二度も三度も頭をさげ、そうしながら、手の甲で眼を拭いた。

「わかりました、おようのことは引受けます」と康二郎が云った、「今夜のようなことがあったからすぐにとはいかないでしょう、あの店をもう少しやらせて、あれの気がしずまったら津ノ正へいれることにします」

「慥かでしょうね」

「私は十六年まえのことも話した筈です」

「ええ聞いていました、ええ」と吉次は頷ずいた、「聞いていて、あっしは、もういちど人間に生れてきてえと思いました」

吉次はまた手の甲で眼を拭き、それではこれで別れる、と云った。康二郎はひきとめた。もっと詳しいことが聞きたい、私の店までいっしょに来ないか、とひきとめたが、吉次は首を振った。

「もう話すことはありません、それに力《りき》の野郎が待ってますから」と吉次は云った、「旦那には云わねえが、あいつは今夜、大事ななかまを一人あやめたんです、牢ぬけを助けてくれた、いわば負目《おいめ》のあるなかまでした、それもありこれもあって、あっしは野郎を片づける気になったんです、ただどうか、諄《くど》いようだがおようさんを仕合せにしてやっておくんなさい」

康二郎は頷ずいた、「おようのことは念には及ばないが、おまえさんがあの男を手に掛けなくとも、ほかになにか」

「ありません」と吉次は手を振って遮ぎった、「役人に渡せば野郎の名が出ます、そうすればまたおようさんがかかわるでしょう」

康二郎は黙った。

「決して仕損じのねえようにやりますよ」と、吉次は微笑しながら云った、「野郎を片づけたらあっしは自首して出ます、無宿のならず者が喧嘩《けんか》をして、一人が一人をあやめ、そいつをあっしがやったと、いつかお耳にはいることでしょう、これでお別れ申します、どうかいらしっておくんなさい」

（〈講談倶楽部〉一九五八年一月号）

凡　例

・本作品集は、山本周五郎の全作品から選者により編まれた、全五巻の中篇・短篇集である。
・収録した各作品の校訂は、原則として初出誌（初発表誌）に拠ったが、改稿の著しいもの、訂正等については、選者監修のもとに戦後（一九四五年以降）最初の単行本を底本、参考とした。各作品の末尾には初出誌名と発表年月を記した。
・歴史的仮名遣いは新仮名遣いに改め、旧漢字は新漢字に改めた。但し、意図的な使い分けの見られるものはそのままとした。
・送り仮名、句読点、改行、書き癖等の表記については、発表、刊行当時の作者の筆致を出来るだけ生かし、難読と思われるものには初出誌に拠る振り仮名を振った。
・初発表誌を底本とする本選集は、今日の人権意識からみて不適切と思われる表現が含まれている。しかし、作品が書かれた時代背景、および著者（故人）が差別助長の意図で使用していないことを考慮し、文学上の業績をそのまま伝えることが必要との観点から、全て作品発表時のままとした。

第一巻解題

竹添敦子

＊「内蔵允留守」は『松風の門』（操書房、一九四八年）を底本とした。初版本『内蔵允留守』（成武堂、一九四二年）以降の改変は著しいものの、物語の輪郭、登場人物については大きな変更はない。　［作品が収載されている新潮文庫題］［深川安楽亭］

＊「柘榴」は初出誌〈サン〉（サン書房、一九四八年）を底本とした。生前の単行本収録なし。登場人物の関係に矛盾が見られるがそのままとした。　［一人ならじ］

＊「山茶花帖」は初出誌〈新青年〉（文友館、一九四八年）を底本とした。生前の単行本収録なし。時間経過、主人公の年齢等にややつじつまの合わない部分が見られる。　［雨の山吹］

＊「柳橋物語」は初収本『山本周五郎傑作選集第二巻　柳橋物語　蕭々十三年』（太平洋出版社、一九五一年）を底本とした。前篇が〈椿〉（操書房、一九四六年）に発表されているが、中断。後に〈新青年〉（博友社、一九四九年）に中篇、後篇と併せて掲載された。登場人物の年齢等も初出誌、初収本のままである。　［柳橋物語・むかしも今も］

＊「つばくろ（燕）」は初出誌〈講談倶楽部〉（大日本雄弁会講談社、一九五〇年）を底本とした。初収本『榎物語』（新潮社、一九六三年）は後年の出版であるため、参考に留めた。なお、作者の自筆作品目録には「燕（つばくろ）」と記述されているが、「燕（つばくろ）」（〈オール讀物〉、一九六〇年）とは別の作品である。　［扇野］

＊「追いついた夢」は初出誌〈面白倶楽部〉（光文社、一九五〇年）を底本とした。作者の自筆作品目録には「運

不運」と記録されており、題名変更が作者の意図かどうかは不明である。生前の単行本収録なし。〔月の松山〕

＊「ぼろと釵」は初出誌〈キング〉〈大日本雄弁会講談社、一九五二年〉を底本とした。初発表題名は「瓢かんざし」。初収本『小説おたふく物語』（河出書房、一九五五年）では「襤褸と釵」、その後『山本周五郎全集』第三巻（講談社、一九六四年）に収録された時点で「ぼろと釵」と改められた。作者の自筆作品目録でも「ひさご釵」「ひさごの釵」等何度か変化しているのが認められる。したがって本選集では、改行については作者のタッチを生かすべく、存命中の講談社版全集を参考にし、題名を「ぼろと釵」とした。〔松風の門〕

＊「女は同じ物語」は初出誌〈講談倶楽部〉（大日本雄弁会講談社、一九五五年）を底本とした。初収本『日日平安』（角川書店、一九五八年）では登場人物名の表記等、漢字の変更が多いうえ、統一性にやや難があったため、作者の意思であるかどうか確認できなかった。〔ひとごろし〕

＊「裏の木戸はあいている」は初出誌〈講談倶楽部〉（大日本雄弁会講談社、一九五五年）を底本とした。初収本『花も刀も』（同光社、一九五七年）は参考とした。〔ひとごろし〕

＊「こんち午の日」は初収本『将監さまの細みち』（新潮社、一九五六年）を底本とした。初出誌〈オール讀物〉（文藝春秋新社、一九五六年）と同じ年の出版であるため、変更部分も少なかった。〔大炊介始末〕

＊「ひとでなし」は『ちゃん』（講談社、一九五九年）を底本とした。初出誌〈講談倶楽部〉（大日本雄弁会講談社、一九五八年）からの時間経過も少なく、字句の変化もほとんど見られなかった。〔あんちゃん〕

山本周五郎中短篇秀作選集
全五巻収録作品
YAMAMOTO SHUGORO COLLECTION

第一巻
待つ

「内蔵允留守」「柘榴」「山茶花帖」「柳橋物語」「つばくろ(燕)」
「追いついた夢」「ぼろと釵」「女は同じ物語」「裏の木戸はあいている」
「こんち午の日」「ひとでなし」

第二巻
惑う

「晩秋」「金五十両」「泥棒と若殿」「おたふく」「妹の縁談」
「湯治」「しじみ河岸」「釣忍」「なんの花か薫る」「あんちゃん」
「深川安楽亭」「落葉の隣り」

第三巻
想う

「壺」「松の花」「春三たび」「藪の蔭」「おもかげ」「萱笠」
「墨丸」「風鈴」「彩虹」「七日七夜」「ほたる放生」「ちいさこべ」
「あだこ」「ちゃん」「その木戸を通って」

第四巻
結ぶ

「初蕾」「おれの女房」「むかしも今も」「寒橋」「夕靄の中」
「秋の駕籠」「凌霄花」「四日のあやめ」「かあちゃん」「並木河岸」
「おさん」「ひとごろし」

第五巻
発つ

「野分」「契りきぬ」「はたし状」「雨あがる」「よじょう」
「四人囃し」「扇野」「三十ふり袖」「鵜」「水たたき」
「将監さまの細みち」「枡落し」

山本周五郎中短篇秀作選集 *1* 待つ

校正　高瀬陽子、大島貴子、大西和男
編集　最上龍平、廣瀬暁子

二〇〇五年十一月十日　第一刷発行

著者　山本周五郎
発行者　佐藤正治
発行所　株式会社　小学館
〒一〇一－八〇〇一
東京都千代田区一ツ橋二－三－一
電話（〇三）三二三〇－五六一七（編集）
（〇三）五二八一－三五五五（販売）
振替　〇〇一八〇－一－二〇〇
印刷　大日本印刷株式会社
製本　牧製本印刷株式会社

ISBN4-09-677201-1